学生·医生·先生

三生有幸

二小 著

作家出版社

杨 培 增 （笔名二小）

　　博士生导师，国际著名葡萄膜炎（一种重要致盲眼病）专家，党的十八代表，四个国际性葡萄膜炎组织的执行理事、理事或成员，将我国萄膜炎诊治研究推向了世界的最前沿，被业界誉为"中国葡萄膜炎诊治第一人"。以项目负责人获国家自然科学基金杰出青年基金、教育部长江学者奖励计划、国家自然科学基金重点项目（4 项）、重点国际合作项目（3项）、国家自然科学基金创新群体项目、面上项目（7项）、973 项目、科技部支撑计划、国家重点研发计划（十三五）等课题，以第一完成人 3 次获国家科技进步奖（二等奖 2 项、三等奖 1 项），省部级一等奖7 项，以第一和 / 或通讯作者发表 SCI 论文 320 多篇，连续十年入选爱思唯尔（Elsevier）高被引学者榜，

2024 年入选爱思唯尔"终身科学影响力榜单"。独立完成三本中文葡萄膜炎专著（460 余万字），独立撰写葡萄膜炎英文专著（860 页，由德国 Springer 和人民卫生出版社联合出版），是《眼科学》五年制规划教材 7、8、9 版主编，两份 SCI 杂志的副主编或编委。获亚太眼内炎症学会杰出成就奖、亚太眼科学会成就奖、重庆市科技突出贡献奖、全国卫生系统先进工作者、中华眼科杰出成就奖、中美眼科学会金钥匙、金苹果奖、第六届中国医师奖、全国五一劳动奖章、全国模范教师、全国医德楷模、中国好医生、全国杰出专业技术人才、全国优秀科技工作者、重庆英才·优秀科学家、庆祝中华人民共和国成立 70 周年纪念章等荣誉及称号，受中共中央组织部邀请参加中华人民共和国成立 70 周年阅兵及庆祝仪式。

是重庆音乐家协会会员、河南省作家协会会员，结集出版了小说散文集《我是你的眼》（中国青年出版社，2014 年)、《点点滴滴都是爱》（中国青年出版社，2021 年）和个人作词专辑《我是你的眼》（广州太平洋影音公司出品，2019 年）。

杨培增大学期间在学校门口留影

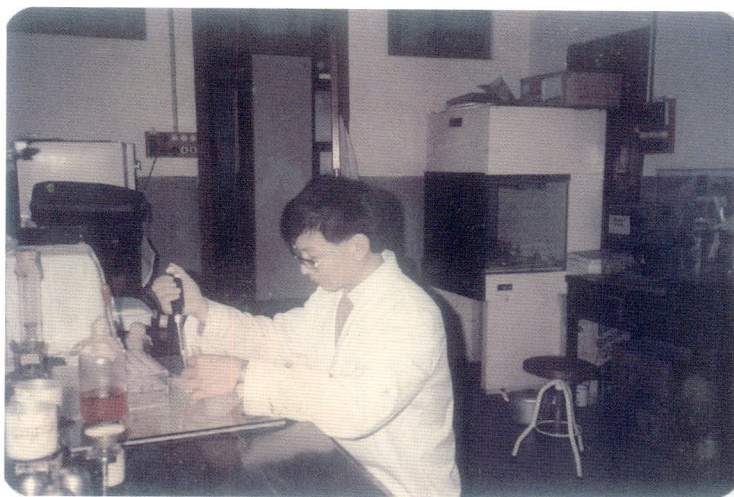

杨培增攻读博士学位期间进行实验研究

杨培增博士毕业答辩时与答辩委员合影

杨培增在中山眼科中心担任图书馆义务管理员时留影

杨培增与导师李绍珍院士、陈之昭教授、Aize Kijlstra 教授和 Robert B. Nussenblatt 教授在国外学术会议期间合影

杨培增与导师李绍珍院士和陈家祺教授合影

杨培增与李凤鸣教授、罗成仁教授、李子良教授、惠延年教授和唐仕波教授等在广州

杨培增与赵家良教授、Aize Kijlstra 教授、Shigeaki Ohno 教授、徐亮教授和卢弘教授等在广州

杨培增在国际葡萄膜炎学术会议上，与
Manfred Zierhut 教授、Manabu Mochizuki
教授和 Carl P Herbort 教授一起参与讨论

招收的第一届硕士研究生毕业留影

1978 年 3 月 15 日《河南日报》报道杨培增在农村为群众治病的事迹

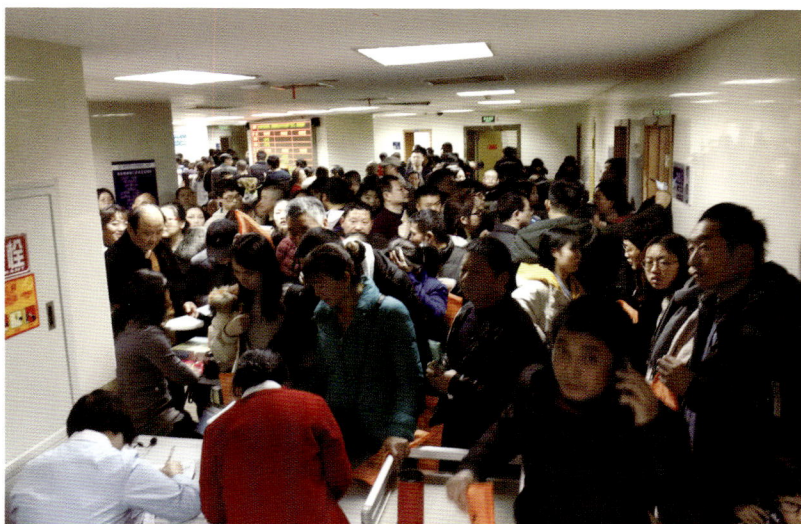

来自全国各地找杨培增诊治的葡萄膜炎患者

首届葡萄膜炎病友大会留影

杨培增 2012 年参加中国共产党第十八次全国代表大会

杨培增与硕士研究生导师张效房教授合影

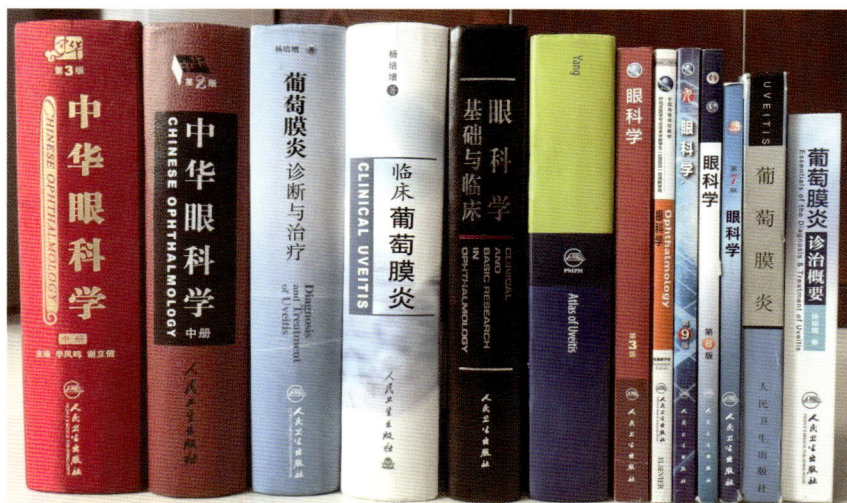

杨培增独立撰写的著作、主编的教材和作为主编、分卷主编编写的参考书

杨培增团队发表的 SCI 论文及中文文章

四川大学 华 西 医 院
华西临床医学院 用 笺

培增：

您好，

现用特快专递寄上我为你的头著
《临床葡萄膜炎》写的序言，其中难免有
妥和不尽意之处，请你务必不要客气，
提出修改增删意见 都是完全可以的。

另外，我十分高兴得知这本体现
你的辛勤劳动所取得优秀成果即将
面世，并表示我最衷心和热烈的祝贺。

专此，敬祝 您和您全家
新年愉快，身体健康！

成仁

2004年1月8日

地址：成都外南国学巷 37 号　电报挂号：7780　电话：5551331　邮政编码：610041

罗成仁教授来信

中山医科大学

校人字（1994）138号

---★---

关于眼科中心眼科研究所成立免疫学实验室及研究所各室副主任任命的通知

各附属单位，各学院、系，校机关各部、处、办，校直各单位：

经学校校务会议研究决定：

一、成立眼科研究所免疫学实验室。

二、任命：

黄时洲同志为视觉生理室副主任；

吴开力同志为生化室副主任；

郭向明同志为遗传室副主任；

李永平同志为病理室副主任；

杨培增同志为免疫学室副主任；

谢楚芳同志为免疫学室副主任。

中 山 医 科 大 学

校 长：卢光启

一九九四年六月二十七日

中山医科大学关于眼科中心眼科研究所成立免疫
学实验室及研究所各实验室副主任任命的通知

一、流行病学

小儿葡萄膜一般特指发病在16岁以下者。小儿葡萄膜炎占葡萄膜炎的 [3.4]

小儿葡萄膜炎在中的发病率高达 12.3% 但其在各国各地的发病率不同

(5, 6, 8) Perkins 统计在 2890例的葡萄膜炎中小儿占

占总数 5% 同时在UA中15岁至52岁的小儿

	总数			percentage of total
Blegvad (1941)	816	20	under 16	2.5 2.2
Guyton and Woods (1941)	562	7	under 10	1.2 1.3
		59	10 to 19	3.8 10.5
Marchesan (1949)	451	17	under 15	3.7 3.8
Davis (1953)	400	21	under 16	3.0 5.3
Kimura 等 (1954)	810	47	16 or under	5.8
Bennett (1955)	332	7	under 15	2.1 2.4 2.3
Perkins (1951)	1718	40	under 11	2.4 2.3
		169	11 to 20	9.8
Kimura and Hogan (1960)	1900	202	16 or under	10.6
Jutte (1950-1965)	8000	287	under 14	3.6
Witmer and Korner (1966)	434	39	16岁以下	14.4 27.8%
Perkins (1966)	2890	150	16岁以下	5.2%
Schlaegel (1967)	1385	134	16 or under	4.68 4.7
(3) Petrilli 等 (1988)	1690 1474	194	16 or under	10 11.5
(4) 蒲 等 (1984)	382	27		7.4

20世纪90年代初杨培增撰写的葡萄膜炎文章手稿

20 世纪 90 年代初杨培增撰写的葡萄膜炎文章手稿

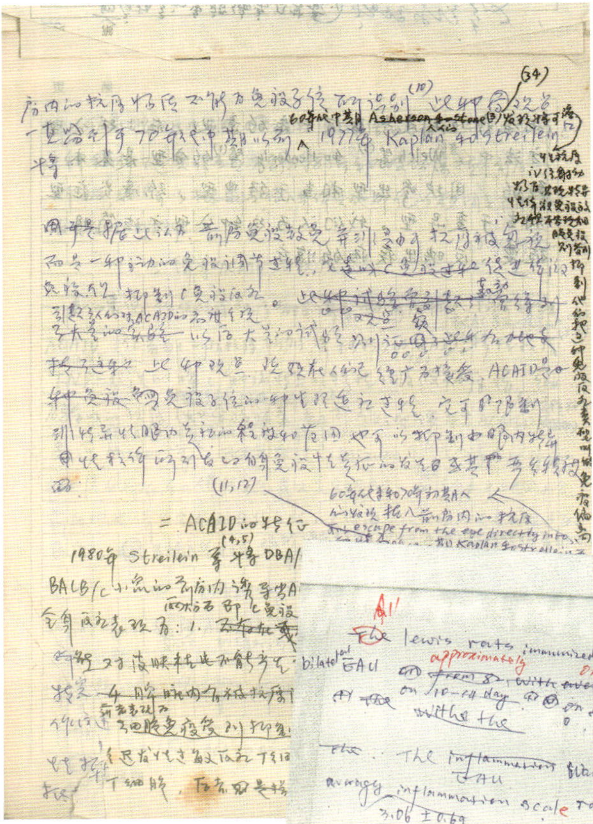

20 世纪 90 年代初杨培增撰写的葡萄膜炎文章手稿

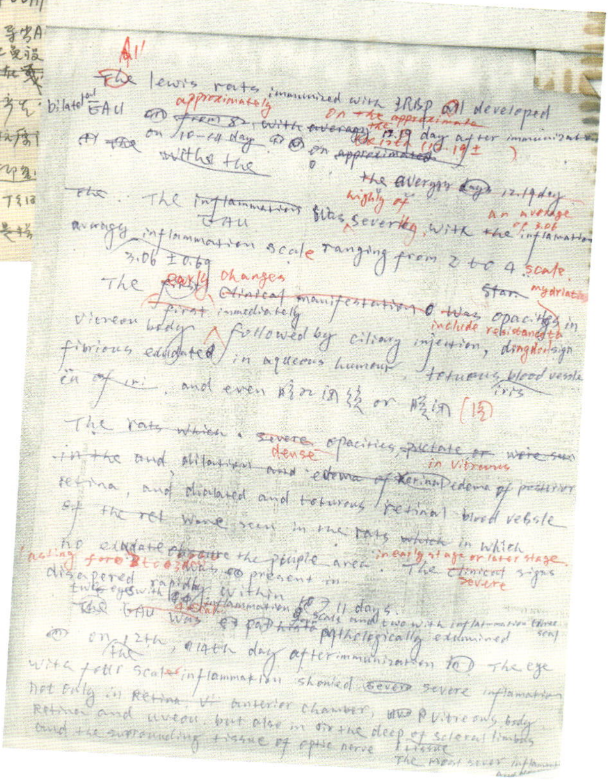

20 世纪 90 年代初杨培增撰写的葡萄膜炎英文文章手稿

HLA 与眼病的关系

翻译的日文文章，发表于国外医学眼科学分册，1987,(01):21-23.

脉络膜毛细血管内皮细胞表面的电荷屏障及其意义

翻译的日文文章，发表于国外医学眼科学分册，1990,(04):214-216.

杨培增翻译的日文、德文眼科学文章发表在《国外医学·眼科学分册》上

肉毒杆菌毒素A在眼科的应用

翻译的德文文章，发表于国外医学眼科学分册，1989,(01):32-35.

杨培增为学生修改论文的手稿

4

1934年Burky首次用晶体抗原免疫动物,诱发出晶体过敏性眼内炎[7],从而证实了晶体抗原具有致葡萄膜炎活性。

晶体蛋白分为两大类,一类为非水溶性蛋白,另一类则为水溶性蛋白,后者又包括三类,即α、β、γ蛋白,每一类中又包括一些亚类。这些蛋白均具有抗原性,因此晶体有许多种抗原,有人认为晶体中至少有9种不同的抗原[4],另有人发现,晶体抗原有24种之多,其中一些是晶体所特有的,另一些则与其他组织有交叉抗原决定簇[4,5]。

正常机体对晶体抗原发生"低区带"或T细胞耐受,因而晶体抗原的少量逸出并不引起病理损害。如果晶体抗原大量逸出造成耐受性的破坏,即可引起免疫反应,并可能通过Ⅲ型变态反应而造成眼内炎...

晶体抗原诱发葡萄...单纯晶体抗原免疫并不必须在免疫后的一定时起炎症损害[9,10]。此种模型

第　　页

皮肤粘膜病变也是Reiter综合征的一个常见表现,据报道,其发生率可达30-100%[100]。粘膜病变最常发生于生殖系粘膜和口腔粘膜,生殖系粘膜损害有环状龟头炎、尿道旁糜烂、非特异的腺体和阴茎包皮糜烂,其中以环状龟头炎最为常见,其发生率为23-50%[12],它相似于皮肤表面的粘液性皮肤角化病,系无痛性,可以在无尿道炎时单独出现[100]。口腔粘膜病变发生率为19%,典型地表现为暗红色轻度隆起的无痛性斑点,约1-10mm大小,最常发生于颊粘膜、腭、牙槽突、咽和舌部,也可发生浅表溃疡,偶可出现地图状舌,口腔粘膜病变也是无痛性的[100]。

最常见的皮肤病变是粘液性皮肤角化,其发生率为10-30%,往往始发于足底、手掌、踝部,出现针尖大小的斑点、丘疹、水泡或脓疱,这些损害融合形成圆锥形的角化过度鳞片,此种病变也可出现于头皮及其他部位,病变于数周后消退,不留下任何瘢痕[3,100]。指甲的变化与牛皮癣所致者相似,包括指(趾)甲下脓疱、甲松解伴有不同程度变厚和营养不良,甚至可以

眼科中心

20世纪90年代初杨培增撰写葡萄膜炎文章的投稿复印件

1999 年度国家杰出青年科学基金
批准资助通知

杨振增 先生:

　　我们非常高兴地通知您,经科学部初审、专家评审、评审委员会评定,您已获得 1999 年度国家杰出青年科学基金资助(批准号 39921034)。资助金额 80 万元,资助年限自 2000 年 1 月至 2003 年 12 月。请您在 12 月 30 日前将获资助后拟开展的研究工作计划(一式三份),经单位审核盖公章后报送我科学部。预祝您在今后的科学研究中为我国科技事业的发展做出更突出的贡献!

附: 1、国家杰出青年科学基金研究计划(表样 1 份)
　　 2、管理办法 1 本

国家自然科学基金委员会
生命科学部
1999 年 11 月 15 日

中 山 大 学 科 技 处
收 2004 年 2 月 日
文 科字第 C008 号

2003 年度创新研究群体科学基金资助通知

中山大学 科研处:

　　经有关部委及国家自然科学基金委员会科学部推荐,同行评议,专业评审组遴选以及专家小组实地考核,国家自然科学基金委员会委员会议审定,你单位以 杨维增 为学术带头人的研究群体获得 2003 年度"创新研究群体科学基金"的资助,资助年限暂定三年,资助金额为 360.00 万元。

　　获资助研究群体在接到资助通知后一个月内,应按反馈的专家建议和建议撰写研究计划。《创新研究群体研究计划》的电子版用电子邮件发至获资助群体,请按要求下载并填写,于 2004 年 3 月 15 日之前,将填好的《研究计划》发送到 report@pro.nsfc.gov.cn。同时将纸质文件交本单位科研管理部门,经单位审查后报对口科学部。

　　附件: 1、专家意见和建议。
　　　　 2、《创新研究群体科学基金试行办法》一本。

编号: NSFC30321004
国家自然科学基金委员会
二○○四年二月 日

| 国家杰出青年科学基金获批通知

| 国家自然科学基金创新研究群体科学基金获批通知

杨培增以第一完成人所获国家科技进步奖

杨培增所获全国奖励和荣誉称号

杨培增所获学会、协会奖励和荣誉称号

杨培增所获重庆市奖励和荣誉称号

目录

自序

第一篇 学生

第二篇　医生

第三篇　**先生**

第四篇　**诊室花絮和生活中的小幽默**

　　佛教中的三生指的是前生、今生、来生，三生有幸则是指一个人非常幸运和幸福。前世的幸运和幸福我没有记忆，来生的幸运和幸福我肯定地说也不会感觉到，但今生的幸运和幸福我是切切实实感受到了，并且是以不一样的"三生"来体验和感受今生的幸运、幸福、温暖和人生的价值。这"三生"便是学生、医生和先生。

　　一般来说，一个人成为学生是不难做到的，除非在战火纷飞的年代和非常贫困的家庭。我出生在 20 世纪 50 年代末的豫北农村，当时我国经济还不怎么发达，农民的生活还是比较清苦的，一些农村的孩子因家庭经济困难就没有上过学。我的父亲解放前走南闯北在外地闯荡了 20 多年，深知没有文化的苦，他和母亲土里刨食，一分钱掰成两半花，在极端困难的情况下供我上学。在我初中毕业时，父亲又以年迈（当时已经 60 多岁了）、瘦弱的身躯支撑起我继续读书的梦想。幸运的是当年实行考试（在我考高中的前一年和后一年，上高中都是由贫下中农推荐的），我顺利地考入了濮阳县第三中学（高中），使我在恢复高考后有了参加考试的机会，并顺利考入河南医学院医疗系。再后来一路读下来，竟然先后获得了硕士学位和博士学位。我所处的年代，能上大学即是凤毛麟角，能获得博士学位者可以说更是寥若晨星！单从这一点来看，我就是非常幸运的。更为幸运的是，在工作中，在日常交流中，在与学生共同进行科学研究中，我遇到了很多优秀的专家、老师、同事和有才华的学生，我一直不断地向他们学习，学习新知识、学习做人的道理、学习人生智慧。可以说，我一直是一个学生，一个非常幸运的学生。

教师自古以来都特别受人尊敬，被尊称为先生，被誉为人类灵魂的工程师，是人类文明的传承者。"一日为师终生为父"一句话即道出了国人对老师的顶格尊敬和中华民族尊师重教的美德。据网上资料，我国约有1800万教师，即约80人中有一名教师；而硕士生导师、博士生导师仅有46万，也就是说约3000人中才有一名导师，非常幸运的是我成了他们中的一员。我的老师、导师孜孜不倦教育我，以润物无声、燃烧自己照亮他人、蜡炬成灰泪始干的精神感染我、熏陶我，我后来也成为他们中的一员，成为一名教书育人的先生，先后主编了第七、第八、第九版卫生部（卫健委）眼科学规划教材，还主编了眼科学英语规划教材、眼科学研究生规划教材。培养了180多名硕士和博士研究生，绝大多数学生在国际著名期刊上发表了研究成果，一些学生的论文还发表在国际眼科或风湿病等领域的顶级期刊上，向世界发出了葡萄膜炎领域中强有力的中国声音。幸运的是，我们团队已成为国际葡萄膜炎领域最重要的研究团队之一，一些学生也成了教育部长江学者特聘教授、国家优秀青年基金获得者、教育部青年长江学者、国家级有突出贡献的中青年专家、国家卫健委优秀青年医师、上海浦江学者、皖江学者、安徽省杰出青年基金获得者等等。他们大部分已成为我国眼科或葡萄膜炎领域的中坚力量。我因此获得全国模范教师、教育部长江学者、南粤教书育人优秀教师、宝钢优秀教师奖（该奖是宝钢教育基金出资支持中国高等教育的一项公益事业，每年评选一次，主要奖励师德高尚、治学严谨、教学效果好、教改成果显著的教师，属于国家级奖项）和重庆市教书育人楷模等称号。我非常感谢我的学生们，是他们成就了我做老师的梦想，使我享受到做老师的荣耀。学生们的每一次进步、取得的每一个成果都带给老师无比的成就感和自豪感，因为我在他们身上看到了我老师的影子，看到了教书育人的传承、延续、发扬和光大。从这一点上来看，我也是非常幸福、幸运的。

医生也是自古以来就颇受人们尊敬的职业，更有白衣天使之美誉，在我们家乡医生也被尊称为先生。据网上资料，我国有医生 400多万，担负着 14 亿中国人的医疗保健工作，眼科医生约有 5 万，也就是说 3 万人中才有一位眼科医生，工作在医学院校的眼科医生的比例更低，能成为他们当中的一员也是一件非常不容易的事情，这也是我引以为豪的职业。

我有幸在中国最基层的农村当过赤脚医生，目睹了当年农民缺医少药和看病难的窘境和无奈，遂立下要成为一名好医生的志向。后来成为一名眼科医生，一名工作在我国眼科综合实力排名第一的眼科中心的眼科医生。再后来赴荷兰、美国留学，最后落脚到大学综合医院的眼科工作。我非常庆幸我的硕士研究生导师张效房教授和博士研究生导师毛文书教授、李绍珍院士为我确定了葡萄膜炎这一专业方向和领域，自那时起，几十年从未改变过，只追葡萄膜炎这一只羊。值得庆幸的是，我和我的同事、学生一起努力工作，建成了国际上最大的葡萄膜炎诊治中心、国际上最大的葡萄膜炎数据库和样本库，利用这两个资源库进行研究，描绘出我国葡萄膜炎类型谱系、临床谱系，发现了常见葡萄膜炎类型的临床特征、进展规律和致盲规律，创立了葡萄膜炎治疗的指导思想、原则和策略，制定出系列科学化、个体化和简单化治疗方案，为数以万计来自全国各地以及部分来自美国等国家的过去认为无法医治的患者治愈了疾病，不少患者感谢我拯救了他们的视力，挽救了他们的家庭甚至是生命，被业界公认为"中国葡萄膜炎诊治第一人"。以第一和 / 或通讯作者发表 SCI 论文 320 多篇，中文文章 100 多篇。独立出版 3 部葡萄膜炎专著（460 万字，人民卫生出版社）和一本英文葡萄膜炎专著（175 万字，德国 Springer 出版社和人民卫生出版社联合出版），该英文专著是中国眼科界第一次向世界系统介绍葡萄膜炎中国标准、中国方案、中国经验和中国智慧。以第一完成人先后获得国家科技进步奖 3 项（二等奖 2 项、三等奖 1 项）、省部级一等奖 7 项、二等奖 2 项。国际著名免疫学家 *Ocular*

Immunology and Inflammation 杂志创始人和首任主编 Aize Kijlstra 教授评价：杨培增教授以一己之力，以杰出研究成果将中国葡萄膜炎研究写在了世界版图上（It can be said that Prof.Yang single-handedly put the uveitis research in China on the international map through his own notable scientific achievements！）。亚太眼内炎症学会前主席 Ohno 教授称：杨培增教授团队正在领导着世界葡萄膜炎眼免疫研究（He and his team have performed a number of cutting-edge studies in uveitis and profoundly renewed the knowledge about the pathogenesis of uveitis, and they are leading the study on uveitis and intraocular inflammation in the world！）。

在为患者诊治疾病的过程中，我深刻体会到为病人带来光明那一刻的喜悦和快乐。一位刚刚大学毕业的女性患者，在当地得知自己的眼睛无法救治时，她绝望地爬到了医院的楼顶准备跳下去，亏得她母亲及时赶到，才避免了一场悲剧的发生。后经我治疗后，她的双眼视力恢复至 1.0，已过去将近 20 年未再复发，她的人生也因此而充满了阳光、美好与幸福。在治疗疾病过程中也有一些无奈和遗憾，一些患者因未及时治疗或不正确的治疗而永远失去了光明，给家庭带来了永远抹不去的阴影和悲伤。我记得大约在七八年前，我治疗了一位来自河南的 30 多岁的女性患者，她人长得非常漂亮而优雅，在患葡萄膜炎后治疗两个月没有任何起色，她绝望地要离开这个世界。她有一个 8 岁的女儿，她担心走后女儿无人照顾，就强迫女儿与她一起喝药，后来她被抢救过来，经过我治疗后双眼葡萄膜炎完全治愈，视力也恢复到 1.0，可她的女儿却永远离开了这个世界。假如这位患者能得到及时正确的治疗，假如她在患病后我们能够及时相遇，她的世界即会改写，她的人生将会是别样。将这种缺憾发生的概率降到最低，将悲剧的发生清零，已成为众多医生奋斗的方向。

我听到过很多种病人感谢医生的话，诸如："谢谢医生，你挽救了我的眼睛，我的生命！挽救了我们全家！""你是我的大恩人。""你是我的再造父母。"等等。但令我震撼的却是另外一句话，有一个男性患者双眼患葡萄膜炎后，他感觉到天塌地陷，在完全绝望的时候，前来找我。他对我说出的第一句话是，杨教授你就放心给我治吧，就是眼病治不好，眼睛瞎在你手里我都心甘情愿！这是一种何等的信任啊！把眼睛、生命和未来全部交到医生手上，这种托付使我如履薄冰，从不敢懈怠，将自己的生命倾注在为病人解除痛苦的事业当中。我曾给医生、学生培训时讲到，医生治病有四个层次：第一个层次是用药物、器械为病人治病，这是一个最低的层次，也是一个最基本的层次。第二个层次是用脑子治病，即我们要想一下为什么要这样治疗，为什么不那样治疗，这是一个经过思考的治疗层次。第三个层次是用心治病，很多时候我们听到医生说我用心为你治病，什么叫用心为你治疗疾病？我想它应包括三个方面，即优良的治疗技术和本领、责任和爱以及智慧。技术和本领是用心治病最起码的基础；责任，就是爱，为病人解除痛苦、祛除疾病是医生的天职，爱病人、尽一切所能治疗病人是医生的职责和使命；智慧是一种辨析、判断和正确行使的能力和本领，从错综复杂的临床表现中能找出疾病的本质，从杂乱无章、扑朔迷离的表象中能"洞察"出或"嗅出"疾病的根源和潜在的走向和发展趋势，根据患者的年龄、体质、所患基础疾病、治疗的期望值、不能耐受的副作用以及经济状况等制订出适合病人的治疗方案，要达到这一目的仅有知识、技术、责任心是不够的，还要有智慧。第四个层次是用生命为病人治病，即是将自己的生命倾注在为病人治病的事业当中，把为病人治病当作自己生命中最重要的部分。只有用心治病、用生命为病人治病才能成为大师和大家。

一些病人朋友在我为他们治愈葡萄膜炎后，这样对我说：杨教授，我们非常荣幸能遇到您这样一位医生，如果说这种相识需要以患葡萄膜炎作为代价的话，我们心甘情愿！还有人说：我们庆幸生病在有杨教授的时代！这些是多么令人感动和催人泪下的话语啊！它道出了医患之间的真情、人间的真情，我想这是患者对医生的最高褒奖！

有人说病人和医生相遇，那是缘分，是一种医缘！世界之大、病人之多，医生也有千千万万，医生与患者相遇实属不易。正因为如此，我每次都珍惜与病人相遇的机会，珍惜为病人治病的机会，设身处地为他们着想，不仅用自己的技术和智慧为病人祛除痛苦，还尽量为病人节约医疗费用，用人文关怀温暖他们的心，这些努力和付出，赢得了他们的赞许和信赖。实际上，我应感谢的是他们，是他们用自己所患疾病和痛苦让我认识了葡萄膜炎这类疾病，是他们的信任给了我学习机会，是他们提供的标本和资料，使我们能够对此类疾病进行深入研究和探讨，走在了国际葡萄膜炎研究的最前列，使我实现了人生价值，成就了我众多的光环和荣誉，也成就了我做一名好医生的梦想！古人云，修桥、铺路、治瞎子是三大善事，我能为众多的葡萄膜炎患者祛除眼疾、守护光明，此生何其有幸！

人生短暂，弹指之间已白发苍苍，我能用一生扮演学生、医生、先生这三个角色，并将医生演绎成全国医德楷模，将老师做成全国模范教师，将葡萄膜炎研究推至国际最前沿，将专业推至哲学、思想、艺术层面，将治病推至美的极致，可谓是三生有幸，此生足矣！

一生太短，短得来不及欣赏风中摇曳的野花和小草，短得来不及眺望喷薄而出的太阳，甚至还来不及为自己定制一套满意的西装，你却将"三生"的托付和期许装进一生的行囊，一路生花，不以时间论短长。

一生够长，长得足够追逐儿时所有的梦想，将一生拉成千万个时间碎片，每个碎片都充满汗水和希望，将春夏秋冬每一次过往，都活出你喜欢的模样。良师良医，山高水长。

一生承载"三生"，三生有幸。

一生奉献"三生"，地久天长。

杨培增

2024 年 7 月 7 日

第一篇

✚

学 生

一、我出生的地方

我出生于河南省濮阳县王助公社西郭村。出生日期是 1957 年农历五月二十三。在报考大学填写志愿表时，因当时没有像现在查对新旧日历这样方便，即把出生日期按农历日期往后推了一个月，但不知后来怎么搞的，都写成了阳历 1957 年 6 月 24 日出生，身份证上也是用的这个出生日期。

西郭村地处华北平原的黄河故道上，位于濮阳县城西约 8000 米，距濮阳市区约 10000 米，整个村庄呈东西走向，号称三里长街（实际上有 1110 米左右），现注册人口约 2400 人，由刘、杨、鲁、傅、白等姓氏组成，据传，都是明朝洪武年间由山西洪洞县大槐树下迁徙而来。

西郭村历史悠久，在上古时期为颛顼部族居住地，夏商时期属昆吾，春秋战国时期属卫，其后属晋、魏，秦汉时属濮阳，隋唐属澶渊，宋属澶州，元、明、清属开州。民国初期（1914 年）属濮阳县，1983 年 9 月属濮阳郊区，1986 年 5 月改属濮阳市区，2001 年 8 月划归濮阳高新技术产业开发区管辖。

　　濮阳位于濮水（黄河与济水的支流，后因黄河泛滥而淤没）之阳，故而得名。据传五帝之一颛顼曾在此建都，故此地也有帝都之称。1987年，在濮阳县城西水坡发掘出三组蚌砌成的龙的图案，据考证，距今有6400年左右，被考古界公认为"中华第一龙"，濮阳因此也被中华炎黄文化研究会命名为"中华龙乡"。据推测，在6000年前，濮阳已进入父系氏族社会，是中华文明的发祥地之一。

　　历史上有名的"澶渊之盟"即是在濮阳缔结的。公元979年，宋太宗亲率10万大军自镇州（今河北正定）北进，自此开始了长达25年的宋辽之战，其间双方死伤无数。1004年秋，萧太后与圣宗亲率大军南下，挥师进逼澶州。此时，宋真宗亲临澶州督战，军民皆呼万岁，声闻数十里，将士士气大振。辽大将萧挞凛恃勇骄横，率数十轻骑在澶州城下巡游，被八牛床子弩射杀，辽国进攻受挫，加上战线拉得太长，孤军挺进宋朝腹地，恐难以取胜，遂听取了降将王继忠的建议，派人赴澶州转达议和之愿望。宋朝遂派曹利用去辽营谈判，最后缔结澶渊之盟，称宋辽为兄弟之国，辽圣宗年幼，称宋真宗为兄，宋真宗称萧太后为叔母，宋辽以白沟河为界，双方撤兵，宋每年向辽供银十万两，绢二十万匹，在边境开展互市贸易。之后宋辽之间百年再无大规模战事，礼尚往来，换来了北宋百年的和平，对中原、北方民族文化交流、民族融合起到了重要作用。

　　元末战乱之后朱元璋统一了天下，但经历战争的浩劫、灾荒和瘟疫，山东、河南、河北、安徽等地百姓十亡八九，几成无人之地。于明洪武年间，明朝政府先后数次从山西平阳、汾州、泽州等地向这些荒无人烟的地方移民，来自山西各地的移民均集中在山西洪洞县的大槐树处办理迁徙手续。就是在这个时期，西郭村的先民们从山西来到濮阳安家定居。郭村庄原籍，有一古寺，宋氏、王氏、秦氏移民定居在古寺之东，后来形成东郭村。刘氏初迁至古寺西，后有杨氏、鲁氏、付氏、颜氏、张氏、郭氏加入，成为西郭村，至今已有600多年。名存无更，繁衍生息，世代更替，勤劳节俭，诗书继世。

西郭村在数百年中也出现过一些先贤或名人，如清初顺治辛卯年武举傅鹏翔，从小习武，喜舞刀弄棒，英勇智慧，忠肝义胆，后入武清军，一生戎马倥偬，战功赫赫，在平定"三藩之乱"中九死一生、屡建奇功。1679 年（康熙十八年）升江南吴淞营参将，加副将衔，1685 年（康熙二十四年），擢云南副将，1690 年（康熙二十九年）加都督金事，调任广东雷州副将，进提督衔（从一品）。

西郭村的先贤刘景昱于明末清初，因生活所迫，进宫侍值，后升为皇阁近侍一司礼监，死后建有太监楼及太监墓。

刘清魁，生于乾隆二十八年（1763 年），自幼习武，成年后开设武馆授徒。时匪患四起，曾带众族人、徒弟多次剿匪，皆获全胜，获赠《五品军功》。在其八十大寿时，获赠"岁冠耆英"寿匾，流传至今，其贤德被载入《开州言志》。

杨宗圣，自幼聪颖好学，勤奋质朴，于咸丰八年（1858 年）考取贡生，后自费开办私塾学堂，为濮阳、滑县、内黄培育了数千人才，其中不乏贡生、举人、进士。

在抗日战争、解放战争和抗美援朝中，众多西郭村人舍生忘死、前赴后继，涌现出无数可歌可泣的动人故事。

六百多年来，西郭村人经历了无数次战乱和自然灾害，却依然人性淳朴、崇尚礼仪、诗书传家、忠孝继世、乐善好施、勤俭持家。自我记事起，经常听到一些邻里相助、婆媳和睦、孝敬父母、尊师重教的故事。

二、我的爷爷奶奶

自从洪武大移民从山西洪洞移民至濮阳县以来，祖祖辈辈即生活在西郭村这片土地上。先辈们忠厚老实，日出而作，日落而息，像千千万万那个时代的中国农民一样过着节俭、勤劳的生活，有关祖辈的事情都是从父亲、母亲那里知道的。爷爷杨秀廷为人憨厚老实，奶奶闫氏精明能干，嫁至杨家后孝敬公婆，勤俭持家，睦邻乡里。

我的爷爷出生年月已无从考证，大约在一八八几年，卒于1942年大灾荒之年。他为人憨厚、一生勤劳。奶奶则聪慧善良、知书达理。家中有几亩薄田，维持着一家老小的生计。奶奶平日里精打细算、勤俭持家、节衣缩食、省吃俭用，一家人虽然吃糠咽菜，倒不至于吃了上顿没下顿。

爷爷因生性憨厚、老实，所以时常受到当地恶霸的欺负。父亲曾告诉我，玉米将要成熟的季节，爷爷便会在夜里守护在玉米地里，以防他人偷窃玉米。有些小混混知道爷爷在玉米地的这一头，就跑到玉米地的另一头去偷玉米，人走过来，他们又跑到另一头去偷，真是防不胜防、可恶至极。

父亲还告诉我一件事情：我家院子外不远处有一口老井，村民们多是吃这口井的井水。有一天，一个混混将打水用的井绳隔墙扔到我们家里，然后装模作样地跑到我家里，问我爷爷、奶奶是否拿了井绳。我奶奶说，我们没有拿井绳。此时，那个小混混就装腔作势地说，我要在你们家找一下，看是不是你们偷了井绳。因为是他将井绳扔到我们家的，所以一下子就找到了井绳，然后就喊来村民，要我爷爷、奶奶承认偷窃井绳一事。我爷爷、奶奶反问他，我们偷井绳干什么？但无赖就是无赖，说我们家偷了井绳，是不让村民打水，想渴死大家。真是滑稽和无耻！最后在"好心人"的调解下，让我们家出钱请客才算平息此事。

正是由于家穷、受人欺负，父亲13岁即离家闯关东。后来父亲因为没有上过学，在外边闯荡多年，其间吃了不少苦，受了不少罪。父亲和母亲每每提起受人欺负的事情和他们没上学所遭受的苦难时，总是语重心长地对我说："二小，咱们一定要争气，好好学习。"当时我虽然刚懂事，还不知道没有知识、文化会受人欺负的道理，但是在幼小的心灵上却埋下了一颗要好好学习的种子。

三、我的小学生涯

（一）稀里糊涂就成了学生

1957年6月，我出生于河南省濮阳县王助公社西郭村一个农民家庭。父亲曾在私塾读过几年书，后在东北军中学了点医学知识。1946年，返乡做了一名乡村医生，在家乡悬壶济世近40年。母亲是一位一个字都不认识的家庭妇女，一辈子不认识自己的名字。可他们都知道读书的重要性，一直将我从小学生培养至大学生、硕士生和博士生。

我小的时候，国家尚处于比较落后的时期，农村没有幼儿园，也没有学前班，没有有关上学的任何概念。在我6岁的时候，突然有一天母亲领着我，我背着她亲手用粗布（自己织的棉布）缝制的书包，就去上学了。母亲一手拿着一个木制的小凳子（学校没有凳子，要自己带凳子上学），一手拉着我走进了学校。我也就稀里糊涂成为了学生，至于为什么上学，为什么要成为学生，那是一概不知道的。到教室门口，母亲为我整理了一下衣裳，告诉我要听老师的话，要好好学习。

在教室里我第一次看到了20来个像我一样大的孩子，都端坐在自己带的小凳子上，一位慈祥、和蔼又有几分严厉的女老师让我们先介绍一下各自的名字，然后她就发表了一通我们听起来似懂非懂的讲话：从今天起我就是你们的老师了，老师就是教你们好好学习的，谁不好好学习，我就打谁的屁股。你们从现在起就是学生了，当学生就要好好听话，不能迟到，也不能早退，要好好学习，不能打架，也不能吵架，否则就要被打屁股。

这是我第一次知道"老师"和"学生"这两个词，当时觉得怪怪的，老师和学生怎么被屁股连在一起了？老师是负责打屁股的，学生屁股是负责挨打的，天下的事情怎么这么不公平啊！我看了一下，老师也有屁股啊！谁又负责打老师的屁股呢？你别说，后来在学校学习期间，还真看到过老师打学生屁股的，打了就打了，也没见学生闹，更没见到学生家长跟老师闹，学生挨打后最不愿意让家长知道，即使家长知道后，也不会去学校闹啊。因为孩子被打肯定是在学校不听话，调皮捣蛋所引起的，哪敢再去学校与老师理论呢！

　　每天上课有三个时段，早上是晨读，上午和下午是老师上课或自习。早上起床后，小朋友们都急急忙忙地往学校跑，有的起得晚了连脸都顾不上洗。晨读是老师布置的任务，学生们拿着课本、晃着脑袋、拉着长长的声音读课文，教室里充满了琅琅的读书声。尽管声音很大，但学生相互之间好像没有什么干扰，你读你的，他读他的。现在回想起来，别有一番情趣。

　　当时老师基本没有布置什么作业，放学后都是玩耍，但是母亲对我要求比较严格，放学回到家里，总是让我把当天学的课文看几遍，背几遍，写几遍。记得在上一、二年级的时候，我特别喜欢与其他小朋友玩耍，我们家与我二叔家的院子是相通的，在母亲稍不留意的时候，我就偷偷地从我二叔家的院子溜到街上去了，回来后母亲总是会训斥我几句。到了三年级以后，不知什么原因，我突然"改邪归正"了。每次放学后，不是读课文，就是抄写课文，不再出去玩耍了。有时母亲看我一直在那里学习，就会"勒令"我出去玩一会儿，我愣是不出去。母亲就会开玩笑说："你不要天天学了，天天学会学傻的！"我也不理会母亲的话，照样趴在桌子前学习，在当时以及后来的初中、高中期间，我的学习成绩应该说在班里都是名列前茅的。

（二）怀念修笔匠老白

　　刚上学不久，母亲给我买了一支钢笔，外壳是塑料做的，特别好看，我带着它去学校的第一天就被别人偷走了，气得我还哭了一场。后来母亲说给我再买一支，可一直到我小学毕业都没有给我买。

　　那支丢失的钢笔使我怀念了很久，特别是它使我天天盼着一个修笔匠的到来，这是因为这个修笔匠的到来使我能够看到与我丢失的一模一样的钢笔。修笔匠叫老白，至于大名是什么，没有人知道。他50来岁，特别和蔼可亲，他大约每一两周即会来我们学校一次，他骑着自行车，车后尾座上驮着一个小木箱，打开木箱就能看到里边挂着一排排各式各样的钢笔、圆珠笔和铅笔。当时我都怀疑他那小小的木箱是否汇聚了天下所有的笔。他来我们学校的目的有两个，一是卖笔给学生，二是将学生们使用坏的笔修一下。每次他到我们学校，把木箱一打开，学生们都围上去了，我是最积极的，因为我要看一下有没有我丢失的那种钢笔。每次看到那种笔，我就表现出特别向往的神情，但也只能是看看而已，没有办法再次拥有了。

（三）喊了不少口号

1966 年，席卷全国的"无产阶级文化大革命"开始了，我们小学也加入这一轰轰烈烈的运动中，老师经常去公社所在地参加有关会议，因此要停课；我们学生也要参加批斗"封、资、修"的会议，因此要停课；我们学生要组织排练节目，控诉万恶的旧社会和"地富反坏右分子"，因此还要停课。"停课闹革命"可是当时的主要任务。

我记得当时开会最多的是忆苦思甜和批判"地富反坏右分子"。我本家有一位三爷，出身于旧社会，参加过抗美援朝，在"文化大革命"中担任西郭村革委会副主任，他经常来我家聊天。有一天他给我说，二小（我在家排行老二，长辈们通常以"二小"称呼我）应该去锻炼一下，在开批斗会时带领大家喊口号。说实在的，当时我就是一个毛头小孩子，经常听老人说旧社会如何邪恶，因此也就有了满腔怒火，于是就答应了三爷。第二天刚好又开批斗会，批斗的是我们村里的一个大队干部，有人在控诉他如何贪污群众的血汗钱，如何搞腐败。当时听着听着我就怒火满腔，脑袋一蒙，也不知道哪里来的胆量，挥手就喊起了口号。在场的群众看到一个毛孩子带头喊口号，也蒙了，但现场的气氛也把他们搞得群情激愤，也跟着我挥动着拳头喊了起来。当喊完口号以后，我环视了一下周围，发现所有群众的目光都集中在我这个 10 来岁的毛孩子身上，当时我大脑一片空白，浑身都在冒汗。

50 多年过去了，那次我带领群众喊口号的场景仍历历在目，我不知道它是对还是错，也不知道有什么效果和后果，于我个人而言，倒是锻炼了我的胆量。在以后的批斗会上，我又多次带领大家喊口号。久而久之，我克服了在大庭广众之下说话或讲话时怯场和紧张的心理。从此种意义上讲，倒也是一种有益的尝试。

（四）除了上学就是割草喂羊

我父亲 50 岁、母亲 40 岁时生我。在我 10 多岁时，父亲已经 60 多岁，为了供我上学，父亲自村卫生所下班后，即换上比乞丐还要烂的衣服，挎起篮子就去地里割草。割草有两个用途：一是用来积肥挣工分，那个年代农民除了在生产队干活挣工分外，另外一个挣工分的途径即是积农家肥，农家肥是将杂草、麦秸秆、玉米秆与泥土混合后，再浇上水使其发酵而成，可以卖给生产队以换取工分，挣的工分到年底可以折算成现金，用以抵销平时生产队发放的粮、油、蔬菜折合的款项，如果挣的工分多，还可能会分到一些钱；另一个用途是喂羊，养羊有三个好处：第一个是剪的羊毛可卖钱，第二个是羊养大后也可以卖钱，第三个是养羊可以积农家肥，使农家肥的质量更好一些，换的工分也就多一些。

当年不知什么原因，地里就是没草，每个农民都想着放工后割草喂羊，庄稼地里、道路两旁、河沟两侧的草都被勤劳的农民拔得像秃子头上的头发了。父亲除了在村里当赤脚医生挣取工分外，也和大多数农民一样，靠着放工后割草喂羊以赚取更多的工分供我上学。看到父亲年事已高，为了供我上学每天辛辛苦苦地干活，我心疼不已，过早地品尝到生活的艰辛不易。大概在八九岁时即跟随父亲下地割草干活，好在那时也没什么作业，一放学即挎起草篮子往地里跑。三伏天骄阳似火，钻进密不透风的玉米地里，浑身是汗水。渴时就喝点小水沟里的水，夏日小水沟里的水中常常游着一些小虫子，但是渴的时候也就不管那么多了，只能弯着腰，闭着眼，心一横就把它喝下去了。待到扛着草回到家时，人已经被汗水和泥模糊得不成样子，很难分清楚你是张三还是李四了。

秋天放假期间是割草最好的季节。我有一位亲戚，她家住在沙区（沙质土地的地方），离我们村有10多里远，他们村子里相对人少地多，地里的草也就比较多一些。大约从10岁起，每到秋假，我即住在他们家里割草，一住就是七八天，割的草晒干可以作为羊冬天的饲料。住在亲戚家那段时间，我每天早出晚归，割的草往往有五六十斤重，在没有人帮助的情况下很难把草捆扛到肩上。为了把草捆扛在肩上，我就把草捆拉到一个土坡上，我站在坡下面，这样借助坡高才能将草捆扛在肩上。路途中不管再累，只要找不到有坡的地方，就不敢放下草捆休息，因为一放下就再也扛不到肩膀上了。

我一般在太阳落山后才收工，走在路上的时候，天色已黑，整个树林都死一般地寂静，只有天上的星星在不停地眨着眼睛，像是在诉说着这个世界是真实的，是存在的。偶尔可听到远处什么鸟叫上几声，听起来特别瘆人，禁不住浑身起鸡皮疙瘩。

我扛着草捆，颤颤悠悠、摇摇晃晃、走走歇歇，三四里的路往往要走上将近1个小时，回到亲戚家时已经是农民吃过晚饭的时候了，胡乱吃点玉米面和红薯干面做的窝窝头，倒头即睡了。第二天当东方泛起鱼肚白的时候，我又出发了，又要重复着昨天的故事。

到了冬天，北方的大地一片荒凉，一眼望去全是裸露的黄土地，北风通常将飘落的树叶刮进了田野里的一个个小凹坑中，这些干枯的树叶也可用来喂羊和积肥。每到放学，我就挎着一个和我大小差不多的篮子去地里捡树叶，数九寒冬，冰冷刺骨，手指都难以伸出来，我用冻得僵硬的手一片一片地捡着树叶。待回到家时手指已经完全失去知觉，此时母亲在灶屋里做饭，就让我在灶台上烤一下手。不烤还好，只是麻木没有感觉而已，烤火后整个手指痛得像折断了似的，经过好长一阵子才能恢复过来。

　　后来，我向我的学生谈到当年的生活，他们简直不敢相信这是真的，他们问我，为什么这么做，当时有没有怀疑过人生？我笑着说，父母亲都是这样做的，我只是向父母学着做罢了。当时不知道什么是人生，也不知道什么是生活，只知道要靠自己的双手去换取自己的学杂费，换取自己想要的东西，能多吃几顿馒头和猪肉即是自己最大的心愿。

　　（五）天天吃红薯

　　我小的时候生活比较艰苦，一年到头吃的都是红薯。我的家乡在豫北平原，只产小麦、玉米、大豆、红薯，我们村子在当地还算比较富裕，每人每年能从生产队分到60—70斤小麦，分到的主要粮食是红薯和玉米。小麦这个东西在那个年代产量低，亩产300斤左右，不经吃，如果放开吃的话，60斤不够一个人一个月吃。但这六七十斤小麦要摊在一年中食用，还要考虑过年过节时食用，可想而知小麦对于农民而言简直是奢侈品。我的母亲是勤俭持家的能手，会把有限的小麦安排在各种节日食用，平时还时不时做点咸疙瘩汤（在小麦面做的疙瘩汤里放一些盐、葱花、几滴香油和醋）来改善一下生活。

　　我小时候感冒了，母亲就会给我做疙瘩汤喝，一是为了发汗，二是为了"加强营养"。在收割小麦之后的一些日子里，母亲也会做上几顿面条，也算是庆祝丰收吧，那段时间算是像春节一样最开心的日子。与小麦相比玉米的产量也不算高，它主要用来做窝窝头和粥，一般比较富裕的家庭，通常以玉米做的窝窝头为日常主食，普通人家平常吃得最多的是红薯。红薯这个东西产量高一些，并且5斤红薯折合成1斤粮食，相对而言，红薯显得"经济"而实用。现在说起来大家都会感觉红薯是个好东西，在超市卖到4—5元一斤，偶尔食用会感觉它很好吃，也丰富了大家的食品谱。可在那个年代，一是红薯的品种不如现在的品种，吃起来特别面、干，往往就着水或粥才能咽下去。另一个要命的问题是每天都要吃大量的红薯，会给胃肠带来不小的问题（详见后）。中国老百姓还是蛮有智慧的，可以把红薯做成不同食品来食用：最常食用的方式是直接煮着吃或蒸着吃，当时街景之一是，每到吃饭时，大街上就有一堆一堆的人围蹲在一起，一手拿着两块红薯，一手端着粥碗，吃着并拉着家常。第二种食用方式是把红薯切成片，晒干后煮着吃，制成红薯干最大的好处是避免红薯腐烂，可以达到长期保存的目的。第三种食用方式是将晒干的红薯干磨成面粉，再将面粉做成粥或窝窝头，当年不少家庭都是以红薯面粉做的窝窝头为主食。第四种食用方式是把红薯打碎，将沉淀下来的淀粉制作成食品，红薯淀粉可以制作成粉条、粉皮，也可以制作成凉粉（如炒凉粉），可以说红薯粉制作的食品是食用红薯的最高级产品和食用方式。特别是现在流行并广受人们欢迎的重庆酸辣粉，又酸又辣。可是红薯粉的制备需要消耗大量的红薯，在人吃饭都有些吃不饱的情况下，怎能奢望天天吃粉条呢？实际上红薯粉条或粉皮只能用在节日或招待亲戚朋友的宴席上。在平时寻常百姓家是不舍得吃粉条、粉皮之类"高档"食品的。红薯的第五种吃法是将其做成"面鱼"，具体的做法是，用水将红薯干面粉调成面团，放在一个底部具有分布均匀孔的漏勺内，一手握着漏勺的把，另一手则握成拳头不断拍打漏勺中的红薯粉面团，红薯面团则通过漏勺底部的孔形成一个个长约 3 厘米呈枣核形的面鱼，面鱼直接进入下面锅里的沸水中。煮熟的面鱼则加入凉开水，放一点香油（往往是几滴）、醋、盐，吃起来有滑溜爽口的感觉，也算是当时农民改善生活中的一部分了。红薯的第六种吃法是把它做成饸饹面，具体做法与做面鱼差不多，但面团要比做面鱼硬得多，将和好的面放在一个有孔的木槽内，再用一个木栓样的东西压面团，面团即会通过木槽的孔而成为圆形的面条，即饸饹面，将其在沸水中煮过后，捞出，用点盐、几滴香油和醋拌一下，就可以食用了。

红薯面粉是白色的，但做成窝窝头则不知为什么即变成黑色的，吃起来很硬，摔都摔不烂，此种窝窝头偶尔吃一下还可以，天天吃的话那绝对是令人苦不堪言，但是没办法，你要活命就一定要吃啊！

秋收至春天的那段时间，农民基本上是每天煮红薯吃，其他时间则是煮红薯干或吃红薯干做的窝窝头。每天吃红薯带来的最大一个问题是胃里泛酸和肚子胀气。我有一个邻居，吃了红薯后总是放屁，他可以连续放上几百个屁，我们去地里干活的路上，听到的都是他放屁的声音。大家戏称他为放屁机，他一脸无辜地说，放屁不是他的错，都是红薯惹的祸！

每天吃的除了红薯还是红薯，但在过年过节的时候，母亲就会显得很"大方"，她经常说"穷年不穷节，过年过节随便吃"，她就会给我们蒸馒头、炸油条、糖糕、包饺子吃。每到这个时候我都在想，为什么一年中仅有春节、元宵节、端午节、中秋节、冬至这么几个节日呢，每个月有几个节日不好吗？古代的人也是挺"蠢"的，多弄几个节日估计他们也会有更多的机会改善生活，我们也不至于天天吃红薯、红薯干了。

附带说一下那时候吃油的事情，如果说每天吃红薯是要命的事情，那生活中没油可就是更要命的事情。我们生产队为社员每年每人发放 4 两油（多是棉籽榨的棉油），也就是说如果一家有 5 口人，那么一年一家总共会分到两斤油，平均到每天也就不足 3 毫升油，如果把过年过节奢侈几顿所用油扣除的话，可以说每天平均下来一家人就是几滴油了。所以炒菜时，一些家庭都是用筷子插在油瓶里，再拿出来在炒菜锅里划拨两下，如此重复上 2—3 次，即是炒菜用的全部油了，可以想想炒出来的菜是什么味道了。香油（芝麻做的油）当时是很珍贵的，北方人喜欢吃凉拌菜，放点香油哪怕是几滴都会增味不少。生产队一般不给群众分发香油，很多家庭都是拿自己养的鸡下的蛋换上 2 两香油以供半年或 1 年享用。

食用油的匮乏使人们非常青睐猪油，但买猪油也不是随便可以买的，一是没有钱，二是没有猪肉票（买猪肉需要肉票）。一些有点门道的家庭会托熟人买点猪油，在锅里炼一下，将块状的猪油炼成液体猪油，冷却的猪油则又凝结成白色胶冻状，炒菜时可以挖上一块放在锅里，猪油炒的菜吃起来很香，特别是炼猪油时残留的油渣吃起来更香。所以那时谁家有人在屠宰场工作，那是特别幸福和自豪的。

（六）两个愿望实现了一个

大约在 1966 年或是 1967 年，农村开始有人穿塑料制作的凉鞋。当时我们生产队有一位比我大两三岁的男孩，在我们村子里第一个穿上了塑料凉鞋。这一穿可不得了了，吸引了几乎全村人的目光。老人们议论说，这种鞋子上专门挖了好多孔，从来没见过，祖祖辈辈也没听说过，见过布鞋穿久了，脚指头顶破鞋帮子形成的孔，也见过有人用麻绳或草绳做的鞋，那都是把五个脚指头露出来。现在做的鞋真不可思议，仅仅露出脚指头和脚背的一部分，想想做鞋子的时候用个刀子一个个去挖孔多费劲啊；年轻的小伙子们则议论说，这鞋子发明得好，天热时我们都想光脚干活，可是光脚容易被破瓦片或石头块扎伤，这种有孔的鞋穿上相当于半光脚，既不会扎伤脚，也能透气，也不用担心脚臭了，多好呀；小孩子们则更是惊叹不已，这鞋子真他妈的邪乎，穿着走路还能看清楚几个脚指头在动，是不是穿上这样的鞋子走路时，风吹到鞋里不用费力就可以行走了？那些小说里说的脚下生风是不是就是穿上这样的鞋子才会有的感觉啊！于是乎，大家都争相目睹穿凉鞋的小哥，他走到哪里，就有一群半大不小的孩子前呼后拥的。我当时大约 10 岁，也不能免俗，也跟着其他小孩一起追这位穿凉鞋的小哥，颇有几分现在年轻男女追星的味道。

我已记不清楚当时凉鞋多少钱一双了，但我知道这样的鞋子在当时是很多家庭买不起或不舍得买的。第一次穿上凉鞋的小哥是我们生产队一个相对富裕、情况又有些特别的家庭。这个小哥在出生后不久，他的母亲就去世了，不知道什么原因，父亲没有再娶过，他的爷爷、奶奶才 50 岁多一点，这样一家就有 3 个棒劳力，挣的工分也比较多，分的粮食和年底分的钱也比较多。爷爷、奶奶、父亲三人视小哥为掌上宝贝，平时生怕他吃亏，所以在吃穿用方面都会尽力满足他，以弥补他没有娘所受的委屈。于是他就有了我们村子里第一双凉鞋。这双凉鞋的出现，好像一下子打破了农村沉闷的生活，引起了世世代代生活在农村农民的无限遐想：这么先进的带孔的鞋子都能造出来，那城市里人的生活会是什么样呢？大家就这事议论了好多天。

围着小哥转了几天，羡慕了几天，心里痒了几天，后来感到光追着小哥看也不是回事啊，于是我在一个上午放学后鼓足了勇气对母亲说自己想要一双带孔的凉鞋，母亲没有出声。这时刚好父亲从村卫生所下班回来，母亲说，二小，你爹下班了，你跟着他去地里割草吧。父亲说，二小还小，地里很热，别让他去了。母亲坚持说，还是让他去吧，这么热的天，让他能帮你一下也好。于是我就跟着父亲下地割草去了。当时我跟着父亲一头钻进了密不透风的玉米地里，那时地里的草少得可怜，我和父亲割了近两个小时，割的草总共也就30来斤，父亲和我都是满头大汗、浑身是泥。望着已60岁，头发已经花白、满身汗水扛着草捆颤颤悠悠行走的父亲，我心中涌出一种说不出的感觉，父亲割多少次草才能换来一双凉鞋啊！过早懂事的我，从那以后再也没有提起过买凉鞋的事情。

另外一个愿望是想拥有一件毛衣。在我10来岁时，农村穿毛衣的人还很少，并且所穿的毛衣基本上都是自己纺的毛线编织而成的。毛线有两种，一种是在商店里买的，另一种是剪的羊毛，经过一系列处理后，将其纺成毛线。在商店里买的毛线，粗细均匀，织出的毛衣显得平展，并且手感好，而自己纺的毛线则粗细不均匀，用其织的毛衣则显得疙疙瘩瘩、手感不好。

生活虽然清贫，但10多岁的孩子已经有了爱美之心。在我印象中，在我村第一次穿毛衣的还是我上面提到的那位小哥。那位小哥穿的是一件枣红色的毛衣，穿起来特别耀眼，更要命的是在学校读书时，或在农田里干活时他都不穿外套，将枣红的毛衣裸露在我们面前，常常惹得我们这些孩子一脸惊艳、羡慕不已！

当时我非常想买一件毛衣，但考虑到父母亲辛苦供我上学已很不容易，想了快一年也不敢对母亲说。记得在一个冬天的晚上，我在煤油灯下认真地看着书，母亲手摇着纺线车在纺棉花（把一团团的棉花纺成棉线），棉线则用来织布，织的棉布则用来做衣服。我看了一会儿书，就坐在母亲旁边，观察她是怎么把一团团棉花纺成细细的棉线，看了一会儿我突发奇想，就问她，棉花可以纺成细线，羊毛可不可以纺成细线（我当时还不知道羊毛也可以纺成毛线），母亲告诉我是可以的。那我接着央求母亲把自己家剪的羊毛纺成毛线，为我织一件毛衣。母亲摸着我的头说，二小，好好学习吧，好好割草喂羊，来年就给你织一件毛衣。

在期盼中终于迎来了第二年5月，母亲找人为我们养的羊剪了羊毛，羊毛经过一系列处理后，母亲将它纺成了毛线，又请一个亲戚帮着把毛线染成红色，织成了毛衣，确切地说是毛背心，看到这件红色的毛背心，我别提有多么高兴了，一连三天睡觉时都没有舍得脱下来。白天穿着毛衣也故意不穿外套（尽管冻得有点打哆嗦），那个威风、那个自豪、那个洋洋得意，比现在发一篇高质量SCI论文都来劲！

（七）我的哥哥是我的小学语文老师

我的哥哥比我大21岁，50年代毕业于濮阳县师范专科学校，毕业后被分配至长垣县的一个完小教书，在三年自然灾害期间去了东北，后回到家乡，因工作关系丢失而成为农民。他后来曾在皇甫林中做了一段时间的老师，还当过生产队会计，大约在1968年在我村小学任教，教语文。由于他是从正规的师范学校毕业的，在教学上还是有一套办法的，曾为我公社中小学老师进行示范教学，赢得了大家的好评。

大约在我上五年级时，我哥担任我们班语文老师，那时的课比较简单，老师一般不需要费太大的力气备课。我每天与其他同学一样上课，没有因为老师是我哥而感到有什么不妥或者不适合的地方。

当时有一件记忆深刻的事情，在我们快毕业时，我哥给同学们写了一篇范文，让大家学习和模仿，具体内容也记不清楚了，大概是说的旧社会受地主压迫和剥削的事情，要大家不忘阶级苦、牢记血泪仇。后来在考初中时，我们村考生的作文几乎都是这一个题目，内容几乎都是一模一样的，为此我们村学生考入中学的比例还受到了影响，低于其他村升学比例。不过在中学期间，学习优秀的以及班干部大多是我们村的学生；到后来考高中时，我村的升学率也是我们中学最高的；再后来恢复高考后我们村同年级的学生就有 4 个考上大学。至少说明小学期间所打下来的语文基础还是不错的，对学生们以后的学习、发展起到了很好的作用。

（八）做了一次生意

大约在 1967 年 6 月的一天，学校因老师开会而放假。我的两个同学鼓动着我与他们一起卖杏。他们两个比我大两三岁，大家在一起玩得很好。我们生产队有一片小杏林，时值杏已成熟，可以从生产队批发杏然后再去出售。我们三个商量着去卖杏，希望能赚点小钱。

第二天一大早，我们即去杏园买了一篮子我们杏园中最好的一种尖嘴杏，有 10 多斤，好像花了 2 元多钱。然后我们三个轮流扛着去邻村叫卖。我们走到第一个村子时，正是吃早饭的时候，街上还是有一些人站着或蹲着在那里吃饭，我们就凑过去向他们推销我们的杏，说了好半天，有一位老大娘算是给她孙子买了 1 斤多的杏，这也是生意的第一单，算是开门红吧。来到第二个村子时，已是农民干农活的时候了，大街上已是空空荡荡，这时候就需要我们在街上吆喝了。我那两位小伙伴都有些腼腆，不敢喊出来。我说，我们不吆喝，就得把杏扛回家去。他们两个就让我吆喝，我说那好吧，就沿街边走边喊："卖杏咯，卖杏咯。"这个时候就会时不时地从农家院里跑出来一些人，有大人也有小孩，更多的是大人带着小孩，就会围着我们看热闹。很多孩子都会眼巴巴地望着篮子里的杏，有的口水都快要流出来了。这个时候，我就分给那些小孩一人一个杏，小孩吃得津津有味，我这时就会吆喝："卖杏咯，又酸又甜的尖嘴杏！"孩子们吃了一个杏尝到了甜头，就会哭着闹着让他们的父母、爷爷、奶奶给他们买杏吃。就这样，在第二个村子我们卖出五六斤杏。

第三个村子离我们村有10多里路，我们到达时已是吃午饭的时候了，因天气炎热，农民多躲在家里吃饭，我就与那两位小伙伴在街上边走边吆喝："卖杏咯，卖杏咯，又酸又甜的尖嘴杏。"沿街叫卖了有近两个小时，总算是又卖出五六斤杏。这时候我们三个也人困马乏，吃了点自带的玉米面窝窝头，一位大嫂给我们三个人每人舀了一碗她们家水缸里的水，算是我们的午餐了。

我们三个马不停蹄转到下一个村子，再次沿街叫卖，到了下午约6点时候，杏已卖得差不多了。因离家还有四五里路，我们三个即扛着未卖完的杏赶路了，到家后刚好太阳落山。我们三个各分到1斤多杏，赔了1毛钱，刚好这1毛钱可以买到1斤杏。

这是我第一次做生意，也是唯一一次做买卖，发觉自己不是那块料，以后再也没有想过做生意那回事。即便是在20世纪90年代初，我在广州中山眼科中心工作，很多人做大哥大生意，我的病人要我参与其中，但都被我坚定地拒绝了。

（九）买了半斤饼干

在我家乡农民有赶集、赶会的习惯。集市多是在公社所在地，每个月固定有那么几次，逢集时，农民从三里五庄赶到集市，购置一些农用产品或生活用品。会则是在每年中固定的时间在某一个村、镇举行的农贸产品交流会，会的规模要比集的规模大，赶会的人也比赶集的人多，周围十里八乡的村民都会赶来置办衣服料子、家具用品及农具。

濮阳县城有一个十月大会，每年一次，从阴历十月初一到初十，历时十天。农历十月秋收已完成，小麦播种也都完成，农民通常进入一年的清闲期。每逢濮阳大会就有大量的农民、城镇居民从四面八方涌入濮阳县城"赶会"。这时候濮阳县城的街道两边即会临时搭建很多棚子，有卖农具的、有卖布料的、有卖家居生活用品的，更有卖吃的。卖吃的棚子最为引人注目，因为那个年代人们赶会最大的奢望就是能大吃一顿，赶会时你会看到人们在一个个小饭馆的棚子里川流不息，在寻找着自己喜欢吃的东西。店小二端着盘子穿梭在人群中吆喝着"来了，来了！"给那些等着就餐的人们送去红烧肉、丸子汤、羊肉汤、馒头、包子、油条、大锅菜等等人们期盼已久的食物。人们围着一张张简易的餐桌，在狼吞虎咽地吃着、笑着、交谈着，锅里冒出的热蒸气、饭香味和从人们身上由于常年不洗澡所散发的异味交织在一起，空气中弥漫着幸福、开心、苦楚、遗憾等各种味道。

在当时能去赶濮阳会那是一种骄傲和荣耀，赶会后的数天里，人们在田间地头干活时，就会自我吹嘘自己在濮阳县城逛了多久，买了什么东西，最重要的是炫耀一下在会上吃了什么。张三说他一口气喝了4碗丸子汤，吃了5个烧饼，到现在肚子还圆着呢。李四说他买了6个烧饼，用烧饼夹了半斤牛肉，吃完后一打嗝，牛肉的香味还能从喉咙里冲到脑门上，啧啧，真带劲！王二麻子说："你们别吹，你知道我在会上吃的啥？濮阳壮馍，你听说过没有？赶会那一天中午找到一个专门做壮馍的餐馆，你猜那个餐馆的老板是谁？"说到这里故意停顿了一下，引得众人都睁大了眼睛。他看了看大家接着说，"那壮馍店老板是我二大爷二儿媳妇家三姨的小叔子，有一次走亲戚见过一面，他一看到我就热情地招呼我坐下来，给我上了大半个壮馍（一个壮馍有七八斤之多），还给我便宜了一毛八分钱。刚做出来的、焦黄焦黄的壮馍，还往下滴油呢？那个香啊……"说到这里他又停住了，这不要人命吗？！众人听得直流口水的时候，他竟然不说了，还有没有天理啦！王二麻子看着把大家的胃口吊足之后，咽了一口唾沫，"哎哟，那壮馍吃起来真爽，一咬啊，满嘴都是油，油还从嘴角流出来。"说着他还用手抹了一下什么都没有的嘴角，对着众人说，"你们知道那是一种什么感觉吗？"众人听着都不由自主地吞咽着唾沫，这时王二麻子故意拉长了声音，"那是一种神仙的感觉，比娶媳妇时看到新媳妇已上轿都美的感觉。你们猜，我能吃多少？"众人的胃口完全被他吊了起来："你能吃多少？""说出来能吓死你们，我自己吃了六斤多。"王二麻子得意地说，"不瞒你们，吃壮馍后的三天，我放屁还能感觉到壮馍味呢！"

只要是赶过濮阳大会的，回来后没有一个不吹嘘一番的。听得多了，也想去体验一下赶濮阳大会的感觉。于是我就给我娘提出想去赶濮阳大会。母亲说好吧，来年濮阳大会时让你去。在痛苦煎熬中我等了将近一年，等到了濮阳十月大会，母亲给我3毛钱，用于中午买东西吃，并嘱咐我一定要小心，早去早回。

濮阳县城离我们家有十六七里路，我一大早起床后就急匆匆地去濮阳县城赶会了。我怀着好奇的心情，想看一下人们传说中的濮阳大会究竟是什么样子。一到县城，只见整个大街被来往的人填满了，小贩的叫卖声、人群的嘈杂声时不时还夹杂着小孩的吵闹声和哭声在空气中回荡着。我跟着人流漫无目地走着转着，从穿的衣服鞋帽到吃的东西，很多都是我从来没有见过的，更令人惊奇的是，濮阳县城十字大街竟然有四五座三四层高的大楼。百货大楼的货架子上摆放着各种样式的衣服、生活用品，虽然当时的货物品种和数量没法与现在相比，但对一个第一次去县城的农村孩子而言，那简直是人间天堂，我不住地感叹，世界上还有如此美好的地方！

转了半天，肚子也咕咕噜噜地叫了起来，我盘算着中午吃点什么东西。到了很多临时搭建的餐馆看了看，饭菜的香味直往我鼻子里钻，弄得我口水直流，但我手中有3毛钱，仅可以买两个烧饼和一碗丸子汤，也可以买两个馒头一碗面条，还可以买3个包子。我权衡了半天，什么都想吃，什么也不想舍弃，再摸摸兜里还是只有3毛钱。我在一家饭馆门前走来走去，一直拿不定主意。此时，忽然一个东西闪现在我脑海中，那是饼干，就是它，没有错！那时我的一个堂哥在鹤壁煤矿工作，每年回家探亲时都会给我父母带上两盒饼干，我父母也会分一些给我吃，饼干那种东西圆圆的，也有方方的、薄薄的、脆脆的，放在嘴里经唾液的作用，即变成香香的、均质的并且没有任何残渣的东西，把味蕾刺激得不行不行的，再经咽部肌肉的共同作用，均质的食糜通过食道那一刻的感觉是那样令人心旷神怡，进入胃给胃所带来的感觉同样是令人感觉无限美好，并且这种感觉可以令人保持长时间的记忆，一直保持到我口袋中有 3 毛钱的时候！这种感觉令我毫不犹豫地作出了一个决定，那就是买饼干吃，于是我拿着 3 毛钱到副食品店买了半斤饼干，当时的一些饭馆免费提供开水，我即就着开水把半斤饼干狼吞虎咽地吃了下去。

（十）到大学毕业穿了 3 件棉袄

我出生的年代和之后的相当长一段时间，农村生活还是相当贫穷的，吃的、穿的和用的都比较紧张。我母亲是勤俭持家的能手，平时精打细算，过年过节则安排的饭菜相对丰盛，可以饱餐几顿，总的来讲日子过得还算可以。

母亲会持家过日子在当时是出了名的，一分钱可以掰成两半花，一件棉袄可以让我穿上好多年，我从小到大学毕业一共穿了三件棉袄。从这个事情中就可以窥见我母亲精打细算之一斑。

在我 5 个月时，母亲为我做了一件粗布（自家纺线织的布）棉袄，确切地说是棉大衣，待第二年春天，母亲会把棉袄拆洗一下，给棉袄加个边，我又会穿上一个冬天，如此反复，我的第一件棉袄就这样穿到了 8 岁。8 岁时我的母亲给我做了第二件粗布棉袄，穿上后我发现棉袄下摆差不多到膝盖了。当时我已上小学二年级了，虽然谈不上要穿好看的衣服，但穿上一件到膝盖的棉袄，着实是不开心的。母亲就哄我说，这棉袄大一点好，穿上舒服、温和。就这样没办法，我穿上了像大衣一样的棉袄。母亲还是每年帮我拆洗一次，再给棉袄加一个边，这件棉袄我一直穿到了 18 岁。这时我有了第三件棉袄，这件棉袄与前两件棉袄相比有了质的提升：这件棉袄用的是买的布（当时称为洋布）做的，第二个是我这个棉袄做得比较合身了（因我个子已基本长成），不用再考虑随身高增加棉袄相对变小这一问题了，第三个也是最重要的一个，是这件棉袄上还带了一个毛领子，这在当时是非常令人羡慕的，这件棉袄一直陪伴我到大学毕业。

3件棉袄温暖了我的童年，陪伴着我成长，使我感恩父母在那艰苦岁月把我培养成大学生，使我倍加珍惜今天的美好生活，鞭策着我一直砥砺前行。

（十一）母亲为我找到了防蚊虫叮咬的方法

在前面已谈到，在小学刚开始的两年，我特别喜欢与小朋友一起玩耍，到后来不知道怎么回事，突然就不想去玩了，放学后去割草，不上学的时候即去地里劳动，晚上吃过晚饭即在煤油灯下学习。当时我们那里还没用电照明，在煤油灯下看书学习1—2个小时，第二天早上鼻子里都是黑的。

北方的冬天天寒地冻，我们家的条件还算好一点，冬天屋子里会生一个煤炉，但整个屋里还是冷得够呛。每当我晚上在煤油灯下学习时，母亲就会拿一个破褥子把我的腿和脚都包好，上身穿一件厚厚的棉布做的棉袄，也不至于感到很冷。可到夏天问题就出来了，煤油灯很招蚊虫，当时也没有驱蚊药，更无电风扇驱逐蚊虫，在煤油灯下看不了一会儿书，脚上、腿上即会被蚊子咬出好多包。蚊子咬人往往使人心烦意乱，蚊子咬脚更是令人难以忍受，用手挠痒又感觉挠不到真正的痒处，把皮抓烂了，感觉痒还在深处。为了止痒，母亲每天在我学习时会烧一锅开水，装在保温瓶里，蚊子咬后，母亲即将热水浸湿一块布，将布贴敷在蚊子咬的地方，虽然烫得有点痛，但很快就会止住痒，也不至于挠破皮，这个蚊虫叮咬后止痒的问题算是解决了，但如何解决不被蚊子咬的问题才是根本问题。母亲为我想了一个办法，那就是将水倒在用土窑烧的盆子里，在晚上学习时把脚和半截腿泡在水里，这一下基本上解决了蚊子咬腿和脚的问题，至于蚊虫咬脸和手的问题，在学习时用一只手扇着扇子即可得以基本解决。这一行之有效的土方法，基本解决了我从小学至高中这个阶段在家里夏天晚上学习过程中被蚊虫叮咬的问题。

四、我的中学生涯

我的中学经历了 4 年半的时间。1971 年 2 月至 1972 年 12 月为初中阶段，1973 年 2 月至 1975 年 6 月为高中阶段。本来我们应在 1975 年元月高中毕业，在临近毕业时，学校接到上级通知，让我们延期半年毕业，为的是让我们在学校学一些专业知识，比如农业技术知识、机电方面的知识和治疗疾病方面的知识，以便高中毕业后回到农村有一技之长，更好地服务于社会。

（一）喜欢上了文学

我记得我们那年上初中是真正考上去的（不是贫下中农推荐的），我前面已经说了，在我们考初中之前，我哥（我班的语文老师）给同学们作了一篇范文，当时我虽然还小，不大懂作文的技巧，但是流畅的语句和表达的真挚情感还是给我留下了深刻的印象。上初中后，就对语文产生了一点兴趣，教我语文的郭华民老师批改我的作文特别认真，在我作文中有一些比较好的句子旁边她都会用红笔批注一些表扬的话，在文末也往往批注"句子通顺、条理清楚"之类的评价，这对我来说是莫大的鼓励。当时我就自己给自己下了任务：每天写一篇作文。好在当年老师布置的作业比较少，用很短的时间就可以把作业做完，剩余时间我就可以安心地写作文了。一开始每天写一篇作文还是有些吃力的，坚持了一段时间后感觉写作文是一件轻而易举的事情，每天写点东西也就成为习惯和爱好了。现在回想起来，当时写的东西都是一些日常琐碎的、鸡毛蒜皮的小事，谈不上有什么价值，但坚持写作文这一事情，对我以后的人生产生了重要影响。

第一，它使我养成了决定下来的事情就要坚持做下去的习惯。我攻读博士学位期间，发现门诊病历和病人资料都是由病人自己保管的，这样非常不利于疾病的动态观察、追踪研究和经验总结，当时即决定亲自为每一位病人建立一份完整的门诊病历，包括详细的病史资料、以往诊断、用药情况、治疗效果、在我院初诊及随访时的临床检查及辅助检查结果。自从博士毕业后第一次上门诊开始，这一工作我已坚持了30多年，不管再忙再累，我都一一详细询问和记录病史，并将所有资料完整地保留下来，到目前为止，我们已建成了国际上最大的葡萄膜炎患者临床数据库（3万多份），还建立起了国际上最大的葡萄膜炎患者标本库（4万多份），为葡萄膜炎的研究提供了重要的资源，使我们也走在了国际葡萄膜炎研究的前列。葡萄膜炎数据库和资源库的建立能够坚持30多年之久，不得不说这一坚持即是来自当年每天写作文的坚持。

第二，当年写作文为我以后思考疾病和人生、进行科学研究、撰写中英文论文和各种基金申请书、成果资料等奠定了坚实的基础。写作需要思考、梳理、总结、概括和提炼，在写作过程中可以锻炼人的逻辑思维能力，拓宽你的思维空间和认知空间，提升驾驭文字的能力和技巧，如果你拥有了写作能力和技巧，就会对你的工作和人生带来巨大的推动作用。正是由于我在初中、高中期间长期撰写作文的训练，为后来发表科技论文、撰写科技著作、申请基金和成果等奠定了重要的基础，可以说对我们进行葡萄膜炎研究和知识的推广起到了重要作用。

第三，初中、高中时写作文的坚持也孕育了我的一个文学小梦，这一小梦也在激励着我的文学创作。在2014年我出版了第一本文学著作《我是你的眼》，2021年出版了第二本文学著作，两本书均是由中国青年出版社出版的，还出版了个人作词专辑《我是你的眼》（由广州太平洋影音公司出版）。

两本文学著作讲述了一个个感人的故事，呈现出人间的真善美，表达了一位医生、一位科技工作者、一位凡夫俗子的情怀、责任感和对苍生、生命的敬畏和热爱。很多人告诉我，书中的很多故事使他们感动得掉下了眼泪。我曾经将我的那本《我是你的眼》一书赠送给某出版社的一位主任，她拿了书后即上了高铁，不久她给我发了一个微信说，我看了你写的《我的父亲》一文掉泪了，我说谢谢！过了一会儿她又给我发了一个信息：杨教授，我看了你写的"我的母亲"一文掉泪了，我回信息说，谢谢！又过了1个多小时，她又给我发微信说，杨教授，我看了你写的小说《我是你的眼》掉泪了。我给她回信息说：谢谢主任！不好意思，我不是故意的！

第四，坚持写作文使我在文科方面有了一定的优势，顺利考入河南医学院。我在初中、高中时有点偏科，数学、物理、化学成绩一般，在1977年恢复高考时，我考了210多分，其中语文和政治两门就占了140多分，数学考了43分，理化是一张卷子，考了27分。补充一句，当年河南医学院录取分数线为197分，后来降至190分又补录了一批学生。据统计，在我们年级500多名学生中，数、理、化三门成绩超过60分的还不足一半，看起来当年我们年级同学语文方面都有比较好的功底。

（二）父亲的决定改变了我的一生

我出生于1957年，当时我国经济尚不发达，农民生活尤为艰苦，接下来三年自然灾害更是雪上加霜，再后来就到我上学的年龄，当时父母亲年事已高，含辛茹苦将我养大，供我上学，将我从小学一直供到大学毕业，使我顺利完成了学业。

父亲个头不高，约1.6米的样子，身形偏瘦，但总是精神充沛、热情待人。作为赤脚医生，他每天可以挣到10个工分。工分是村民用来分粮油、蔬菜的依据，当年我们生产队10个工分大约折算成现金3毛多钱，这在我们那附近算是比较好的了，有些村子10个工分折合一毛多或两毛钱。每到年底结算一次，一家人挣了多少工分，折合多少钱，再从这些钱里扣除平日分的粮油及蔬菜等折合的钱，这样算起来有几个成年劳动力的家庭最多可以分到100多元。像我们这样的三口之家（父亲、母亲和我）能分到几十块钱就很不错了。为了能挣到多一点的工分，分到更多一点的钱，只有一条路，那就是养羊和积农家肥，养羊可以卖羊毛换取一点钱，积的肥可以卖到生产队换取一些工分。农家肥的原料是草、树叶、麦秸秆、玉米秆之类的东西，生产队分的麦秸秆和玉米秆是固定的，而草和树叶则成为羊的主要饲料和积农家肥的主要原料。

父亲为了能多挣一点钱，从卫生所收工回家后，即换上比乞丐穿的还要烂的衣服去地里割草。当时那个年代，地里的草少得可怜，但父亲有耐心，每次都能割到一大捆草。三伏天骄阳似火，玉米地里密不透风，父亲钻进玉米地里一待就是两个小时，当背着草回到家里时，浑身是泥和汗水，面目已难以分得清楚。每次看到父亲的样子，我都会暗自发誓好好学习，以报答我那为供养儿子上学不辞劳苦的老父亲。

记得有一年夏天的一个星期天，父亲带我一起去10多里外的一个地方割草，天未亮我们就拉着架子车出发了。当时正值三伏天，烈日炎炎，温度估计有40多摄氏度，我和父亲光着膀子在太阳下不停地割草，到中午时分，我发现父亲背上泛出一层白色的东西，就问父亲那是什么，父亲对我说，那是盐，是汗水中的盐分结晶而成。当时我看着已经60多岁，满脸皱纹里全是汗水、泥巴的父亲，不知道说什么是好，那一刻我真正体会到父亲的伟大、父爱如山！在后来学习和工作中，每当我遇到困难和挫折的时候，就会想起父亲背上泛起的一层白盐和满脸的泥巴和汗水，就会干劲冲天、信心满满。是父亲教会我用汗水去换取我想要的东西，对我以后勤勤恳恳做事、踏踏实实做学问、老老实实做人的性格的塑造和形成起到了不可或缺的作用。

　　数九寒冬，每当夜里刮大风，父亲和母亲就睡不着觉了，他们即早早起床，到地里捡树叶子（刮风后，树叶往往会聚集于路旁的沟里和农田的坑坑洼洼里），为的是喂羊和多积点肥，在天寒地冻、难于伸出手指的情况下，父母亲用冻得僵硬的手捡起一片片树叶，回到家里手冻得已经没有任何感觉。每当我看着他们被冻得通红的脸庞，还有头上结的冰霜，即有一种说不出的心痛和无限的感恩！

　　还有一件令我现在想起来都非常心痛的事情，那就是父亲为了省钱在地上捡烟头。父亲有吸烟的习惯，他自己曾戒了好多次，可能是生活压力无法舒缓的缘故吧，始终没能戒掉。为了省下买烟的钱，父亲闲下来时就会在卫生所捡别人扔在地上的烟头，然后将它们一一剥开，用纸片将烟丝卷起来再吸。看着父亲在那里捡烟头、剥烟头，我心中有一种抽痛的感觉，我对父亲说："你买烟吸吧，我会放学后就去割草，多养几只羊，多积肥、多挣点工分，给你买烟吸。"这时父亲就会摇摇头，苦笑着说："二小，你还小，还在上学，爹年龄大了，没有其他本事，要供你完成学业，咱可得攒点钱才行啊！"我看着父亲那一头白发和浮在满脸皱纹上的苦笑表情，心在滴血：父亲一辈子性格刚强，从未向困难低过头，但为了供儿子上学，将所谓的"面子"和"尊严"全抛在脑后了。父亲弯腰在地上捡烟头那个画面深深地印在了我的脑海里，成为我以后努力学习的强大动力。

　　初中毕业前的一次与父亲谈话彻底改变了我一生的命运。1972年冬天（在我写《我是你的眼》一书中我误写成了1971年，实际上应该是1972年）的一个晚上，放学后，我从王助联中（初中）回家的路上碰到了父亲，已记不清楚当时父亲是因为什么这么晚才回家。时值数九寒冬、滴水成冰，北风在呼呼地刮着，我和父亲一起并排走着，走了好长一段路他都没有出声。我感到很纳闷：父亲是一个爱说笑之人，与我在一起总是会问这问那，这次却一直默不作声。后来我打破了沉默告诉父亲，快要年终考试了，我复习得还不错，估计会考得不错。父亲听后沉默了好长一段时间，并没有接我的话茬，而是问我以后有什么打算。我对他说，我还想读书，想上高中。我满以为父亲会非常高兴，谁知他并没有出声，大约过了10来分钟，父亲才缓缓地对我说："二小，你读吧，只要你想读，家里就是砸锅卖铁也要供你上学！"

当时我才15岁，很多事情还搞不明白，但从父亲缓缓的语调和沉沉的语气中还是读出了父亲心事的沉重，当时父亲已经65岁了，在那个年代，在农村生活的人多是饱经风霜，到了这个年纪很多人已是弯腰驼背、老态龙钟了，所谓"人活七十古来稀"即是当时的真实写照。当年哥哥因故失去了教师工作，还有一个侄子在上学，生活也很困难，也不能帮助我们。父亲这个年纪再去供一个高中生读书对他来说确实是压力山大。后来母亲也偷偷地告诉我，本来父亲想让我读完初中后即回家种地，并跟随他行医，以维持生计，但听我说要读高中就咬着牙答应了我。在以后的日子里，他更加努力地利用空闲时间割草、积肥，为儿子读高中以及后来读大学每天都在一分一分地挣钱、一毛一毛地攒钱，为的是让儿子能在教室里安心学习，为的是让儿子在外不需要忍饥挨饿、不受风寒！

我非常幸运，虽然出生在这样一个贫困的家庭，但无时无刻不在感受着父母亲带给我的温暖和爱。在我上学买书、文具上，父母亲从来不会吝啬，需要一毛钱时他们总是会给两毛，要一块钱时总是会给两块钱。我从小就体会到父母的用心和生活的不易，也就养成了俭省节约、勤劳、努力工作的性格和习惯（见后面有关章节）。

在我上高中的那一年夏天，父亲骑着自行车去20多里外的地方割草，在回家的路上，迎面而来的汽车直接朝他驰来，此时父亲猛一扭车把，自行车顺着公路旁砖砌的流水道滑了下去，当时父亲身上有多处擦伤，还好没有大碍。父亲回到家里非常后怕，如果当时他反应得稍微慢一点可能一切就都没有了。母亲在一旁安慰父亲，父亲一直在念叨着："咱二小有福，二小有福啊！"如果那次父亲出事，我的学业即难以为继了。感谢老天有眼，是父亲的大爱感天动地，成就了我的未来。

　　父亲，敬爱的父亲，我永远记着那个寒冷的冬天，那个普通的乡间小路，你那砸锅卖铁也要让我读书的决定！父亲、母亲在土里刨食、牙缝里攒钱这样异常困难的情况下，把我从一个懵懵懂懂的农家少年培养成为一名大学生，以后又把我培养成了硕士研究生和博士研究生，使我走出了农家大门，领略到世界之大、天地之宽，也使我与葡萄膜炎结缘，有幸为来自全国各地的患者服务，有幸站在国际讲台上发出中国声音，讲述葡萄膜炎诊治中的中国故事和中国贡献。我曾无数次在梦里哭喊着向你们诉说这一切，多么想在冬天里再陪着父亲走一回那条乡间小路，多么想向父母说一声，你们再也不用割草喂羊了，父亲再也不用在地上拾烟头了！多么想说一下，下辈子还做你们的儿子，把所有的亏欠都加倍补上！

　　（三）我生命中最长的一周

　　我的小学是在本村读的，读初中是在王助联中读的，王助联中距我家有五六里路，每天早上去上学，放学后即往家里跑，虽然那时没有什么吃的，也没有什么玩的，更没有什么电视看，但家里那种温暖的环境、其乐融融的氛围，以及一家人在一起那种亲情和依赖则是每天放学后即快速回家的动力。

　　1973年刚过完元宵节，我考入的濮阳三中即开学了。濮阳三中位于濮阳县城东关，距我家有将近20里路，我穿着母亲给我做的粗布棉袄，肩扛着一条被子、褥子和一篮子玉米面做的窝窝头，来到了日夜向往的濮阳三中。

　　一进三中大门看到一个三层的钟楼，该钟楼是濮阳三中的一个标志性建筑。据《濮阳第三中学校记》记载，学校的前身是华美中学，1922年春，经美国基督教传教士薄清洁和潘力克提议，由河北省教育厅备案，在华洋义赈会和门诺派教会赞助下，历经两年建立而成，1924年春正式招生。后因军阀混战、日军侵略中国而多次被迫暂停招生。抗日战争胜利后，华美中学与冀鲁豫边区五中合并。1948 年 5 月 12 日，朱德总司令在陈毅、粟裕陪同下，到孙王庄野战军司令部驻地视察，次日在濮阳三中钟楼内召开了中国人民解放军华东野战军团以上干部会议，朱总司令作了《军事民主与战术学习》的报告，并传达了毛泽东主席对当前任务的三大方针。这次会议在濮阳三中的历史上留下了光辉的一页。1948 年 5 月，冀鲁豫边区五中、八中合并，改为冀鲁豫边区第三中学，并将学校迁至现址——濮阳东关基督教堂，自此学校校址始固定下来，一直延续至今。濮阳三中历经多年沧桑，几经易名，培养出一大批优秀学子，为抗日战争、解放战争的胜利和新中国的建设做出了积极贡献。

每天早上 7 点钟钟楼的钟声即会准时响起，告诉学生们要起床了，学生们即立即爬起来，胡乱洗一把脸就去上早操了。

到濮阳三中报到后，我被分配在 25 班（我们年级共 6 个班，从 21 班到 26 班），我们的宿舍就在学校食堂旁边，是一个三间连通没有间隔的大房子，坐北朝南，宿舍内铺了两排连通的木板，木板下面垫了一些砖，离地面 15—20 厘米，一个房间大约住了 18 个人，每个人分配到一个铺位，约 1 米宽。我把褥子铺好，把被子放在褥子上，又买了一个洗脸盆、一个碗、一双筷子和一条毛巾（没有买牙刷牙膏，当时学校内很少有学生使用这些东西），即算是安住了"家"，当时天色已晚，从食堂门口的大水缸里舀了一碗半热不凉的开水，就着从家里拿来的咸菜，吃了一个窝窝头，即算解决了一顿晚餐。

当时宿舍内没有任何取暖的设备，室内温度在 5—6℃，到校的学生基本上都是只带一个被子和褥子，躺在被窝里都冻得打哆嗦。好在随着春暖花开，受冷受冻的问题是逐渐解决了，但对我们班一个叫王某某的同学而言，两年多的高中生活，简直苦不堪言。事情是这样的，上学没多久，这位同学的邻铺同学发现了一个问题，从他的被子下面散发出尿臊味，再后来发现他有尿床的毛病，每天晚上都尿床，尿床后他也不敢声张，就把尿湿的褥子偷偷暖干，白天即用被子把褥子捂得严严实实。大家发现了他这一毛病后，一直没有揭穿他，都是十六七岁的小伙子了，说出来多难为情啊！

上高中是我第一次出远门，我躺在有些湿冷的床板上，望着屋子的天花板，不禁想起了在家的爹娘：他们现在应该是吃过晚饭了，估计母亲正在手摇纺线车在纺棉花，父亲可能在走街串巷为群众治病或是在家里坐在煤火旁，在用热水洗着腿脚（父亲腿部患有牛皮癣，每天痒得不行，每天晚上都要用相当热的水泡洗才能解除剧痒之苦）。在以往这个时候，我通常坐在煤火旁的小桌上看着书或在写作文，母亲手摇纺线车发出的声音特别能激发我写作文的灵感，父亲会把一天中所诊治病人的一些事情与我和母亲分享。想到这些，我心中不禁有一种惆怅感，当时不像现在有手机，想爹娘时能通个电话或发个信息问候一下，那时的想只能眼望着天花板，在心里默默地想，在脑子里一遍一遍地回放以往和爹娘在一起的时光和情景。

在随后的 4 天里，想家的感觉越来越强烈，每天晚上我都躺在宿舍的床板上，眼望着天花板，冥思苦想着远在二十里路之外的爹娘和家里的一切，包括我们家喂的鸡和羊，做梦做的都是以往家里的一些事情。当时感觉到时间过得真慢啊！我甚至都怀疑是不是地球这几天被什么卡住了，转不动了，怎么从日出到晚上是那么地漫长，从晚上躺在床板上到第二天日出也是那么"不可理喻"地漫长！

星期六终于到来了，我在等待中、煎熬中终于等到了星期六。下午放学后我挎起已经空空如也的馍篮子，一路小跑，跑到家里终于见到了我日夜想念的爹娘。回到家真好，我看了看屋里屋外，看了看鸡窝羊圈，一切都是那么熟悉，一切都是那么亲切可爱。母亲说，你在外一星期，肯定是馋了吧，我给你做小米粥（当时小米粥是农村具有营养的食物，农村孕妇生产后的一个月，为了增加营养，每天都是喝小米粥）。

我望着热气腾腾的小米粥，止不住流下了眼泪，小米粥的香味深深地印在了我的脑海里，伴随我走南闯北几十年。几年前我专门写了一首歌词，歌名就是《小米粥》，这首歌歌词是这样写的：

小米粥

寒冬腊月北风骤

妈妈熬了一锅小米粥

热气满小屋

米香绕炕头

一连喝了三大碗

小嘴烫得像那个红绣球

头上冒热汗

心里涌暖流

小米粥的味道

日日夜夜醉了我的小肚兜

北风乍起送寒流

难忘妈妈熬的小米粥

春夏又秋冬

天南地北走

八大菜系都尝过

比不上妈妈熬的小米粥

细雨寄思念

落叶飘乡愁

小米粥的香味

年年月月钻进我的梦里头

这首歌表达的是对母亲的思念，对家乡的怀念，对那片生我养我土地深深的眷恋，也正是那时母亲熬的小米粥的味道时时提醒我不能辜负爹娘的养育之恩，提醒我回家的路和人生的方向。

（四）高中的饭菜

之所以写高中的饭菜，那是因为它非常特别，现将其记录下来，以期对现在的学生有激励作用，也是对那个时代的一种纪念吧。

1. 背着馍篮子上学

在我的家乡，馍有两种，一种叫作好馍，即是用小麦面做的，也被称为馒头；另一种就叫馍，是用玉米面、红薯干面、黄豆面和高粱面做的。学校每天都蒸有馒头供学生购买。蒸馒头用的是大蒸笼，馒头蒸好后掀起蒸笼盖那一刻是非常壮观和激动人心的，整个食堂弥漫着烟雾，刚出锅的馒头白花花的，发出诱人的面香味。一些城里的孩子，一些父母是老师、干部和工人的孩子，都围着蒸笼购买热气腾腾的馒头。我们这些从农村来的孩子则眼馋地、羡慕地望着那些触手可及却又非常遥远的馒头。我可以肯定地说，有80%以上的学生在高中两年半（我们本来是两年毕业，后因上级有指示，又延长了半年）的学习中没有买过一次馒头。不吃馒头，吃什么？吃窝窝头，吃从家里背到学校的窝窝头。天气冷的时候，每个星期背一次窝窝头，即于周日下午学生们从家里扛着装有窝窝头的篮子徒步20里走到学校，带的窝窝头可以吃上一星期，待周六放学后背着空篮子回家，如此往复。在天热的时候，窝窝头容易发霉变质，每星期则需要从家里背两次，一般于周三下午放学后，急急忙忙往家里跑，周四早上再赶到学校上早自习课。我们村子里有10多个学生，家庭经济条件好一点的学生有自行车，他们就可以骑车回家去拿窝窝头，有时我就请他们在周三的时候帮着带一下窝窝头，这样就会省去很多时间和来回跑路之苦，现在想起来还非常感谢当年帮我回家带窝窝头的同学。

那时的窝窝头大致有五种：一种是玉米面做的，色黄、质硬，偶尔会掺杂些野菜（青菜）在里边，能天天吃上玉米面窝窝头的，在农村算是比较好的家庭了；第二种是红薯干面做的窝窝头，颜色很黑，质地坚韧，如果偶尔吃一顿调剂一下还是不错的，天天吃则会大伤胃口，当时不少家庭一年中大部分时间都是以此种窝窝头为主食；第三种是将红薯面和玉米面掺在一起做成的窝窝头，此种窝窝头是多数农村家庭日常主食；第四种窝窝头是将玉米面和少量黄豆面掺在一起做成的窝窝头，此种窝窝头吃起来有些豆香味，是还算不错的主食，但由于黄豆产量低，农民一般不种黄豆，因此可以说吃这种窝窝头也算在改善生活之列了；第五种则是玉米面掺高粱面做成的窝窝头，高粱的产量也不高，所以种高粱的很少，自然这种窝窝头也较为少见。

我家当时在农村算是处于中等稍偏上一点的生活水平，大部分时间吃的是玉米面做的窝窝头，有时也会吃掺点红薯面的玉米面窝窝头。

2. 我们的早餐和晚餐

早餐吃的是窝窝头和粥。如前所述，学生们带着窝窝头上学，学校食堂负责给大家用蒸笼热一下窝窝头。学生将窝窝头放在自带的尼龙网兜里再放到大的蒸笼里，热好后，炊事班的师傅将其抬到一个固定放蒸笼的地方，让大家放学后去拿自己的窝窝头。

当时不少学生宁愿吃冷的硬的窝窝头，也不拿去加热，原因有两个：一个是每加热一次，食堂要收学生一分钱的加热费，现在我们感觉一分钱算不了什么，但在当时有不少学生不舍得在加热窝窝头上花这一分钱（后面会提到，一分钱可以在中午买上一碗菜）；第二个原因是，学生带的好一点的窝窝头经常会被其他同学"误拿"而丢失。当时濮阳三中在校生有 600 多人，如果所有学生都去加热所带的窝窝头的话，那需要很多大的蒸笼，可以想象蒸笼盖子一被打开，学生将会蜂拥而上去拿自己的窝窝头，大家所带的窝窝头"长相"都差不多，所以"误拿"的现象还是常见的，特别是一些"长相"好的（比如玉米面掺小麦面做的或玉米面掺黄豆面所做的）很容易被"误拿"而丢失。因此，一些同学不会将所带"长相"好的窝窝头拿去加热。窝窝头不加热，学生就得啃冷的、硬的窝窝头，如果天热的话这一般不构成大的问题，可在冬天，天寒地冻的，窝窝头上有时会生出冰碴子，啃这样的窝窝头确实是难以下咽。为了解决这一问题，学校想出一个解决办法，食堂每天早晨为学生做稀饭，每个班由生活委员负责收集下一周每个同学每天所预订稀饭的碗数，我已记不清每碗收多少钱了，可能是三分钱左右吧，然后炊事员根据每个班所订的碗数去做稀饭，在学生早自习结束前将稀饭倒在大礼堂的一字排开的饭缸里，生活委员则按大家所订稀饭的碗数发放稀饭。一般来说，炊事员都会给得比实际订的多一些，所以订一碗喝两碗的现象也不在少数。

食堂所做的稀饭一般是用红薯干面做的，红薯干面粉是白色的，但做出的稀饭则是黑色的，呈黑色的糊状，尽管炊事班的师傅会卡着时间点把稀饭倒在缸里，但在北方的冬天，稀饭会迅速变冷，所以一到放学大家都拿着碗争相往大礼堂跑，舀上一碗稀饭后，赶紧将冰冷的窝窝头掰成小块泡在稀饭中，在半热不凉的情况下狼吞虎咽下去，这就是我们的早餐。

晚饭与早饭差不多，也是吃红薯干面粉做的稀饭，或是玉米面做的稀饭，偶尔有小米稀饭，稀饭伴着窝窝头吃，就算是外国人所说的dinner（晚餐）了。

3. 我们的午餐

中午和晚上学校食堂有炒菜，根据季节不同，会有不同的蔬菜，冬天有大白菜、白萝卜，春天有菠菜，夏天有西红柿、西葫芦，秋天有冬瓜，因为这些菜是学校学生学农时自己种的，所以比较便宜，学校只收一点油钱和盐钱，一碗菜仅卖三分钱，卖到最后剩下的菜一分钱即可买到一碗。家庭条件好的学生，在食堂买馒头和菜吃，而大多数学生则啃自己带的窝窝头，像我这样的家庭，母亲在家腌有老咸菜，我每次上学时，母亲即会给我带上半个咸萝卜，窝窝头就着咸萝卜吃，再喝上一碗不需要花钱的白开水（食堂外面有水缸，炊事员给学生备了热开水，学生不用钱随便喝）即是一顿午餐。我看到一些学生，家中连老咸菜都没有，只有啃着窝窝头就着小盐吃。

小盐是我们当地特有的一种东西。我的家乡地处黄河古道，曾用黄河水浇灌过土地，浇灌之后的土地便成为盐碱地，即在土地上泛起一层白白的东西，农民将这些泛白的东西收集到用砖砌的池子里，再用水冲洗，去掉其中的泥土，沉淀的白色结晶即为小盐。小盐吃起来有点咸味，又有点苦涩的味道，普通人家即买些小盐或用鸡蛋换点小盐来炒菜吃。

就着小盐吃有两种方法：一种是将窝窝头掰开，将小盐夹在窝窝头中；另一种是用窝窝头蘸小盐，不管哪种吃法都没有就着白糖吃那么浪漫和美好！就是在这样啃着窝窝头，喝着稀饭、白开水就着老咸菜的生活条件下，大多数同学始终对前途抱有希望和期待，努力学习，希望有一天能够一展身手为祖国效力。确实在后来恢复高考后，有一部分学生考上了大学，获得了进一步学习的机会，也为祖国的发展做出了自己的贡献。

（五）患了两次扁桃体炎

在我上高中时，我们家的生活在农村属于中上水平，父亲在村卫生所上班，每天可以挣到 10 个工分，每天还可得到 1 毛钱的补助，母亲在家操持家务，也时不时参加生产队里的劳动，可得少许工分，我在周日和假期期间，或是割草积肥或是参加生产队里的劳动，也可挣到一些工分。

父亲有吸烟的习惯，他戒烟戒了好多次，可能是繁重的劳动和日夜奔波为病人治病而无法舒缓自己的缘故吧，烟一直没有被戒掉。为省去买烟的钱，他就在卫生所捡别人扔到地上的烟头，回家把烟头剥一下，用纸将烟丝卷起来再吸，省下来一分一毛，供我上学。

父亲对自己这么节省，却对我上学所需的书籍、文具用品和生活花费从来都是慷慨大方，我要 1 元钱，总是会给我两元钱，也可以说我上高中时是"不缺钱"的。前面谈到，每天中午买上一份菜也就 3 分钱，一个月下来也不超过 1 元钱，父亲总是对我说，二小，别委屈自己，该买什么就买什么，缺钱时就告诉我。可是有两件事给我留下了深刻的印象，使我在花钱方面从来都是考虑一分钱分成两半花，除了上学的学杂费外，基本上都不向父亲要钱。

第一件事是前面提到的父亲在卫生所地上捡烟头，父亲当时已60多岁，为了省钱，已不在意自己面子的问题了，弓着身子在地上把烟头一个个捡起来。父亲捡烟头的那幅画面深深刺痛了我的心，一直印在我的脑海里不能忘记。另一件事是我在初中时的一个夏天的周日，我与父亲一起去割草，天不亮我们拉着架子车就出发了，一个多小时后，我们到达一个离家约15里地的地方。

当时正值三伏天，骄阳似火，我和父亲在阳光下不停地割草，汗珠子在脸上和裸露的脊背上闪着光亮，中午时分，我们在树荫下休息的时候，我看到父亲背上泛起一层白色的粉末，我问父亲它是什么，父亲告诉我那是汗水中的盐沉积而成，当时我感到非常吃惊，流多少汗水才能结出这么多盐啊！

父亲土里刨食、牙缝里攒钱供我上学，我有什么理由去多花一分钱呢？！在高中两年多时间里，在食堂买菜吃的次数加起来不超过10次，没有买过一次馒头。当我与我同事小周说起这些时，她说，怎么不吃面条（在平时闲聊中她知道我最喜欢吃面条）？连3分钱一碗的菜都舍不得吃，在那里能吃得上面条啊？！

到周日回家时，母亲会给我改善一下生活，给我擀一次面条吃，说起来你可能不相信，刚做好的面条一大碗在三分钟内就吃完了，用狼吞虎咽来形容都显得分量不够，嘴烫得红红的，那种"吃相"我现在都记得非常清楚，每次吃面条时恨不得吃上一顿饱上一个星期！

在那样异常艰苦的情况下，我想到的是如何好好学习，对得起每周背的窝窝头，对得起含辛茹苦供我上学的老父亲和老母亲。虽然当时老师布置的作业不像现在这么多，但主动学习，自己给自己压任务那是必需的，除了老师布置的作业外，每天一篇作文也是雷打不动的。

高中时期正是长身体的时候，营养的缺乏加上繁重的学习使身体状况每况愈下，冬天教室、寝室没有任何取暖设备，加上穿的衣服也不足以御寒，在 1973 年冬天我患了扁桃体炎：发烧、头痛、咽喉痛。我们班里一位跟我要好的同学用自行车（他家里条件好一些，有一辆自行车）将我送回家里。回到家后父亲给我量了体温，高烧达 40℃，他赶紧给我输了抗生素，并用中药治疗，5 天后恢复了正常体温，咽喉痛也痊愈了。在临上学前，爹娘反复叮嘱我，不要舍不得吃，要保护好身体。父母的话是记到了心里，但每每想到父亲在地上捡烟头和父亲背上沉积一层白盐的时候，就自己告诫自己，绝对不能多花一分钱，以减轻父母的负担！

第二年冬天，我的扁桃体炎复发了。我那位同学又从学校把我送回家里，父亲给我输了两天液，发烧没有任何好转的迹象，并且我感到喉咙里有一块东西在堵着，后来感到呼吸都有些困难了。我哥用架子车把我拉到濮阳三中隔壁的濮阳县人民医院。我记得当时已是夜里 12 点了，我们挂了一个急诊号，一位 40 来岁的女医生给我做了检查，发现扁桃体有一个大的脓肿，把喉咙堵了一大半，当即为我切开排脓，马上呼吸顺畅了许多。医生说如脓肿进一步增大的话，可能完全堵塞气道，有可能小命就保不住了。

第二次扁桃体发炎治好以后，身体状况进一步变差，每遇感冒即有扁桃体发炎，到了 1976 年我上濮阳卫校期间，医生建议我做扁桃体摘除手术。手术后感冒就减少了许多，身体也逐渐得以恢复。

现在回想起高中那段异常艰苦的生活，虽然使我的身体生长发育受到了一定的影响，但对我价值观的塑造、吃苦耐劳和坚毅性格的形成起到了重要作用。在后来的学习、工作中不管有多艰苦，只要想到高中时天天吃的窝窝头、3 分钱一碗菜都舍不得买的生活，即会感觉到已是非常幸福了，就有了带着馒头、包子一头扎进实验室一干一天的劲头，就有了一篇篇 SCI 论文的发表和多部葡萄膜炎专著的问世，也成就了我们在国际葡萄膜炎领域的领先地位。

（六）老师教我学会了演讲

初中、高中阶段，大多数老师都是按教学大纲、以一种相对固定的模式将书本知识灌输给学生，这种教学方式虽然可以将知识传授给学生，但对学生整体创新能力的训练、思考能力的提升以及学习兴趣的培养则显得有些呆板和欠缺。高中期间，我遇到了两位老师，他们的讲课方式对我触动很大，还听过一次演讲，使我受益颇多，对我以后演讲风格的形成起到了重要促进作用。

第一位老师是濮阳三中的常德兴校长。他高高的个子、瘦瘦的身材，据说是南昌大学生物系毕业的。他讲话有一个特点，头稍微下倾，眼睛骨碌碌转着，手势丰富，显露出睿智和幽默。他第一次给我们上课，一站到讲台上，就用他那浑厚而富于磁性的声音问大家：同学们，你们说我是啥老师？同学们看着他长得高高的，就不约而同地说，是高老师吧，他摆了摆手说不对！我是常老师！学生们说得也没错，高和常（长）代表的意思差不多，立起来是高，横起来是长。常校长引经据典、旁征博引、幽默风趣，我们常常听得如痴如醉、意犹未尽。

第二位老师叫魏福清，他是政治老师，个头不高，精明干练。他曾担任我们的班主任，他经常召集几个班干部开会，说完正事后，他就会给我们讲上一段"一只绣花鞋"的故事，他讲得绘声绘色、抑扬顿挫、轻重有别，讲到关键处，他便会停顿片刻，将我们的心一下就提了上来，然后再以迅雷不及掩耳之势说出惊心动魄的结果，把我们的心弄得一上一下的，就是那种一惊一乍、动人心弦的感觉。

在我高中二年级的时候，学校请了濮阳县杂技团团长为我们讲了一次课，当时讲的内容我已经没有任何印象，但那位团长演讲的风格则给我留下了永远难忘的印象。他在演讲中又是唱又是跳，还讲了很多故事，学生听得捧腹大笑，连连叫好！我第一次感受到演讲原来还有如此大的魅力！

在后来我的职业生涯中，各种各样的演讲已数不清了，有科学研究报告，有科研成果交流，有临床经验推广应用，有基金申请、结题汇报，还有励志演讲。在这些演讲之前，我都会想起我高中的那两位老师和那个杂技团长的讲课，我会思考以下诸多问题：我讲的东西有趣吗？别人能听得懂吗？听众从中能获益吗？对他们的人生会带来影响吗？我的演讲会不会给听众带来像我老师演讲给我带来的那种影响？所以每次演讲或报告前都会精心准备，反复查阅资料，把所讲的内容了解清楚，甚至是烂熟于心，把 PPT 做得简明扼要、重点突出，层次分明，讲的时候张弛有度、重点突出、简洁易懂、幽默风趣，使人在轻松活泼的氛围中感悟科学，在笑声中感悟哲学和艺术，在一个个感人的故事中感悟人生。不少人听我讲课后都表示，开阔了眼界，拓展了思维方式，确有一种听君一次课胜读十年书的感觉。有一次广州美术学院院长请我给他们师生讲课，当时讲的是"思维·艺术·人生"，讲了近 3 个小时，鼓掌了 30 多次，讲完后院长让大家提问题并和我互动。有一个男生在提问前说了一句话：这是我从小到现在听的讲座中最好的一次。把他们的院长、老师弄得不好意思，也把我弄得不好意思。艺术学院的师生们都是具有天赋和个性的，一位医生能把艺术讲得让搞艺术的人都有点被"雷到"的感觉，确是相当不容易的。

2023 年 11 月底，中山大学搞了一场学术会议，并举办了中山大学中山眼科中心杰出校友授牌仪式，我有幸和另外两位曾在中山眼科中心学习和工作过的教授获此殊荣。当时有一位越秀区的副区长作为属地管理政府部门的代表也参加了这一仪式。在授牌仪式结束后，这位副区长和我握手并表示祝贺，他告诉我他是我的学生。我看着他一脸诧异，对他一点印象都没有了。他说，杨教授您当时给我们博士生讲的"思维·艺术·人生"的课，对我启发很大，让我对人生有了更新、更深层的理解，在一定程度上改变了我的价值观和人生观，后来通过我的努力学习和工作，现在有幸走到了管理岗位。他说到这里，我想起来了，当年我在中山大学中山眼科中心工作时，中山大学教务处给文科、理科和医科的博士生安排了政治课，名字叫"现代科技革命与马克思主义"，请了学校各个专业中他们认为对学生成长成才有帮助的教授授课，当时医学领域仅请了我一个，我讲的就是"思维·艺术·人生"。每次讲完课，学生给老师当场打分，对老师进行评价，据说当时我的得分最高。我连续好几年给这些不同学科的博士生讲课，2008年我移师重庆后，中山大学教务处还两次邀请我回母校为学生们授课。

我不知道有多少学生像这位区长那样听了我的课而改变他们的价值观、世界观和人生轨迹的，但我相信，高中时老师那种讲课方式、方法，那种激情，那种技巧深深地影响了我和我的同学，也有理由相信，我向老师学习到的演讲风格以及自己数十年工作、生活中所升华的人生观、世界观和价值观也影响着一大批人，想想这些，心中不免有一种温暖的感觉。

（七）捉虱子

我的家乡在豫北平原上，属缺水地区，遇到干旱时，人们吃水都紧张，加上人们生活习惯及卫生条件差等原因，洗澡对于普通老百姓而言几乎是一件不可能的事情。夏天偶尔下了一场大雨，雨水会在村庄附近的坑塘积聚，收工后一些小伙子、壮年和十多岁的男孩子即会跳到水坑里洗一下，这种洗澡多半是出于祛暑原因考虑的，而不是从讲卫生角度来看的真正意义上的洗澡，因为坑塘里的水都混有大量泥沙，呈混浊状。

从我记事起到我上大学的十五六年中，老天爷能够提供足够水源让人们"洗澡"的也只有两三次。不洗澡是当时人们生活的一种自然状态。我村不少人从出生到去世都没有过一次真正意义上的洗澡。不洗澡会造成虱子泛滥，在天热时由于可以相对频繁地换洗衣服，所以虱子的问题一般来说不算大，但到冬天，一件衣服可以穿上几个月，因此就滋生大量的虱子，在孩子晚上睡觉后，帮着孩子捉衣服上的虱子是父母亲的一个"重要任务"。春天天气渐暖，人们在地里干活，休息时也经常会看到一些男人脱下棉袄在太阳下晒着太阳、捉虱子。

进入高中后，学校也没有洗澡的地方，县城据说只有一家大众浴池，每次收费2毛钱，那是相当贵的，洗一次澡花费的钱足可以买上一星期的菜。况且浴池离学校有三四里路远，所以没有听说有学生去浴池洗澡的。大家不洗澡的后果是身上就会滋生虱子，并且大家相邻而睡，虱子们也要互相"流动一下、交流一下"，最后的结果是几乎全寝室的同学都有虱子。有时晚上回到寝室，你可以看到同学们捉虱子的"壮观"景象。

应该说当年的高中生也是想讲卫生的，也想过得体面一些，但由于经济的制约、条件的限制，他们没有办法去"享受"今天看来再简单不过的"洗澡"。有一天，不知从哪里得到消息，在濮阳县酒厂可以洗澡。据说酒糟在发酵过程中会产生热量，也不知道什么原因，可以产生一些热水，热水可以用来洗澡。这一消息，在学生中迅速传播开来，不少学生都前往濮阳酒厂免费洗澡。去洗澡有两个问题，一是从濮阳三中到酒厂有四五里的路程，来回一次，就需要花费较长的时间；第二个问题是洗澡的地方只有四五个位置，由于去的学生比较多，洗澡需要排队很长时间。这样一来，同学们洗澡的频度就会降低，但有的洗总比没的洗要好得多，并且一个月洗一次澡可以有效地消灭虱子的滋生条件，到后来，高中捉虱子的现象基本上见不到了。

上了大学，生活条件、卫生条件得到了极大的改善，学校给学生们发了洗澡票，每周可以洗一次澡，再也没听说过学生有虱子的情况，但是不知怎么回事，床上有臭虫的现象还是时有发生的。一发现臭虫，寝室的同学即把褥子、被子晒一下，将床板用热水浇一下，即可消灭臭虫。

再后来到广州攻读博士学位，广州天气炎热的时间比较长，博士寝室都配有淋浴的设施，每天洗澡已成为习惯，一直延续至今。据说经济的发展也给农村带来了翻天覆地的变化，现在多数农村都有了浴池，不少家庭都安装了淋浴设备，捉虱子已成为历史。我曾给我的学生谈到当年在农村不洗澡和虱子广为流行的现象，他们都感到不可思议，捉虱子的事情现在看来是一件羞于启齿的事情，但当你饿着肚子的时候，除了找到能填饱肚子的东西是重要事情以外，其他的事情都可以忽略不计。

五、从大学到博士

（一）考上了河南医学院

高中毕业后我回到农村，做了一名赤脚医生，每天走街串巷上门为群众治病，忙得不亦乐乎。大约 1977 年 9、10 月份，我治疗了一个病人，他姐姐在北京工作，当时从北京传来一条小道消息，说上大学要改革，可能要改为考试了。听到这一消息后，我非常兴奋，当即将这一消息告诉了爹娘。他们听说后，虽然感觉到如能考上的话，供我上学有些吃力（当时父亲已 71 岁，母亲 61 岁），但对我有了考大学的机会还是感到非常高兴，父亲鼓励我抓紧时间复习功课。当时我和父亲都在村卫生所当赤脚医生，他为了给我争取到较多的复习时间，把诊治疾病的活儿大都自己揽了下来。每次看着父亲顶风冒雨去病人家里诊治疾病时，我心里非常感动，暗暗下决心一定要好好复习，不辜负父母的培养和关爱。即便是父亲替我干了很多活儿，但由于十里八乡找我看病的病人较多，我还是没有太多的时间去复习功课，好在我原来在高中比较用功，基础比较好，后来终于考上了大学。

在考试之前出现了一个状况：我想考大学，就需要事先向大队干部汇报一下。向每个领导汇报时，几乎都会看到他们面露难色，他们不好当面拒绝我参加考试一事，但在私下里都说我不能去参加考试，这倒不是因为他们有意刁难我，而是因为他们认为我如果考走了，那一定是西郭村卫生事业的一大损失！

当时农村也在施行合作医疗制度，大队规定，村民（群众）定期向卫生所缴纳合作医疗费用，一般每次每人缴 5 毛钱，群众看病时，只需缴 5 分钱的诊费（相当于现在的挂号费），吃药打针都不再需要花 1 分钱。在这样的情况下，不少群众有点头痛脑热的、吵架后心情不好的、蚂蚁跳蚤咬一下的，都会跑到卫生所找医生看一下，吃点药、打打针或弄张膏药贴一下。大家可想而知，卫生所从群众那里收到的钱很快就会被用光，此时大队又会让群众缴纳合作医疗费，一年中往往需缴多次。不少身强力壮的群众，一年还不去看一次病，对这种合作医疗缴费很是反感，有较大的抵触情绪，所以出现缴费拖拖拉拉、很长时间都收不齐的现象。

我于 1975 年 6 月高中毕业回到农村，当时村卫生所共有 4 人，一名会计、我父亲和另外两名医生（他们是父子关系），在这种情况下，我再进入村卫生所有较大的难度，但这也没有影响到我为群众治病。当时，我是编外医生，是真正意义上的赤脚医生，边劳动边为群众治病。没过多久，我的名声就打出去了，不少患者从方圆几十里路赶来找我诊治疾病，在此情况下，大队干部看到我有培养价值和前途，就送我到濮阳县卫生学校学习一年（1976 年 2 月到 1976 年 12 月），回来后正式安排我在大队卫生所上班，即专事治病工作，不需要跟群众一起下地劳动了。

在卫校一年的学习使我在理论和临床技能上都有了很大的提高，加上我对患者关爱有加、服务态度好，外地前来找我诊治疾病的已是络绎不绝。当时虽然是合作医疗，但外村、外地的人前来就诊需要缴纳药费和治疗费，按国家规定，西药有 15% 的利润，中药有 30% 的利润，外地的病人越多，卫生所的利润就越高，本村群众缴纳合作医疗费的频度和金额就会降低和减少，这当然是大队干部和群众高兴的事情。他们一想，要是杨培增考学走了，群众的合作医疗可怎么办啊？站在他们的角度去考虑一下这个问题，确实是有道理的。

除了上述这个状况，另外一个意外则使我痛心不已，也感受到那种如山的父爱。在高考前，每个考生都要填报高考志愿表，经大队、公社两级政审后才能参加高考。我村有七八个考生，大家填报志愿表后没多久，从一位大队干部那里得到一个消息，在我的志愿表上，大队政审一栏内把父亲曾在旧军阀部队当兵的事情写了上去，这在"文革"刚结束的当时而言，当过国民党兵即被认为是历史不清白，这可是一个要命的问题。为了消除这一"不良"记录，父亲一大早即出去找执掌盖章大权的大队干部。他跑了很多地方都没找到这个干部，临近中午时父亲一脸疲惫、一脸沮丧地回到家里，一屁股坐在凳子上，号啕大哭。他对我说，二小，这个干部躲了起来，找不到他啊！爹对不住你啊！"文革"以后上大学都是靠推荐，我家无权无势，靠推荐上大学是连做梦都不敢想的事情。现在忽然有了可以考大学的机会，那简直是千载难逢啊！如果因为父亲历史不清白而让我失去考学的机会，那将是父亲的终身遗憾和永远的痛。父亲在我眼里从来都是乐观、豁达之人，工作再忙再累，割草、干农活再辛苦，他从未掉过一滴眼泪。此次竟为儿子上学四处求人未果而失声痛哭，足可以看出父亲内心巨大的痛苦和深深的自责。

我当时抱着父亲，哭着对他说，爹，你别哭了，不能参加高考也没什么大不了的，儿子决不会埋怨你。母亲也在一旁抹着眼泪说，二小，咱就听天由命吧。我看着伤心的爹娘，心中涌出一个念头，如果有一天能考上大学，我一定要好好学习，一定要混出个人样来，报答我那恩情比天高比地厚的爹娘。此也成为我后来一直自强不息、勇往直前的巨大动力。

后来听说公社领导开明，对各个大队所报的政审表一一甄别，对一些没有大问题的，把政审表上所谓的不良记录和历史不清白通通去掉了，使我顺利参加了那年的高考，并很幸运地考上了大学。

当年大学考试是在12月，我们的考场设在濮阳一中，当时考卷共4张：政治、语文、数学和理化。我自认为政治、语文考得还可以，数学题仅做出了一半，理化最糟糕，在考试完回家的路上与同学们谈起考试的情况，不少同学感觉考得不错，我心中不免有些失落和沮丧，感觉考上的可能性不大。回家后也就不再想上学那个事了，又整天忙于为群众诊治疾病了。

在元宵节后的一个晚上，我村党支部书记来到我家，带来了我考上大学的喜讯。支部书记刚刚参加完在县城召开的三级干部（县、公社、大队干部）会议，在会议期间，濮阳县委宣传部的同志专门找到我村党支部书记，询问了我在农村为贫下中农治病的情况，并带来了我被河南医学院录取的消息。后来他们写了一篇通讯，题目叫《不畏艰辛，苦学苦钻》，于1978年3月15日刊登于《河南日报》上，此是后话。

考上大学的消息迅速传遍了三里五村，不少亲戚、朋友和我救治过的群众前来表示祝贺，爹娘高兴得合不拢嘴，整日给我准备上学所带的东西。当时天气还比较冷，母亲亲手为我做了一双棉鞋，父亲找人为我做了一只木箱子，用于放置日常用品。1978年2月28日，在爹娘恋恋不舍的送行中，我登上了前去郑州的长途汽车。当时到郑州的路不好走，特别是过黄河桥是单行道，从南向北、从北向南的车要交替通过，即从南向北的车通过时，从北向南的车即要停下来，反之亦然。我记得当天从濮阳县城到郑州走了差不多一天的时间。

坐在汽车里，望着窗外赤裸裸的黄土地，既有走出家门、走进高等学府的惊喜，也有对还在接受我治疗病人的惦念，更有对父母亲的牵挂和我走后父母无人照顾的担心，还有对未来大学生活的憧憬和期待。一个瘦弱的农家子弟从濮阳县王助公社西郭村这个普通的村庄出发了，我不知道命运将我带向何方，也不知道自己会走到何处，是风和日丽，还是风雨飘摇，是道路平坦，还是泥泞坎坷，我心中既有惶恐不安，但更多的是信心满满，我暗自攥紧了拳头……

（二）我的大学——河南医学院

我考上的大学是河南医学院。在上学前只知道它是当年河南省唯一的一所西医高等院校，于 1957 年由开封搬迁至郑州。它位于郑州市中心——二七塔以西 2 公里处，金水河斜行穿过校园，将其分成东西两部分，东部是教师居住区和操场，西部则是教学区和第一附属医院所在地。

河南医学院的前身是始于 1928 年的河南中山大学医科，1952 年河南医学院独立建院，1958 年迁至省会郑州，曾涌现出一批国际国内著名的医学家、名医和名师。眼科张效房教授曾设计出眼内异物方格定位和摘除方法，因在眼外伤方面所做出的卓越贡献而享誉世界，并获全国科学大会奖励；病理学家沈琼教授发明了食管拉网普查食管癌方法；心血管内科刘钟明教授以生动、形象的方式教授学生辨认心脏杂音而深受学生好评和欢迎。恢复高考后，第一批全国医学教材编写中，河南医学院主编了三本教材，董民声教授主编了《耳鼻喉科学》，崔祖让教授主编了《寄生虫病学》，曲本铃教授主编了《药理学》。这些足可以看出当时的河南医学院在全国之地位。

我怀着忐忑不安又有些激动和期待的心情跨入了河南医学院西大门，正对大门的是一座 4 层的教学大楼，基础部的各个教研室、示教室和学生实验室都位于这个大楼内。入校门右前方即是学校大礼堂，大礼堂东侧即是学生食堂，西侧则是我们 77 级学生的宿舍。每个房间有 4 张床，上下两铺，一般每间房住 7 个人，有一个上铺是公用的，用于放置箱子和个人物品。我到校时间晚一些，宿舍里边两张床和门后的一张床都被先去的学生占用了，我只好住在对着门的那张下铺上。

我是恢复高考后第一批大学生，当时我们班学生年龄相差比较大，最大的年龄为 33 岁（大我 12 岁），最小的则为 16 岁。学生们来自农村、工厂、城市，有的是农民，有的是教师、赤脚医生，有的是临时工或工人。不管来自何处，不管以前做什么工作，我们都为能考入河南医学院感到无比自豪和光荣。

1977年恢复高考，大学录取的比例据报道是4%左右，可想而知，能考上大学是多么不容易，大学生被称为"天之骄子"。入学后学校为我们发了一个红色的小本本，即学生证，还为我们发了一个白色的宽约1厘米、长约4厘米的校徽。这两个东西都是身份的象征，学生证这个东西有点尴尬，虽然它能表明你的身份，但你不能天天把它拿在手里，也不能向路人展示我这个证是哪个学校发的，唯一有用的是，在放假时你拿着它可以买1张半价车票。校徽这个东西设计得可就太好、太精妙啦！把它往胸前一戴，不用你说，走到哪里就会把你的身份告诉那里的人们：我是河南医学院的学生，既不张扬又显得实用得体。周末上街你经常会看到大学生们佩戴着不同学校的校徽，脸上都洋溢着自豪和自信的表情。

后来，不知什么时候，这种戴校徽的人越来越少了，现在走在大街上，即使在大学校园里，已经看不到有人戴校徽了。人们都说"物以稀为贵"，戴校徽现象的消失，或许反映了人们观念已发生了重要改变。

上学后一个最大的惊喜是我们可以像过年一样天天吃馒头和肉了。入学后没多久，学校即根据每个学生家庭经济情况评定助学金。家在农村，父母都是农民，没有额外收入来源的学生可以评为一等助学金，每个月学校给予18.5元的助学金，每人缴13.5元的伙食费，还有5元钱可以用作买书、文具及日用品。当时的伙食费现在看来可能是微不足道的，但是在我看来学校在天天改善生活，天天在过年，每天都可以吃上馒头、包子、菜角和面条，尽管所供应的肉不可以尽情地大快朵颐，但每天菜里有肉却是不争的事实。幸福来得真的太突然了！我甚至感觉到有些不习惯，有些怀疑是否已经到了共产主义社会啦！与在家看到的农民过的苦日子相比，我们这些学生真的很幸运，国家在尚不富裕的情况下拿出这么多钱培养我们，我们应该好好地学习医学知识，报效祖国，报效人民！

学生们一踏入大学校门，学习的热情一下子就被点燃了，在教室里、在金水河畔、在路灯下、在寝室里，到处都能看到学生在如饥似渴学习的身影。"十年动乱"受影响太大，读书无用论对整个社会的影响也很大，努力学习，把被耽误的时间找回来已成为那个时代所有大学生的一个共识，七七级还有七八级已经成为刻苦学习的代名词。确实他们不负众望，后来成为国家发展的栋梁，在祖国现代化建设中做出了重要的贡献。

（三）我的外语学习是从大学开始的

大学一年级即开设了英语课，这使我感到非常不爽。一个原因是我认为学英语没用，考入大学后我到图书馆看了一下，非常震惊，那里有很多中文书和中文杂志，这么多书和杂志什么时候才能读得完啊！有这么多中文书都读不完，为什么还要学习英文？！另一个原因是我对英文有着深深的偏见。

初中时，我们就开设了英语课，即开始学习英语了，当时有两个感觉，一是学英语没用，另一个是学英语太费劲啦，学英语也没有道理，简直就是匪夷所思！说学英语没用我是有根据的：从我记事起到上初中，我没见过一个外国人，方圆几十里路也没听说有人见过外国人，我跟谁说英语去？难道跟庄稼说英语，它就会产量高吗？跟我村的光棍汉说英语，他就会娶上媳妇吗？我们村的大队长，一个英文字母都不认识，却是种田能手，还是县里的劳动模范呢！我们公社的干部也没听说会什么英语，可每个月都有几十块钱的工资，出门都有自行车骑呢！我说学英语费劲、匪夷所思也有足够的理由：英语的发音非常奇怪，有单元音、双元音、前元音、中元音、后元音、清辅音、浊辅音、爆破音、摩擦音、破擦音、鼻音、舌侧音等等，这么多音标还不把舌头和嘴给累死啊！哪能比得上我们的濮阳话，我们是嘴巴一张、舌头一动，叭啦叭啦什么都出来了，莲花都吐出来了，那多过瘾啊！

我记得在中学期间教我们英语的是一位张老师，个子不高，身形瘦小，但双眼炯炯有神，教学特别认真。教我们音标时，时而嘴唇微微张开，舌尖或抵住下齿，或又抵住上颚，时而双唇突出，双唇收得小而圆呈喇叭状，时而嘴又张大，舌头后缩，看起来非常滑稽，有时惹得我们学生哄堂大笑。张老师却一脸严肃，正儿八经地对我们说，别胡闹，谁胡闹，我就让谁站起来跟着我练习发音。他这么一说还真的没人敢笑了，但是在下课后，还是有人学着老师变换嘴形的样子以取乐大家。

第二个理由是，你根本就猜不出来英语表达的意思，不像我们濮阳话和安阳话，虽然二者在音调上有比较大的差别，听不懂的地方猜猜都能猜出个七七八八，也就是说我们濮阳人与安阳人虽然交流有些困难，但不至于弄不懂对方的意思，但你要用英语与人交流那简直是对牛弹琴，既然是对牛弹琴，那我问你为什么还要学上几句英语，非要对牛弹琴呢？

第三个理由是，英语是语法混乱，逻辑不通，比如说，好好学习，天天向上，你看中文用词简洁、意思简洁、对仗工整，你再看一下英文的表达是"Study hard, make progress everyday"，表达前后不协调、不一致、不对仗。再如我们说"早上好"，清晰明了，多好！老外非要把它说成"Good morning"，即"好早晨"，是什么意思？它不是问候你，而是见了面说，今天早晨是个好早晨，多么不通顺啊！再比如我们说上学，老外非要说成 go（去）to（到）school（学校）。按他们的话说，go to school 是上学，那我问你，一个老大爷在放学时去学校接他孙子回家，他去（go）学校（school）那也叫上学吗？再有"睡觉"，英国人非要说成是 go（去）to（到）bed（床），这是什么逻辑啊？我问你，去床上就一定是睡觉吗？我想去床上坐一会儿不行吗？我到床上站一会儿也不是什么问题吧！为什么我去床上就一定是睡觉呢？还有，我生产队一位二大爷，他家根本就没有床，只有一个土炕，他要是去睡觉，那不就是 go to tu kang 吗？不知老外是怎么想到的，真是令人费解！

　　一开始学英语就出现这么多问题，产生了这么多困惑，那还学它干什么？特别是 1973 年河南省唐河县"马振扶"事件对我及其他学生学英语更是产生了严重的影响。当时一位叫张玉勤的初中生平时没怎么学英语，在期末英语考试时，所有考题都不会做，就在试卷背面写道："我是中国人，何必学外文，不会 ABC，也当接班人，接好革命班，埋葬帝修反。"班主任看到后向校长作了汇报，校长和老师批评了张玉勤，张后来跳湖自杀身亡了。这一事件立刻引起轩然大波，当时中央都下发了有关文件，将其称为修正主义复辟的典型，要求河南省委认真复核，严肃处理这一事件的有关人员。这一事件给了在上高一的我不学英语一个很好的借口，在以后的日子里，更不学习英文了，每次英语考试成绩也就维持在及格水平。

　　上大学后看到第一学期的课程表上还有英语课，这简直是与我作对啊！我也没有权利让校方去掉这门课，也不能不去上这门课，那就硬着头皮上吧，每次上英语课时，我都去得比较早，为的是能够占到最后排的座位。上课时总是把头埋得低低的，老师也是邪门了，你越是躲在后面，越是不会，老师就越是提问你，常常在课堂上把我弄得脸红脖子粗的。有时候我在想，老师你不尴尬吗？学生不会那是学生的错吗？那是你教得不好啊！你要提问就提问坐在前面三排的学生，你看他们个个都睁着大大的、闪着光亮和崇拜你的眼睛，那都是在等着你提问题呢，都是想表现一下、炫耀一下自己的，你何必打击他们的积极性和虚荣心呢！为什么不给他们机会呢？你一提问，他们如流水般回答，显得你多有成就啊！显得你多有本事啊！

　　大学第四年末，学校发了一个通知，告知所有同学，毕业留校必考英文。这该死的英文，又给我出了一道难题，我虽无大志，但还是想留在大学，希望能够多学点知识，多为病人服务，要考英文这不是与我作对吗！但是，这是学校下的文件，我也是没办法改变的。正如有人所说，如果没有办法改变，那你就闭着眼睛享受吧！学校这一通知算是一盆凉水把我浇醒了，我纵有千般理由，只要我想留校，就必须学好英语，考出好成绩。于是乎，我就买了一本英语语法书、一本英语试题集、一本英文医学辞典（小开本，有 200 多页），一有时间就看啊、背啊、做习题啊，在去医院实习的路上，在食堂买饭排队的时候，甚至上卫生间的时候都在背英语医学词汇。你还别说，在不到一年的时间里，我竟把这个小辞典翻得稀巴烂，其中的单词也都背了个七七八八，在留校考试中竟然考出了理想的成绩，使我毕业时顺利地留在了河南医科大学（当时河南医学院已改名为河南医科大学了）第一附属医院。

这一年的英语学习，不但使我取得了优异的考试成绩，更让我体会到英文表达方面的精妙之处。特别是在科技文章中，英语表达词语清楚，精准到位，逻辑上环环相扣。在修辞上，常使用名词型结构，着重客观事实的描述，内容确切、准确，信息量大；介词短语、形容词短语和动词不定式的广泛应用，使文章结构简洁、紧凑，有时一句话可清楚地表达出多层意思；被动语态的大量应用，则可以充分地不加修饰地表达客观事实及结果；科技英语中大量复合词、缩略词、前后缀等的使用，可以大大简化句子结构和成分，充分表达客观事实和科学发现。

在了解了英语表达的特点和优势之后，再看大学期间学到的知识，发现绝大部分都来自西方英语国家，当时即对自己以往的无知和浅薄感到汗颜。为了提高自己的英文水平和专业知识，我就开始阅读和翻译英文的医学文献资料，在师兄张金嵩教授的指导和帮助下，我们先后翻译、摘译了数十篇国外眼科文章，经张效房教授、杨景存教授、宋绣雯教授修改润色后，发表在当时北京市眼科研究所主办的《国外医学眼科学分册》上，虽然很多都是豆腐块大的摘译文章，但通过反复地训练，却从中找到了中英文表达的异同和技巧，为以后英文写作奠定了扎实的基础。

　　20 世纪八九十年代，日本学者在葡萄膜炎研究方面相当活跃，也有多份日文眼科学杂志，再一看日本的文字，很多都与中国文字相似！梁实秋先生曾经说过"好难的日语啊，费了我一灯油"，我当时就想当然地认为日文应该很好学，连蒙带猜即能了解其大概意思，后来就自学了一点日语，你别说后来还翻译出了两篇数千字的日文文章，发表在《国外医学眼科学分册》上。

　　再后来到中山医科大学中山眼科中心攻读博士学位，中山眼科中心有德文和法文眼科杂志，看到这些字母与英文字母相似，但又不知道这些文字表达的是什么意思，就不知天高地厚地自学起德文和法文来了。经过一段时间的学习，借助字典基本上可以从德文、法文文章中挖掘出自己所需要的资料和信息，后来还翻译出一篇德文文章，有 3000 多字，发表于《国外医学眼科学分册》上。再后来还做了一个梦，想编纂一本《英德日汉眼科大辞典》，后因工作繁忙以及来自日文、德文眼科学杂志中的信息量逐渐减少，这个梦终未能实现。再到后来的后来，临床工作、科研工作以及带学生等事情，一直把我弄得精疲力尽，已没有时间顾及日文、德文、法文等语种的资料了，可以说学到的一点皮毛的东西，在我脑子里又被清零了。但不管结果如何，当年挑灯夜战，翻着字典，对着语法书一字一句研读文献的情景仍历历在目。虽然这些像树叶一样悄无声息地离开了树干，但时间的年轮却都默默地记录着它们曾经的奉献，记录着它们鲜活的翠绿及对生命的丰盈！

　　我写第一篇英文文章是在 1987 年，当年 9 月我从郑州来到广州中山眼科中心，开始攻读博士学位。读博士第一学期，课程不是太多，我就试着将硕士期间做的一个有关氨基甙类抗生素对泪液溶菌酶影响的实验结果写成英文文章，投给了中山眼科中心主办的 *Eye Science* 杂志，经同行评议后得以发表。后来编辑部的老师告诉我，我的文章是请的一位药理学教授审的，该教授曾在美国留学，他给的评审意见是英语写得好，几乎没有在语言文字上有任何修改意见。这个教授的评价使我深受鼓舞，在日后的学习中更加注重英文写作技巧的训练和提高，在阅读英文文献中，将好的句子抄录下来，然后反复研读和琢磨，以求掌握语言表达之精髓。这段工作和学习经历使我的英语表达能力得到了质的提升。

记得是 1994 年的一天下午快下班时，李绍珍院长给我说了一件事情：她刚在美国参加一个国际眼科学术会议，在会议期间与 *Ocular Immunology and Inflammation* 杂志的主编 Aize Kijlstra 教授谈起中国葡萄膜炎发病和研究情况，Kijlstra 教授对这些资料非常感兴趣，希望李院长把中国葡萄膜炎资料总结成文投给他主编的杂志。李院长从国外回来后立即交代我回去写一下，第二天一早把文章拿给她。

我的天啊！第二天早上就要把文章写出来，还是英文的，这不是要我的小命吗？！

但是师命难违！我赶快回去，胡乱吃了几口饭，就一头扎进了办公室。亏得我平时将中国葡萄膜炎的研究资料都做成了小卡片，可以说素材都已具备，就按 4 个方面，将资料进行了总结和梳理，经过一夜紧张地撰写，终于在第二天早上 8 点钟将文章送到了李院长办公室，李院长嘱办公室人员将文稿进行打印，当天即把稿子投给了 *Ocular Immunology and Inflammation* 杂志，后来经修改后刊于该杂志。在认识 Kijlstra 教授后他还与我说起这篇文章，连连说该文章写得不错。

撰写有关中国葡萄膜炎研究现状这篇文章，使我明白了以下两个道理：（1）平时积累资料和素材非常重要；（2）写文章要聚精会神、高度集中、一气呵成。还使我看到了自己在写英文科技文章中还有一点潜力可挖。

有关《内毒素诱导葡萄膜炎眼前段改变的活组织观察》一文的撰写经历，再次证明了写文章要一气呵成的重要性。我曾在美国 Casey 眼科研究所与国际著名葡萄膜炎专家 Rosenbaum 教授进行合作研究。工作 3 个月，我完成了一项研究。当时我对辅助我工作的一位来自印度的技术员（她于硕士毕业后在 Rosenbaum 教授实验室做技术员工作）说，今天我们去图书馆写文章，你帮我查阅资料，从早上 8 点钟进入图书馆，到晚上 8 点，文章竟然写好了，第二天拿给 Rosenbaum 教授，他改了几个字，就将稿子投给眼科基础研究最好的杂志 *Invest Ophthalmol Vis Sci*，后来很快就收到杂志修改意见，经过小修，文章得以发表。

博士毕业 30 多年，科学研究从未间断过，用英语撰写文章也从未间断过，可喜的是，我带领的团队已经发表了 300 多篇 SCI 文章，不少文章是发表在国际医学界、国际眼科界著名的杂志上。2023 年 6 月，我们举行了团队发表 300 篇 SCI 论文一个小型的庆祝会，不少学生从全国各地赶来，大家在一起交流心得体会，追忆攻读硕士、博士学位的岁月，感慨万千，我也不知天高地厚地写了一首打油诗，叫《自吹自擂》，以总结以往工作业绩和表达对未来的期许，这首诗是这样写的：

自吹自擂

古有唐诗三百首，
今有 yang 文三百篇。
沧海桑田人未老，
鲜衣怒马一少年。

少年归来，初心不改，奋勇向前，春暖花开！

2021 年我独自一人撰写了大型英文葡萄膜炎专著（*Atlas of uveitis: Diagnosis and Treatment*），有 175 万字，800 多页，附有 3000 多幅我们患者的图片，5 位国际顶级的葡萄膜炎专家为该书作序，是中国眼科界第一次系统地向世界介绍葡萄膜炎诊治的中国经验、中国方案、中国标准和中国智慧。亚太眼内炎症学会前主席 Ohno 教授在为我写的英文葡萄膜炎专著 *Atlas of Uveitis：Diagnosis and Treatment* 作序时评价说，杨培增教授团队正在领导着世界葡萄膜炎和眼内炎症免疫学研究！（He and his team have performed a number of cutting-edge studies in uveitis and profoundly renewed the knowledge about the pathogenesis of uveitis, and they are leading the study on uveitis and intraocular inflammation in the world！）*Ocul Immunol Inflamm* 杂志创办者和首任主编 Kijlstra 教授称赞说："杨培增教授以一己之力、以杰出的研究成果将中国葡萄膜炎研究写在了世界版图上！"（It can be said that Prof. Yang single-handedly put the uveitis research in China on the international map through his own notable scientific achievements！）2023 年 12 月中国出版协会国际合作出版委员会、中国新闻出版研究院、出版参考杂志社联合发起的年度出版优秀图书评比中，评出 100 种优秀图书，我们的葡萄膜炎英文专著即位居其中（人民卫生出版社仅有两本著作入选）。

现在回想起来，当年轻视英语，甚至认为学习英文无用的想法是多么无知！是河南医科大学所发的留校通知，使我认识到学习英语的重要性。如果说我们团队葡萄膜炎研究走出国门、走向世界，在国际葡萄膜炎领域有一席之地的话，那么英语即是不可或缺的工具、载体和桥梁。

（四）大学期间二三事

1978 年 3 月 15 日，《河南日报》以通讯的形式报道了我在农村为群众治病的事迹。那个年代的人都比较单纯，赤脚医生都是风里来雨里去，不顾个人安危，全心全意为人民服务，我只是当年普通赤脚医生中的一员，说实在的，我也没有什么特别之处。报纸一经刊出，我即接到了很多来自全国各地的信件，有的是表达敬佩的，有的是询问如何复习才能考上大学的，也有的是寻医问药的。

有一位 30 多岁工作在河南灵宝县的女士，双眼视力下降，在河南医学院等多家大医院进行了全面检查，未查出器质性病变，从报纸上看到我为一位脑炎后遗症患儿挽救了视力，就前来郑州找我诊治。

当时七七级系主任李连捷老师为我提供了很大方便，使我能在课余时间为患者施以针刺治疗，经过一个月的治疗，患者的视力从 0.1 提高到 0.5，患者及家属自是感激不尽。这个患者实际上是郑州人，她父母都在郑州铁路局工作，她的姐姐是郑州四十八中的图书管理员。通过治疗这个患者，我算是在郑州有一个"亲戚"了，她们一家时不时请我到家里吃饭。当时国内刚刚有黑白小电视，宽高都不会超过 20 厘米。每到周六，我们寝室的几位同学都会到她父母家看电视，要知道当年有电视的人家还是稀少的，能看上电视被视为莫大的幸福，其他寝室的同学都很羡慕我们寝室同学有这个福利。对我来说更大的福利是我可以自由地进出四十八中图书馆，并且，我想要的书那位大姐都会帮助我购买，我可以长时间借阅这些图书，这对于以后拓宽我的视野及专业或文学写作都起到了一定的作用。

有一位在河南省安阳商业局工作的女同志，给我来信向我表达了敬佩之情，说了很多赞美我多么努力、多么勤奋、多么优秀之类的话，并表示以后要向我学习，希望以后能向我多多请教。后来我们还保持书信来往很长一段时间，她每次来信都多达四五页，现在想来当年她虽然没有说出爱慕一事，但每次都是从心底里在倾诉着自己的热爱。40 多年过去了，当年的姑娘你在哪里？但愿她的晚年幸福，人生圆满！

大学期间，我记得有一个学期的中医课，我们系主任李连捷老师对我说，你在农村学了那么长时间的中医，可以免修这门功课，以省出一些时间，学你想学的东西。我想想也是啊，西医院校的中医授课内容估计都比较浅显，再去学习一遍的确是浪费时间，我就向中医学教研室的李主任提出申请，想免修中医课。李主任就组织了一场笔试，笔试结果我得了 90 多分，因此就批准了我免修中医课程的请求。我利用免修中医这个时间，自学了眼科全书第一卷（据说眼科全书因"文化大革命"的耽误，只出了第一卷），对眼部的解剖、病理、生理有了进一步认识，使我更加喜欢上了眼科，对我以后从事眼科工作起到了一定的作用。

我们上大学的年代男女是很少说话的，更谈不上男女之间有越界之事。但也有个别"前卫"一些的同学，在上大学之前即有女朋友或在上大学后受人仰慕而自动追上门的。我班有一位来自某县城的同学，家庭条件还算不错，人长得短小精悍、非常机灵，是我们班里第一个穿上尖头皮鞋的学生，按现在的话说是相当时髦的人。上大学不久即与一位在外地工作的美女谈起了恋爱，那女的隔三岔五地来到郑州，一来就住上两三天。我们寝室有 7 个人，他们在寝室很不方便。那个时代不像现在，有很多酒店、宾馆，那时都是几元钱一天的招待所，住招待所还需要有单位介绍信，招待所的设施也很差，墙可能也不怎么隔音，每次女的来后二人即在这样的招待所凑合。可能是当年道德观念的束缚，也可能是有隔墙有耳的顾虑，还可能受当年招待所人员的监视等原因，没多久我的那位同学即力不从心勃起不坚了。他非常着急，但也羞于到医院问诊于医生，也难以启齿问计于他人，他知道我之前在农村看各种疑难杂症，于是就问诊于我。他为这事还下了不少功夫，开始他说要请我吃烩面，我感到很奇怪，因为那时很少有学生下饭馆吃烩面的，我记得最早的郑州烩面是 4 毛 6 分钱一大碗，以后涨到 4 毛 8 分钱，再后来到 5 毛 3 分钱，现在已涨到了 20 元、30 元一碗了。4 毛 6 分钱一碗烩面对当时的学生而言已是奢侈品了。书归正传，那位同学说，他女朋友刚发了工资，要感谢我平时对他学习的帮助。我也不好推辞，就跟他去了烩面馆。饭间他羞羞答答地给我聊起了有没有什么可以帮助他恢复男人雄风的中药。问清缘由后我给他开了中医补肾壮阳的中药，当时刚好快放假了，假期中他连续服了一段中药，假期返校后告诉我中药还真的特别有效，女朋友特别满意。后来过了一段时间，他告诉我说又不行了。我对他说，你不能在环境太差、墙壁不怎么隔音的房间干活呀！听后他叹了口气：这个问题是没有办法解决的。后来大学毕业后，他见到我，我问他现在如何，他说这事你说得真对，在自己房间里干活就没一点问题了。

（五）大学第一个假期

我在《最长的一周》一文中描述了我上高中时第一个星期想家的情景，在我上大学的第一个学期虽然没有感觉到时间过得那么漫长，但时时刻刻都在想着在老家的爹娘，那时候不像现在有手机、电话可以随时进行联系，唯一联系的方式即是写信表达对父母的挂念和担心。7月考试完，我即买了从郑州到汤阴再从汤阴到皇甫（小火车）的火车票，急匆匆地赶到家里与父母团聚。

回家的第二天，很多街坊邻居到我家问候。隔壁的二叔见了我说，二小，吃胖了。可一转身遇到邻居三婶子，她就关心地对我说，二小瘦了。再碰到进门的三爷，他说二小这一段时间胖了。还是当天，我见到邻居二大爷，他又给我说，二小怎么瘦了？当时一天能见上几十个人，约50%的人说我瘦了，约50%的人说我胖了。后来我才知道不是我真瘦了，也不是我真胖了，我的胖瘦无关紧要，是他们通过说"瘦了"或"胖了"来表达对你的关心，或者找个话题寒暄而已，这才是他们真正的意思，就好像在农村见面时问你吃饭了没，他并不是关心你吃饭了没有，也不是说他们想请你吃饭，而是没话找话而已。

培增回来了的消息迅速传遍三里五乡、十里八村，都说培增原来就是好医生，经过大学的学习更是不得了了。实际上第一个学期我们仅学了一些解剖学、胚胎学和生物学的一点知识，还未真正接触到医疗方面的知识，很多病人到我家里寻医问药，我还是像当年赤脚医生那样来者不拒，为患者一一诊治，在当地一度传为佳话。

当时我们家还在养着一只绵羊，平时都是父亲从卫生所下班后去地里割草喂它，冬天则需要储存一些干草来喂羊。为了解决冬天食草的问题，我就去了离我村有10多里地的一个村庄，住在表姐家里，每天早上一大早起床，拉着架子车，带着干粮，去3里地外的地方割草。当时正值盛夏，骄阳似火，我在太阳下，在路边上、在玉米地里不停地割着草，人完全变成了一个泥人。到晚上拉着一车草回到表姐家里。当地村里的人都很诧异：一是因为当地人都嫌地里没草，割草都割不了那么多，一个大学生竟然能割到那么多的草！第二个是他们感到不可思议的是一个大学生放假了竟然还去割草，弄得浑身是泥，农村的孩子都不会那样干啊。大学生割草的"事迹"也一度在当地传为佳话。

三伏天，阳光炽烈，是晒麦子的好时节，假期中有几天我都在帮着母亲把麦子扛到场里去晒，在我上大学之前，150斤重的麻袋我都能在没人帮助的情况下扛到肩上，上了一个学期的大学，六七十斤重的麻袋我竟然都难以扛到肩上了。这件事给我一个重要启示：干一件事，要保持良好的状态，一定要持之以恒地去做，稍一松懈即可能达不到理想状态，这对我以后进行葡萄膜炎的研究起到了一定的推动作用，使我能够30多年如一日，每天都不敢懈怠，只追葡萄膜炎这一只羊，将我国葡萄膜炎研究推到了国际最前沿。

（六）取泪液做实验

我于1984年参加了硕士生考试，并顺利考入河南医科大学第一附属医院，师从国际著名的眼外伤专家张效房教授。

我将考取研究生一事用书信的方式告诉了我的父母，他们非常高兴，虽然他们不知道硕士研究生是干什么的，但却知道研究生是要学更多的知识，有更大的学问。令人可惜的是我的父亲于1984年7月突发急病而逝世，没有看到我上研究生那一天，实属人生的一大遗憾！

导师张效房教授素以治学严谨而著称，有深厚的文字功底，精通英文，获得了许多重要的科研成果，在国际眼科和中国眼科史上创下了无数个第一，是中国眼科的骄傲。能跟着这样的教授学习，确是我的荣幸。我暗暗下定决心，一定要好好学习，努力做实验，力争做一个像张教授那样的好医生、好老师。

　　在我上研究生的时候，免疫学发展迅速，已渗透至各个临床学科，对临床学科的发展起到了重要的推动作用。查阅文献后，我就向导师提出要进行眼外伤后泪液免疫球蛋白研究的设想，张教授看了我的研究方案后欣然同意。

　　为了进行该实验，我还专门到武汉同济医院眼科张泺教授那里参观学习。当时取泪液有两种方法：一种是在刺激的情况下采集，此种方法简单、省时，让病人闻一下洋葱或有强烈刺激气味的气体，病人马上就会泪如泉涌，但这种方法的最大缺点是所取的泪液不是自然状态下的泪液，泪液中所检测的成分可能不真实；另一种采集的方法是在自然状态下采集泪液，此种方法最大的好处是能够检测到病人泪液中一些成分真实的变化，最大的缺点是采集泪液所花费时间长。采集泪液时一手将下眼睑往下拉，暴露出下眼睑内眦部的一个小浅沟，将连有1毫升注射器的磨钝针头置于浅沟处，不断抽拉注射器的栓子以采集泪液。此种采集方法可以对病人不产生任何刺激，所以泪液收集得很慢，有时收集一个人的泪液需要1—2个小时。但不管时间再长，我都耐心地采集。我的同学对我说，杨培增，你累不累啊，一站就是一两个小时，拿一个洋葱让病人闻一下不就什么问题都解决了吗？我想这是科学研究，如果所得结果不真实，那我们做这个研究还有什么意义呢？值得庆幸的是，我硕士研究生期间所进行的研究共发表了5篇论文。可以说，采集泪液的耐心和毅力源自我小时候割草时的训练，当时大家都认为地里没有草，割不到草，但唯有我能够耐心地、一刻不停地去割草，到最后割的草总是扛不动。这种小时候割草的磨炼以及在硕士研究生期间采集泪液中耐心、一丝不苟的训练，形成了我在科学研究中严谨求实、一丝不苟的作风和性格，为以后数十年葡萄膜炎研究奠定了重要基础。

　　值得提出的是，在硕士研究生期间，河南医科大学第一附属医院的老师们给予我很大的帮助和支持：导师张效房教授那种对事业执着追求、热爱以及一丝不苟的科学精神，像一盏明灯一直照亮我前进的道路；张金嵩教授、杨景存教授、宋绣雯教授在工作和生活中给予我极大的帮助，使我顺利完成了学业，也在我人生道路上留下了许多美好的记忆。

（七）改变命运的一次学术会议

1987 年春天，我正在准备硕士研究生毕业论文，从杂志上看到 4 月将在广州召开第一届全国眼免疫学术会议的消息。广州位于改革开放前沿，经济发展迅速，对此早有耳闻，也有点向往。此外，我也想参加眼免疫学学术会议，了解其他人有关眼免疫研究的状况。在此情况下，就向导师张效房教授提出想去广州参加第一届全国眼免疫学学术会议的申请，没想到张教授很快就批准了我去参加会议的请求。

来到广州第一感觉是天气湿热。3、4 月是广州最为潮湿的季节，一下火车就感觉像钻进蒸笼一样，更要命的是湿度大，空气中好像一抓就能抓出水一样，墙壁上也挂满了水珠。但这样的气候并没有影响眼科医生们的学习和交流热情。当时有关眼免疫学研究尚在初始阶段，会议交流的内容多是免疫相关疾病诸如角膜炎、葡萄膜炎、结膜炎、角膜移植术后免疫排斥反应等病例报道，个别研究涉及免疫学的检测，如葡萄膜炎的 T 细胞增殖研究、白内障房水免疫球蛋白检测、角膜炎患者的泪液免疫球蛋白检测，还有我们自己有关眼球穿通伤后泪液免疫球蛋白测定等等。尽管这些内容现在看起来，非常简单和原始，但在当时却代表着我国眼免疫研究的最高水平。我趁着这个机会向同道们学习，还在此会议期间结识了一些年轻医生，如上海杨德旺教授的得意弟子柳林、第一军医大学的陆晓和和马群、山东菏泽的杨朝忠。

来到广州的第二个感觉是现代。起始于 70 年代末的改革开放给广州带来了勃勃生机，街道两旁绿树成荫，街上出租车非常便捷，招手就停（但此次广州之行并未乘坐过），当时的高楼虽然没法与现在的比，但整个城市已可以看到不少高楼了。广州已有了多家五星级宾馆，会议主办方第一军医大学南方医院还专门组织了一次去花园酒店的参观活动。一走进花园酒店的大堂，马上就有一种头晕目眩的感觉，我的娘啊：世界上怎么会有这么漂亮的地方！仿佛有一种置身于富丽堂皇的宫殿之中的感觉，华美的水晶吊灯、金碧辉煌的壁画以及典雅的家具，呈现出古典和现代的完美结合，透露出精致、盛大、雄伟和奢华，可谓是美轮美奂、令人拍案叫绝！当第一次走进有中央空调，不冷、不热、不湿、不燥、富丽堂皇的酒店大堂，迎宾小姐彬彬有礼，穿着精致制服的工作人员有条不紊地工作着，特别是酒店大堂看到了很多老外，男老外，多是西装革履，女老外，长裙飘逸，男女老外迎面走来，你首先感受到的是香气袭人，马上就有一种迷迷糊糊的感觉。要知道我在郑州读书和工作近10年中见到的老外加起来都没有我在花园酒店大堂看到的多，从来没有如此近距离闻到浓烈的香水味。我忽然有一种世界离中国很近，中国离世界并不遥远的感觉，迎面而来的现代化气息，使我第一次感受到了广州的魅力！

　　对广州的第三个感觉是心动。此种感觉是在参观中山眼科中心时产生的。在会议期间，我与几位年轻医生一同参观了中山眼科中心。当时的眼科中心已是国内著名的眼科机构，它下辖有眼科医院、眼科研究所和防盲治盲办公室，位于黄花岗附近的立交桥旁边，有一座五层的独立大楼，病人很多，给我印象最深的是中心有一大批国内非常著名的教授，像毛文书教授、李绍珍教授、周文炳教授、关征实教授、吴乐正教授、陈家祺教授等，他们在国内或国际眼科舞台上有很高的声誉。更让我心动的是中山眼科中心的图书馆：它拥有当时国内眼科最多的外文图书和外文杂志，看到这些图书资料，我的心一下就激动起来，眼睛就亮了起来。河南医科大学图书馆有几本外文影印的英文眼科杂志，眼科的外文书籍也很少，查阅资料时就需跑到河南省眼科研究所的图书资料室，这个资料室的外文杂志要比河南医科大学的多一些，但与中山眼科中心的比起来还是差得很多。当时我在想，要是能在这样的单位工作和学习的话，每天都能查阅世界各地的文献，了解当今国际上的研究状态，那该是多么幸福、多么爽啊！于是我下定了决心要报考中山眼科中心攻读博士学位。说来我还是非常幸运的，当年即考上了毛文书教授的博士生，成为我人生中一个大的转折点。后来导师为我选定了葡萄膜炎这个方向，在这个领域我一干就是 30 多年，从不敢懈怠、无怨无悔，历经无数磨难，带领团队把中国葡萄膜炎研究推向世界最前沿，我们团队也成为国际葡萄膜炎领域中的一个重要团队。

（八）三年的博士生生活

1987 年 9 月我怀着激动而又忐忑的心情来到了中山医科大学中山眼科中心，开启了我 3 年的博士生生活。说激动，是因为如愿以偿进入了中山医科大学这座名校、中山眼科中心这个著名的眼科中心攻读博士学位；说忐忑，是因为自己对能否应对以后 3 年的研究工作心中尚无把握。

我报考的导师是毛文书教授，她是我国眼科女先驱，在国内国际眼科界享有盛誉，素以治学严谨、作风凌厉而著称。当年她招收了两名博士研究生，一个是我，另一个是张清炯，他是毛教授的硕士研究生，天资聪颖、才华横溢，后转读博士学位，毛教授为他确定了眼遗传病这一研究方向，几十年来他兢兢业业、坚持不懈地进行研究，在眼遗传病方面获得了令人瞩目的研究成果，成为业界翘楚，这是后话。

入学后，毛教授为我确定了葡萄膜炎这一研究方向，她为我选定这一方向可能是受她女儿陈之昭教授的影响。陈教授在美国国立眼科研究所工作，研究方向即是葡萄膜炎和眼免疫，当时她的研究可以说是风生水起、享誉世界。在我读博士学位期间，她还从美国给我带来试剂，使我顺利完成了毕业论文。在以后数十年工作中，她更是悉心教导、鼎力相助，对我的成长和专业发展起到了重要作用，可谓是我的良师益友。

　　方向一经确定，我就开始查找文献，有关视网膜抗原诱发的葡萄膜炎动物模型是当年葡萄膜炎研究领域中一个重要方向和研究热点。实际上我在读硕士学位期间就关注到这个领域，并撰写出《视网膜S抗原研究进展》这一长篇综述（发表于国外医学眼科学分册，1987年），随后我又查找了另外一种具有致葡萄膜炎活性的视网膜抗原即光感受器间维生素 A 类结合蛋白（interphotoreceptor retinoid-binding protein，IRBP；我第一个将其译为光感受器间维生素 A 类结合蛋白）的有关资料，决定从视网膜抗原提取纯化以及诱导葡萄膜炎动物模型入手，探讨葡萄膜炎的发病机制。

　　我在攻读博士学位期间，中山眼科中心眼科研究所下辖5个科室，即电生理室、遗传室、生化室、病理室和图书馆（免疫室是 1994 年才建立的）。我所在的科室是生化室，生化室的主任是潘苏华研究员，他是专门从事生化研究的，他为人实在、善于思考、勤勤恳恳，对工作一丝不苟，在白内障研究方面有很高的造诣。我向潘老师详细汇报了所查资料，在他的指导下，我们综合了国外视网膜抗原提取纯化方法，拟用两种层析的方法从牛视网膜中序贯提取纯化视网膜 S 抗原和IRBP 这两种蛋白。

　　提取抗原遇到的第一个问题即是取牛眼。经过多方打听，我们找到了广州屠宰场，它位于广州白云山东麓一个叫鸡颈坑的地方，在第一军医大学南方医院附近。当时那里还是郊区，尚未开发，从中山眼科中心到屠宰场都是土路，骑自行车大约需半个小时。屠宰场杀牛的时间一般都在夜间 1 点左右，牛被杀后即被肢解运至各农贸市场，早上六七点，市场上即可买到新鲜的牛肉了。打听到这一消息后，我们即设法与屠宰场取得了联系，他们的领导还挺热情的，让我们凌晨 1 点钟到达屠宰场取牛眼。一开始，我让实验室的黄祥坤技术员陪我一同去取牛眼，后来感觉总是让人家三更半夜地去陪着我，实在是不好意思，就自己去取。一个人骑单车半夜走在乡间的小路上，昏暗的路灯吸引了大批的飞蛾，田间不时传来青蛙的叫声和狗的狂吠声，偶尔从身旁嗖地飞过一辆汽车，扬起一溜烟尘而消失在黑暗当中，不禁使人产生脊背发紧、一种莫名的恐惧感。

虽然已时至深夜，但屠宰场内却灯火通明，人的谈话声和牛的绝望叫声交织在一起，我看到一头头健硕的牛瞬间倒下，心中充满了恐惧和怅然。我穿着长筒胶鞋，在泥、水、血中取出一只只牛眼，然后再把它放在我预先准备的当年老太太在街上卖冰棍所用的冰桶内，骑车回到实验室已是凌晨 3 点左右了，将所取的眼球放在 4℃冰箱内，赶快回宿舍休息一会儿，早上 7 点钟即起床，在食堂买上几个包子，带到实验室，即开始处理牛眼和进行视网膜抗原提取的工作。

我们提取纯化视网膜抗原采用的是两步层析方法，第一步是剥离视网膜，并将其进行一系列处理，制备出视网膜上清液，将上清液进行离子交换层析，再用氯化钠进行线性洗脱，经过鉴定，可以得到纯化的视网膜 S 抗原和含 IRBP 的部分；第二步是将第一步层析所得到的 IRBP 部分，再进行亲和层析，并用缓冲液洗脱，即可获得纯化的 IRBP，从第一次上样到获得纯化的两种抗原，大约需要 4 天的时间，洗脱和收集样本都在一个 4℃冰柜内进行，将层析柱与自动收集器连接起来，设置固定的时间，从层析柱流下来的液体即会等量地进入收集的试管中。当时用的样本自动收集器为国产的，性能不太稳定，也就是说样本收集过程中，自动收集器可能会自动停下来，洗脱的液体即会流到试管以外，这样的话，这一次的抗原提取即告失败，那么就需要重新去屠宰场取牛眼再进行下一个循环的抗原提取纯化工作。

看到因收集器停滞造成的视网膜抗原提取纯化的失败，我心中感到非常懊恼和可惜，差不多一个星期的前期准备工作全白费了。后来，在每次层析的时候，我即守在冷柜旁，发现收集器停止转动时，即用手动的方法恢复其正常的收集功能。这样下来每提取一次视网膜抗原，我就需住在实验室三四天时间，我们先后提取了 10 多次视网膜抗原，光提取抗原这一项工作，我即花费了大量时间。

后来，我们先后用视网膜 S 抗原、IRBP 免疫豚鼠和 Lewis 鼠，诱导出实验性自身免疫性葡萄膜炎和实验性自身免疫性松果体炎，并探讨了葡萄膜炎的发病机制，先后撰写了 8 篇研究论文，其中 4 篇发表在中华眼科杂志上。当年尚无投稿至 SCI 杂志的概念，没有把我们的文章发表在国际杂志上，留下了一点点遗憾。

要完成上述研究工作，在当时的实验条件和经费（博士生培养经费共 7000 元）条件下，也实属不易。我每天早上在食堂买点早餐，再买几个包子带到实验室以做午餐，晚上通常 10 点钟回到寝室，下点面条，放个鸡蛋和一些青菜算是一顿晚餐了。我记得 1989 年大年三十晚上，当我处理完最后一批动物时，已是华灯初上，鞭炮声已不绝于耳了。后来我给我的学生们谈起攻读博士学位期间那些往事，他们问我工作累不累、苦不苦，说不累不苦是假的，但当我看到提纯的视网膜 S 抗原、IRBP 在电泳上显示单一条带时，在看到免疫的动物出现葡萄膜炎临床表现时，当我们的文章刊出时，我感到一切的付出都是值得的。

值得提出的是，在我攻读博士学位期间，李绍珍院士（毛文书教授 1988 年去世后，李院士成为我的导师）、潘苏华研究员给予了悉心指导和全力帮助，谢楚芳研究员、曹心媛副研究员、梁舜薇老师、郑湖玲老师、黄祥坤技术员、黄强技术员在实验中给了大力支持和帮助，30 多年来，一直铭记于心，不敢忘记，在此对他们表示衷心的感谢！

（九）当上了图书馆义务管理员

在前面的文章中谈到，我所以去广州中山眼科中心读书的一个重要原因是爱上了那里的图书馆。入学后只要一有时间，我就会跑到图书馆看书、查资料，那里有很多眼科英文书籍和眼科杂志，还有日文、德文、法文的资料，阅读了大量的外文资料，使我了解了当时国际葡萄膜炎领域研究的最新进展，也对我博士研究生的选题及以后的研究提供了重要的基础和帮助。

当时图书馆有 3 名工作人员，一个是曾老师，年纪在五十开外，另外是两个小姑娘，3 个人轮流值夜班和周日上午的班，由于人手少，他们每 3 天即会排到一个夜班，看到我几乎天天都在图书馆看书，并且也很守规矩，借的图书都会按时返还，就提出让我与他们一起轮流值班的想法，同时也告诉我没有一分钱的报酬，问我愿不愿意。我一听高兴坏了：以前在晚上看书正起劲的时候，图书馆就要关门了，很多时候我都是恋恋不舍地离开图书馆，让我在图书馆值班，这不是天大的福利吗？就一口答应下来。在以后的值班过程中，虽然我是排了每 4 天一个晚班，但由于我除了做实验外，基本上每天晚上都是在图书馆度过的，他们 3 人经常让我帮他们值班，我也乐意为之，这样一来我就几乎成为图书馆的"常任"管理员了，担任义务管理员一职一直延续到博士毕业后一段时间。

担任图书管理员给我读书、查找资料带来了极大的便利，同时也赋予了我一份责任，即在我查阅资料的同时，一定要防止书籍、杂志的丢失，因为一本外文原版书可以贵到数百美元，在当时这可是一个天文数字！另外一些书和杂志，不是用钱就可以买到的，所以防止书籍和杂志丢失是图书管理员的一个重要职责。

有一天晚上，我坐在值班的桌子旁，一边在查阅资料，一边在留意所有进入图书馆人员的情况，有一位进修医生在不经意地翻阅着一本大部头的外文原版书，他一会儿翻阅这本书，一会儿又装作漫不经心地查阅其他资料，直觉告诉我，他有点不正常，这引起了我的高度重视。到九点半图书馆关门时，他突然一闪就不见了，我一看放在桌子上的那一本英文书不见了，我赶紧追出门外，问他刚才翻阅的那本书放到哪里了。他有些神情慌张，结结巴巴地说放在书架上了，我说那你跟我去书架上找一下吧，他更是紧张得说不出话来。后来我在楼梯口放置废弃物品的纸箱子里找到了那本书，人赃俱获，没有什么可狡辩的！他一时非常害怕，央求我不要告诉任何人，否则他会被取消在中山眼科中心进修的资格，再背上偷书的名声，他没法回去向单位交代，他甚至要跪下来要我放过他。看着他那可怜的样子，我想起了鲁迅先生写的短篇小说《孔乙己》，"窃书不能算偷……窃书！……读书人的事，能算偷么？"他也是爱学习之人，手中无钱，买不起这些原文书籍，把图书馆里的书偷偷地拿到寝室去看，也是为了增进自己的知识，提升诊治疾病的能力。我忽然有了一种比孔乙己自己还要"深刻的认识"，读书人拿本书看看不要说偷，就是连窃都算不上，至多算得上是"未经同意的拿"。我对他说，以后一定要注意，你要想拿回去看，你可以以借阅的方式，这样就避免成为"雅贼"了。他当时感激涕零，差点儿又要给我跪下来。

　　3年前，我去福建参加一次学术会议，在我讲完课后，有一位医生前来和我寒暄，他说，杨教授还认识我吗？我看了看，确实没有印象，就对他说，不好意思，我想不起来了。他不好意思地说，杨教授，我就是当年拿书没登记的那位。这一下我想起来了，连声说，噢噢！他充满感激地说，杨教授，谢谢你当年帮了我，要不然不知道会是什么样子的。谈话中我了解到他已成为当地的一名眼科主任，已是赫赫有名的眼科专家了。我也暗自庆幸当年采取了一种理智的处理方式，从某种程度而言"挽救"了一个人，未使一个医生因小小的过错而影响人生。

　　图书馆有一位管理员小李，工作认真负责，善于思考，温文尔雅。有一次与她聊天，她说了一个重要的人生哲学问题，她问我：世界上最可怕的事情是什么？我不假思索地说是死亡。她告诉我说：不是。我不解地看着她，她不慌不忙地说：不是死亡，而是人死后再也不知道这个世界上会发生什么事情了。我当时惊愕不已，从一个刚毕业的大学生口中能说出如此深刻的人生哲学问题，确实令人震惊、令人深思。我们每个人来到这个世界都是一种意外，意外到在过去数万年、数亿年里，你的祖祖辈辈稍微有一点变动都不是你的地步，你父母同房时间稍微有一点变化，那就一定不是你。每个人来到这个世界都是一种偶然，又是一种必然，历史长河中，千千万万"意外"碰到一起就诞生了你，使你成为独一无二的个体。人来到世界一趟，也只有一趟，如何把握机遇，将上天赋予你的能力尽情地发挥出来，活出精彩，活出价值，活出你想要的样子，确是每个人都应思考的问题。我们不可能知道身后发生的事情，但我们可以知道此生应该努力去做的事情，可以用双手、智慧使未来的世界更加美好。所谓前人栽树后人乘凉即是这个道理，到那时候你已不需要乘凉了，你已经是树枝上的一片嫩绿的树叶，向大地投射出你那美丽的骄人的身影了。可谓是：何须纠结身后事，不负此生一百年！

第二篇

✚

医生

一、父亲将我领进医学之门

我的父亲杨凤阁，生于 1907 年 8 月 15 日，卒于 1984 年 8 月 2 日。因家境贫穷，他仅在基督教的学校读过几年书，也算粗识文字吧。

父亲秉性刚烈，因受不了村子里混混的欺负，于 13 岁时便与一位邻居一起去了沈阳（闯关东），在东北军中做过伙夫、马夫，其间学习了一些文化知识和一些有关兽医的基本知识。东北沦陷后，又在一家纱厂做工，后在河北涿州与他人一起开了一个诊所。1936 年秋去西北在一军医医院当看护班长（相当于护士长），后辗转至陕西宝鸡，做些零工杂活以维持生计。后来又在渭河边上开垦荒地，农耕为生。1946 年春天，母亲带着哥哥前去宝鸡投奔父亲，同年 8 月，父亲带着母亲、哥哥返回家乡。1950 年年初，加入濮阳县卫生协会，1955 年与另外 4 位卫生协会会员一起筹建了王助乡卫生院。1961 年因在东北军当过兵（所谓的历史不清白）而被解雇。随后，与他人一起创建联合诊所，曾在皇甫联合诊所、张庄联合诊所工作多年。"文化大革命"时，联合诊所被解散，后回到西郭村，在卫生所当赤脚医生（农村医生）。1983 年，国家对原来联合诊所的医生进行平反，父亲虽然当时年事已高，但是心情舒畅、干劲十足，与原联合诊所的其他几位医生一起又开起了诊所，每天早出晚归，骑自行车到六七里路外的王助乡联合诊所上班，走街串巷为当地群众治病，忙得不亦乐乎。

1984 年 8 月 2 日，父亲因突发心脏病而去世，从此我失去了亲爱的父亲。

父亲是我人生的第一位导师，是他将我领进医学之门。

自我记事起，就经常看到父亲早出晚归给病人诊治疾病，也经常看到病人到我家找父亲看病。看到一些病人第一次来时，非常痛苦，吃了几天药片、喝了点花草熬的药水或打上几针后就好了，感觉非常神奇，就问父亲，人为什么会得病？为什么吃药打针后就会被治好呢？父亲此时就会耐心地给我解释：人吃五谷杂粮就会得病，得了病就好像自行车的链子上没油了，骑起来就非常费劲，这个时候你给链子上加点油，再骑的话就会顺畅、不费劲了。说实在的，当时对人吃五谷杂粮就会得病虽然不理解，但对在自行车车链子上加点油，自行车就会跑得快还是知道的。

以后每当看到病人异常痛苦、治疗后人就又会活蹦乱跳，就感觉父亲特别伟大，那些药片、花草和瓶子里的药水特别神奇。这个时候，父亲就会问我，长大以后想不想当医生？我说："想啊，特别想！"父亲就会进一步告诉我，想要治好病，就得好好上学学文化，学习有关疾病的知识，只有这样你才知道怎么样诊断和治疗疾病，怎样才能把病治好。

父亲的话使我对疾病和这些针药花草产生了浓厚兴趣，在我幼小心灵上种下了好好学习、长大要当一名医生、为病人解除痛苦的理想和志向。

父亲看到我对医学有兴趣，就给我买了一本医学的书，书的名字我已经记不起来了，但仍记得开篇是讲流行性感冒。父亲给我读了一遍，然后让我自己看，不认识的字，他就告诉我。当时遇到一个词叫"卡他症状"，我怎么都理解不了"卡他"二字，父亲就反复给我讲，就是感冒的症状，简单地说就是鼻塞、流鼻涕。虽然我当时接受了父亲的解释，但一直不明白为什么叫"卡他"，直到上大学后才知道"卡他"是英文 catarrhus 翻译过来的。

在我大概 10 岁的时候，父亲即开始教我打针（肌肉注射），为了练习肌肉注射时手腕的力量，父亲给我找了一个空心白萝卜（便于将针管里的水注射进去，如是实心萝卜则难以将水注进去），每天放学后就会拿着注射器往萝卜上扎，然后再把针管里的水注射至萝卜的空心处。如此反复练习了十多天，父亲看我肌肉注射的手法已娴熟，出诊时就带我一起去。记得第一次是给一个邻居嫂子进行的肌肉注射，她患的是慢性支气管炎，一到冬天气管炎就复发，出现哮喘和呼吸困难的症状，经常需要注射链霉素之类的抗菌消炎药。那天父亲带我出诊到她家，给她说，你二弟现在会打针（肌肉注射）了，让他给你打一下吧，那位嫂子欣然同意。我就按照父亲教我的打针步骤，先从药瓶中吸出混匀的药液，排尽针管中的空气，再用酒精棉球在上臂三角肌部位擦拭，用左手拇指、食指绷紧注射部位周围的皮肤，此时我屏住呼吸，全神贯注，右手持针，快速将针头扎入肌肉内，抽动活塞，未见回血，然后缓慢注入药物，再快速拔针，最后将酒精棉球按压进针处，整个过程一气呵成。那位嫂子连连夸我打针打得好，不痛，并说第二天还让我去她家给她打针。第一次给病人肌肉注射的成功，使我信心大增，后来又接连十来天去她家为她进行了肌肉注射。

当时刚好临近春节，那位嫂子为了感谢我，送给我十来个煮熟的鸡蛋。要知道当时在农村，鸡蛋可是奢侈品，只有过春节或者在非常特别的情况下才能吃到。值得提出的是，当年也没想到收病人十来个鸡蛋是违反有关规定的事情，也不知道我给病人打针是在没有行医执照的情况下的非法行医，要是在现在可能就是罪过了。

在后来的日子里只要有外出打针的任务，我都会替父亲完成。再后来，父亲又教我背中医的汤头歌，并且让我跟着他学习如何摸脉和治疗疾病，耳濡目染，使我对中医和西医有了初步的认识。

1973 年 2 月，我考入濮阳三中（高中）。1975 年元月，本该高中毕业，后来上边的文件要求学生推迟毕业半年，学习各种专业知识。当时分了几个班，有的学习机电方面的知识，有的学习农业知识，当时我选择了学习医学，有幸遇到两位老师：谷幼侠和刘书增，两位老师都是农村的赤脚医生，在当地有一定的名望，他们俩对我特别关照。在 3 个多月的培训中，我较为系统地学习了中医和西医的基本知识。

高中毕业后，我就跟随父亲在农村当赤脚医生，边劳动边为群众诊治疾病。1976 年经大队保荐，在濮阳县卫校学习一年，回乡后即正式进入西郭村大队卫生所，成为一名"编内"的赤脚医生。1977 年国家恢复高考，我自幼对文学感兴趣，当时就报考专业征求父亲的意见，父亲说他不懂什么是文学，但是他走南闯北 20 多年，在家乡为群众治病 30 年，知道能把病人的病治好才算是真本事。俗话说救人一命胜造七级浮屠，如能当一名好医生，救人无数那才是最大的积德。父亲的话使我坚定了学医的信心，填报的第一志愿为医学，还算幸运，当年即顺利考入河南医学院医疗系，真正跨入了医学的大门。

二、有幸进入眼科成为一名眼科医生

我进入眼科缘于父亲的影响和机缘巧合。父亲最早在东北军中学了点兽医知识，后自学了点医学知识，在王助乡卫生院工作期间，跟随一位原来在教会工作的医生做点简单的眼科手术（如睑内翻矫正）。当年沙眼流行，眼睑瘢痕化和倒睫的病人特别多，父亲心灵手巧，很快即掌握了手术技巧，手术后效果也特别明显，所以在当地方圆几十里小有名气。我在卫生所当赤脚医生那段时间也经常跟随父亲做此类手术。由于手术比较简单，手术后病人多可获得较好的治疗效果，因此我也喜欢上了眼科。大学期间，我因在农村时学习了中医，在开中医课前，我通过考试免修了中医课程，利用节省出的时间通读了《眼科全书》第一卷，打算毕业后做一名眼科医生。

　　临近毕业，河南医学院两个附属医院和基础部公布了各学科需要的人数，眼科专业没有名额。在此情况下，我报了神经内科专业，主要是受到农村诊治病人的影响，当时农村有不少患脑血栓的病人，一患此病，病人往往躺在床上多年，直至死亡，非常痛苦。如果以后能研制出一些诊治方法，可以使病人重新站起来，让肢体恢复功能，那该有多好啊！带着这种想法，我参加了神经内科组织的面试，最后我获得进入神经内科工作的资格。当时有一名大学同学在上大学前即在神经内科工作（是技术员，做维修医疗设备之类工作），按规定他应留在神经内科，后来医院只给神经内科一个名额，那个同学的父母也在医学院附属医院工作，在此背景下，神经内科的李主任向医学院附属医院和学校领导多次反映情况，坚持要我留在神经内科，并说下一届的留科名额不要了，以换回我进入神经内科的机会。医院最后未答应此事，后来把我调配到血液内科。当时大内科主任对我留在血液内科还是有疑虑的，因为其他所有留在内科的同学都是报了内科而留下来的，只有我是从其他科室调配而来。

　　对我一个从农村出来没有任何背景的学生而言，只要能留校，不管留哪个科都行，于是我就同意进入血液内科工作。两天后，我班同学王迅找我，说是想要与我调换一下科室。原来，我们留校后，不知道什么原因眼科突然有了一个名额，王迅即从其他科室被调配至眼科工作。工作两天后，她发觉自己有近视，不适合做眼科医生，在此背景下，她提出与我调换科室的想法。一开始我还有点不信，因为大家都认为眼科是最好的科室（所谓金眼科），很多人都拼命想进眼科。经确认情况无误后，我喜出望外，第二天我们一起去了医务处，当时医务处长表情严肃，对我们郑重其事地说，你们想好了，以后绝对不能再换了。我们两个当即表示同意，我更是频频点头，连连称是。就这样我误打误撞、没有费一点力气进了父亲曾将我领进门、我又特别喜欢的眼科。父亲知道此事后，特别高兴，多次嘱咐我要好好向老师们学习，关爱病人，做一名优秀的眼科医生。

进入眼科后，不少同事、同学问我，有什么关系、什么后台竟能进到眼科工作，每次我都笑而不答，或许这就是机缘巧合，或许就是命中注定吧，使我有缘从事眼科中硬骨头——葡萄膜炎的研究，为众多的葡萄膜炎患者服务，使数以万计的葡萄膜炎患者恢复了光明，但这是后话。

三、农村行医二三事

当年我国经济尚不发达，农村医疗条件很差，医生诊病基本上靠一把听诊器和 3 个手指头（摸脉）诊断疾病，从开始给病人打针到上大学离开家乡的 10 年中，有幸为当地群众服务，一些事情给我留下了深刻的印象，现记录于此，也算是对那个年代的一种纪念吧。

（一）看病时不能问

我们现在给病人诊治疾病，首先要问病人哪里不舒服、有什么痛苦。在那个年代，在农村为病人诊治疾病很多时候是不需要问的，也可以说是不能问的。病人找你看病，是让你看的，也就是说让你看看是什么疾病，不是问问你患什么病，如果是问出来的病史和疾病那还让你医生看什么？用病人的一句话来说，就是我把我的疾病都告诉你了，你还怎么给我看病啊！病人找医生看病，首先要检验一下医生你有没有本事，能不能把所患疾病看出来，如能看出来，就会相信医生，就会配合医生治疗。如果看不出来，病人往往不会相信这位医生，就会找其他医生诊治。所以，在治疗疾病之前，一定要先让病人相信你医生有水平。

医生要诊断疾病，唯有的两个工具是听诊器和手指头（摸脉），听诊器在大多数情况下是不能用的，一是很多人不是呼吸系统和心脏的疾病，二是在农村对女性病人用听诊器听心脏和肺也有一定的禁忌，弄不好还会惹出麻烦来。这样在很多时候 3 个指头摸脉是唯一的诊断工具了。摸脉也有摸脉的规矩，你不能用手从患者内侧摸脉，而应该从手臂外侧摸脉，特别是遇到病人是大闺女或小媳妇时更应注意，否则有耍流氓之嫌，我在小的时候即听说过，医生从内侧摸脉挨打的事情。

病人找我治病时，往往是往那里一坐，胳膊一伸，我也心照不宣地伸出 3 个指头按在腕部的脉搏上。摸脉这几分钟特别重要，你要从病人细微脉搏跳动的差异上辨别出病人所患疾病的虚实寒热和阴阳表里。有时候脉象变化比较明显，一下就可知道病人的情况；有时脉象变化不太明显，此时即应细心地寻找病人疾病的蛛丝马迹。中医诊病不只是摸脉，望闻问切四诊的互相结合才是正确的诊断方法：望而知之谓之神，闻而知之谓之圣，问而知之谓之功，切（脉）而知之谓之巧，望闻问切，神圣功巧是也。通过望患者的神态、面色、行走的步态，特别是再加上观看舌象，可以得到许多有用的信息，通过望患者的基本情况，闻病人的气息、声音大致可以判断疾病是虚证还是实证，是热症还是寒症，这些细致的观察可以获得疾病的重要信息，再配合脉搏的变化即可作出基本的判断。

中医对疾病的描述都有规律可循，比如病证属阴虚火旺（不是一种病，而是疾病表现的症候群）即有一套表现，包括五心烦热、潮热、盗汗、头晕目眩、腰膝酸软、失眠多梦；肝气郁结的一套表现有胁肋胀痛、脘腹胀满、食欲不振、嗳气连连、情志抑郁、烦躁易怒、失眠多梦。摸脉后对病人说的第一句话非常重要，第一句说完后，如病人说是，此时你就按上面的一整套表现给病人说下去，一般来说都不会错。病人此时即会说，这医生看得真准、真透，就好像病是生在他自己身上的一样。如果说第一句时病人摇头，你就需要立即改变方向，待病人说"是"时，你再顺着另外一个方向说下去，大体不会有错。把病情给病人说对，不完全是为了取得病人的信任，更重要的是要辨清楚病情，以便对症下药。

在家乡为群众治病的数年里，我不断细心观察、仔细揣摩，按中医的辨证施治，治好了不少病人，虽然算不上精通中医，但也可以说是得心应手、驾轻就熟了，在方圆几十里也算是小有名气的医生。

（二）当年是这样治病的

当年农村真是缺医少药，所用的西药基本上是抗生素、解热止痛药、抗酸解痉药，老百姓比较相信中医，所以中草药也很常用。但问题是中草药常常缺货，比如常用的当归、川芎、熟地、黄芪、党参等等，医药公司总是没货，为了能买到更多常用的中药，你需要与县医药公司柜台的工作人员搞好关系，比如给他们带点蔬菜或鸡蛋什么的，这样在进货时，他们就会偷偷地卖给你一些紧缺的中草药。那时的情况与现在刚好相反，现在是医药公司想尽一切办法讨好医务人员，以求将更多药物卖给医院和病人。

除了中、西药治病以外，另外常见的手段是针灸，实际上扎针的多，而灸的特别少，不少农民因干活、劳损、感受风寒等原因出现胳膊腿痛的毛病，扎针相对简便，又不需要用药，所以在农村很是流行。你别说，扎针还真的特别有用，多数病人在用扎针的方法治疗三五次后疼痛即可缓解或消失，对一些效果不佳者，将普鲁卡因注射至疼痛部位（所谓的穴位封闭）也有较好的治疗效果。我甚至用肾俞穴位注射麻黄素的方法治好了几个 10 多岁还尿床的孩子。

当年给病人肌肉注射、静脉注射的注射器是赤脚医生随身携带的"工具"，这些注射器一般用纱布包裹着，放在一个纸盒里，需要使用时，连上针头用热开水冲洗几次，即可抽取药液给病人注射。一天往往需要给数十个病人进行肌肉注射或静脉注射，都是采用相同的"消毒"方式，通常每 2—3 天将注射器放在锅里煮沸一下，就算是"彻底消毒"了。说来也挺奇怪的，我从 10 岁开始给患者进行肌肉注射和静脉注射，到 21 岁上大学，历时 10 多年，没有发现一个因注射发生局部感染的事件，也未听说因注射而传染疾病的事情。我曾将我在老家为病人注射的情况告诉我科杜芳护士长，她听后都感觉有些害怕，用同样的注射器，注射针头竟然没有引起感染的情况真是令人不可思议。

静脉输液也是一种常用的治疗方法，北方的冬天，天寒地冻，屋里也没什么取暖设备，输液时农民自己发明了一种对液体加热的方法，即将输液的胶管放在热水瓶的瓶口上，从而使温热的液体流进血液内。我曾遇到一个农民，他家穷得连一只热水瓶都没有，在给他10多岁儿子输液时，他将输液的胶管含在嘴里边，用两只布满老茧的手紧紧握住胶管，希望将他身体的温度传递给生病的儿子，看到这一幕，我的眼睛湿润了，也坐下来，像那位父亲一样用我的双手也紧紧地握住了输液的胶管……

四、母亲教我做一名好医生

我的母亲刘爱雪，1917年生于一个贫穷农民家庭，为人厚道、善良，一生吃苦耐劳，勤俭节约，她没上过一天学，甚至连自己的名字都不认识，但她和父亲一起，不管再穷再苦再累，都要供我哥和我上学。

幸运的是，在父母土里刨食、一分钱掰成两半花的异常艰难困苦的情况下，供我哥上了濮阳县师范学校，毕业后他成为一名人民教师；将我培养成为一名医学学士、硕士和博士，成为一名眼科医生，有幸为众多来自全国各地及部分来自国外的葡萄膜炎患者服务。在农村行医的岁月里，母亲默默地支持我，在母亲患病就医的过程中谆谆教导我要做一名好医生。

在农村当医生不像在大医院当医生，工作时间不固定，病人一有病就会到卫生所里，如不在上班时间就会找到家里，不管你在吃饭还是睡觉都要立即为病人诊治，那个年代的人思想都比较单纯，所受教育就是为人民服务，为病人服务。当时有部电影叫《春苗》，即是讲的赤脚医生为群众治病的故事，我虽然难以自诩为春苗，但风里来雨里去，一心为病人治病的做法深受群众称道。

在我为病人诊治疾病的背后是母亲默默的奉献和支持。母亲是个热心肠的人，每有病人到家里找我看病，不管是刮风下雨还是大雪纷飞，不管是吃饭还是睡觉，第一个接待病人的是我母亲，她招呼病人坐下来，给病人倒水，并照顾他们。天长日久，母亲因生活节奏被打乱和过度劳累而患上了神经官能症，出现头晕、心慌、烦躁、失眠等症状。在这样情况下，我陪她到濮阳县医院、安阳钢厂医院和新乡某医院治疗。

去安阳钢厂医院治病是因为我们村子里有一位医生在安阳钢厂医院工作。我记得那是1976年春天，我和母亲及一位表哥乘坐邻居开的手扶拖拉机赶到安阳钢厂。我的另外一个表哥在钢厂工作，他给我们收拾了一间房子，让我们暂住在那里。第二天带我们去了钢厂医院，做了一些检查，开了一些药，要我们用几天药观察一下。母亲每天按时服药，我每天都在一旁细心伺候着。

我从记事起到去安阳钢厂之前，去过最远的地方就是县城——我上高中的地方，那时候对城市有非常大的向往，安阳即是离濮阳县最近的城市之一，在我心中像是神一般的存在，这次因为给母亲看病我来到安阳钢厂，想着一定要到我心中神圣的安阳市区去看一下，看一下它究竟是什么样子，看一下那里的人到底与我们村子里的人、与濮阳县城的人有什么不同，一种好奇心驱使我一定要完成这个心愿。可是安阳钢厂离市区有七八公里，来回跑路也要两三个小时。有一天中午吃过饭后，我对母亲说我去看一个熟人（他在安阳钢厂中学当老师），母亲对我说早去早回，我说好。一出门我就顺着一条东西向的大道向市区跑去，跑了一个多小时到了市区，我问了一下路人如何去安阳市百货大楼（当时我心目中市百货大楼那里一定是最繁华、最令人向往的地方），打听清楚后即直奔安阳百货大楼，我已记不清百货大楼是4层还是5层楼，但记得大楼内熙熙攘攘、人头攒动，我在每一层都走马观花地看了一下，只感觉当时安阳百货大楼要比濮阳百货大楼大得多、阔气得多，商品种类也多，人气也旺得多。

看完商场后，我恋恋不舍地离开百货大楼，在楼下我又深情地望了一下这座大楼，自言自语地说，再见了安阳市百货大楼，我这次没有买一分钱的东西（口袋中没钱），将来如果我有本事了，有钱了，我要在百货大楼里转上 3 天，要转个够，买衣服要买两件，穿一件，在家里放一件，买两双鞋子，穿一双，在家里放一双，我还要去北京、上海更大的商场看一下……

回到住的地方，母亲问我怎么这么久才回来，我谎称与熟人聊天了，直到母亲去世，她都不知道我那天利用将近 3 个小时的时间去看了一下我日夜向往的安阳市，看到了比濮阳还要大的另外一个世界。在安阳钢厂通往市区路上留下了一个农家子弟的足迹，以及他对生活的向往和对未来的向往，这种向往在以后不断地激励着我努力拼搏、奋勇向前。

去新乡陪母亲看病那简直是一场噩梦。听说新乡某医院用电疗的方法治疗神经官能症效果不错，我就带着母亲去了新乡那个医院。刚开始电疗时，母亲没有任何感觉，她就问医生，是否电量小的原因。那个医生听后一脸的不高兴，也不作任何解释，就加大了电压和电流量，母亲立即抽搐，差点晕了过去，母亲惊恐地对我说：二小，我不治病了，咱们回家吧。看到那个医生一脸的麻木和冷漠，我气得浑身发抖！那个画面深深地烙在我的脑海中，事情虽然过去了将近 50 年，但它依然清晰，那时我永远记住了患者及家属受到不负责任医生伤害时的痛苦和绝望。后来我考上了大学，母亲在送我上车时，千叮咛万嘱咐，要我一定好好学习，要做一名好医生。以后每次回家，母亲都是反复嘱咐我，咱要做一名好医生。1984 年春节，我因报考研究生需要复习功课，就没有回家过年，父母亲在家里专门烧香让老天爷保佑我考上研究生，学更多的知识，做一名好医生。1987 年，父亲已经去世，母亲在得知我要考博士研究生时，虽然她不知道博士是干什么的，但她知道博士是要学更多本事，是做大学问的，母亲又专门烧香拜佛，以保佑我考上博士研究生。

从我开始学医那一天起，母亲就要我好好学习，治病是人命关天的大事，来不得半点马虎。后来她求医过程中的遭遇，使我更加认识到医者仁心的重要性。在我考上大学、研究生、博士生后，她谆谆告诫我要做一名好医生。母亲的话已刻在了我的心里，融入了我的灵魂，融化在我的血液里，像长夜中的一盏明灯，照亮我前进的道路，激励我一直奋斗、前行。

每每想到母亲的教诲，我的心中即涌起一股热流，感恩母亲，让我有幸做她的儿子，感恩母亲，她将全部的爱都给了这个儿子。2022年，我写了下面一首长诗，表达了我对母亲的思念和缅怀之情，如有来生，娘，我还要做您的儿子，享受您那比天高、比海洋还要广阔的爱（此诗刊于《河南诗人》2023 年，总第 77 期）。

俺 娘

俺娘

一位普通的母亲

一字不识却是我心中的偶像

她睦邻乡里　为人厚道

吃苦耐劳　心地善良

白天农田里劳作

夜晚煤油灯下

飞针走线为儿缝补衣裳

手摇纺线车

将棉花神奇地纺成棉线

也把孩儿的梦渐渐拉长

上小学前的那个晚上

娘拉着我的手

遥望着天空的星星和月亮

轻轻地对我说

二小，娘没上过学

不知道天上有多少星星

也不知道为什么只有一个月亮

你要好好学习

长大后就会知道

这些星星住在多么遥远的地方

我睁大了眼睛

一颗一颗地数着

一颗、两颗、三颗……

怎么这么多

甚至多过我家养的鸡鸭猪羊

这些星星来自何处

是谁把它们挂在了天上

没有看到吊着星星的绳子

为什么它们不会掉在地上？

妈妈的话记到了心里

我背起书包走进了学堂

数十年风风雨雨

一路走来从未迷失过方向

人生坎坷　跌跌撞撞

摔倒后再爬起来

相信明天一定会升起灿烂的太阳

我有幸成为一名眼科医生

破解了一个个疾病诊治中的难题

让无数眼睛重见阳光

娘，您土里刨食节衣缩食
把世间所有的苦自己咽下
都是为了您那上学的儿郎
记得高考恢复那年
儿子考上了医学院
最开心的是俺娘
您拿出积攒的一毛一毛的细银碎两
颤悠悠地送到儿的手上
二小，出门在外不要委屈自己
寒风来了要添加衣裳
你只管好好学习
挣学费的事交给爹娘
儿子考上博士研究生那天
您高兴得一夜没有合眼
第二天一大早就给佛祖上香
您不知道博士是干什么的
可您知道那是很多人想进的学堂
花白的头发在风中颤抖
干瘦的双手抚摸着我的肩膀
二小，你安心读书吧
我能照顾好自己
不要惦记家中的老娘
但愿有一天你能告诉我
天上有多少星星
为什么只有一个月亮？

中秋的夜晚月光如洗

无数星星挂在天上

我站在阳台心情沉重

遥望着那一望无际的远方

儿的头发已经花白

脸上也布满沧桑

娘啊　您已走了十七年

儿无时无刻不把您念想

多想再看看您那慈祥的面容

多想再与您唠唠家常

我时常想起那老家的小屋

它承载着无尽的欢乐

孕育着儿子的梦想

娘做的粗布衣裳

曾伴我走南闯北

温暖我的身体我的理想

娘做的小米粥的香味

经常钻进我的梦乡

时刻提醒着我回家的方向

娘啊，儿多想再与您一起数数星星

看看那皎洁的月亮

可是那已是永远不能实现的奢望

但愿来生还做您的儿子

与您天天诉说衷肠

娘啊，儿想告诉您

虽然我还不知道天上的星星有多少

但我知道娘的恩情多过星光

虽然我不知道月亮为什么挂在天上

但我知道娘的话使儿一生不敢彷徨

虽然我不知道天上的星星有多远

但我知道脚下的路还很漫长

虽然我不知道天上为什么只有一个月亮

但我知道天堂里有我那永远怀念的老娘

五、在农村治病的一些体会

20 世纪 70 年代，我国经济尚比较落后，农村的医疗卫生条件也比较差，在农村治疗疾病 10 年，我也积累了一些经验和体会，现在回想起来，这些对我以后在大学附属医院从事医疗工作也有一些借鉴作用和帮助，现记录于此。

（一）认真观察、积累经验

当时的农村缺医少药，更没有医疗设备，诊断疾病、评价疾病的严重性和治疗疾病的效果全凭个人的经验，因此细心、认真观察以获取经验特别重要。

我所在的地方属北方，冬天天气寒冷，屋内也无取暖设备，慢性支气管炎的病人特别多，很多病人最后发展为肺气肿和肺心病，这些病人不能平躺在床上，肚子里全是水（腹水），下肢水肿，呼吸困难、不思饮食。他们通常需要抗感染、强心剂和利尿剂等药物治疗。所用的强心剂毒毛旋花子苷 K 是一种有效的药物，但其有效剂量和中毒剂量非常接近，剂量稍大一点即可能引起中毒症状，为了观察该药的效果和毒副作用，在静脉注射后我就守在病人身旁，不断观察病人的变化和尿量，有时竟是彻夜守候，没多久我即掌握了药物作用的时间和特点，可以准确地评价出用药后病人症状减轻的时间，也可以根据病人个体情况给予合适的药物剂量，这些病人在用药后 2—3 天即明显好转，可以平躺在床上，腹水和下肢水肿也很快消除，按病人的话说：真是神了。

从观察中取得经验，从病人身上获得知识，已成为当时我临床医疗工作中的习惯。不管治疗什么疾病的病人，我都会询问病人在用中药或西药后、在扎针后有无反应以及多长时间出现反应，对这些我都会反复琢磨，并在不同的病人身上不断地比较和验证，以求总结出规律。这样一来，诊治疾病的水平在短期内即可获得较大提高，也获取了一些经验。

（二）鉴别危象、及时转诊

农村医疗条件差，几乎没有什么抢救措施，所以判定病人病情，特别是判定病人是属于"可治"还是"不可治"非常重要。如果把"不可治"的病人揽下来继续治疗，将要出人命问题，给医生以后行医带来不可估量的影响。在农村，如果一个老医生给一人诊治疾病，病人不管出于什么原因而死亡，老百姓都会原谅这位医生，他们说：医生治病治不了命，命不行了谁治疗都没有用。如果是一个刚出道的医生遇到这种情况那就不一样了，他们说出的则是另外一套：看这个人，愣头青似的，嘴上没毛（没胡子），治病不牢（不靠谱）。虽然在当时没有医闹这种事情，但如果老百姓都传着病人是你治死的，恐怕以后就很少有人找你看病了。

治病之初，父亲也给我讲了很多这方面的事情，我也特别注意学习如何判断危症的非实验室指标和非仪器检查的指标。几千年来，中医也确实总结出了一些经验，也确定出一些危重脉象和舌象，脉象有雀啄脉、虾游脉、屋漏脉、釜沸脉、解索脉、弹石脉，舌象有猪腰舌、镜面舌、砂皮舌、干荔舌、赭黑舌，这些脉象和舌象按现代医学来讲，多属疾病晚期的多脏器功能衰竭，在当年农村那样的条件下，断无救治的可能，遇到这样的情况，让病人去县医院诊治是最明智的选择。在我判断脉象和舌象均属危象的患者中，即使转诊至县医院，最后也无一例生还的。

（三）大胆心细、不断探索

从书本上学到的知识只有通过实践和检验才能成为自己的知识，在细心的前提下，去大胆探索是获取真知灼见的重要途径。在当时的环境下，遇到一些疑难病例，我即查找书本、认真思考、不断揣摩，并大胆尝试，也确实收到了一些好的效果。

有一个七八岁的小孩在患脑炎后，视力下降至手动，在县医院诊断为视神经萎缩，为了治疗该患者，我查阅了多本中医书籍，决定用针刺的方法给患者治疗，这是我第一次在患者眼周围扎针，为了了解扎针的感受，我对着镜子在自己身上练习扎针。这个小孩经过我多次治疗后视力恢复至可以正常生活了。

一个十四五岁的小伙子膝关节红肿、疼痛，在当地卫生院治疗半月之久，没有任何效果，患者父亲从 30 里地外的滑县用架子车把他拉来找我诊治，当时患者膝关节红肿，不能行走，我判断患者关节腔有积脓，即用注射器为患者抽出约 40 毫升的脓液，将抗生素注射至关节腔内，经过数次治疗后，关节炎竟然痊愈。病人的父亲感激不尽，专门送给我一只道口烧鸡。道口烧鸡是滑县的特产，全国闻名，在我的记忆中，在上学之前总共吃过两次烧鸡，送一只烧鸡可谓是"大礼"。拿到这只烧鸡后，我也没舍得吃，将其转手送给对我有很大帮助的一位老师了。现在看来，当年接受病人送的烧鸡是不对的，有点违反医德医风之嫌了。

一位 50 多岁的老大娘患精神病，七天七夜没有合眼，人处于高度亢奋状态，躁狂不已、哭闹无常、满嘴胡话，说她身上爬满了老鼠精、兔子精、蛤蟆精等各种精，其家人说她患精神病 5 年，以前曾复发过 3 次，每次都是在河南省精神病院住院治疗，一般要治疗 1 个多月始能治愈，此次发病后，本想再去省精神病院治疗，无奈家中贫穷已拿不出钱来，就在家胡乱请了一些医生为她治疗，但没有任何效果。听说我善于治疗疑难杂症，家人就带她前来找我诊治。我看了病人的情况，查了脉象：呈滑数之脉，舌质红、苔厚腻，综合这些结果判定患者为内热炽盛、痰火扰心、神明不能自主所致，遂决定以扎针联合中药的方法为其治疗。我对病人说，我是专门捉老鼠精和其他各种精的，可以用针把它们捉拿归案。病人看了看我说：你真有那本事？我拿出闪着亮光的银针对她说：难道骗你不成！病人说那好吧，你把我身上的老鼠精、蜘蛛精、蛤蟆精全部捉住。在取得病人配合后，我在劳宫穴、内关穴、百会穴、足三里等穴位分别施以针刺治疗，10多分钟后见病人神情有些淡漠、情绪有所缓解，遂给予礞石滚痰汤口服治疗，患者服中药一个小时后即入睡，并睡了约两个小时。醒后狂躁不安得到了部分缓解，后连续治疗一周，竟然痊愈。其家人连连称奇！没想到几根银针、一把草药竟然治愈了需要到省精神病院始能治愈的严重疾病。后来在我大学毕业后回到家乡，还听说此人的精神病竟未再复发。从这个病人的诊治中我得到一个重要体会，治病一定要取得病人配合，顺势而为方能取得好的治疗效果。

　　一位50多岁老大娘患三叉神经痛3个月，半边脸痛得难以忍受，特别是在夜晚，感觉到半边脸、舌头好像是用针扎一样痛，痛起来真的要命，其喊叫声让邻居都难以入睡。她曾在县医院治疗3个月没有效果。在我为患者检查后，诊断为肾阴不足、肝失所养而致肝风内动。遂决定用针刺联合滋阴潜阳、平肝祛风的中药治疗，治疗10天后，疼痛竟然消失。

　　还有一个七八岁小女孩，患皮疹半年，用激素和抗过敏的西药治疗后有所缓解，但停药后即反复发作，始终未愈。我告诉患儿父母，让其到她姥姥家住上一段时间，后来在姥姥家住了一个月后，皮疹竟然完全痊愈。

　　还有很多这样的例子，在这里不一一赘述，它们并不能说明我当时治疗疾病的手段有多么高明，更不能说明中医在治病中一定比西医好，这些也可能是偶然的巧合，也可能背后有一定的医学道理，但不管怎样，在农村治疗疾病的经历，使我在以后从事葡萄膜炎诊治中形成了勤于思考、细心求证、大胆尝试的习惯，也确实收到了事半功倍的效果。

六、想当一名吃国粮的医生

吃国粮是一种历史印记，在20世纪50年代至80年代，吃国粮是一种福利，更是一种荣誉，谁要是能吃国粮，那绝对是一种自豪，一种身份和地位的象征，如果男的吃国粮，媒婆会踏破门槛给介绍女朋友，女方也会想尽办法讨好男方。

医生当时也是非常令人羡慕的职业，没有医闹，没有纠纷，医生一心一意救治病人，病人心怀感恩之心，医患关系相当和谐。如果医生再加上"吃国粮"三个字那更是不得了，走在大街上，头可以抬得很高，人们见了总是会热情地打招呼，走到商店，售货员会悄悄地说，某医生，最近供销社进了少量白糖，我私下里给你留了2斤；走到猪肉店，卖猪肉的会对你说，某医生，你喜欢的后臀尖肉我已给你留好了，还给你私下留了2斤猪油（当时缺油的情况下，猪油绝对是紧俏商品，要有很好的关系才能买到），要么下班后我给你送到家里边。总之，"吃国粮的医生"这一身份可以使你享受到类似现在明星般的待遇，走到哪里都会看到笑脸，听到恭维的言辞。

我的一位高中同学毕业后通过关系进入了公社卫生院做合同工，负责卫生防疫工作，我们这些农村赤脚医生每个月要到公社卫生院开一次有关防疫的会，看到那些吃国粮的医生，夏天在有风扇的屋子里为病人诊病，冬天在有煤炉的屋里为病人诊病，并且一到下班，这些医生可以放心地休息，每天吃的是馒头，时不时还有肉吃，还每个月拿着30多元钱的工资。我们这些赤脚医生则与他们有天壤之别，像我们卫生所的医生每个月仅有3元钱的补助，整日风里来雨里去，没有固定休息时间。差别为什么这么大呢？我后来悟出了其中的道理，那是因为他们是吃国粮的医生，而我们不是吃国粮的医生，能成为吃国粮的乡卫生院医生已成为我及绝大多数农村赤脚医生的一个梦想，于是我每天努力地学习诊治疾病的知识，每天都在全心全意为病人服务，希望有一天能有机会成为一名吃国粮的乡村卫生院医生，甚至成为一名吃国粮的护士也行。

当年成为吃国粮的乡村卫生院医生的梦想，今天看起来是多么不可思议，也是多么幼稚，但它却成为当年我努力学习、改变人生的一个强大动力。在恢复高考的第一年考试中，我顺利地考入了河南医学院，以后又考上了硕士研究生和博士研究生，经过多年的努力，又被国家教委公派至荷兰国家眼科研究所、美国 Casey 眼科研究所留学和进行合作研究，带领的葡萄膜炎研究团队已成为国际葡萄膜炎领域里的一个重要团队。回想起当年那个要成为吃国粮的乡卫生院医生的梦想，看看当年雄心勃勃的少年而今已满头白发的我，心中有些自豪：少年的梦想已经实现，数十年奋斗已将中国葡萄膜炎研究推向了国际最前沿。

七、建立起国际上最大的葡萄膜炎数据库和样本库

1983 年，我大学毕业留校至河南医科大学第一附属医院工作。工作不久，张效房教授给我派了一个任务，让我跟随季林纾教授总结眼球穿通伤患者的资料。当时河南医科大学第一附属医院在张效房教授的带领下，在眼外伤和眼内异物定位摘除等方面取得了举世瞩目的成就，积累了大量眼外伤患者的资料。接到任务后，我就与季教授一起钻进了医院病案室，对每个病人的情况进行了详细查找和记录，此项工作持续了约半年时间。我的一些同学对我说，杨培增你半年时间都没有上临床，你亏不亏啊！我听后笑了笑说，没什么亏的，亏了以后再补回来嘛！实际上在半年时间里通过统计眼外伤患者的资料，我对此种疾病有了一个全面的了解，通过对来自全国各地眼内异物患者资

料的分析，对我国眼内异物的类型、分布及视力预后也有了详尽的了解，从中也发现了病历记录中存在的一些问题，如病史记录不全，检查没有标记清楚，随访资料缺失，这些都在一定程度上影响了结果分析的可靠性和科学性。与季老师一起查找总结眼外伤病历这个经历，使我认识到认真、详尽、全面书写病历的重要性，也为以后我们进行葡萄膜炎数据库的建立奠定了一定的基础。

在攻读博士学位期间，我发现一个问题，葡萄膜炎病人大多数在门诊就诊，医生书写的是门诊病历，此种病历通常非常简单，病历和各种检查资料由病人自己保存，复诊时这些病历和资料丢失现象非常严重，不利于医生动态观察，更重要的是医生没有保存这些资料，就不能进行经验总结，也就很难进行科学研究和提高诊断治疗水平。从我博士毕业后第一次门诊开始，我就决定要认真、完整、详尽地将病人的资料保存下来。

葡萄膜炎是一类非常复杂的疾病，病因和类型有上百种之多，有感染性、非感染性、特定类型、特发性以及伴有全身疾病等类型，还有一些非炎症性疾病出现貌似葡萄膜炎的表现，要真正研究此类疾病，就应该详细询问并完整记录每个病人第一次发病的临床表现、诊断、用药情况、用药后的反应、疾病进展或复发情况以及病人的全身病史、家族史等，还要尽可能收集到疾病初发时的各种临床检查资料及在我院初诊和随访时所有的检查结果。这样下来，每位患者大约需要 15 分钟或更长的时间，当年由于刚开始看门诊，病人尚为数不多，收集资料和诊治疾病还算得上"从容"。后来随着病人数量的增加，询问和记录病史、收集资料这一过程则显得紧张，再后来随着来自全国各地病人的大量增加，特别是诊治的疑难病例人数的显著增加，这一过程已显得非常紧张。医生都说，上门诊时不敢喝水，因为没有时间上卫生间，我用一句话来描述这种紧张程度，那就是上门诊时连呼吸的空都没有。虽然此话有些夸张，但也确实如此。

30 多年一晃即过，在诊治疾病过程中，在病史询问、病历书写、资料收集过程中，不管再忙再累，我们从不敢懈怠，都将每一个葡萄膜炎患者的病历和资料完整地保留下来，目前已建立起 3 万余份葡萄膜炎患者的数据库，成为世界上最大的葡萄膜炎患者临床数据库。利用这一数据库我们进行了一系列的研究，获得了一些重要成果，发表了一批具有国际影响力的研究论文，推动了我国葡萄膜炎诊治水平和研究水平的提高。

　　我们建立的另外一个库是葡萄膜炎患者的样本库。葡萄膜炎多是由免疫反应所引起，每一种类型都有其特殊性，探讨葡萄膜炎发病中共有的和特有的因素及其机制，将加深对这类疾病的认识，也有利于研发新的诊治手段和提高治疗效果。进行此方面研究的一个基础是收集患者的各种样本，对样本中各种成分进行分析和探讨，以期阐明疾病发生的机制和寻找到疾病的标记物。认识到收集标本的重要性后，我们即着手进行这项工作。在收集标本之前，我们都详细地向患者说明我们收集标本的用途及意义，不会泄露患者的任何隐私，并告诉这种检查是自愿的和免费的。很多病人听说我们的研究将对认识葡萄膜炎这类疾病的发病原因和机制及对以后诊断治疗有所裨益，都表示同意和支持，均签署了知情同意书，使这项标本收集工作得以顺利进行。从开始收集病人外周血，到以后虹膜周切手术、白内障手术、玻璃体切除手术中收集虹膜、眼内液，再到近年来对一些特定类型葡萄膜炎患者收集大小便，对初发 Vogt- 小柳原田综合征患者脑脊液检查时留取脑脊液标本，到目前为止已收集到葡萄膜炎患者各种标本 4 万多份，已填满了近 20 个 −80℃低温冰箱和液氮罐，利用这些标本进行研究获得了一系列研究成果，深化和更新了人们对葡萄膜炎发病机制的认识，建立起葡萄膜炎发病的一个新的理论（Th17 细胞失衡理论），为葡萄膜炎防治研究寻找到一些靶分子和研究的切入点（详见我们团队对世界葡萄膜炎的贡献一文）。

　　上述两大资源库的建立说起来很轻松，但是要做起来还真不容易，特别是在一天挂 200 个号、在连呼吸的空都没有的情况下，要认真完成病人病史询问和各种资料收集及给病人详细解释收取标本的用途、意义和注意事项等那几乎是不可能的事情，我通过延迟下班时间（最晚的一次从早上 8 点开始到凌晨 2 点才结束门诊）、增加门诊时间（周二的门诊从周一上午即开始诊治病人），我们的工作人员和硕士、博士研究生加班加点等方式，把建立数据库和标本库的工作完好地进行下去，并一直坚持了 30 多年。在这里我要深深地感谢来自全国各地葡萄膜炎患者对我们的信任，对我们工作的理解、支持和配合，还要感谢我的助手、工作人员、硕士、博士研究生的无私付出和奉献，使我们拥有了世界上最大的葡萄膜炎资源库。有人说，当今世界谁拥有了资源，谁就拥有了主动权，谁就会站在研究的制高点上，对此我们深有同感。

　　葡萄膜炎两大资源库的建立源于坚持。有人说：人和人的主要差别不在体力上，不在精力上，也不在智力上，而在于能否坚持下去。此种说法看起来有点绝对，但也不无一定的道理。我们之所以能把这两件事几十年如一日坚持下来，那是源自我们对治病救人责任的坚持，对病人爱的坚持，对事业热爱的坚持。

　　我把坚持分为三个境界。第一个境界是把它变成习惯，习惯是一种自动化行为，即不需经过大脑的无意识的行为。几十年详细询问病史，认真书写病历和完整收集患者资料已经是我们日常诊疗工作的习惯，不需要强迫、不需要提醒、不需要思考就会自然而然地去做。英国哲学家培根说过："习惯是一种顽强的巨大力量，它可以主宰人生。"看看哲学家都把习惯上升到这样一个高度了，你还有理由怀疑习惯的力量吗？你还有什么理由在日常生活中、临床诊疗中不养成好的习惯呢？！

　　坚持的第二个境界是把它变成喜欢、爱好。爱好会引起你的巨大兴趣，激发你的激情和创造力。我们喜欢某一个事情，就会心甘情愿地去做，不知疲倦地去做，无怨无悔地去做。举一个不太恰当的例子，有些人打麻将可以打一个通宵，并不感觉到累，为什么？那是因为他喜欢，打麻将是他的爱好！

　　坚持的第三个境界是把它变成呼吸心跳，变成生理功能。对事业的热爱和坚持，对病人的热爱和坚持，对救死扶伤工作的坚持已深入至骨髓、深入至灵魂，已经成为生命中最重要的部分。我的硕士导师张效房教授，今年105岁，每天坚持工作、看病人，为《中华眼外伤职业眼病杂志》修改稿件，和年轻人切磋英语，谁能想到他现在每天工作至凌晨2点多才休息。有一次记者采访，他说他的生命就是工作，工作就是生命，哪一天如不能工作了，生命即失去意义。

　　大约在2017年，人民卫生出版社拟定了老院士和多名老专家经验总结和经典传承出版计划，《张效房眼外伤学》被列入其中，此是我国眼科第一部冠名专著，当时老爷子让我辅助他进行此项工作。他虽然近100岁高龄，但对书的框架、内容、章节、编写人员要求都一一过问，一一审核，在编写过程中，他对所有稿件均认真修改，可谓是一丝不苟。有一天他给我发了一个信息，说他患上了病毒感染，大小便失禁，恐不久于人世了，嘱我一定要把眼外伤学这本书写好。我当时给他回信息说，请老师放心，我们学生一起为您祈祷，您一定会渡过难关的。半个月后我去郑州看望他，他在病房刚能下地行走，我看到他坐在桌子前面，桌子上有一大摞投至眼外伤杂志的稿子和《张效房眼外伤学》的书稿，他在认真地修改稿子。学生看后深受感动，眼泪都流了下来，告诉他要好好休息，待把身体养好后再工作。他对我说："你不知道，病毒感染后痛得厉害，需要注射杜冷丁之类的药物才能缓解。我如果工作的话，就感觉不到痛了。"当时，我望着这位百岁老人，崇拜得五体投地，工作已经是世界上最好的灵丹妙药，足以消除所有痛苦和病魔。老爷子对事业、对病人的热爱和坚持，对救死扶伤的坚持，将永远是我们学习的榜样！

八、在中国第一次报道了伪装综合征的病例

　　葡萄膜炎病因和类型复杂，一些全身病可引起葡萄膜炎，如强直性脊柱炎、银屑病、炎症性肠道疾病、结节病、白塞病等都可引起葡萄膜炎，一些眼部肿瘤或全身性肿瘤也可引起类似葡萄膜炎的临床表现，被称作 masquerade syndrome（我在国内第一次把它翻译成"伪装综合征"，此种名称已被业界所接受）。在我攻读博士学位期间，即从国外的书籍和杂志中了解了此类疾病，但从未见到过这样的病例。

　　大约在 1992 年，有一天李绍珍院长对我说，广东省某某医院眼科请会诊，你去一下吧。我当时博士毕业才两年，去外院会诊还是第一次，当时他们还请了几位其他医院的教授。检查病人时发现患者形体消瘦，单眼视力严重下降，无明显充血，但有大量的羊脂状 KP，虹膜上有大的结节（肉芽肿）和新生血管，虹膜大部分后粘连，眼底难以看清楚，另一眼则无异常。检查完后，教授们都发表了意见，有的说是细菌感染所致，有的说是真菌感染所致，有的说是结核感染所引起，但病人没有相应的全身表现、全身检查支持这些诊断。我根据病人眼部肉芽肿改变对糖皮质激素不敏感这一特点，再根据患者虹膜肉芽肿与葡萄膜炎所引起的肉芽肿在外观上有细微的差别这些特点，怀疑病人患的是伪装综合征，即询问患者有无其他全身表现，患者想了一会儿说最近有睾丸肿痛，我提出建议进行睾丸穿刺检查，病检结果是附睾平滑肌肉瘤，当时患者已无视力。我随后建议患者进行眼球摘除术，进行眼组织学检查，病理结果证实是此种肿瘤，后建议患者在肿瘤科治疗，总算保住了性命。此是我第一次根据患者临床表现的细节及特征怀疑患者患有伪装综合征，并在随后被病理诊断确诊的肿瘤患者。令人惋惜的是此病人是在别的医院诊治，当时没有把他的资料保留下来。

　　2004 年，我遇到一个小女孩，一眼红痛 4 个月，当地医生建议找我诊治，因患者未能挂上号而就诊其他教授。当时检查记录显示有

睫状充血（眼红）、前房积脓，遂被诊断为感染性葡萄膜炎，住院期间给予了糖皮质激素和抗生素治疗，未发现任何效果，进行 B 超、CT检查，也未发现异常。医生又给患者进行了前房穿刺，并行细菌、真菌培养等检查，结果还是没发现问题，无奈之下医生让患者出院。这个患者后来终于挂上了我的专家号。我为其检查时发现，眼睛充血（睫状充血）、前房有雪片状积脓（不同于细菌感染、真菌性感染引起的积脓），虹膜表面有大量突出于虹膜表面的结节。根据这些表现，我高度怀疑是"视网膜母细胞瘤"（一种发生于儿童的恶性肿瘤）。为了验证这一诊断，再次让患者进行 CT 检查，还是没有发现问题，又行前房穿刺和细胞学检查（是确定肿瘤细胞的一种可靠检查），为了引起病理科医生的重视，我在送检单上专门标明，在临床上高度怀疑视网膜母细胞瘤的诊断。但令人遗憾的是，病理科医生在病理单写了如下结论："不能确定肿瘤的诊断，也不能排除肿瘤的诊断。"面对这一模棱两可的病理检查结果，我的直觉告诉我，视网膜母细胞瘤的诊断不会有错，此时患眼已无光感，在此情况下，当即与患者的母亲进行了充分的沟通，建议摘除患眼眼球，以免肿瘤扩散危及生命。好在患者的母亲对我非常信任，同意摘除眼球，术后病理检查确诊为视网膜母细胞瘤，避免了诊断延误造成的肿瘤扩散和不良后果。

2006 年，我诊治了一例来自中国音乐学院的一位女性患者。病人告诉我，一年前她去上海出差，发现视力下降，在医院检查了一下，被诊断为玻璃体混浊、葡萄膜炎，用药治疗后无任何好转，她回到北京后又在一些医院诊治，仍然无效。其间她曾经前去新加坡某医院诊治，仍然被诊断为葡萄膜炎，给予了各种治疗，包括玻璃体内注射激素、抗生素等治疗，疾病仍继续进展，视力仍继续下降。当时病人通过广州市文化局局长挂到我的专家号。为病人检查时发现眼前段几乎无异常，玻璃体有些混浊，视乳头及附近视网膜有大片状黄白色病变。根据发病后疾病进展情况、眼底改变的特征及对糖皮质激素和其他药物无反应的特点，我当即判断患者患的是眼内淋巴瘤，遂建议患者去中山大学肿瘤医院进行头颅磁共振检查，结果发现有一占位病灶。神经外科医生为其进行了手术治疗，并进行了组织学和免疫组织化学检查，两种检查均证实了患者所患疾病为眼内—中枢神经系统淋巴瘤，为了使大家认识到此种疾病，在我写的第三本葡萄膜炎专著《葡萄膜炎诊断与治疗》一书中详细介绍了这一病例。

2010年，我接诊了一例来自福建的60多岁女性患者，患者单眼视力下降半年，最近半个月视力下降严重，就诊时视力已降至光感定位不良，病人自述发病初被诊断为葡萄膜炎，可是不管用什么药物治疗，疾病就是不见好转。我为病人检查发现，玻璃体有中度混浊，眼底后极部视网膜有黄白色浸润病灶，伴视网膜血管迂曲和少许出血。根据病史及检查结果，我当即诊断为：眼内淋巴瘤所致的伪装综合征，给患者进行了头颅磁共振检查，没有发现异常，抽取玻璃体标本并进行细胞学检查，也未发现肿瘤细胞。此时患者的病情进展很快，患眼已无光感，遂建议患者进行眼球摘除，进一步做病理检查，病人虽然犹豫，但最后还是签字同意摘除眼球。摘除眼球后第二天，患者对我说：她夜里做了个梦，梦见她的患眼能看到了，她的病不是肿瘤，这下她的意见就大了，说我们错给她摘除了眼球。我详细给病人解释，根据她的眼部改变一定是肿瘤，摘除眼球有助于诊断，也有助于保命，病人就是不听。虽然当时还没发展为医闹，但病人及家属已是表达了强烈的不满情绪，当时病理检查结果不知是取样的原因还是技术原因，还不能确诊为淋巴瘤，这下病人更有理由跟我们闹事了。在此情况下，我们将病人眼球标本送至成都华西医院，进行基因重排检查，最后诊断为淋巴瘤。在铁的事实面前，病人及家属才停止了胡搅蛮缠，平息了这场闹剧。

经过细致的临床观察和不断总结、思考，我们对眼内淋巴瘤和其他肿瘤所致的伪装综合征都有了较为全面的了解，即根据病人的表现，大致上可以作出正确诊断，再联合其他检查，基本上可以做到万无一失，使得一些病人在疾病早期即可以得到正确诊断，并获得及时正确的治疗，大大提高了治疗效果。

在诊治此类疾病的过程中，我也得到一些体会。第一，一定要抓住疾病的细节和特征。每一种疾病都有其独特的表现和特征，这些特征即表现在细节上，抓住这些细节，通常即可作出正确诊断。我在2009年曾经治疗了一例来自浙江的成年男性患者，第一次给病人检查，虽然病人的临床表现尚未完全展露出来，但直觉告诉我，病人所患疾病是眼内淋巴瘤所致的伪装综合征。但给病人所做的磁共振检查、玻璃体检查及血液科检查均未查出相关的病变。在此情况下，我告诉病人，回去后一定要定期到医院进行详细随访检查和观察，一定要告诉医生不要忽略淋巴瘤的诊断。一年后，一个浙江的葡萄膜炎病人前来就诊，告诉我他是某某人介绍来的。我问他那个人现在怎么样了，他说那个人现在在上海某医院住院，被确诊为淋巴瘤，已到疾病晚期，他非常崇拜您，说您真的是神医，在一年前就诊断出淋巴瘤。实际上我也算不上神医，只不过从蛛丝马迹中抓住了疾病的细节和特征。由此可见，进行认真细致的临床观察，不断升华对疾病的认识，方能见微知著、洞幽察微，实现早期正确诊断和治疗。

第二，要增强思维的洞察力和穿透力。近年来科学技术进步非常快，一些新的仪器设备已用于临床诊断和治疗，大大提高了诊断和治疗水平，但也不可忽视的是，仪器设备再先进都不可能完全代替人的大脑，都不可能取代人的眼睛和思维，这就要求我们医生在诊断和处理疾病时锻炼和提升思维的穿透力，通过一些表面现象，洞察和推断出事物的本质、疾病的性质及严重程度，此即为"去粗取精、去伪存真"，由此及彼、由表及里，直达疾病的本质和核心。

第三，在作出一些重要决定时一定要慎重。对视网膜母细胞瘤的女孩和福建女性眼内淋巴瘤患者，我们建议患者摘除眼球，后被证实为恶性肿瘤，试想一下，如果术后不能确定为恶性肿瘤，那会闹出很大乱子，虽然我们根据临床表现、特征及必要的检查，辅助的检查手段对绝大多数患者可以作出正确的诊断，但由于疾病的复杂性和现代人们认识以及科学技术的局限性，很难作出百分之百正确的诊断，特别是那位淋巴瘤患者，因做了一个梦即可以质疑医生的诊断和治疗，在当今医患环境不太和谐，病人一进医院即有医生会不会骗我、坑我这样想法的情况下，医生作出重要诊疗决定前一定要思前想后，一定要向病人及家属讲清楚可能出现的问题及后果，取得病人的知情同意，如果遇到一些蛮不讲理、胡搅蛮缠的病人，那将大大伤害医生的积极性和创造性，如果医生都是抱着明哲保身、不敢尝试一些新的技术和方法的话，那将是医学的悲哀，最终受伤害的是病人。

近年来，在我写的《葡萄膜炎诊断与治疗》《葡萄膜炎诊治概要》以及英文专著 Atlas of Uveitis：Diagnosis and Treatment 中，都详尽描述了多种肿瘤所引起的伪装综合征，尽可能全景式展现出此类疾病的临床表现谱。全国眼科同道，特别是葡萄膜炎领域的专家也都日渐认识和熟悉了此病的临床特征。北京协和医院张美芬教授团队近 10 年来深耕于玻璃体视网膜淋巴瘤的诊断及治疗。美芬教授曾对我说：她最早接触玻璃体视网膜淋巴瘤是 1998—2001 年在美国国立眼科研究所学习期间，跟随陈之昭教授学习该病的诊断和治疗。但是她在北京协和医院诊断的第一例玻璃体视网膜淋巴瘤是 2009 年 8 月，该患者表现为双眼难治性葡萄膜炎，经过多家医院、多种抗炎治疗，患者双眼视力进行性下降，收住北京协和医院眼科病房后，当时美芬教授请我去会诊，检查完病人后我说要考虑玻璃体视网膜淋巴瘤的诊断，随后对该患者进行眼部活检，证实了这一诊断。近年来，美芬教授与北京协和医院血液科、病理科合作，建立了玻璃体视网膜淋巴瘤的诊断流程，提出了该病的诊断标准，发现脑脊液白介素 10 是监测中枢神经系统受累和评价治疗效果的重要生物学标记物。2022 年，美芬教授团队获得中央高水平医院临床科研重点专项资助，开展原发性玻璃体视网膜淋巴瘤诊断及治疗研究，已经构建了该病的前瞻性研究队列，在建立诊断标准的基础上，力争评价各种方法的诊断效能，遴选优化治疗方案。我曾多次介绍病人前去北京协和医院请他们高诊，在他们精心治疗下，这些病人都获得了很好的治疗效果。目前美芬教授带领团队正在与中华医学会眼科学分会眼免疫学组成员共同制定玻璃体视网膜淋巴瘤的诊断及治疗指南，估计近期即会发表，将对我国玻璃体视网膜淋巴瘤的诊断和治疗产生重要的推动作用。

经过上述努力，我国眼科医生对此类疾病的认识已获得显著提高，不少患者在疾病早期即获得正确诊断和正确治疗，实为一件可喜可贺的事情。

九、治病中的哲学

哲学是一个非常复杂、深奥的概念，有人说它是对世界基本和普遍问题研究之学科，是关于世界观的理论体系；有人说哲学是研究智慧的学科；也有人说哲学是科学中的科学，是全部科学之母；黑格尔认为，哲学以绝对为对象，它是一种特殊的思维方式。这些概念听起来都非常令人费解。

这里有一个小故事可以让大家很容易明白什么叫哲学。有一个农民的儿子考上大学，上的是哲学系，他父亲不明白他学的是什么东西，就问他什么叫哲学。儿子从口袋中拿出1元钱对他爹说，你看，我手里有1元钱，我可以说它是1元，也可以说是2元，也可以说是3元。他爹一听，明白了：原来你学的是抬扛，抬扛就是哲学！

人们认识世界、认识疾病都是从反思和思辨开始的，在此过程中通过不断思考、不断分析、不断修正，最后建立起对人和自然的认识，也就是世界观。自进入葡萄膜炎领域开始，我即查阅资料，对文献、书籍中的一些描述、诊断、治疗方法反复琢磨、对比、思考和思辨，再通过临床实践，以求证其准确性和科学性，还真发现了不少问题，现举例如下。

（一）葡萄膜炎治疗中抗生素使用的思辨及错误观念的纠正

在攻读博士学位期间和博士毕业后一段时间，我读了大量的文献资料，发现多数资料显示，葡萄膜炎绝大多数是免疫功能紊乱所致的疾病，而仅少部分是感染所引起的，但在临床上发现，不少医生用抗生素联合糖皮质激素的方法治疗葡萄膜炎。在我们诊治的来自全国各地葡萄膜炎患者中，特别是以往住过院的患者中，几乎百分之百都在使用抗生素。确实有一些患者在使用激素、抗生素后葡萄膜炎得以消退，但在葡萄膜炎治疗中，到底该不该使用抗生素治疗？带着这种质疑，我认真观察了一些患者，将他们以往所用抗生素停药，单用激素或联合免疫抑制剂，发现可以获得同样好的效果。经过一段时间对大量患者的治疗观察，得出一个结论，非感染性葡萄膜炎完全没有必要使用抗生素，以往临床上观察到的所谓治疗效果，实际上是糖皮质激素的作用，而非抗生素的作用。得到此种结果后，我们就利用各种渠道和机会，如写文章、出版著作、参加各种学习班和会议，反复强调抗生素滥用和误用是葡萄膜炎治疗中的一大误区，对能够排除感染性葡萄膜炎的患者一定不要使用抗生素，否则会引起抗生素的耐药，培育出超级细菌。我看到一则报道，说超级细菌是专门吃抗生素的，以抗生素为生的，离了抗生素活不下去的。抗生素的误用、滥用造成的细菌耐药已构成一个重要的公共卫生问题，特别是超级细菌的出现，可以说是人类的一大灾难。

当一种观念深深植入人心的时候，消除它是相当困难的，一开始谈到此种误区时，不少医生对我说，病人葡萄膜炎很严重，前房都有脓了，如果不用抗生素，病人的病情加重，病人及家属怪罪我们怎么办？上级医生、主任怪罪我们怎么办？我告诉他们，如果使用抗生素后病情还加重，应该怎么办，应该怪罪谁？只要能确定病人患的不是感染性葡萄膜炎，就一定没必要使用抗生素，免疫反应所引起的前房积脓用激素后通常会很快消失。不少医生后来对我说，我们按你说的方法不用抗生素治疗，还真如你说的，很多严重的非感染性葡萄膜炎都获得完全控制。

在推广葡萄膜炎正确诊疗知识、避免抗生素滥用、误用过程中还遇到另外一个问题：不少医生担心在用激素或其他免疫抑制剂后，机体抵抗力降低会引起细菌感染的问题，认为在用免疫抑制剂时联合抗生素使用可避免继发细菌感染。实际上这种担心是多余的。在我们治疗的数以万计的葡萄膜炎患者中，没有发现一例患者因使用激素而继发细菌感染的，倒是发现两例患者在用药过程中出现了真菌感染，有20多例发生了带状疱疹病毒感染，有关真菌感染与免疫抑制剂之间是否有因果关系尚需要进一步研究，继发性疱疹病毒感染则无论如何都不是使用抗生素可以预防的。

经过我们多年宣讲和全国眼科同道的努力，到2000年前后，葡萄膜炎治疗中抗生素使用率已大大降低。到目前为止，临床医生使用抗生素治疗葡萄膜炎的已相当少见，可谓是一巨大进步，大大降低了患者的治疗费用，也在一定程度上降低了患者细菌耐药概率的发生，推广葡萄膜炎诊治新知识，防止葡萄膜炎治疗中抗生素滥用和误用，作为我们科研成果的一个重要内容，在2006年获得了国家科技进步二等奖。

（二）葡萄膜炎治疗中滥用结膜下注射的思辨及错误观念纠正

糖皮质激素的问世及在葡萄膜炎治疗中的应用，已大大提高了治疗效果，其应用途径有点眼、眼球旁注射、玻璃体内注射或植入和全身应用，每一种途径都有其适应症，根据病人的具体情况，选择合适的治疗途径，将会获得较为理想的治疗效果。就拿球旁注射来说吧，它就有4种：结膜下注射、前Tenon囊下注射、后Tenon囊下注射和球后注射。前两种注射主要适用于眼前段的炎症，而后两种则主要适用于眼后段的炎症。结膜下注射因注射方法简单，在葡萄膜炎治疗中曾得以广泛应用，有些医生甚至不管是眼前段炎症，还是眼后段炎症，都在使用结膜下注射激素的方法进行治疗。20 世纪 90 年代末，我曾到某家医院进行学术讲座，该院院长告诉我，他们的医生每天早上很忙，我问她在忙什么，她说在忙着给病人进行结膜下注射激素。当时白内障超声乳化手术已在大医院非常普及，手术后都会有前房炎症反应（绝大多数为非感染性炎症），医生们为了减轻此种炎症反应，在手术结束时通常捎带着进行激素联合庆大霉素结膜下注射，以求稳妥。第二天早上，再给病人结膜下注射一次激素，这在不少医院已经成为一种常规。我听后感到很惊讶，手术后前房有炎症反应为什么不用点眼的方法治疗，而选用给病人带来疼痛的结膜下注射呢？实际上，目前使用的激素眼药水可以很好地穿透角膜，在房水中达到有效浓度，可以很好地治疗前房炎症。当时我告诉这个院长，从明天开始，把这些手术病人分成两组，一组给予结膜下注射，另一组用点眼的方法进行治疗，比较它们之间有无不同。3 个月后这位院长告诉我，他们再也不用结膜下注射激素的方法治疗这些病人了。我问她为什么，她说，发现点眼和结膜下注射的效果完全相同。

结膜下注射会给患者带来很大痛苦，一位来自新疆的 20 多岁的男性白塞病患者，在患病后的 5 年中进行过 20 多次激素结膜下注射，刚开始他还能忍受这种注射带来的疼痛和痛苦，到后来一听到医生说结膜下注射，他都不寒而栗，有一种深切的恐惧感，再给他进行结膜下注射激素时往往需要几个人"帮助"才能完成。还有一次，我去长春讲课，当地医生请我会诊了一位 30 多岁女性葡萄膜炎病人，她见我后第一句话就告诉我：教授，你千万不要给我进行结膜下注射激素了。我问她为什么，她告诉我，在患葡萄膜炎的两年中每次到医院，医生都是给她结膜下注射激素，结膜下注射所带来的痛苦和恐惧只有她自己知道，现在她一进医院门就心惊肉跳，最怕的是进行结膜下注射激素。我当即为病人做了眼部检查，发现病人一眼有中等大小的 KP，呈弥漫分布，伴有虹膜脱色素，诊断为 Fuchs 葡萄膜炎综合征。此种疾病是葡萄膜炎中最特殊的一种类型，特殊在它基本上不需要糖皮质激素治疗，更不需要结膜下注射激素。可是这个病人已经接受了多次结膜下激素注射，此种治疗给病人带来了难以忍受的痛苦和恐惧。

我曾问过不少医生为什么要给葡萄膜炎患者几乎是常规性地使用结膜下注射激素这一问题，他们告诉我是从老医生那里学来的。当大家都这样去做时，不管是对还是错，它就变成治疗常规了。

多少年来我一直在思考，为什么一种错误的东西能够一直存在，一种错误的观念可以代代相传，就是因为这种错误的东西有时看起来是对的，比如结膜下注射激素对前房的炎症是有治疗作用的，这种有效性即被堂而皇之地认为是所有葡萄膜炎正确的治疗方法。因此，口口相传、代代相传即将这种观念给固化下来，一旦固化起来即很少有人去质疑其合理性，去思辨其真伪性，从而造成了这种观念的根深蒂固。前面已经说到，激素滴眼剂可以很好地穿透角膜，在前房中发挥治疗作用，点眼的方法与结膜下注射相比多么简单、便捷啊！能用简单的方法即不用复杂的方法，能用不给病人带来痛苦而且行之有效、价格低廉的治疗方法肯定是科学的方法。

结膜下注射这种方法之所以有存在的必要性是因为它在某种情况下是有用的和必需的，比如说病人有角膜上皮损伤，此种病人既不宜使用糖皮质激素点眼，更不宜用频繁点眼的方法进行治疗，此时可以考虑用结膜下注射激素的方法来治疗。此外，病人有前房积脓、大量纤维素渗出等严重的前房炎症反应时，进行一次结膜下注射可能会使炎症消退快一些。但是，把这种特定情况下的使用错误地当成常规治疗肯定是不妥的。因此，自20世纪90年代中后期以及2000年前后我都在不遗余力地推广激素在葡萄膜炎治疗中合理应用的知识，虽然过程有点长，但到目前为止，结膜下注射激素作为葡萄膜炎常规治疗这一观念已基本上得到纠正，避免了这一治疗方法的误用和滥用，可谓是善莫大焉！

（三）葡萄膜炎治疗效果的思辨

在以往会议上经常会听到以下说法，某人用某种方法或某种中药方剂或成药治疗数十例葡萄膜炎患者，随访半年以上，发现治愈率达70%以上，因此就认为此种治疗方法有很好的治疗效果。你听了这种说法会有什么感受？这种治疗方法真的有效吗？

要弄清楚这种治疗方法是否真的有效，要思辨以下两个问题：（1）治疗纳入的病人患的是什么类型的葡萄膜炎，葡萄膜炎病因和类型多达上百种，不同类型炎症的自然病程有很大的不同。其中有一种类型叫作急性前葡萄膜炎，它是葡萄膜炎中最常见的类型之一，疾病通常持续时间不会超过3个月，如果在治疗的病人中有大量的急性前葡萄膜炎患者，那么你观察到的所谓治疗效果实际上是疾病的自然恢复结果，并不能说明是治疗所用药物的效果；（2）治疗中有无设立对照组，如果在统一的诊断标准基础上，将患者分成两组，一组用常规的治疗方法治疗，另外一组则用一种新的治疗方法治疗，经过半年时间或一定时间的治疗观察，才能准确地评价出新的治疗方法是否真正优于常规的治疗方法。我曾看到一个故事，说有人进行了一个实验，他将跳蚤的两条腿砍掉之后，喊跳，跳蚤会跳，再砍掉两条腿后，喊跳，跳蚤还会跳，最后把跳蚤的六条腿都砍掉后，喊跳，跳蚤不再跳了。对这个实验结果，有人作出了以下结论：当你把跳蚤的六条腿砍掉之后，跳蚤就变成了聋子。用脚指头想一下都知道这个结论是多么荒唐！但在临床实践中，经常会遇到此种情况，有些错误的观念还会长期存在，因此，思考、思辨和质疑在医学中是非常重要的。

值得说明的另外一种情况是，新的药物、制剂的研发和使用正在深刻地改变着我们的治疗方式和效果，毫无疑问，随着科学技术的进步，一些新的药物，特别是生物制剂的不断问世，使医学发生了革命性进展，使一些过去被认为无法医治的患者得到了救治。但也不可否认，新的制剂的滥用和误用也带来了一些新的问题，甚至是严重的问题。治疗疾病有一基本原则，那就是能用简单的就不用复杂的，能用点眼的即不用吃药，能口服就不要注射，能肌肉注射就不要静脉注射。实际上，传统的简单便捷的治疗方法，可以使大多数病人获得治愈或康复。如葡萄膜炎患者中，70%—80%患者的炎症都可以用糖皮质激素或联合其他免疫抑制剂获得治愈或控制，仅有20%—30%的患者，可能需要使用这些新的药物或新的制剂，但在临床工作中，我们经常看到一些本来很简单，很容易治愈，甚至是用点眼即可治愈的葡萄膜炎病例，更有甚者像Fuchs葡萄膜炎综合征这些基本上不需要治疗的病例，都在使用一些价格不菲的药物或制剂，这样的治疗有点大炮打苍蝇的感觉。一方面会造成很大浪费，给病人带来经济上的负担（新的药物和制剂通常都是比较贵的）；另一方面，这些药物或制剂都有这样或那样的副作用，有些甚至是严重的副作用。因此，在诊治病人时，我们应根据患者具体情况，制订出适合病人的具体方案。我们经过多年的临床实践，曾总结出葡萄膜炎治疗的指导思想，主要体现在4个思维上，其中唯美思维就是强调用最少的药物、最简便的途径、最经济的成本、给病人带来最小的痛苦、最优化的方案、最适宜的治疗时间，以期达到在不知不觉的过程中治愈疾病之目的。唯美思维不仅体现了医生对病人的人文关怀，还体现了医者的责任和智慧。我们在临床上有时会看到，个别医生给病人开了很多不该做的检查，开了很多不该使用的药物，让病人花了大笔不该花的钱，确实有违医德，有违医生的称号。

十、从学习中医到创立葡萄膜炎治疗的
指导思想、原则和策略

从小学习的中医知识和在农村用中医治疗疾病的经历，使我深刻认识到中医辨证施治和整体观的重要性，在后来从事葡萄膜炎诊治和研究中，不断思考感悟、不断淬炼和升华，创立了葡萄膜炎治疗

的指导思想、原则和策略，在我撰写的《葡萄膜炎诊断和治疗》、眼科研究生"十三五"规划教材、《我是你的眼》文学专著中都从不同侧面对其作了介绍，特别是在我撰写的 *Atlas of Uveitis: Diagnosis and Treatment* 英文专著中，用英文向世界系统介绍了疾病的指导思想、原则和策略。因为此方面的内容国际上尚无文献涉及，在写这一部分时还是下了一番功夫，字斟句酌、精雕细刻，最后把我们的意思竟然充分地表达出来，有几位外国专家看了后都说意思表达得充分，有深刻的内涵，对临床医生诊治疾病有很大帮助。

　　我从事葡萄膜炎研究已经近 40 年，除了在临床上总结的葡萄膜炎临床特征、进展规律、致盲规律、治疗经验以及发病机制研究所获得的成果以外，可以说葡萄膜炎治疗的指导思想、原则和策略是另外一个具有标识度的成果。此项成果虽然不像临床和基础研究成果那样可以发表 SCI 文章，但其形成则要远比这些成果花费的时间要长，花费的精力要大，是需要在长期的临床实践过程中，在诊治的数以万计的病例基础上，用心悟道、升化淬炼始能获得。我记得有一次我们在广东省科技进步一等奖答辩时，一位专家在听取我们汇报后评价道：你们的成果有一重要特色，那就是用中医诊治疾病的思维指导西医用药。这位教授的评价虽然多少有点"以偏概全"的感觉，但也确实有它的道理。

　　很多医生问我：杨教授，在诊治葡萄膜炎中你有什么秘诀？我想了想，感觉没有什么秘诀，但再想想，还真有点秘诀，在我的第二本文学著作《点点滴滴都是爱》中，我对此作了详细的介绍，即嘴上功夫（详细询问病史）、认真记录（撰写病历、收集葡萄膜炎患者的各种资料）、细节入手（从患者表现的细节上发现特征，并作出正确诊断）、思维无误（用正确的思维方式来治疗疾病）。前三条讲的是在技术上、方式方法上怎么样去诊断疾病，后一条则是强调指导思想对疾病诊治的重要性。现在不少医生重视方法和技术的掌握，而忽略指导思想（诊治疾病的思维）在诊治疾病中的重要价值。实际上，技术方

法通过学习容易获得和掌握，而指导思想则相对难以学到，因为这种
"无形"的软东西、软科学需要通过反复实践、反复感悟和提升才会
变成自己的，才会变成指导疾病的行动指南。

下面简要介绍一下我们研究成果的一个重要组成部分——葡萄膜
炎治疗中的指导思想、原则和策略，希望对大家有所裨益。

（一）葡萄膜炎治疗的指导思想

我们总结和创立的治疗疾病的指导思想是，科学认识致病因素所
致的宏观和微观改变及机体防御和修复能力之间的关系，调动机体防
御、修复能力及使用必要的药物和手段，以驱除疾病，达到恢复健康
之目的。有人将思想解释为慧性和智性思维的总体结果。我们所创立
的指导思想包含了四种思维，它们分别是系统思维、辩证思维、局部
和整体思维以及唯美思维。

1. 系统思维

疾病是指在内外因素的作用下所导致机体功能改变或结构异常。
这种异常在疾病不同阶段可能表现出不同的改变，要想很好地处理疾
病就应该将治疗作为一个系统工程，要考虑第一步要解决什么问题，
第二步再解决什么问题，最终要达到什么目的，它讲究的是"按程序
办事"，关注的是最终效果和结局。实际上在治疗葡萄膜炎中经常会
出现处理次序颠倒的问题，比如说葡萄膜炎并发白内障，我们看到不
少患者在炎症没有得到很好控制的情况下即接受了白内障超声乳化和
人工晶状体植入手术，术后葡萄膜炎加重或复发，使炎症更加难以控
制，最后导致无法挽回的后果。对这些病人如果我们先用药物很好地
将炎症控制后再进行手术，病人可能会获得好的或较好的视力预后。
再比如葡萄膜炎引起的渗出性视网膜脱离，我们首先要做的是用药物
控制炎症，而不是进行手术治疗，在临床上我们发现一些 Vogt- 小柳
原田综合征患者出现严重的视网膜脱离，在当地医院行玻璃体切除联
合硅油填充手术治疗，给病人带来了不必要的痛苦和花费以及不良的

视力预后。实际上这些病人用药物即可在短时间内使视网膜复位，并获得良好治疗效果。

系统思维实质上是指在掌握疾病发生、发展规律基础之上所展开的"按部就班""循规蹈矩"的序贯治疗活动，强调的是尊重疾病规律、尊重个体特质和差异，以期达到最大化、最理想化地治愈疾病、恢复健康之目的。

2. 辩证思维

葡萄膜炎是一类非常复杂的疾病，病因类型多达上百种，不同类型的临床表现、进展和致盲规律有很大不同，同一种疾病在不同阶段表现出很大的变异，疾病在不同个体也表现出很大异质性，因此要正确处理此类疾病，一定要有辩证思维。对于葡萄膜炎（还有其他多种疾病）而言，应当辨以下三大方面：第一要辨疾病本身，第二要辨治疗方法，第三应辨患病的人。

辨葡萄膜炎这类疾病本身应包括三个方面，即复杂性、可变性和伪装性。复杂性是指葡萄膜炎病因类型众多，有单纯表现为眼部炎症的类型，也有伴有全身疾病的类型，有感染性葡萄膜炎，也有非感染性葡萄膜炎，有些类型视力预后良好，有些类型视力预后差，有些需要长期药物治疗，有些仅需短期治疗干预。可变性是指葡萄膜炎发生部位具有可变性，如 Vogt- 小柳原田综合征是一种全葡萄膜炎，但在早期则表现为眼后段的炎症，随着疾病进展则进展至眼前段。炎症性质（肉芽肿性、非肉芽肿性）也有可变性，如一些肉芽肿性炎症在疾病的一定时期可表现为非肉芽肿性炎症。伪装性是指一些非炎症性疾病，如眼内淋巴瘤、视网膜母细胞瘤、白血病等可引起类似葡萄膜炎的表现（伪装综合征）。正是疾病的上述特点，就决定了我们在处理它们时一定要有辩证思维，即首先要弄清楚疾病的病因和类型，再施以针对性治疗。试想，如果我们将感染性葡萄膜炎误诊为非感染性葡萄膜炎，将肿瘤所引起的伪装综合征诊断为自身免疫性葡萄膜炎，那将会导致非常严重的后果，甚至会出现生命危险。

其次，我们要辨别治疗方法。一种疾病可用多种药物进行治疗，但每种药物的作用机制、环节、作用的强弱、毒副作用以及所需费用均有很大不同。有些出现了并发症的患者可能还需要手术治疗，但手术时机、手术方式及术前、术后用药等也有很大不同。这些众多的不同就要求我们对疾病和治疗方法进行全面的评估，艺术地、智慧地制订出适合患者病情的治疗方案。

最后是要辨患病的人，疾病发生在人的身上，它的发生、发展、转归、预后与人自身因素有密切的关系，不同年龄、性别、所患基础疾病、不同经济状况的人对治疗效果的诉求、治疗的期望值也有不同，对药物副作用的耐受和承受能力也不尽相同，比如一个未结婚、未生育的患者，很难接受一些导致不育这一副作用的药物，而一些年龄较大、没有生育要求的患者，对使用影响生育的药物则认为无关紧要。在辨清楚病人所患疾病类型的基础上，充分了解患者的诉求和自身因素才能制订出适合病人的个体化治疗方案。

从上面分析可以看出，辨证思维的本质是以病人为中心，即以患病的人为中心，治疗疾病的出发点是人，落脚点还是人，在治疗效果和患者自身其他各种因素之间寻找到最佳的平衡，不但要实现治病救人之目的，更重要的是要达到"治病活人"（让病人健康地活着，活出高质量生活）之目的。

在《我是你的眼》一书中，我曾举了一个例子来说明辨证施治、以病人为中心的重要性，这里我想拿出这个例子再次强调以患病的人为中心的意义。

1992年年底，一名来自成都26岁的男性患者到广州中山眼科中心找我诊治，他患的是巩膜葡萄膜炎，曾在北京多家医院诊治，后因炎症难以控制，一只眼球被摘除。几个月后，另一只眼也患上了同样的疾病，当地医生对他的眼病非常重视，给予了多种药物治疗，发现没有效果，并且因大量激素应用出现了严重的"满月脸、水牛肩"等副作用，在此情况下当地医生为其举行了三次全市大会诊，最后内分泌科医生说患者再也不能使用激素了，否则有生命危险，而眼科医生则认为，如不使用激素，患者的眼球恐怕也要被摘掉。最后罗成仁教授向病人介绍到我，对病人说我能给他解决问题。接诊后，我发现患者因服用大量激素体质变得非常虚弱，人已严重变形，走路都需要他爱人和岳母搀扶，检查眼睛时发现巩膜360°充血，结膜水肿、前房有严重的炎症反应。按当时炎症严重程度来说，病人需要使用大量的激素联合其他免疫抑制剂治疗，再看全身状况，病人身体已难以耐受这种治疗。在此情况下，我考虑的不是使用更大剂量、更多的免疫抑制剂，而是要逐渐恢复患者的体质，使患者身体足以支撑后续的治疗。于是我缓慢减去糖皮质激素的用量，辅以补气养阴、清热解毒的中药，并逐渐加入其他免疫抑制剂，3个月后病人体重下降了20公斤，体质明显得以改善和恢复，眼部的炎症得到了基本控制，视力从初诊时的0.05提升至0.5，随后我采用逐渐减药的方法又给病人治疗一年，患者的巩膜炎得到完全控制，到现在为止已过去30多年，病人的眼病未再复发，视力一直稳定在0.5。

此病例很好地诠释了辩证思维和以病人为中心的意义。试想，如果在最初治疗时，我们更多地想到巩膜炎这一疾病，一味地想用免疫抑制剂和大剂量激素控制炎症，那么药物的副作用可以将病人的身体完全击垮，如果治疗使患者的生命都不存在了，那么所用的治疗还有什么意义呢?！我们正是在辨别疾病本身、病人自身因素的基础上，一切治疗均是从患病的人出发，最后获得了理想的治疗效果。由此可见，治疗疾病不但是技术活，更重要的是需要智慧。

3.局部思维和整体思维

非感染性葡萄膜炎可单独表现为眼局部的炎症，也可以伴有全身疾病，但不管哪种情况，都是全身免疫反应所引起的，所以在处理葡萄膜炎这类疾病时，不但要有局部思维，还应有整体思维。

2003年，我曾治疗一例来自土耳其的Behcet病患者，患者患病已有5年之久，有葡萄膜炎、腿部有两个4—5厘米大的溃疡，当地外科医生给他多次清创和药物治疗，未见任何效果。接诊后我们看到的不只是眼部的炎症和腿部的溃疡，而是这些改变背后的免疫反应。当时给病人使用了免疫抑制剂联合补气益血、利湿解毒和化腐生肌的中药，对腿部的溃疡我们未做任何处理，治疗1周后溃疡边缘生出肉芽，到2个月时溃疡竟完全愈合，又治疗1年，葡萄膜炎也完全治愈，直到现在炎症未再复发。

上述这个例子说明，我们在处理疾病时仅着眼于局部，进行局部治疗，是不够的，因为疾病虽然发生在局部，但其发病机制、病理生理改变往往是全身性的，因此，在处理疾病时还应有整体思维。

毫无疑问，局部思维在处理疾病时也是非常重要的，现代科技的迅速发展和生物制药的突飞猛进为我们提供了很多具有靶向性的药物，如对湿性老年黄斑变性，玻璃体内注射抗VEGF药物是一种有效的治疗方法。糖皮质激素点眼可以很好地抑制前葡萄膜炎，玻璃体内置放糖皮质激素缓释装置对眼后段炎症，特别是伴有囊样黄斑水肿的顽固性后葡萄膜炎有较好的治疗效果。值得说明的是，此种治疗多少有点"点水止沸"的感觉，局部治疗往往可以收一时之功，多种药物制剂可能需反复注射，因此，注射带来的感染风险和其他副作用也不可小觑。如何从病因和发病机制层面统筹考虑，以全身用药的方式消除发病的土壤和基础，应该是以后医学发展的一个重要方向。

4. 唯美思维

治疗疾病需要唯美思维吗？

答案是肯定的，并且唯美思维应是医疗活动中的一种最高追求。

众所周知，自然界是一个和谐的整体，人体内部是一个和谐整体，人与自然也是一个和谐整体，和谐就是绿水青山、风调雨顺，和谐就是形神合一、天人合一，和谐即是美。

疾病的本质是各种内外因素所引起的机体功能紊乱、失调和不平衡，纠正紊乱、恢复和谐、恢复平衡则是治疗疾病的总体指导思想，这就不难理解为什么在治疗疾病时需要唯美思维了。

唯美思维就是从和谐、平衡的角度，在治疗疾病中通过"损其有余、补其不足"的方法，调动机体抗病和修复能力，从而达到治愈疾病之目的。强调用最少的药物、最小的药物剂量、最简便的途径、最经济的成本、给患者带来最少的副作用、最适宜的治疗时间，以期达到在不知不觉的过程中治愈疾病，恢复和谐、恢复平衡、恢复自然之美、恢复健康。

在临床工作中，经常会看到一些葡萄膜炎患者由于大量使用糖皮质激素造成的过度肥胖及其他多种副作用，一些病人还发生了股骨头坏死，留下终身残疾和遗憾。2003年，我看到一个北方的报道，说SARS病人痊愈后有1/3—1/2的人发生了股骨头坏死。这就给我们提出了一个重要问题：这些患者都需要使用大到足以引起股骨头坏死的激素剂量吗？实际上不是这回事，我们知道，在一定药物剂量范围内，药物的作用与剂量成正比，超过一定剂量，即使再增加剂量也不会增加效果，但长期大量用药所导致的药物在体内的蓄积，则可引起诸多副作用。近30年来，我们一直在推广唯美思维的理念，一直在推行使用刚好能够控制疾病的药物剂量来治疗多种类型的葡萄膜炎，应该说这种推广应用已取得了一定的效果，减少或避免了激素副作用的发生，在以往葡萄膜炎门诊经常看到的"满月脸""水牛肩"病人在我们门诊几乎看不到了，在来自全国的葡萄膜炎患者中，这些副作用发生的比例也较以往大大降低了，由于合理使用激素和其他免疫抑制剂，使得过去很多被认为无法医治的葡萄膜炎患者获得治愈，并恢复了良好的视力。

另外一个经常听到的是一些肿瘤患者大量使用化疗药物后死亡的例子。遇到恶性肿瘤，不少人想到的是如何切除肿瘤，如何将肿瘤细胞杀灭掉，这样做有可能导致更为严重的后果。对这些病人我们应全面评估化疗药物的作用和副作用，这些药物可以杀灭肿瘤细胞，但也可杀伤机体的"防卫部队"，如果一味地考虑杀灭敌人，不考虑机体的承受能力，那么后果是不堪设想的，本来可以在提高机体抵抗力的情况下延长病人的存活时间，但大量使用化疗药物则使机体的"防线"全面崩溃，从而导致病人迅速死亡，这样的例子可以说是不胜枚举的。

通过上述分析，我们可以看出，唯美思维的核心是以人为本，遵循"和谐""平衡"的理念，以最小、最适宜的干预，最终达到纠正紊乱、恢复和谐、恢复健康之目的。实际上这也是我们以后医改的出发点和落脚点。

（二）葡萄膜炎治疗的基本原则

原则有多种解读，一般认为，它是指准则、规则、规矩、法则、准绳。葡萄膜炎治疗的原则实际上是在指导思想统领下，指导治疗和作出治疗决策的总的准则。在过去 30 多年的葡萄膜炎临床实践中，我们总结出了治疗疾病的三项基本原则，即个体化原则、简单化原则和"永久化"原则。

1. 个体化原则

个体化原则是系统思维、辩证思维、整体和局部思维与唯美思维在治疗疾病中的具体体现。

如前所述，葡萄膜炎病因、类型非常复杂，它们发生在不同的个体上，其进展、严重程度、对治疗的反应、预后等将会受到病人自身各方面因素的影响。近年来还发现多种疾病有遗传因素的参与。这些因素的影响将会导致葡萄膜炎表现谱非常宽广，对治疗的反应也千变万化，因此在处理这些病人时需要根据患者所患的葡萄膜炎类型、严重程度、年龄、性别、对治疗的期望值、不希望出现的副作用、家庭经济状况等制订出适合每一个病人的治疗方案。

实现个体化治疗需要三个基本条件：（1）医生对整个疾病要有全面的掌握，只有这样我们才能准确地诊断出疾病及其类型，准确地判断出疾病的进展和致盲及预后规律，才有可能进行个体化治疗；（2）医生要有智慧，智慧是指人们在各种情况下所表现出的理性、明智、全面而又客观的判断和行动能力，它不但包括了感知、记忆、分析、判断诸多能力，还包括了提炼、升华、运筹等能力，所以仅仅懂得专业知识是不够的，还需要在错综复杂的变化中，把握事物的本质和疾病规律，通过"运筹帷幄""神机妙算"作出理性的、正确的、明智的判断和决策；（3）医生要有爱心，爱就是责任，为病人祛除疾病和痛苦是我们医生的责任和天职，只有具备了爱才可能悉心诊断、用心治病，为每一个病人制订出科学合理的治疗方案。

2. 简单化原则

简单化原则是基于辩证思维、系统思维和唯美思维之上的一种治疗准则。它强调的是通过去伪存真、去粗留精，从变幻复杂的表象中厘清事物的规律，把握疾病本质，确定出疾病发生的最关键机制和根源，针对主要矛盾，施以针对性强的一种或少数几种药物或治疗方法，以期从源头上、从根本上治愈疾病。简单化原则很好地体现了上面所谈的用最少药物、最小剂量、最经济的成本、给患者带来最小的痛苦和副作用这一唯美思维。

在临床上经常看到葡萄膜炎病人在使用大量的药物，诸如所谓的营养药、免疫增强剂、补药、扩张血管药、活血祛瘀药等等。在20世纪和2000年以后的一段时间内不少病人在使用抗生素，近年来一些新的生物制剂出现之后，误用和滥用的也比比皆是，不管是什么类型的葡萄膜炎，也不管病人体质是否能耐受，都在一窝蜂地使用这些生物制剂，给一些病人带来了不应有的后果。上述这些问题的出现，一方面是我们对疾病的全貌和本质缺乏了解所致，要解决这个问题则应沉下心来深入学习，并在临床上反复验证和推敲，以期确定病人是否真正需要这种治疗；另一方面，这些生物制剂的不当应用也受一些观念的影响，人们总是感觉新的制剂、新的方法是最好的，所以遇到病人就不由自主地使用这些新的药物和新的方法，以彰显自己对新技术、新方法的了解和运用。此外，尚有一些难以叙述的原因在背后起着作用，这也是以后应该坚决避免的。

3. "永久化"原则

永久化原则是系统思维、辨证思维、局部和整体思维、唯美思维在治疗疾病中的具体应用。如前所述，葡萄膜炎病因、类型众多，不同类型有不同的进展和致盲规律，有些类型表现为急性复发性炎症，如急性前葡萄膜炎、青睫综合征，对这些类型则需要积极治疗炎症，避免或减少并发症的发生。目前对这些类型的复发，尚无有效的预防方法，只能通过加强锻炼、调节生活起居等方式来期望减少复发；另一种类型为慢性炎症，如 Vogt- 小柳原田综合征、交感性眼炎、结节病、视网膜血管炎等，则表现为顽固性炎症，甚至是复发性炎症，此类炎症如不能长期控制，往往会导致不可逆的视功能损害甚至视力丧失。所庆幸的是，这些类型通过正确的、适当长时间的治疗，大部分则可以被彻底治愈，不再复发。因此对这些类型葡萄膜炎患者，我们一定要有系统思维和唯美思维，治疗的目的不是让患者明天拥有视力，也不是让患者一个月、一年后拥有视力，而是通过合理、科学的治疗让患者永远拥有视力，永远拥有光明。实际上在我们治疗的患者中有相当一部分已被完全治愈，葡萄膜炎治疗后二三十年未再复发者也不在少数。

值得说明的是，追求永久化治疗效果不是单纯地"长期用药"，而是在辨证思维的基础上掌握疾病的规律，制订出适合疾病、适合病人的治疗方案，以期彻底控制炎症、清除炎症滋生的各种原因和土壤。临床上所见到的大剂量激素应用、冲击式的治疗以及在炎症没有控制的情况下施行白内障手术治疗等，虽然能收一时之功，但都无法达到彻底治愈炎症，"永久化"地恢复光明之目的，相反则会使炎症更趋于慢性化，甚至是更加难以治愈。

（三）治疗疾病的策略

策略是指为达到某种目的而制订的行动计划或方法。在治疗疾病中，就要根据患者的具体情况而制定合理的和科学的治疗方法。

　　田忌赛马的故事大家都耳熟能详，这个故事充分说明了谋略和方法的重要性。在处理疾病中，谋略和方法同样是非常重要的，根据诊治疾病数十年的经验，笔者总结出治疗疾病的五个策略，即速战速决策略、持久战策略、急则治标策略、联合用药策略和扶正祛邪策略，以应对患者所出现的各种情况。

1. 速战速决策略

　　速战速决策略是指对急性葡萄膜炎所采取的一种治疗策略。急性炎症一般是指炎症持续时间不超过 3 个月的疾病，对此种疾病即需要用快速的方法迅速消除炎症。如患者前房有大量炎症细胞、纤维素渗出，可使用作用强的地塞米松或醋酸泼尼松龙滴眼剂频繁点眼，辅以睫状肌麻痹剂，对一些患者还可以根据需要辅以短期糖皮质激素口服治疗。这些治疗方法通常可以迅速消除炎症，避免一些并发症的发生。值得说明的是，速战速决策略不是多种药物的"狂轰乱炸"，也不是人们所想象的使用大剂量激素冲击疗法，而是根据炎症的严重程度施以及时有效、足量的药物治疗。

2. 持久战策略

　　葡萄膜炎如 Vogt- 小柳原田综合征、交感性眼炎、少年儿童葡萄膜炎、Behcet 病等常常表现为慢性炎症，这些疾病中炎症慢性的特征，就决定了治疗的长期性，一般采用两种方法：（1）用小的药物剂量，即应用能够刚好控制疾病的剂量进行治疗；（2）应用少数药物，即应用关键的药物，避免大包围式的用药，避免使用一些所谓的辅助性药物，使体内过强的免疫反应逐渐得到控制，使炎症慢慢"被驯服"或"被招安"。在临床上经常看到对慢性葡萄膜炎患者给予大剂量激素治疗的例子，此种治疗方法，虽然也可以使炎症减轻，但大剂量药物所引起的副作用也是显而易见的，并且此种治疗不可能使慢性炎症完全治愈。

3. 急则治标策略

　　这一策略针对的是在疾病中出现了一些意外情况，如虹膜后粘连所引起的急性眼压升高、视网膜裂孔或玻璃体牵拉所致的视网膜脱离，眼压升高将可能导致不可逆的视神经损害，视网膜脱离可能导致视网膜功能丧失。因此，在治疗炎症的同时应尽快施行虹膜周切手术以沟通前后房，在积极治疗炎症的情况下，尽早进行视网膜复位手术，以实现视网膜结构复位，并根据患者炎症情况施以相应的治疗，以期最大限度地恢复视功能。

4. 联合用药策略

联合用药策略是指在葡萄膜炎治疗中使用两种或两种以上药物治疗的方法。它主要适用于以下情况：（1）对于那些慢性或顽固性炎症，使用一种药物难以控制炎症的患者，往往需要两种或多种药物联合进行治疗；（2）患者患有基础性疾病不能耐受较大药物剂量治疗者，这时往往需要使用小于常规剂量的两种或两种以上药物，以避免对原有疾病产生不利的影响；（3）在治疗前预判或在治疗中发现某些药物可能会引起副作用，患者则需要使用小于常规剂量的多种药物，以减少或避免药物副作用的发生。

联合用药中应注意以下问题：（1）糖皮质激素通常是常用的药物，除非患者有绝对的禁忌症，一般都应在此基础上联合用药；（2）联合用药不是大包围式的用药，它是建立在医生对疾病、对药物作用及机制全面了解基础上的一种智性选择；（3）一般应联合作用机制和作用环节不太相同的药物；（4）一般应选用毒副作用不相同的药物；（5）联合用药使用的各种药物的剂量通常应小于单独应用的剂量。

5. 扶正祛邪策略

扶正祛邪是借用中医的一种治疗策略。中医认为，内外邪侵犯机体可以导致机体正气不足，还有药物治疗可以损伤肝肾功能和导致白细胞减少，也可以导致正气不足、元气大伤，此时应采取"扶正祛邪"的措施，以扶助正气、恢复气血阴阳平衡，其本身即可能有一定的治疗作用，并且可以增强机体对治疗所用药物的耐受性，可以使病人得以持续的治疗。笔者在 1999 年曾治疗一例来自美国的 Behcet 病患者，当地医生给患者使用的是环孢素联合激素治疗，在治疗 3 个月时，病人出现了严重的乏力、食纳不佳等副作用。在为患者检查眼睛后，笔者决定仍然采用相同的药物和相同的剂量为其治疗，辅以补脾益气的中药治疗，在治疗中病人未再出现药物的副作用。治疗 1 年，Behcet 病性葡萄膜炎得以完全控制，随访 20 多年疾病未再复发，并且也无任何不适现象发生。

扶正祛邪的内涵包括很多，如根据中医辨证补益气血、阴阳，锻炼身体以增强体质，根据药食同源的理论进行调理也是常用的方法，其目的是增强机体抗病能力和对药物的耐受能力，以期恢复平衡、和谐、健康之目的。

十一、撰写了 4 本葡萄膜炎中文专著

（一）第一本葡萄膜炎专著

在我博士毕业前后的那段时间，我国有关葡萄膜炎的临床资料还相当少，没有一本有关葡萄膜炎的学术专著，临床医生很多都是参考教科书和一些散见于杂志中的文献资料，对医生而言，一是不方便，更重要的是知识不够系统。此外由于当时人们对葡萄膜炎认识的局限性，一些资料的科学性和准确性尚有欠缺甚至是错误的。攻读博士学位期间，我就有在未来几年内出版一本葡萄膜炎专著的想法，毕业后我即致力于这本专著的撰写工作。一是大量阅读文献，把重要的资料分门别类摘录在小卡片上，另外一项工作是在临床上对各种葡萄膜炎的病史资料、临床特征和各种辅助检查进行认真记录、收集和分析，用了 7 年时间，参阅英、德、日、法 3000 多篇文献，10 多本英文专著，终于撰写出中国第一部《葡萄膜炎》专著（1998 年，人民卫生出版社）。该专著系统地介绍了葡萄膜组织结构、免疫、生理特点和视网膜抗原的理化特性和致葡萄膜炎活性，重点介绍了我国常见葡萄膜

炎类型的临床特征、致盲规律、常用治疗药物和方法，还总结了当年葡萄膜炎在世界各地的研究状况。我国著名眼科专家罗成仁教授、陈家祺教授对我这项工作给予了大力支持和帮助，并为此书作序，笔者深受感动和鼓励。

陈家祺教授在作序时指出：

> 本书主编杨培增教授是我国年轻的眼科专家，从事葡萄膜炎的基础研究及临床研究已 10 余年，做了卓有成效的工作，其研究成果已在国内外眼科杂志发表：补充了有关葡萄膜炎的新知识、新观点。作者结合自己的研究成果及汇总了国际眼科界近年对此病的文献 3000 余篇，写成《葡萄膜炎》一书，本书对葡萄膜炎的流行病学、病因、发病机制、分类、临床表现、诊断与治疗均详细论述，具有新颖、广博、实用的特点。该书将有助提高国内眼科医师对葡萄膜炎的诊断治疗水平，也不失为我国眼科临床医师、研究生及医学免疫学研究人员有价值的参考书。

罗成仁教授在作序时指出：

> 杨培增教授致力于免疫学和眼葡萄膜炎理论联系实际的研究 10 多年中，在深厚的医学基础理论知识的功底之上，进行了大量葡萄膜炎系列病例的诊治工作，无论在实验研究和临床实践中都具有较独特的优势，其成效显著已众所周知，很好地弥补了我国长期在这一医学领域中存在的不足与空白。杨教授治学勤奋，不稍懈息，而立之年即通晓多种外文，故能广收信息以统览全局，博采众长而不遗细要；因志存济世，常体察患者疾苦，精心救治，备受称道。所著《葡萄膜炎》一书能理论与实际具重，条分缕析，旁征博引，且

不落窠白，又具我国自身特色。此前国内还缺乏类似这样以葡萄膜炎为主要内容的内眼疾病与免疫学密切联系的较系统完备的专著，此书的问世应属难能可贵，预期能对我国葡萄膜炎与眼免疫有关的临床医疗有所裨益，科学研究有所推进。

值得说明的是，该专著是在我的博士生导师李绍珍院士的指导下完成的，共60多万字。我本人对电脑操作不熟悉，从初稿到成稿就抄写了3遍，手抄文字即有200万字之巨，最后郑永欣医生帮助打印后提交给人民卫生出版社。在撰写书稿的过程中还得到一些进修医生、同事、研究生（金浩丽、藕莉、李奇根、周红颜、江玲、职红、李芬芳）的帮助，笔者一直铭记于心、深表谢忱！

（二）第二本葡萄膜炎专著

第一本葡萄膜炎专著对我国常见葡萄膜炎类型进行了系统的介绍，宥于当时自己对一些少见类型葡萄膜炎认识的局限性，有些类型在此书中未涉及。一些读者也给我来信希望我再写一本更加全面的葡萄膜炎专著。基于上述考虑，在完成第一本专著后，我即着手准备第二本葡萄膜炎专著的撰写工作。

收集资料和积累临床经验是完成此项工作必不可少的基础，它直接决定了书的内容、质量、临床应用价值和对医生诊治疾病的指导作用。因此，我珍惜每一次为病人诊治疾病的机会，从每个病人身上尽可能"挖出"与疾病相关的所有资料和信息，逐一分析和研判，并与国际上有关报道进行比较，以期掌握各种葡萄膜炎类型的表现谱、进展规律和疾病的特征，比较不同类型葡萄膜炎对治疗的反应，对不同药物的敏感性及患者的视力预后。经过6年的努力，终于完成了《临床葡萄膜炎》这一143万字的巨著，以著的形式于2004年由人民卫生出版社出版。

　　值得提出的是，此本专著除了介绍葡萄膜炎的专业知识以外，还第一次对葡萄膜炎治疗中存在问题的哲学思考这一命题进行了探索和剖析，指出在葡萄膜炎领域中存在着诸多误区，如诊断中的简单化（把葡萄膜炎当成一种疾病或几种疾病）、用药中的复杂化（大包围式的用药）、抗生素的误用和滥用等，并从哲学和人与疾病之间关系等维度，深度解读了这些误区产生和持久存在的根源，所以这本专著的意义不仅仅是教会医生怎么诊断和治疗葡萄膜炎，更重要的是启迪医生怎么样认识疾病和处理疾病。

　　《临床葡萄膜炎》一书的出版得到了王蕴慧教授、文峰教授以及我的硕士和博士研究生的大力支持和帮助，国际著名的葡萄膜炎专家、美国 Casey 眼科研究所 James T Rosenbaum 教授提供了部分珍贵照片。尤其值得感谢的是周红颜女士，我手写的书稿往往是改了又改，画了又画，用乱七八糟来形容都不为过，周红颜女士竟然能读懂我手写的像天书一样的稿子，把它打印得井井有条，真有点"化腐朽为神奇"的感觉，为我进一步修改提供了很大便利，对书的出版起到了重要作用。

　　此本专著还有一个与一般专业书不同的地方，那就是在正文前面我写了两篇文章，一篇是《著者小记》，另一篇是《想说的话》。它们记录了我从小在农村上学的艰难岁月，父母亲土里刨食、牙缝里攒钱供我上学的经历，展现了笔者对病人的怜悯之心、对病人的爱、对苍生的爱，解读了以病人为中心的内涵和治疗疾病的 4 个层次，再现了从农村赤脚医生到大学教授那一段历程。改变的是岁月、是容颜，不变的是一颗赤诚的心，一颗永远不变的为病人服务的初心和情怀。

　　著名眼科专家罗成仁教授在成书过程中给予了大力支持和鼓励，并亲笔写下了序言，对笔者多有赞誉和推崇，也成为我以后深入研究葡萄膜炎的动力之一。罗教授在序言中是这样写的：

　　　　《临床葡萄膜炎》专著有鲜明的个性和特色。其内容涵盖多发常见的各种比较单纯的葡萄膜炎症型以及类别繁多、伴发许多全身疾病的症型和不少特定的葡萄膜炎综合征。著者对它们各自的病因、病机和诊断治疗，尤其在临床应用方面论述精辟详尽，主要依托其亲身基础和临床结合研究的功力和长期不断身体力行的医疗实践经验的凝聚与升华。此外，杨培增教授秉承家学渊源，科学客观地撷取我国传统中医中药精华，针对各类葡萄膜炎具体患者的病情，施行中西医药结合的辨证诊治而卓有成效，对一些重症病例的治疗也颇有助益，取得中西合璧、相得益彰的效果。表明著者无泥古、媚俗之失，有求是、创意之新；显现了当代治学、从医学人摒弃门户之见，具兼收并蓄、有容乃大的气质，诚属难能可贵。《临床葡萄膜炎》一书文字逾百万言，并载各种葡萄膜炎案例和炎症类别的直观、生动和新颖独特的图片400余幅，文、图的内容非常丰富，资料十分珍贵，可称鸿编巨制，蔚为大观，在眼科专业关于葡萄膜炎的学术和应用领域中尚属少见而令人耳目一新。杨培增教授在植根于高起点的葡萄膜炎基础实验研究和大量前瞻性临床医疗实践研究当中，取得具有我国特点的新鲜经验和成果，历年在国内外均享有盛誉；与荷兰和美国等从事葡萄膜炎和免疫学科的国际知名学者合作研究，备受称道而蜚声海外。近年杨培增教授还在研究中对病因、症候与不同患者复杂多样的表型综合归纳，剖析入微，贯穿以人为本的辨证思考，交叉融合社会人文科学思维，力求进行深入认识疾病本质的探讨，在著述中也多有体现。亦见著者在医学研究中的标新立异和开拓进取的精神。另据我所知，杨培增教授在异常繁忙的医教研工作中，对其所治患者体察疾苦，情真意挚发于肺腑，无不悉心诊治；许多葡萄膜炎病人的痼疾沉疴由重转轻，或转危为安，或痊愈康复者不在少数。以是口碑相传，不少患者远涉重洋络绎求治寻医者已非一日。杨培增教授潜心治学夙夜无间，长年累月徜徉学海书山，置身实验研究和医疗实践，廿年磨剑，铁杵成针，水滴石穿。在这一《临床葡萄膜炎》专著作为 1998 年首编《葡萄膜炎》的第一部续编即将出版之际，我深受鼓舞而为我国青年学人的成就击节赞颂；预期能对当今葡萄膜炎的研究和防治工作的提高发挥更大的作用；并盼后学有所借鉴，共同努力为患者造福，为医学科学建功立业，则善莫大焉。

（三）第三本葡萄膜炎专著

第二本葡萄膜炎专著出版后，我们有关葡萄膜炎的研究可以说基本上达到了高峰时期，一是在此前获得了国家自然科学基金杰出青年基金、国家自然科学基金创新群体项目等一批有影响力的基金项目；另外由于在业界影响力的提升，全国各地医生介绍了大量的葡萄膜炎患者前来找我诊治，一时间出现门庭若市、一号难求之局面。为了挂我周二的门诊号，不少病人在星期天即坐在眼科中心挂号处外面排队了，为了能给这些病人看病，我是一而再、再而三地给病人加号，我的同事、研究生等也都为了帮助病人坚持到晚上很晚才下班。不管病人再多，我们都在一丝不苟地询问和记录病史、收集患者的各种资料。到 2007 年我们即积累了上万份各种葡萄膜炎患者的资料，这些资料特别是病人的各种辅助检查，可以展示出各种葡萄膜炎类型的临床表现谱，使医生在疾病的任何阶段都可以认识和正确诊断此类疾病。有鉴于此，当时我即萌发了想写一本类似"葡萄膜炎全书"的专著，以期从宏观到细节、从静态到动态，全景式地描绘葡萄膜炎的各种表现以及系统介绍各种葡萄膜炎的治疗。目标确定后，我即全身心地投入撰写工作，白天工作忙，就晚上写，平时没时间，就出差时、在机场等飞机时或在乘坐飞机时写。写了一年多时间，即完成了《葡萄膜炎诊断与治疗》这部专著，字数达 254 万字之巨，病人图片有2000 多幅，最后以著的形式由人民卫生出版社出版（杨培增著，人民卫生出版社，2008）。

此本专著除了以上特点外，还有两个鲜明的特色，一是系统地介绍了"葡萄膜炎治疗的指导思想、原则和策略"，可以说此是我从小研习中医到进行葡萄膜炎诊治研究的科学结晶和精髓，是我们葡萄膜炎研究的重要成果之一。在一些国外出版的葡萄膜炎专著中，可散见一些有关葡萄膜炎治疗哲学的介绍，但从未见到有关从思维上、从治疗的原则及谋略上提出葡萄膜炎治疗的一整套思想体系。笔者在大量的临床工作中，经过实践—思考—再实践，最后概括、升华和创立了葡萄膜炎治疗的指导思想、原则和策略，因在本书有关章节中对其进行了详细介绍，这里不再赘述。另外一个特色是在一些章节后附有典型病例的诊疗经过，并附有体会与启示，从不同角度、不同层面剖析了葡萄膜炎的临床表现、以往诊断和治疗中存在的问题及其成因，归纳和总结出诊断注意事项，提出治疗的策略和方法。

在成书过程中，王蕴慧教授、崔国辉女士给予了极大支持和帮助，周红颜女士做了大量的文字工作，可谓劳苦功高，我的博士生、硕士生做了大量基础工作，我的同事吴德正教授、文峰教授、黄时洲教授、闫宏教授、叶俊杰教授等在多个方面给予了支持和帮助，是本书得以顺利完成的重要基础。

特别值得提出的是，我的硕士导师、国际著名眼外伤专家张效房教授和我国著名眼科专家罗成仁教授为我这本书写了序言，多有溢美之词，给予了极大的鼓励。

张效房教授在序言中写道：

　　著者 10 余年来不仅是以他掌握的多国语言博览群书，不仅是以最先进手段埋头进行尖端的实验研究，也不仅是运用西方现代医学和中国传统医学两种方法辛勤地诊治病人，而且他还不断地思考、分析、总结，发现葡萄膜炎的内在、外在的规律，设计了治疗的原则，制定了治疗的策略。于是著者提出了"四种思维""三项原则"和"五个策略"。著者在系统的、辩证的、整体的和唯美（和谐）的思想指导下，提炼出个体化（发现每一个案的特殊性）、简单化（抓住主要矛盾）和"长治久安"（治疗的彻底性）三项原则。然后制定了速战速决、持久战、急则治标、联合用药和"扶正祛邪"的治疗策略。著者已经把对待一种眼病（葡萄膜炎）扩大到整个器官、整个机体来处理；把一个医学上的治疗问题提高到哲学认识的高度，以辩证唯物主义的观点来认识。这是一次飞跃，一次升华。

有一次我听了杨培增教授的学术讲座后，发现很难用一种称谓对他作出确切的评价。说他是葡萄膜炎专家，也是，也不完全是，说是是因为他对葡萄膜炎已烂熟于心，诊断和治疗技巧已臻炉火纯青的地步，说不完全是是因为他对葡萄膜炎的认识已超越了医学的范畴；说他是一位医学哲学家，也是，也不完全是，说是是因为他将对疾病的认识已升华至哲学层面，说不完全是是因为他在从事疾病的诊断治疗中已形成了一套完整的理论体系；说他是医学思想家，也是，也不完全是，说是是因为他系统提出了治疗葡萄膜炎（疾病）的思想（即系统思维、辩证思维、局部思维和整体思维、唯美思维），说不完全是是因为他已把治疗疾病作为一门艺术，用"心"去雕刻和塑造，用生命去浇铸，将其推向美的极致；说他是医学教育家，也是，也不完全是，说是是因为他秉承传道授业解惑之古训，致力于培养大写"人"之大医和有能力的人才，说不完全是是因为他具有国际竞争意识和能力，把我国眼科中曾是最薄弱的葡萄膜炎研究推向了国际，实现了在该领域中与国际接轨。那么，我们只能用"大家"

来称呼他了。《葡萄膜炎诊断与治疗》一书集葡萄膜炎专门知识、哲学思维、医学思想和美学为一体，熔教育、智慧和爱心为一炉。相信它的问世，不但使大家获取到葡萄膜炎的专科知识，更加难能可贵的是还将受到哲学和思想的启迪以及艺术的熏陶。

罗成仁教授是第三次为我著作作序，罗老不是我的导师，但对我的影响、对我的教导堪称我的人生导师，是我的贵人，是我终身难忘的恩人。当时罗老年事已高，却用浓情的笔墨给我写下了饱含深情的序言鼓励我，提掖后学，学生深受感动。

罗教授在序言中这样写道：

科峰嵯峨，学海浩瀚，无畏艰难，登高涉远；情系患者，心存人本，慧眼独具，匠心独运。这是我与杨培增医师在其从医治学中相识廿余年，对他致力眼葡萄膜炎顽症临床医疗实践与基础实验研究矢志攻坚留下的深切感受和印象。如所共知，葡萄膜炎不同年龄患者常反复急性发作以致严重视力损害，其病因复杂，临床表现的类型繁多。现代医学虽已知患眼的主要发病机制与人体免疫功能变异密切相关，但患者个体的具体致病因素常不易准确检定。世纪以来，对不少患者特定病因病机的充分了解和有效防治还存在较大的难度。业者对很多病程迁延重症葡萄膜炎病人诊治乏术常目为畏途，望而却步，以是成为专业临床与研究中进展相对滞后的"老大难"课题。杨培增教授自 20 世纪 80 年代迄今，在医学科学研究中将葡萄膜炎的科学实验与临床医疗紧密结合，全力探索、实践，从致病因素、发病机制以及针对性较强的治疗方法措施，不断推陈出新地提升认识，取得了更多更好的治疗效果。并且杨教授在长期日常诊疗当中素以医德为怀和赤子之心，于广大病员中深孚众望，对患者眼病沉疴痼疾成效卓著，因此而知名遐迩，蜚声海内和享誉国际，在国内外独树一帜。近十年间杨教授据其对葡萄膜炎系统和大量的科研与医疗成果资料，分别于 1998 年和 2004 年撰写出版《葡萄膜炎》和《临床葡萄膜炎》两本专著，对眼葡萄膜炎和所涉医学临床、基础范畴的理论和应用成果都有精辟的论述，已在眼科专业学界具有广泛的影响。现在杨培增教授又从其积累更多临床经验和深入研究的工作中，进一步综合归纳整理，写成《葡萄膜炎诊断与治疗》新著。其中提供他历年汇撷的不同类型葡萄膜炎患者临床表现和诊治过程中大量重要的形象图片达 2000 余幅，全书文图共计百余万言，内容丰富，气度恢宏。在其所著葡萄膜炎系列专著的这一姊妹篇中，重点针对众多类型葡萄膜炎患者的临床医疗思维与实践内容，作具体详尽与深入细致的分析论述。其内涵深广，编著形式也独有创意。作者将每一类型葡萄膜炎眼病项目中所列的病因、症状、诊断、治疗等必须陈述的内容，采用简明精练的条文书写方式。对各种疾病均列举作者亲自医治的相关典型临床案例，并随病例展示之后，即以"体会和启示"为题，对所举具体患者多样不同的罹病诊治过程、疗效、转归以及诊断治疗中的经验教训，进行理论联系实践的精心剖析。其中包含许多切实、中肯和独到的论述，言简意赅而鞭辟入里。凝聚了作者临床思维与智慧的结晶，亦显其在临床医学与科学研究中的博学精业，和发为文章著述中得心应手与画龙点睛的成熟功力。此外，书中还另辟一章，以"葡萄膜炎治疗思想原则策略"一文阐述对于葡萄膜炎治疗中的临床科学分析思维，从对疾病的整体认识，合理的治疗原则与治疗中应有的不同应对方略等方面，条分缕析，皆言之有物而务实求真，洵为其治疗葡萄膜炎的珍贵经验总结与临床逻辑思维在理论上更深层次的提升。综观《葡萄膜炎诊断与治疗》书中承载的专业临床与学术成就均科学严谨，多真知灼见且极富创意，堪称经典而誉为圭臬。我乐观其付梓问世，并冀其在弘扬专业、惠及后学和造福病人中起到和发挥很好的作用。

特别令我感动的是中山大学李萍副书记也为我这本书写了序言。她是中国人民大学的高才生，是专门研究哲学的，是著名的哲学家，她集智慧、干练、美丽于一身，是我的好领导、好大姐、好朋友。当我将书稿完成请她为我写序时，她欣然同意，写下了一位智者对部下所取得成绩的自豪感，对部下的鼓励和期望，她为与自己专业不相干的葡萄膜炎专著作序，笔者深感荣幸，弥足珍贵！

她在序言中写道：

培增教授250余万字的《葡萄膜炎诊断与治疗》终于完成即将出版了，当他告诉我这消息时是那么平静、自然，但我却能深深感受到他那无以表达的万千感慨之心！作为他多年的同事，我由衷地感到欣喜和振奋！培增教授要我给他的专著写几句话，实在不敢当，但最后我还是答应了，只有一个理由：对他的敬重与敬佩！培增教授的勤奋和敬业是在中山医科大学以及后来的中山大学闻名的。据说他在攻读博士学位期间，每天晚上以及周末都是在图书馆度过的，后来他被安排在图书馆义务值班，一是解决了图书馆值班人手紧张的问题，也为他能有更多机会研读国外研究的最新资料提供了宝贵机会。在此期间他还自学了德语、法语、意大利语和西班牙语，涉猎多种语言的科学资料，为他打开了国际视野，勤奋的工作精神和坚实的外语基础为他日后进行国际前沿的科学研究和带领他的研究团队走向世界起到了不可或缺的作用。从培增教授的研究成果中，对其勤奋和执着也可略见一斑，他的葡萄膜炎著作即有3部，即《葡萄膜炎》(60余万字)、《临床葡萄膜炎》(140余万字)和《葡萄膜炎诊断与治疗》(250余万字)，共计400余万字。据说他的手抄稿达800万字之多，可以想象其中所付出的精力、心血和汗水。不用计算，我们可以肯定地说，除了极其必要的(底线的)休息时间之外，他都在研究、看病、工作……没有坚定的理想和抱负，没有坚强的毅力和执着，没有过人的勤奋和努力，是不可能取得这样成就的。在一个充满诱惑和喧嚣的社会里，实在难能可贵呀！他的见解和分析的确充满了哲学辩证法，这和培增教授自幼受到祖国医学的熏陶，特别是中医的整体观和辨证施治的观点对他影响至深有关。因而在从事葡萄膜炎这一眼科顽症的研究中，他不但注重疾病在分子、细胞、基因等方面的变化及其机制，也重视疾病所带来的整体变化和对全身的影响；不但重视药物对疾病的治疗作用，也重视调理平衡对疾病的影响；不但考虑治疗的立即效果和一时之功，更注重疾病的长久控制和为患者带来一生的光明；不但考虑治疗的实际效果，更注重用最少的药物、最简便的途径、最经济的成本、最优化的方案、最适宜的治疗时间、给患者带来最少的痛苦，追求在不知不觉过程中治愈疾病的唯美境界。培增教授心存人本、仁心，锐意进取、不懈思考和努力，将治疗疾病作为艺术去追求、去雕凿，逐渐建立起治疗葡萄膜炎的思想体系，即他在《葡萄膜炎诊断与治疗》一书中所提到的治疗葡萄膜炎的四种思维(系统思维、辩证思维、局部思维和整体思维、唯美思维)、三项原则(个体化原则、简单化原则、"长治久安"原则)和五种策略(速战速决策略、持久战策略、急则治标策略、联合用药策略、"扶正祛邪"策略)，不能不说这一体系是医术与艺术结合的结晶，是自然科学和人文科学结合的典范。

（四）第四本葡萄膜炎专著

第三本葡萄膜炎专著有点葡萄膜炎大全的味道，对于医生系统了解葡萄膜炎这一类疾病提供了一本相对完备的参考书。此书出版后得到了不少眼科医生的好评，也有医生给我建议写一本言简意赅、方便实用的葡萄膜炎专著，以方便医生在临床工作中应用。这一建议和我的想法不谋而合。

一般来说，人们对疾病的认识是从简单到复杂，再从复杂到简单，初始认为的简单是人们粗线条、框架式的认识，实际上并未真正认识到疾病的本质和内核，随着研究的深入，人们发现疾病的病因、类型、临床表现和治疗非常复杂。此期实际上是我们已经进入到认识疾病的深层次阶段。接下来，我们对其进行感悟、概括、淬炼和升华，即会找到和抓住疾病的本质，此时即有一种"不过如此""风淡云轻"的感觉，将这些基本的、重要的、精华部分概括地介绍给眼科医生，即会产生立竿见影的效果。于是乎，我用一年多时间，主要在出差的路上，完成了《葡萄膜炎诊治概要》这本专著，于2016年由人民卫生出版社出版（杨培增著，67万字）。

在不到20年的时间内，我共撰写了4本葡萄膜炎专著，4本专著不仅反映了我认识和研究葡萄膜炎的路程，也代表了在不同时期我撰写的初衷，在第四本专著的前言中，我记录了这一心路和不同的初衷。

第一本专著是源自对知识的好奇，所以书中主要传播的是葡萄膜炎诊断和治疗的知识；第二本专著是源自对苍生的爱、对患者的爱和责任，书中传播的不仅仅是葡萄膜炎的知识，更是在深层次阐释了人与疾病之间的关系，如何透过纷繁的疾病现象把握疾病的本质和规律，将疾病的处理提升至理性层面和哲学层面；第三本专著是源自感动，患者从祖国各地，甚至从国外不远千里、万里前来就诊，家人不离不弃陪伴的一幅幅画面，曾使我感动得一塌糊涂，不少患者对我说：追你比追明星追得还要紧，这些话语更使我感动得泪流满面。这些感动使我把葡萄膜炎当成了一门艺术去敬畏，用心和生命去雕刻和塑造，将处理疾病提升至思想层面，提出葡萄膜炎治疗的指导思想、原则和策略，将其推至美的极致。

　　第四本专著《葡萄膜炎诊治概要》一书完稿时，我掩卷深思：这本专著到底源自什么呢？如果说知识使人获得生存的本领，哲学给人以智慧，艺术使人得以教化和感动，那么还有什么使人痴迷、使人无怨无悔、为伊消得人憔悴呢？前段时间一位前来就诊的患者告诉我一件事情，才使我豁然开朗。她对我说，昨天晚上一位来自山东的老太太，半夜睡不着，坐在床上双手合十，口中念念有词：杨教授为我治好了眼睛，我为杨教授祈祷祝福，祝他平安健康、长命百岁！我们住在同一个房间的几位病友被她吵醒了，大家也都坐在床上为您祈祷和祝福呢！我们都把您当成了我们眼睛的守护神！望着这位患者虔诚的目光，我一下子找到了答案，原来我第四本葡萄膜炎专著源于一种信念、一种信仰！信仰可使革命先烈面对屠刀毫无惧色，信仰可使佛教信徒一步一跪磕着长头、经年累月地、锲而不舍地缓缓爬向心中的圣地！为患者解除痛苦已成为自己人生追求的目标，这一信念和信仰已经深深植入到我生命的每一个细胞，深入到骨髓之中和灵魂深处，已成为我生命中非常重要的一个部分，使我无怨无悔地沿着这条路走下去！

　　很多人对我说，杨教授你已算得上功成名就了（我从来不敢这样认为），为什么还要那样辛苦呢？为什么看病从早上看到夜里10点、11点甚至凌晨2点呢？为什么坐在飞机上不能闭目养神休息呢？为什么还要那么辛苦进行科研、发表论文呢？说实在的，以前我没考虑过这些问题，只是对他们的好意和关心报以微笑和搪塞：自己喜欢这些事情，就愿意做，就不会感到痛苦！前边说的那位病友的一席话使我找到了努力工作的精神支柱——信念和信仰！

近年来随着事务性的工作增多和年龄的增大，确实在工作中经常感到体力不支和精力不济，也有累得什么都不想干的时候，甚至有时还会有以后再也不那么干了、再也不那么累了的想法，但当第二天或第三天从床上爬起来的时候，原来的想法就一扫而光，又会精神饱满地、乐此不疲地投入临床、科研和教学工作之中。有时也会埋怨自己为什么不对自己好一些？为什么那么痴心不改地拼命地去工作？为什么那么不可救药？原来都是信念和信仰"惹的祸"！

信念和信仰可以是一个主义、宗教、某人、某物或一种空灵的东西，你不一定能看到最后结果，也不一定能够完全达到设定的目标，但它能使你生活得愉悦，让你很有奔头，很有激情，很有干劲！它就好像味精、调味品、蜂蜜之类的东西，能使你的生活很有滋味，把你的灵魂放在高贵的信念、信仰之处，你会感到生命之安宁，人生之丰盈！

一位无神论者说，如上帝现在把我杀掉，我就相信它的存在。当然上帝不会杀掉他，这个人说，你看，上帝根本就不存在。一位农妇对这个人说，我相信上帝存在，我每天干活很有劲头，很乐意帮助别人，我生活得很快乐、很幸福，当我死的时候，我发现上帝根本不存在，你说我损失了什么？这个无神论者说，你什么都没损失！那位农妇又问，如果那时我发现上帝确实存在，你损失了什么？这位无神论者沉默了很久，竟无言以对。这个故事也许对每个人都有触动，有信仰的人生是幸福的人生！

　　令人感动的是，我的导师张效房教授在百忙之中再次为我作序，在序言中他对我的工作给予了很高的评价，给予了我极大的鼓励，他这样写道：

　　　　《葡萄膜炎诊治概要》是杨培增教授完成的第四本葡萄膜炎专著。第三本专著出版前他将书稿拿给我，想请我为之写序，当时看到该著作洋洋洒洒两百余万字时，深为学生对事业的执着和对葡萄膜炎之探索感到欣慰和由衷的高兴。这次他把《葡萄膜炎诊治概要》书稿拿给我时，我一口气将其读完，最后为他及该书总结出八个字：惊叹、简洁、实用、大家。

　　　　惊叹的是培增教授对事业的执着和成果的丰硕。他自硕士研究生起即研究葡萄膜炎，到现在已有30余年，可谓是30年如一日，孜孜以求，潜心研究和探索，其间获得了国家自然科学基金杰出青年基金、教育部长江学者特聘教授奖励计划、国家自然科学基金创新群体基金、国家自然科学基金重点项目（两项）、国家自然科学基金重大国际合作项目（两项）等资助，取得了一项又一项骄人的成果，被业界公认为是中国葡萄膜炎诊治第一人。国际著名眼免疫专家Caspi教授称杨培增教授将中国葡萄膜炎研究推向了世界！亚太眼内炎症学会主席Ohno教授称赞其研究团队正在领导着世界葡萄膜炎和眼内炎症的免疫学研究！

　　　　自1998年起，他先后写了4本葡萄膜炎专著，并且每本书的内容、形式和意义都不相同，仅其文字即多达500余万字；他还与其他教授共同主编了卫生部五年制《眼科学》规划教材（第七版，赵堪兴、杨培增主编，59万字；第八版，赵堪兴、杨培增主编，66万字）、《眼科学基础与临床》（杨培增、陈家祺、葛坚、吴德正主编，198万字，人民卫

生出版社）、《中华眼科学》（第二版）眼科学总论（赵家良、
杨培增主编，78 万字）、《中华眼科学》（第三版）眼科学总
论（赵家良、杨培增主编，88 万字）、葡萄膜、视网膜和
玻璃体卷（王文吉、黎晓新、杨培增主编，90 万字），总字
数达 570 余万字；他领导的团队发表了包括 *Nature Genetics*
等 SCI 论文 150 多篇（其中他作为第一和 / 或通讯作者的即
有 **140 多篇**）和 100 余篇中文文章；此外，他还撰写了一本
20 万字的文学著作——《我是你的眼》（中国青年出版社，
2014 年）。这样算来，他独立完成的著作、主编的教材和参
考书及发表的论文加起来总字数有 1200 万字之巨。他是中
华医学会眼科学分会副主任委员、眼免疫学组组长，还担任
医院的副院长，每年诊治的患者多达 1 万余人次。我惊叹他
是如何从繁杂的日常工作、临床科研、教学工作中见缝插针
挤出那么多时间完成难以想象的文字工作的，也惊叹他有如
此深厚的文学功底和娴熟的语言文字驾驭能力，更是惊叹他
从探索疾病、人与疾病之间关系入手把治疗疾病推向了哲学
层面、思想高度和美的极致！

简洁、实用是对《葡萄膜炎诊治概要》一书的直接印
象。他的前 3 本专著从不同侧面描述了葡萄膜炎的病因、临
床表现、治疗及研究的一些进展，可谓是在整体上展示了葡
萄膜炎这一类疾病的庞大疾病谱系，对于葡萄膜炎专科医生
而言是非常必要的，但毕竟从事此病的医生是少数，众多临
床医生更需要一本简明、实用的可以放在案头的参考书，此
书正是为了满足大家的需要而完成的。培增教授从浩瀚的葡
萄膜炎知识海洋中，根据自己近 30 年临床经验及自幼中医
临床实践的功底，概括、提炼和总结各种葡萄膜炎的临床
特征、诊断要点和主要治疗方案，以使临床各专科医生能迅
速按图索骥、读文开方，第一时间给予患者针对性治疗。莎

士比亚曾经说过"简洁是智慧的灵魂"，培增教授这本有关葡萄膜炎诊断治疗的浓缩精华版本实属难能可贵！如果说他的前3本专著反映了他研究和认识葡萄膜炎的艰辛历程，那么《葡萄膜炎诊治概要》则是他30余年孜孜探索所结出丰硕成果之结晶。

大家则是对培增教授个人的总结、概括和印象。从他撰写的《我是你的眼》一书中可以感受到，青少年时期的艰辛生活为他坚毅的性格塑造起到了不可或缺的作用，父母的教诲和影响坚定了他做一名好医生的信念，硕士、博士研究生期间以及以后工作中的勤奋、执着和坚持为其成功提供了重要保证，对疾病、对人生的思考、感悟、积累和升华成就了他独特的思维方式和今天的累累硕果。

我国伟大的至圣先师孔子说过："学而不思则罔，思而不学则殆。"这是孔老夫子提出的治学的原则和要求，"学"与"思"并重，不可偏废。古今中外真正能做到学思结合、互相促进的为数并不多。我认为培增教授做到了这一点。他及时掌握和吸取世界上最新的理论成就和实践经验，包括他本人科研上的新发现和临床工作中的新例证，都用来丰富充实自己的知识宝库。而且，对这些来自四面八方千头万绪的新知识、新成果，进行综合归纳，加以逻辑分析，达到哲学高度，提高至理论水平，以不断发展完善自己的思想体系。这样学思并重，紧密结合，互相促进，经长达半个世纪的艰苦努力（培增教授自幼学习中医），才有今天这样惊世骇俗的成就。

我曾在为他第三本葡萄膜炎专著写的序中对他作了一个概括，6年过去了，与培增教授接触中，在读《我是你的眼》一书时，从他发表的SCI论文和取得的成果中，我的印象有了些许改变，或许是个人之见，或许有些偏颇之处，但还是想把它写下来，以期激励后学：说他是葡萄膜炎专家，也是，也不完全是，说是，是因为他对葡萄膜炎已烂熟于心，诊断和治疗技巧已臻炉火纯青的地步，说不完全是，是因为他对葡萄膜炎的认识已超越了医学的范畴；说他是一位医学哲学家，也是，也不完全是，说是，是因为他将对疾病的认识已升华至哲学层面，读他的著作不但有助于提高葡萄膜炎诊断治疗的知识，而且有助于开启智慧之门，说不完全是，是因为他在从事疾病的诊断治疗中已形成了一套完整的理论体系；说他是医学思想家，也是，也不完全是，说是，是因为他系统提出了治疗葡萄膜炎（疾病）的思想（即系统思维、辩证思维、局部思维和整体思维、唯美思维），说不完全是，是因为他已把治疗疾病作为一门艺术，用"心"去雕刻和塑造，用生命去浇铸，将其推向美的极致；说他是医学教育家，也是，也不完全是，说是，是因为他秉承传道授业解惑之古训，致力于培养大写的"人"，说不完全是，是因为他具有国际竞争意识和能力，把我国眼科中曾是最薄弱的葡萄膜炎推向了世界，实现了在该领域中与国际接轨，并在某些领域已处领先地位；说他是作家，也是，也不完全是，说是，是因为他独自完成的著作、主编的教科书、参考书、发表的论文、文学作品已有 1200 万字之巨，说不完全是，是因为至今他仍不是中国作家协会的会员（笔者注：2022 年杨培增被批准为河南省作家协会会员，将在近期申请中国作家协会会员）。那么，我只好用"大家"来称呼他了。

老师的赞誉之词，学生深感受之有愧，实际上这么多年来，我一直在向恩师学习。张效房教授是国际著名的眼外伤专家，其发明的眼内异物定位与摘除方法蜚声国内外，是我国眼科学对世界眼科学两大贡献之一。他先后获全国优秀科技成果奖、国家科技成果奖，还获得全国先进工作者、全国优秀科技工作者、河南省十大功臣等称号，更为难能可贵的是在 105 岁的今天，在"五脏不全、四脏有病"（因肾癌已摘除一侧肾脏，肺转移在药物控制中，冠心病已数十年，肝脏巨大囊肿，脑血栓手术后脑内支架，2018 年疱疹病毒感染侵犯神经系统，消化及泌尿机能几乎完全丧失）的情况下，每天仍工作至凌晨 2 点钟，还坚持查房、门诊和指导学生。记得 2018 年我在辅助恩师出版《张效房眼外伤学》（此是我国第一部以专家冠名的大型眼科专著），有一天我接到他的信息，说他患上了病毒感染，大小便失禁，身体极度虚弱，恐不久于人世了，嘱咐我一定要把眼外伤学这部专著完成。我当即给他回信息说，您做了这么多善事、好事，菩萨一定会保佑您的！我们学生都为您祈祷、加油！过了半个月我专门去郑州看望他，当时他身体状况略有好转，刚能下床走动，看到他正在伏案修改眼外伤专著的稿子。看到此情此景学生深受感动，我轻声对他说，要好好休息，等身体恢复了再工作。先生告诉我："病毒感染后痛得要命，需要注射杜冷丁才能缓解疼痛，可我一工作，就不会感觉痛了。"在老师看来，工作就是治疗疾病的灵丹妙药！先生有一句名言：生命即是为了工作，工作即是生命，哪一天如果不能工作，生命即失去意义。学生从先生身上知道了什么叫敬业精神，什么叫泰山北斗、高山仰止！

令我感到无比怅惜的是，我敬爱的老师罗成仁教授在第四本专著付梓问世前仙逝了。从第一本书到第三本书，先生都为我作序，极尽溢美之词，鼓励我、鞭策我，在过去的 20 多年中，先生像对自己的孩子一样关心我、支持我、帮助我，使我一路走来感到人间温暖和世界的美好。先生兢兢业业，对工作一丝不苟，一生奉献给了祖国医学事业和眼科学事业，其创办的眼底病杂志（后更名为《中华眼底病杂志》）为我国眼底病的发展起到了巨大的推动作用。第四本专著没有先生作序实是一大遗憾，唯愿先生不朽，精神永存！

值得感谢的是人民卫生出版社的多位领导和老师的支持和帮助。我与杜贤总编辑认识 20 多年，他博闻强记、温文尔雅，有缜密的逻辑思维能力、超强的演讲技巧和人格魅力，在我出版多本葡萄膜炎专著过程中，他都亲自审阅文稿，提出中肯的修改意见，并全力推进，使得专著在短时间内即能付梓成书，笔者在此表示衷心的谢忱和崇高的敬意。

刘红霞主任乐于助人，集美丽与智慧于一身，文字功底了得，在我第二、三、四本专著的出版过程中，她认真审阅修改稿件，在很多方面给予了指导和建设性意见，在此表示衷心的感谢！还有人民卫生出版社的蒋冉和张亚琴老师在我们多本专著和教材的编写和出版过程中给予了大力支持和帮助，在此也表示衷心的谢忱！

十二、独立完成了一部大型葡萄膜炎英文专著
——*Atlas of Uveitis: Diagnosis and Treatment*

2016 年我出版了第四本葡萄膜炎专著之后，德国 Springer 公司驻中国代表处的工作人员联系我，想请我写一本葡萄膜炎英文专著，由他们出版社出版。为了说动我写这本专著，这位工作人员还专门免费赠送给我一本 Springer 公司新近出版的大型葡萄膜炎专著（*Zierhut M et al. Intraocular Inflammation*），还说了很多赞扬我们在葡萄膜炎领域所做的突出贡献之类的话，弄得我也有点飘飘然了。当时我们积累和建立了全世界最大的葡萄膜炎临床数据库和样本库，在葡萄膜炎临床和基础研究方面取得了一些有意义的成果，确有必要将中国葡萄膜炎诊治中的经验和智慧传播给世界。于是我即答应了公司出版英文专著的要求，考虑到人民卫生出版社过去多年对我的支持和帮助，我向 Springer 出版社提出一个请求，希望他们能与人民卫生出版社联合出版这本英文专著。Springer 出版社一开始对此事很不情愿，后来经不起我"软磨硬泡"的坚持，最后才算同意了我的这一请求，我向人民卫生出版社的杜贤总编汇报了这一事情，他非常高兴，表示支持联合出版这一事宜。

答应 Springer 出版社以后，就开始了写作，好在我的英语写作能力还算可以，不需要别人润色和帮助，不需要先写中文后再进行翻译，直接用英文写作还算得上得心应手和挥洒自如。我算了一下，大概用了 3 个春节、4 个国庆节，还有一些长假和周末的时间完成了这本专著，在 2020 年秋天时将稿件发至 Springer 出版社，一周后他们回信称，文稿不需要修改，直接可以排版印刷！

在发稿前，我们就考虑到排版印刷的问题了，我的研究生舒佳和苏冠男博士对文稿的排版花费了大量的时间和精力，为的是减轻出版商的负担和工作量，实际上他们在排版时接受我们的排版即可，但是使我们没想到的是，出版商不认可我们的排版工作，他们重新对文稿进行了编排。当我们拿到第一版校样时，发现三四十页都有大片空白，有的空白竟占整页的一半。我对此种排版很不满意，就提出在他们排版的基础上，我们调整文字和图片顺序，不改变页码，以使排版显得合情合理。我们将想法与出版商沟通后，出版商不认可我们的做法，仍坚持用他们的排版方式。后来我想这种排版方式绝对不能接受，我们好不容易在国际著名的出版公司出版一本专著，印出来很多页都是半半拉拉的，岂不让人笑话？！后来我给出版商提出要加图的建议，即在排版的空白处加多一些图片，比如原来这个图有 2 张或 4 张病人的照片，我们再找 2—4 张典型的图片，以将该图扩充至 4 张或 6 张图片，这样即可消灭掉排版中的空白。最后，出版商认为我们的建议有道理，就采纳了这一做法。后来我们花费了 1 个月的时间，从数万张照片中选出了一些合适的照片，填补了原来排版中的空白，基本上达到了我们的要求。这一专著于 2021 年春天付梓问世，全书共 860 页，合中文 175 万字，是国际上三大葡萄膜炎专著之一，也是国际上单人完成的最大葡萄膜炎专著，也是图片资料最多的葡萄膜炎专著。

虽然这一英文专著是我一再坚持要 Springer 出版社与人民卫生出版社联合出版的，实际上到出版后我才知道联合出版的"形式"和

"意思"。书的内容和排版均是由 Springer 出版社来决定，由 Springer 出版社在国外的相关公司印刷出版，在国外发行，定价为320多美元，此种印刷版本不能在中国境内发行（当然从国外买后寄回国内或带到国内还是可以的）。在国外发行后，Springer 出版社将国外的版本一字不差地移交给人民卫生出版社，人民卫生出版社不做任何改动，再原封不动地（仅在扉页加上了"人民卫生出版社"这几个字）在国内印刷厂印刷发行，每本定价800元，此种版本不得向国外发行。

值得说明的是，在撰写该书过程中，我们一改以往专著的写作方式和内容，力求展现出各种常见葡萄膜炎类型的临床表现谱，即涵盖疾病早期到后期改变，从轻微异常到特征性改变。为了能全景式地展示疾病，我们从上百万张病人的照片和辅助检查结果中精挑细选出3000多张图片，使临床医生从这些图片中可以抓住疾病的特征性改变，在疾病的任何阶段都可以作出正确诊断。此书另一个特点是突出中国元素和中国特色，我们详细介绍了葡萄膜炎诊治中的指导思想、原则和策略、Vogt-小柳原田综合征的中国诊断和分期标准、Fuchs 葡萄膜炎综合征的诊断标准、顽固棘手葡萄膜炎的系列、科学和个体化治疗方案和经验。它是中国眼科界第一部大型英文专著，系统地向全球介绍了葡萄膜炎诊治的中国经验、中国标准、中国方案和中国智慧。

值得欣慰的是，*Atlas of Uveitis: Diagnosis and Treatment* 一书发行后，受到国内外读者的关注，在中国出版协会国际合作工作委员会、中国新闻出版研究院组织的评比中，荣获第二十一届引进版优秀图书奖。据悉，此次人民卫生出版社仅有两本出版物获此殊荣。

值得感谢的是，我的家人对我的工作给予了无私的支持和帮助，是我得以不断努力和前进的动力。原来在中山眼科中心的同事、硕士及博士研究生以及我在重庆医科大学的同事、硕士及博士研究生们，他们辛勤劳动和努力，为我国葡萄膜炎研究和世界葡萄膜炎研究做出了重要贡献。全国眼科同道、老师们给我们介绍了大量的病人，使我们拥有了世界上最大的葡萄膜炎临床资源。周春江、王瑶两位助手，杜芳护士长，吴园园科秘书经常加班加点帮助收集病人资料，在选择病人图片中尽心尽力、一丝不苟。舒佳和苏冠男博士等在书稿排版和校对中给予了极大的帮助，笔者深受感动，在此谨致以衷心感谢和崇高的敬意。

一些国际著名的葡萄膜炎专家曾给予了无私的帮助、支持和鼓励。我于 1994 年 8 月受国家教委公派前去荷兰国家眼科研究所留学，在那里结识了国际著名的生物学家、眼免疫学家、*Ocular Immunology and Inflammation* 杂志的首任主编 Aize Kijlstra 教授。后来我们一起合作研究 20 多年直到他退休，他天生聪颖、睿智豁达、认真严谨、乐于助人，给予我和我团队很大的支持和帮助，我们联合发表了 200 多篇 SCI 论文，堪称中外合作研究的典范。

我还受国家教委资助前去美国 Casey 眼科研究所，与 James T. Rosenbaum 教授进行合作研究。他是美国葡萄膜炎学会前主席，是国际著名的风湿病专家和葡萄膜炎专家，在国际上第一次诱导出内毒素诱导的葡萄膜炎动物模型，在多个领域进行了开创性研究，我们在 *Invest Ophthalmol Vis Sci* 等杂志发表了多篇 SCI 论文，他还赠予我多张病人的照片，用于我的葡萄膜炎中、英文专著，成为我一生的好朋友。

美国国立眼科研究所陈之昭教授（我博士生导师毛文书教授的女儿）、亚太眼炎症学会前任主席 Ohno 教授、国际葡萄膜炎学组主席 Zierhut 教授、斯坦福大学 Nguyen 教授等国际知名的葡萄膜炎专家对我们的工作在不同层面、以不同的方式给予了支持、指导和帮助，也成为我的好朋友和我们葡萄膜炎研究的动力，使我们义无反顾、无怨无悔地走下去。

5 位国际著名的葡萄膜炎专家为我们这本英文专著作序，现摘录如下。

Quan Dong Nguyen 教授是国际眼炎症协会的主席，他在序言中写道：

The world of uveitis and ocular inflammatory diseases has been challenged by many difficulties in diagnosis and management throughout the decades. There remain much that are not known about the pathophysiology of many uveitic entities and how clinician scientists can manage them. ...... Fortunately, there are great teachers who are dedicated and devoted to share their years of experiences and expertise to enable and ensure transmission of enhanced knowledge from one generation to the next. Among the living greats in uveitis is Prof. Peizeng Yang of China. Known and respected throughout the world as a brilliant thought leader in the field of uveitis and ocular immunology. Despite his many successes and international fame, among his most distinguished achievements are his mentorship and teaching of many students, residents, fellows, and young faculty members throughout China and around the world over the years to help them with their careers. And now, as a master of teaching, a teacher of teachers, Professor Yang has composed one of the most comprehensive textbooks in the English language for uveitis, Atlas of Uveitis: Diagnosis and Treatment. Having the honor of serving as editor of several books, I appreciate very much that it is not a simple task or always possible to share one's many years of protean experiences and extensive knowledge in one textbook. But Professor Yang has done so beautifully in composing a masterpiece employing his thirty years of expertise. (几十年来，葡萄膜炎和眼部炎症性疾病的诊断和治疗一直面临着诸多困难。多种葡萄膜炎的病理生理学改变以及临床科学家如何治疗这些疾病，仍有许多未知数。……幸运的是，有一些杰出的教授兢兢业业，全心全意地分享自己多年的经验和专业知识，使知识得以代代相传。中国的杨培增教授就

是葡萄膜炎大师之一。杨教授是举世闻名、受人尊敬的葡萄膜炎与眼免疫领域杰出的思想领袖,他的很多成就享有国际盛誉,其中最令人瞩目的是他在中国和世界范围内教育和培养了很多学生、住院医生、研究人员和教师。作为一名教学大师,老师中的老师,杨教授撰写的《葡萄膜炎图谱:诊断与治疗》是最全面、最丰富的葡萄膜炎英语教科书之一。我有幸担任过几本书的主编,我非常清楚要在一本教科书中分享一个人多年的经验和广博知识并不是一项简单的事情,也不是任何人都有可能做到的。但杨教授做到了,他将自己 30 多年的经验完美地汇集成这一杰作。)

国际葡萄膜炎研究组主席、*Ocular Immunology and Inflammation* 前任主编 Manfred Zierhut 教授在序言中写道:

It is with great pleasure that we now have a superb book on uveitis, written by Prof. Peizeng Yang. This book shows that apart from an enormous clinical experience, Prof. Yang has a tremendous scientific background. The unique collection of high-quality photos, allowing to call it an "Atlas", reflects this. He knows how to explain the pathophysiology of immune mediated entities very clearly and carefully because often these explanations mirror his own high-quality published work. This Atlas fills a major gap by presenting a large amount of photos from conditions that on first glance appear to look all the same. Yet the quality of the images allows being able to identify and differentiate the important differences, a very educational experience. The book has a clear structure, allowing one to find important details in seconds. Besides general chapters about history-taking, examination, further diagnostics and treatment the most important part is the very detailed description of 38 different uveitis entities. It is enjoyable to "walk" through the gallery of photos and to discover pathological findings very clearly described that I had never seen before. The spectrum of uveitic signs and entities in this book is remarkable. Often the photos show the evolution of the clinical entity, allowing us to recognize the "typical" features of some of these conditions. This results in an optimal treatment strategy and better prognosis.（令人非常高兴的是杨培增教授撰写的有关葡萄膜炎精湛著作问世了，这本专著显示了杨教授丰富的临床经验和深厚的科学研究背景，该书呈现了大量的高质量图片而被称之为"图谱"。根据过去发表的高质量研究成果，他清楚地解释了免疫介导葡萄膜炎的病理、生理学基础。这本图谱以大量高质量的图片填补了葡萄膜炎领域里的一些空白，这些图片初看上去没有什么不同，但仔细一看却能鉴别出重要的细微差别，非常具有教育意义。本书结构清晰，读者可以在短时间内掌握重要临床表现。除了病史采集、检查、诊断和治疗章节外，对 38 种不同葡萄膜炎类型的详细描述是重点部分。令人愉快的是，穿行于这些图片走廊，你会发现许多以前从未见过，但却被清楚地描述的病变。本书中描述的葡萄膜炎的类型和特征都给人以深刻的印象，清楚地显示了疾病的进展过程，可以使我们抓住其典型的临床特征，并能制定理想的诊治策略，使病人获得较好的治疗结果。）

国际著名葡萄膜炎专家、亚太眼炎症学会前任主席 Shigeaki Ohno 教授在序言中写道：

There have been several famous textbooks on uveitis in the

world. However, most of them have been published from the Western countries, and clinical features of uveitis in Caucasian patients have mainly been described. This textbook, Atlas of Uveitis: Diagnosis and Treatment, was written by the world-famous uveitis specialist, Professor Peizeng Yang in China. Professor Yang is an avid uveitis researcher and excellent clinician. He has collected so many typical figures of Asian-specific uveitis entities such as Vogt-Koyanagi-Harada disease and Behcet's diseases. This is why this uveitis textbook is so unique and valuable. In addition, Professor Yang is a superb basic immunologist and scientist. He and his team have performed a number of cutting-edge studies in uveitis and profoundly renewed the knowledge about the pathogenesis of uveitis. These studies have greatly contributed to our understanding of genetic background of various uveitis entities. These studies have opened a new avenue for the studies on prevention and treatment of uveitis using strategy of manipulating gut microbiota. Additionally, Professor Yang's team have established the largest database including the clinical data of more than 20,000 uveitis patients and sample biobank of uveitis (more than 30,000 samples including blood, aqueous humor, iris, feces and cerebrospinal fluid collected from patients with various uveitis) in the world. These database and sample biobank provide fundamental support for the future studies on the clinical diagnosis, treatment as well as the mechanisms underlying the development of uveitis. He has published more than 230 original papers in the world-famous peer-reviewed top journals as first author and/or corresponding author. Fortunately, he also integrates these updated basic research results into this uveitis textbook. His recent works on the molecular immunological therapy in uveitis have greatly changed the visual prognosis of the patients frequently seen in Asian population. Therefore, uveitis may not be an intractable difficult disease any more in the near future and this is in part from great academic contributions of Professor Yang. （国际上有多本著名的葡萄膜炎教科书，但其大部分是由西方国家出版的，多是介绍高加索人群患者的临床特征，《葡萄膜炎图谱：诊断和治疗》这本教科书是由国际著名葡萄膜炎专家杨培增教授撰写的，他专注于葡萄膜炎研究，是一位富有激情的葡萄膜炎研究者和杰出的临床学家。他收集了大量的葡萄膜炎，如 VKH 综合征和 Behcet 病等亚洲常见类型患者的典型图片资料，这些独一无二的图片资料成就了这本葡萄膜炎教科书的特色和珍贵价值。此外，杨教授是杰出的免疫学家和科学家，他和他的团队进行了大量葡萄膜炎国际前沿研究，大大更新了人们对葡萄膜炎发病机制的认识，既有助于我们了解各种葡萄膜炎类型的遗传背景，也为利用肠道微生物预防和治疗葡萄膜炎的研究开辟了一条新途径。此外，杨教授的团队已经建立起世界上最大的葡萄膜炎临床数据库（20000 多份）和葡萄膜炎患者生物样本库（30000 多份，包括血液、房水、虹膜、粪便、脑脊液），这些资源为葡萄膜炎临床诊断、治疗和发病机制的研究提供了有力支撑。作为第一作者和 / 或通讯作者，他在世界著名的期刊上发表了 230 多篇原创论文。幸运的是，他将这些最新研究成果融入这一葡萄膜炎教科书中。最近，他研究的葡萄膜炎分子免疫治疗已大大改善了亚洲常见葡萄膜炎患者的视力预后，可以预见在不远的将来，葡萄膜炎不再是一种不可医治的顽固性疾病，这在一定程度上得益于杨教授的重要贡献。）

国际著名的免疫学家、*Ocular Immunology and Inflammation* 杂志的

创办者和首任主编 Aize Kijlstra 教授在序言中写道:

Professor Yang's team has made great contributions for the understanding of mechanisms involved in uveitis; especially in Behcet's disease, Vogt-Koyanagi-Harada disease and acute anterior uveitis, through a series of outstanding studies on immunology and genetics. Recently their studies on gut microbiota in uveitis have opened a new avenue for the study of prevention and treatment of uveitis. Collectively the studies that professor Yang's team has performed have enriched our knowledge of uveitis clinically and basically and improved approaches to therapy. It can be said that professor Yang single-handedly put the uveitis research in China on the international map through his own notable scientific achievements. (杨培增教授团队的研究对深化葡萄膜炎发病机制做出了重要贡献，特别是在 Behcet 病、Vogt- 小柳原田综合征和急性前葡萄膜炎的免疫、遗传方面进行了一系列杰出的研究工作。最近，他们对葡萄膜炎肠道菌群的研究为葡萄膜炎预防和治疗研究开辟了一条新的途径。总之，杨教授团队的研究在临床和基础科研方面丰富了我们对葡萄膜炎的认识，改善了葡萄膜炎的治疗方法。可以说，杨教授通过一己之力，以杰出的研究成果将中国葡萄膜炎写在了世界版图上。)

国际著名葡萄膜炎专家 Amod Gupta 教授在序言中写道:

Professor Peizeng Yang is to be congratulated for bringing out a single author textbook that sums up his 3-decade experience of research and clinical practice in uveitis and intraocular inflammations in the Peoples' Republic of China. I have known Prof Yang to be an avid researcher, basic scientist of repute and an astute clinician who has published more than 200 research papers in high impact journals that have been extensively cited in the contemporary literature. His researches have led to a better understanding of several inflammatory eye diseases especially the Bechet's disease and the VKH disease. ...... In the past, Prof Yang has published many textbooks on the subject in the Chinese language. Presently, he translates his vast experience into an encyclopedic tome on uveitis in the English language, immensely beneficial to the international community of researchers and clinicians. Profusely illustrated with more than 3000 images of exceptionally high quality, he brings out the nuanced presentations of the inflammatory diseases of the eye in this 'Atlas of Uveitis: Diagnosis and Treatment.' I believe 'Atlas of Uveitis: Diagnosis and Treatment' would be an extremely valuable and useful resource for comprehensive ophthalmologists, residents, fellows and the experts alike. The encyclopedic collection of images presented in this book carefully chosen by Prof Yang from millions of images in his repertoire would go a long way in training and patient care all over the world. （热烈祝贺杨培增教授基于 30 年在中国诊治葡萄膜炎、眼内炎症临床和研究经验所撰写的个人专著的出版。杨培增教授是一个富有激情和饶有兴趣的研究者、著名科学家和技术精湛的临床医生，他在高影响力杂志上发表了 200 多篇研究论文，并被当代文献广泛引用。他的研究已经加深了人们对眼内炎症性疾病，特别是 Behcet 病和 Vogt- 小柳原田综合征的认识，……，过去杨教授已出版了多本中文葡萄膜炎专著，现在他将他的丰富经验汇集成一本英文百科全书式的葡萄膜炎巨著，将会在国际范围内极大

地裨益于这一领域的临床医生和科研工作者。这本《葡萄膜炎图谱：诊断和治疗》图文并茂，配有 3000 多幅高质量图片，展现了眼部炎症疾病的细微表现。我深信《葡萄膜炎图谱：诊断和治疗》对资深眼科医生、住院医师、研究人员以及专家都是非常宝贵的参考书。杨教授从数百万张病人资料中精选出的各种图片和影像学资料，将在世界范围内对训练眼科医生和指导葡萄膜炎诊断和治疗发挥重要作用。）

十三、我们团队对国际葡萄膜炎研究的贡献

自 1987 年攻读博士学位开始进行葡萄膜炎研究至今已有近 40 年，我带领团队在葡萄膜炎临床和基础领域进行了系统研究，获得了多项成果，一些是在国际上首次报道，一些是深化或更新了人们对葡萄膜炎的认识，一些则对临床诊断和治疗产生了重要影响或具有指导作用。

（一）临床研究方面的贡献

1. 建立起国际上最大的葡萄膜炎数据库

自 1990 年开始建立起葡萄膜炎数据收集的流程，并根据这一流程收集患者各种临床资料。30 多年如一日，建立起 30000 多例葡萄膜炎患者的临床数据库，此是国际上最大的葡萄膜炎数据库。该数据库不同于医院的病案系统，是我们团队一手建立起来的，具有一致性、连续性、完整性、系统性和可追溯性，为葡萄膜炎临床进展和致盲规律及诊治研究提供了不可或缺的资源（Yang P*, et al. Curr Mol Med, 2018;17:468–470；Yang P, ed, Atlas of Uveitis：Diagnosis and Treatment, 2021，* 号表示通讯作者，下同）。

2. 发现和描绘出我国葡萄膜炎临床类型谱系

对来自全国各地的 1752 例葡萄膜炎患者资料分析发现，我国

葡萄膜炎类型谱与西方国家有很大不同。Behcet 病和 Vogt- 小柳原田综合征是我国最常见的葡萄膜炎类型，眼弓形虫病、弓蛔虫病少见，未发现鸟枪弹样脉络膜视网膜病变（Yang P*, et al. Curr Eye Res, 2005;30:943-948）。近年来还报道了世界上最大病例数（15373 例）的葡萄膜炎类型分布情况，发现共有 50 种葡萄膜炎类型，伴有全身疾病的有 36 种，进一步证实了 Vogt- 小柳原田综合征、Behcet 病是我国最常见的葡萄膜炎类型（Yang P*, et al. Br J Ophthamol, 2021;105:75-82）。

3. 发现 Behcet 病的临床特征和致盲规律

发现 Behcet 病是我国最常见、最重要的致盲性葡萄膜炎类型，对 437 例 Behcet 病患者进行长达 10 年的追踪观察，发现其临床表现与国外报道相似，患病后 5 年、10 年丧失视力的风险达 29% 和 65%（Yang P*. Ophthalmology, 2008;115:312-318；Zhong Z,…, Yang P*. Prog Retin Eye Res, 2023;97:101216）。

4. 发现 Vogt- 小柳原田综合征临床进展规律，制定分期和诊断标准

对 410 例 Vogt- 小柳原田综合征患者进行了长达 10 年的追踪研究，发现该病有明显的进展规律：炎症从眼后段逐渐蔓延至眼前段，炎症性质从非肉芽肿性逐渐演变成肉芽肿性炎症。据此制定中国 Vogt- 小柳原田综合征的分期标准，该标准与国际上通用标准（美国标准）相比，更能反映疾病在发病后不同时期的临床特征。联合全国 10 多位葡萄膜炎专家，对数以千计患者资料进行数据挖掘、潜类分析，制定中国 Vogt- 小柳原田综合征的诊断标准，并用另外 537 例临床上确诊的 Vogt- 小柳原田综合征和 525 例其他类型葡萄膜炎患者的资料进行验证，发现中国标准与美国的改良标准有相似的特异性，但敏感性则显著高于美国标准。上述分期标准和诊断标准分别发表于 *Ophthalmology*（Yang P*, et al. 2007;114:606-614）和 *JAMA Ophthamol*（Yang P*, et al. 2018;136:1025-1031），受 *Prog Retin Eye Res* 杂志主编邀请，在该杂志作了详细介绍（Du L, …, Yang P*. Prog Retin Eye Res,

2016;52:84–111 ）。

5. 揭示出 Vogt– 小柳原田综合征晚霞状眼底改变的动态改变

晚霞状眼底改变是晚期 Vogt– 小柳原田综合征患者的常见改变，是由脉络膜、视网膜色素上皮脱色素造成的。通过对此类患者长达 20 多年的观察，发现晚霞状眼底改变在不同患者、在疾病不同时期有很大的不同，并以大量图片展示了晚霞状眼底改变的表现谱系，特别是在国际上第一次提出了"意义上晚霞状眼底改变"这一新的概念，此种眼底并不是红色改变，而是表现为白色改变（由于脱色素严重而透见脉络膜所致），使临床医生在疾病不同时期均能作出正确诊断（ *Yang P, ed, Atlas of Uveitis : Diagnosis and Treatment,* 2021 ）。

6. 创立了小剂量糖皮质激素联合免疫抑制剂治疗 Vogt– 小柳原田综合征的方案

据国外报道，Vogt– 小柳原田综合征均是使用大剂量激素或联合其他免疫抑制剂治疗，此种治疗的一个很大问题是药物容易引起多种副作用。经过长期的探索和实践，我们发现小剂量糖皮质激素联合小剂量其他免疫抑制剂也具有很好的治疗效果，在此基础上我们制订出小剂量治疗方案。对 998 例患者治疗和追踪研究发现，该治疗方案可使 90% 以上患者的葡萄膜炎获得治愈，63.5% 的患者视力恢复至 0.8 以上，并且显著降低了药物的副作用，文章发表在 *Curr Eye Res*（ Yang P*, et al. 2018;43:254–261 ），在大型英文葡萄膜炎专著 *Atlas of Uveitis : Diagnosis and Treatment* （ 2021 年 ）一书和国际顶级眼科杂志中详细介绍了这一治疗方案（ Du L, …, Yang P*. Prog Retin Eye Res, 2016;52:84–111 ）。

7. 总结出少年儿童、成年和老年 Vogt– 小柳原田综合征患者的临床特征、并发症，发现 Vogt– 小柳原田综合征与交感性眼炎患者在临床表现、治疗及预后方面有很大不同

对 2571 例 Vogt– 小柳原田综合征患者进行系统研究，发现儿童患者全身表现的发生率显著低于成年人和老年人，老年患者的视力

预后要优于儿童和成年患者。对 1468 例 Vogt- 小柳原田综合征患者
（2936 眼）的黄斑异常进行分析，发现 128 眼有黄斑异常，黄斑水肿
最为常见（77 例，112 眼），其次为脉络膜新生血管、黄斑前膜和黄
斑裂孔。并发现黄斑水肿者常合并有眼前段炎症。对 1457 例 Vogt- 小
柳原田综合征患者（2914 眼）进行研究，发现 425 例患者（29.2%）
出现了眼压升高，695 眼（23.9%）发生了继发性青光眼，危险因素
包括初始视力和最后随访视力差、发病至初诊大于 2 个月、复发次
数超过 3 次以上及虹膜后粘连。交感性眼炎患者不会出现 Vogt- 小
柳原田综合征那样的进展规律（炎症从眼后段蔓延至眼前段，炎症
性质从非肉芽肿性过渡到肉芽肿性），全身表现的比例也低于 Vogt-
小柳原田综合征，对糖皮质激素和常规免疫抑制剂的反应和视力预
后也较 Vogt- 小柳原田综合征患者为差。在国际上第一次以大样本
确定出了两种疾病的差别，为它们的诊断、治疗提供了循证医学证
据，文章发表在 *Ophthalmology*（Yang P*, et al. 2019;126:1297–1305）、
Ophthalmology（Yang P*, et al. 2007;114(3):606–614.）、*Br J Ophthamol*
（Yang P*, et al. 2020;104:443–447）、*Ocul Immunol Inflamm*（Yang P*, et
al. 2019;27:1195–1202）和 *Graefes Arch Clin Exp Ophthalmol*（Yang P*,
et al. 2023;261:2641–2650）等杂志上。

**8. 发现和描绘出中国 Fuchs 葡萄膜炎综合征的临床特征，创立了
此病的诊断标准**

对 104 例 Fuchs 葡萄膜炎综合征患者长期观察，我们发现中国
患者虽然与国外患者有相似的临床表现（中等大小 KP、弥漫性虹膜
脱色素、无虹膜后粘连），但也存在着显著差别，那就是中国患者一
般不会出现肉眼可见的虹膜异色。Fuchs 葡萄膜炎综合征在国际文献
中被称为虹膜异色性葡萄膜炎，中国患者虹膜异色的缺失，使不少
患者被误诊为其他类型葡萄膜炎，并导致错误的治疗，文章发表在
Ophthalmology 杂志上（Yang P*, et al. 2006;113:473–480）。

基于中国 Fuchs 葡萄膜炎综合征患者的临床特征，采用多变量、

二阶聚类分析、逻辑回顾和决策树等方法，我们制定此病的中国诊断标准。利用 377 例 Fuchs 葡萄膜炎综合征患者和 503 例其他类型葡萄膜炎患者的资料进行检验，发现我们的标准在诊断特异性上与 LaHey 诊断标准、葡萄膜炎命名标准化委员会制定的 Fuchs 葡萄膜炎综合征分类标准相似，在敏感性方面则显著高于这两个标准。此外，我们还创立了虹膜脱色素判断方法。文章发表在 *Br J Ophthalmol*（Yang P*, et al. 2021;106:1678–1683），并在大型英文葡萄膜炎专著 *Atlas of Uveitis：Diagnosis and Treatment*（2021 年）中对这些结果进行了详细叙述。

9. 发现和描绘出 Blau 综合征的临床特征

对 551 例葡萄膜炎患者和 1003 例正常对照者进行全外显子测序，并对 3370 例葡萄膜炎患者进行 NOD2 测序，根据美国医学遗传学与基因组学学院的指南，8 种 NOD2 基因变异被认定是致病变异，确诊为 Blau 综合征的有 66 人，发现全葡萄膜炎和前葡萄膜炎是常见的类型，确定出该病的临床表现谱、致盲率和眼外表现（关节炎、关节变形和皮疹）的发生比例，此是国际上最大宗 Blau 综合征合并葡萄膜炎的报道。对 123 例以往诊断为幼年型特发性关节炎的患者进行 NOD2 基因测序，发现有 Blau 综合征致病变异者 26 例（21.1%），这一结果提示对这些幼年型关节炎伴发葡萄膜炎患者应注意排除或确定是不是 Blau 综合征，文章发表在 *Ophthalmology*（Zhong Z, …, Yang P*. 2022; 129: 821–828）和 *Rheumatology*（Zhong Z, …, Yang P*. 2024; 63: SI260–SI268.）。

10. 发现环孢素联合小剂量糖皮质激素与阿达木单抗联合小剂量糖皮质激素对 Vogt– 小柳原田综合征有相似的治疗效果

我们将 110 例（27 例早期、83 例后期）Vogt– 小柳原田综合征患者随机分为两组，56 例采用环孢素联合小剂量糖皮质激素治疗，54 例采用阿达木单抗联合小剂量糖皮质激素治疗，发现环孢素治疗组与阿达木单抗治疗组在治疗 26 周时，均可有效地控制炎症，显著改善患者视力，但环孢素组的不良事件发生率低于阿达木组。此是国际上第一个用生物制剂治疗 Vogt- 小柳原田综合征的随机试验，对指导患者的用药有重要的指导意义，文章发表在 *Nat Commun*（Zhong Z, …, Yang P*. 2023;14:3768）。

11. 在国际上第一次确定出糖皮质激素对葡萄膜炎患者肝功能损伤、肝炎复燃、乙肝病毒再激活的影响。

对 1303 例伴有乙肝病毒感染的葡萄膜炎患者进行前瞻性研究，发现糖皮质激素日均剂量＞ 20 毫克 / 天，乙肝病毒再激活的发生率为 16.67 / 100 人 / 年，显著高于日均剂量≤ 20 毫克 / 天所致的再激活发生率（5.64 / 100 人 / 年），日均剂量每增加 5 毫克，病毒再激活或肝炎复燃的风险增加 2.15 倍，未发现长期使用小剂量糖皮质激素（≤ 20 毫克 / 天）对病毒再激活或肝炎复燃有任何影响，并发现乙肝病毒核心抗体阳性者使用糖皮质激素和其他免疫抑制剂更容易出现肝功能损害，文章发表在 *Ann Rheum Dis*（Zhong Z, …, Yang P*. 2022;81:584–591）和 *Ophthalmic Res*（Liao W, …, Yang P*. 2022;65:94–103）。

12. 通过比较 3 种药物疗效的随机对照试验确定出预防严重 Behcet 病葡萄膜炎复发的最佳手段

难治性、严重 Behcet 病葡萄膜炎的最佳药物选择一直是一个临床难题。我们团队经科学严谨的前瞻性设计，在国际上开展了首项比较阿达木单抗、干扰素 α2a、环孢素的疗效与安全性的随机对照试验。这项研究针对的是已使用激素仍然疗效不佳的严重 Behcet 病患者，主要观察 3 种不同药物治疗期间患者复发的情况。我们发现，环孢素组患者平均每年复发 1.84 次。阿达木单抗组患者复发次数显著少于环孢素组，为平均每年 0.95 次。干扰素 α2a 组的复发次数介于阿达木单抗组与环孢素组之间，为平均每年 1.44 次。在安全性方面，环孢素、干扰素 α2a 和阿达木单抗组分别有 13%、9% 和 8% 的患者发生严重不良反应。总的来说，阿达木单抗与糖皮质激素联合使用，在预防严重 Behcet 病葡萄膜炎复发和安全性方面显示出优势，这为提升这类疾病的疗效明确了方向，并为药物个性化选择提供了新的证据，文章发表在 *Lancet Rheumatol*（Zhong Z, …, Yang P*. 2024;6:e780–e790.）。

13. 发现其他多种类型葡萄膜炎患者的临床特征

——对 1364 例少年儿童葡萄膜炎患者进行荧光素眼底血管造影检查，发现 79.6% 的患者有视网膜血管炎（视网膜血管渗漏），并发现血管炎是患者对治疗反应差和视力预后不良的一个重要因素（Yang P*, et al. Retina, 2021;41:610–619）。

——对 51 例银屑病伴发的葡萄膜炎进行研究，发现寻常型银屑病引起的有 29 例，关节型银屑病引起的有 15 例，红皮病和脓疱型引起的各有 6 例和 1 例。伴发的葡萄膜炎多为前葡萄膜炎，也可伴发其他类型葡萄膜炎，多表现为慢性炎症，易发生并发性白内障和继发性青光眼（Yang P*, et al. Ocul Immunol Inflamm, 2017;25:855–865）。

——对 293 例巩膜炎患者分析发现，前巩膜炎有 243 例，后巩膜炎 42 例，全巩膜炎 8 例，伴有的常见全身疾病有类风湿性关节炎和强直性脊柱炎，此病易合并前葡萄膜炎和并发性白内障（Yang P*, et al. Ocul Immunol Inflamm, 2018;26:387–396）。

——对 Vogt– 小柳原田综合征伴有并发性白内障的 408 眼进行白内障超声乳化联合人工晶状体植入手术，352 眼于炎症控制 3 个月后进行手术治疗，另外 56 眼则在炎症控制 1 个月时进行手术，发现两组患者在术后炎症反应、并发症及视力预后等方面并没有差异，改写了 Vogt– 小柳原田综合征患者并发性白内障的手术时机（Ji Y, …,Yang P*. Am J Ophthalmol 2018;196:121–128）。

——对 16 例复发性多软骨炎伴发眼部改变患者的资料分析发现，10 例（75%）患者表现为巩膜炎，6 例（25%）出现葡萄膜炎，可表现为全葡萄膜炎、前葡萄膜炎、后葡萄膜炎，内耳和关节受累的比例低于国外报道的结果（Yang P*. et al. Br J Ophthalmol, 2019;103:1129–1132）。

——报道了淋巴结外自然杀伤 T 细胞淋巴瘤眼部临床特征，发现虹膜出现与肉芽肿性炎症不同的不规则虹膜肿胀和结节，眼后段无异常改变（Yang P*. et al. Lancet Haematol, 2021;8:e382）。

——探讨了新冠疫苗对葡萄膜炎的影响及糖皮质激素对疫苗接种后葡萄膜炎复发的风险。发现早期接种 COVID-19 疫苗可引起患者自觉症状加重，但对炎症活动性和视力无影响，并发现预防性使用糖皮质激素可以降低 COVID-19 疫苗接种后葡萄膜炎复发的风险（Zhong Z, …,Yang P*. JAMA Netw Open 2023;6:e2255804；Zhong Z, …,Yang P*. J Autoimmune, 2022;133:102925）。

——将 1056 例 HLA-B27$^+$AAU 患者分为 B27$^+$AS$^+$ 和 B27$^+$AS$^-$ 两组，B27$^+$AS$^+$ 组和 B27$^+$AS$^-$ 组相比，双侧受累多见，易出现前房纤维素性渗出、虹膜后粘连、并发性白内障和继发性青光眼，视力预后也较差（Yang P*. et al. Br J Ophthalmol, 2018;102:215-219）。

——将来自全国 31 个省、直辖市、自治区 12721 例患者的临床数据与地表气候数据用气候计量学和面板数据计量经济学的程序构建多种模型，发现气温每增加 1℃，每 1000 人中约增加 2 例葡萄膜炎患者。根据 PRECIS 模型进行预测，到本世纪末，我国大陆每 1000 人中大约会增加 16 例葡萄膜炎患者，该研究对于应对全球温度升高所带来的疾病增加这一问题有一定意义（Tan H, …,Yang P*. Br J Ophthalmol, 2022;106:91-96）。

——将 5839 例葡萄膜炎患者的临床数据与对应的空气污染参数和气象学的资料构建多种模型进行研究，发现 13% 的新发病例与 PM2.5 暴露有关，提示减少 PM2.5 污染对预防葡萄膜炎发生有一定作用（Tan H, …,Yang P*. Ocul Immunol Inflamm, 2022;30:1810-1815.）。

——将来自全国 31 个省、直辖市、自治区 12721 例葡萄膜炎患者的临床资料和当地 GDP 数据进行分析，发现 GDP 的增加可以减少葡萄膜炎的发生，但 GDP 增加至全国平均水平以上时，则可通过增加空气污染而引起葡萄膜炎发生。这一研究提示，我们在发展经济的同时一定要考虑到空气污染对疾病发生的不良影响（Tan H, …,Yang P*.

BMC Public Health, 2023;23:1711）。

（二）基础研究方面的贡献

1. 建立起国际上最大的葡萄膜炎患者样本库

2005 年起，我们根据葡萄膜炎的病因和类型收集患者的血标本、房水、虹膜，近年还收集了一些特定的类型如 Behcet 病、Vogt- 小柳原田综合征、急性前葡萄膜炎等患者的大小便。到目前为止已收集40000 多份葡萄膜炎患者的各种标本，建立起国际上最大的葡萄膜炎样本库，并获得了国家科技部的认证（科技部国科遗办批准［2021］CJ2135 号），这一资源库对探讨葡萄膜炎的发病机制起到了重要支撑作用，利用这一资源库，我们发表了 200 多篇 SCI 论文，对提升我国在国际葡萄膜炎领域中的地位起到了不可或缺的作用。

2. 发现内毒素诱导的葡萄膜炎动物模型可作为全葡萄膜炎动物模型

以往研究表明，将细菌内毒素注射至动物足底部，可以诱发出前葡萄膜炎动物模型。我们以大量的动物实验，利用视网膜、虹膜睫状体、脉络膜—巩膜复合体平片技术研究发现，此种模型中眼前段和眼后段同样受累，在国际上第一次提出内毒素诱导的葡萄膜炎模型可作为人类全葡萄膜炎模型的观点，并在活体上发现多种炎症细胞凋亡是内毒素诱导的葡萄膜炎迅速消退的重要机制（Yang P. et al. Invest Ophthalmol Vis Sci, 1996; 37:77–85；Yang P. et al. Invest Ophthalmol Vis Sci, 2003;44:1993–1997；Yang P. et al. Br J Ophthalmol, 1997;81:396–401；Yang P. et al. Br J Ophthalmol,1998;82:695–699）。

3. 发现人和猪视网膜内有多种免疫活性细胞，利用视网膜平片技术，发现人和猪视网膜内有网状分布的巨噬细胞、HLA–DR$^+$细胞和胶质细胞，表明视网膜内有抗原提呈功能（Yang P. et al. Invest Ophthalmol Vis Sci, 2002;43:1488–1492；Yang P. et al. Ocul Immunol Inflamm, 2000;8:149–157）。

4. 发现多种分子和细胞参与前房相关免疫偏离的形成

将卵白蛋白注射至动物前房内，可以诱导出迟发型过敏反应缺如和补体固定抗体的减少，被称为前房相关免疫偏离（ACAID），它是机体的一种防御机制。我们研究发现，CD4$^+$T 细胞、CD4$^+$CD25$^+$T 细胞、CD8$^+$FoxP3$^+$T 细胞、Tim-3 和 IDO 分子在其形成中起着重要作用（Meng Q, Yang P*, et al. Invest Ophthalmol Vis Sci, 2006;47:4444-4452；Zhang H, Yang P*, et al. Immunology, 2008;124:304-314；Zhu X, Yang P*, et al. Graefes Arch Clin Exp Ophthalmol, 2007;245:1549-1557；Chen X, Liu L, Yang P*, et al. Immunol Lett 2006;107:140-174；Wang Y, Yang P*, et al. Ocul Immunol Inflamm, 2006;14:151-156）。

5. 建立起葡萄膜炎发生的一个新的理论框架

以往认为，Th1 细胞在葡萄膜炎发生中起着重要作用，我们研究发现 Th17 细胞在发病中起着更为重要的作用，并根据一系列研究结果提出了葡萄膜炎发生的一个新的理论框架。首先，我们发现 Th17 细胞过度激活在 Vogt- 小柳原田综合征、Behcet 病发生中起着重要作用，文章发表在 J Allergy Clin Immunol（Chi W, Yang P*, et al. 2007;119:1218-1224.）和 Invest Ophthalmol Vis Sci（Chi W, Zhu X, Yang P*, et al. 2008;49:3058-3064.）（此是当年国内完成的、发表的最高影响因子的眼科文章）。在此基础上，我们发现视网膜色素上皮细胞是 Th17 细胞的靶细胞，Th17 细胞可使其分泌 IL-6 和趋化因子，降低跨上皮电阻，抑制 ZO1 和 Occludin 的表达。随后我们发现了 Th17 细胞的一个庞大调节网络，正性和负性调控分子分别有 9 个和 11 个，并发现一些调节 Th17 细胞基因也参与了葡萄膜炎发生。根据上述结果提出：在一些基因背景的基础上，体内正负调节因子的紊乱导致 Th17 细胞过度激活，促进视网膜色素上皮细胞炎症因子和趋化因子的产生，从而引起葡萄膜炎发生、复发或慢性化。这一理论框架有 100 多篇 SCI 论文支撑，3 次受 Prog Retin Eye Res 杂志主编的邀请，在该杂志详细介绍这一理论框架。到目前为止，笔者是国际葡萄膜炎领域唯

——一位被该杂志主编邀请以通讯作者发表了 3 篇文章的科研工作者。支撑这一理论框架的主要论文见表 1。值得提出的是，迟玮教授因发现 Th17 细胞在葡萄膜炎发生中起着重要作用，以及随后一系列的重要研究成果，而获得教育部长江学者特聘教授这一殊荣。

表 1　葡萄膜炎发生的 Th17 细胞失衡理论的主要支撑文章

序号	作者	文章	杂志
1	Chi W, Yang P*, et al	IL-23 promotes CD4$^+$T cells to produce IL-17 in Vogt-Koyanagi-Harada disease	*J Allergy Clin Immunol 2007;119:1218-1224*
2	Chi W, Zhu X, Yang P*, et al	Upregulated IL-23 and IL-17 in Behcet Patients with Active Uveitis	*Invest Ophthalmol Vis Sci 2008;49:3058-3064*
3	Chen L, Yang P*, et al	Diminished frequency and function of CD4$^+$CD25high regulatory T cells associated with active uveitis in Vogt-Koyanagi-Harada syndrome	*Invest Ophthalmol Vis Sci 2008;49:3475-3482*
4	Jiang Z, Yang P*, et al	IL23R gene confers suscepti-bility to Behcet's disease in a Chinese Han population	*Ann Rheum Dis2010; 69: 1325-1328*
5	Li F, Yang P*, et al	Upregulation of interleukin 21 and promotion of interleukin 17 production in chronic or recurrent Vogt-Koyanagi-Harada disease	*Arch Ophthalmol2010; 128: 1449-1454*
6	Chu M, Yang P*, et al	Elevated serum Osteopontin Levels and Genetic Polymor-phisms of Osteopontin are Associated with Vogt-Koyanagi-Harada Disease	*Invest Ophthalmol Vis Sci 2011;52:7084-7089*

（续表）

序号	作者	文章	杂志
7	Yang Y, …, Yang P*	Increased IL-7 expression in Vogt-Koyanagi-Harada disease	*Invest Ophthalmol Vis Sci 2012;53:1012-1017*
8	Wang C, …, Yang P*	Decreased IL-27 in association with an increased Th17 response in Vogt-Koyanagi-Harada disease	*Invest Ophthalmol Vis Sci 2012;53:4668-4675*
9	Zhou Q, …, Yang P*	Decreased microRNA-155 expression in ocular Behcet's disease but not in Vogt Koyanagi Harada syndrome	*Invest Ophthalmol Vis Sci 2012;53:5665-5674*
10	Hou S, Yang Z, …, Yang P*	Identification of a Susceptibility Locus in STAT4 for Behcet's Disease in Han Chinese in a Genome-Wide Association Study	*Arthritis Rheum 2012;64:4104-4113*
11	Tian Y, …, Yang P*	Effect of 1,25-Dihydroxyvitamin D3 on Th17 and Th1 Response in Patients with Behcet's Disease	*Invest Ophthalmol Vis Sci 2012;53:6434-6441*
12	Zhou Q, …, Yang P*	MicroRNA-146a and Ets-1 gene polymorphisms in ocular Behçet's disease and Vogt-Koyanagi-Harada syndrome	*Ann Rheum Dis 2014;73:170-176*
13	Hou S, …, Yang Z*, Yang P*	Genome-wide association analysis of Vogt-Koyanagi-Harada syndrome identifies two new susceptibility loci at 1p31.2 and 10q21.3	*Nat Genet 2014;46:1007-1011*
14	Hou S, …, Yang P*	Genetic Variations of IL17F and IL23A Show Associations with Behçet's Disease and Vogt-Koyanagi-Harada Syndrome	*Ophthalmology 2015;122:518-523*

（续表）

序号	作者	文章	杂志
15	Du L, Kijlstra A, Yang P*	Vogt - Koyanagi - Harada disease: Novel insights into pathophysiology, diagnosis and treatment	*Prog Retin Eye Res 2016;52: 84-111*
16	Yu H, …, Yang P*	Identification of two novel susceptibility SNPs in IL10 and IL23R-IL12RB2 for Behçet's disease in Han Chinese	*J Allergy Clin Immunol 2017;139:621-627*
17	Yi S, …, Yang P*	Disabled-2（DAB2）overexpression inhibits monocyte-derived dendritic cells'function in Vogt-Koyanagi-Harada disease	*Invest Ophthalmol Vis Sci 2018;59:4662-4669*
18	Zhong Z, …, Yang P*	Activation of the Interleukin -23/Interleukin-17 Signalling Pathway in Autoinflammatory and Autoimmune Uveitis	*Prog Retin Eye Res 2020; 100866*
19	Wang C, …, Yang P*	Progranulin suppressed autoimmune uveitis and autoimmune neuroinflammation by inhibiting Th1/Th17 Cells and promoting Treg cells and M2 macrophages	*Neurol Neuroimmunol Neuroinflamm 2022;9:e1133*
20	Tan S, …, Yang P*	The pro-inflammatory effect of triglyceride on human CD4$^+$ T cells and experimental autoimmune uveitis	*Clin Immunol 2022;240: 109056*
21	Deng Y, …, Yang P*	Transcriptomic profiling of iris tissue highlights LCK signaling and T cell-mediated immunity in Behcet's uveitis	*J Autoimmun 2022;133: 102920*

（续表）

序号	作者	文章	杂志
22	Jiang Q, …, Yang P*	Effects of Plasma-derived Exosomal miRNA-19b-3p on Treg/T helper 17 Cell Imbalance in Behcet's Uveitis	*Invest Ophthalmol Vis Sci 2023;64:28*
23	Zhu Y, …, Yang P*	Interferon-α 2a induces CD4⁺ T cell apoptosis and suppresses Th1/Th17 responses via upregulating IRF1-mediated PDL1 expression in dendritic cells from Behcet's uveitis	*Clin Immunol 2023;250: 109303*
24	Liu X, …, Yang P*, Hou S*	A de novo missense mutation in MPP2 confers an increased risk of Vogt–Koyanagi–Harada disease as shown by trio-based whole-exome sequencing	*Cell Mol Immunol 2023;20: 1379-1392*
25	Zhong Z, Su G, Yang P*	Risk Factors, Clinical Features and Treatment of Behçet's Disease Uveitis	*Prog Retin Eye Res 2023:97: 101216*

＊通讯作者

6. 发现上百个葡萄膜炎易感或保护基因变异

早年的研究发现，葡萄膜炎发生中遗传因素起着一定作用，如Behcet 病与 HLA-B51 密切相关，Vogt- 小柳原田综合征与 HLA-DR4、HLA-Dw53 强相关，急性前葡萄膜炎与 HLA-B27 强相关。2005 年起我们开始建立葡萄膜炎资源库，之后一直扩容，到目前为止已收集到葡萄膜炎患者各类标本 40000 余份，利用这些标本我们探讨了多种葡萄膜炎的遗传变异，发现了上百种遗传变异与葡萄膜炎发生有关，特别是用全基因关联分析（GWAS）发现了 IL23R-C1orf141，rs117633859，ADO-ZNF365-EGR2，rs442309 和 HLA-DQA1，rs3021304 是 Vogt- 小柳原田综合征的易感基因，发现 STAT4 基因区

3 个 SNP（rs7574070、rs7572482 和 rs897200）和 16 个基因区的 22 个 SNP 与 Behcet 病易感性相关，将中国 GWAS 结果与日本 GWAS 结果进行整合分析，还发现 ZMIZ1、RPS6KA4、IL10RA、SIPA1–FIBP–FOSL1 和 VAMP1 基因区与疾病显著相关。在中国 Blau 综合征患者中发现了 8 种致病变异。这些研究大大深化了人们对葡萄膜炎遗传发病机制的认识，为其精准诊断和治疗奠定了基础。值得提出的是，侯胜平教授在葡萄膜炎基因易感性方面做出了重要贡献，因此获得国家自然科学基金优秀青年基金、教育部长江学者奖励计划青年学者项目等的资助。研究结果发表在 *Nature Genetics*、*Ann Rheum Dis*、*Ophthalmology*、*Invest Ophthalmol Vis Sci* 等杂志上，表 2 列举了一些与葡萄膜炎遗传学研究有关的主要文章。

表 2　杨培增教授团队发表的有关葡萄膜炎遗传发病机制的部分文章

序号	作者	文章	杂志
1	Hou S, …, Yang Z* Yang P*	Genome-wide association analysis of Vogt-Koyanagi-Harada syndrome identifies two new susceptibility loci at 1p31.2 and 10q21.3	*Nat Genet 2014;46:1007-1011*
2	Jiang Z, Yang P*, …	IL23R gene confers susceptibility to Behcet's disease in a Chinese Han population	*Ann Rheum Dis 2010;69: 1325-1328*
3	Chu M, Yang P*, …	Elevated serum Osteopontin Levels and Genetic Polymorphisms of Osteopontin are Associated with Vogt-Koyanagi-Harada Disease	*Invest Ophthalmol Vis Sci 2011;52:7084-7089*
4	Chen F, …, Yang P*	CD40 gene polymorphisms confer risk to Behcet's disease but not to Vogt_Koyanagi_Harada syndrome in a Han Chinese population	*Rheumatology 2012;51:47-51*

（续表）

序号	作者	文章	杂志
5	Zheng X, …, Yang P*	Association of macrophage migration inhibitory factor gene polymorphisms with Behcet's disease in a Han Chinese population	*Ophthalmology 2012;119: 2514-2518*
6	Hou S, …, Yang P*	Two-stage association study in Chinese Han identifies two independent associations in CCR1/CCR3 locus as candidate for Behçet's disease susceptibility	*Hum Genet 2012;131:1841-1850*
7	Hou S, Yang Z, …, Yang P*	Identification of a Susceptibility Locus in STAT4 for Behcet's Disease in Han Chinese in a Genome-Wide Association Study	*Arthritis Rheum 2012;64: 4104-4113*
8	Li H, …, Yang P*	TNFAIP3 gene polymorphisms confer risk for Behcet's disease in a Chinese Han population	*Hum Genet 2013;132:293-300*
9	Zhou Q, …, Yang P*	MicroRNA-146a and Ets-1 gene polymorphisms in ocular Behçet's disease and Vogt－Koyanagi－Harada syndrome	*Ann Rheum Dis 2014;73:170-176*
10	Hou S, …, Yang P*	Genetic variants in the JAK1 gene confer higher risk of Behcet's disease with ocular involvement in Han Chinese	*Hum Genet 2013;132:1049-1058*
11	Hou S, …, Yang P*	Copy number variations of complement component C4 are associated with Behcet's disease but not with Ankylosing spondylitis associated with Acute anterior uveitis	*Arthritis Rheum 2013;65: 2963-2970*

（续表）

序号	作者	文章	杂志
12	Fang J, ···, Yang P*	Polymorphisms in genetics of Vitamin D metabolism confer susceptibility to ocular Behcet's disease in a Chinese Han population	*Am J Ophthalmol 2014;157: 488-494*
13	Hou S, ···, Yang P*	High C4 gene copy numbers protects against Vogt-Koyanagi-Harada syndrome in Chinese Han	*Br J Ophthalmol 2014;98: 1733-1737*
14	Hou S, ···, Yang P*	Genetic Variations of IL17F and IL23A Show Associations with Behçet's Disease and Vogt-Koyanagi-Harada Syndrome	*Ophthalmology 2015;122: 518-523*
15	Yu H, ···, Yang P*	FoxO1 gene confers genetic predisposition to acute anterior uveitis with ankylosing spondylitis	*Invest Ophthalmol Vis Sci 2014;55:7970-7974*
16	Fang J, ···, Yang P*	Association between Copy Number Variation of TLR7 and Ocular Behcet's disease in a Chinese Han Population	*Invest Ophthalmol Vis Sci 2015;56:1517-1523*
17	Xu D, ···, Yang P*	Complement C5 gene confers risk for acute anterior uveitis	*Invest Ophthalmol Vis Sci 2015;56:4954-4960*
18	Li H, ···, Yang P*	Association of Genetic Variations in TNFSF15 With Acute Anterior Uveitis in Chinese Han	*Invest Ophthalmol Vis Sci 2015;56:4605-4610*
19	Zhang L, ···, Yang P*	Association of ERAP1 gene polymorphisms with Behçet's disease in Han Chinese	*Invest Ophthalmol Vis Sci 2015;56:6029-6035*
20	Cao S, ···, Yang P*	Investigation of the Association of Vogt-Koyanagi-Harada Syndrome with IL23 R-C1orf141 in Han Chinese Singaporean and ADO-ZNF365-EGR2 in Thai	*Br J Ophthalmol 2016;100: 436-442*

（续表）

序号	作者	文章	杂志
21	Zheng M, …, Yang P*	Association of ATG5 gene polymorphisms with Behcet's disease and ATG10 gene polymorphisms with VKH syndrome in a Chinese Han population	*Invest Ophthalmol Vis Sci 2015;56:8280-8287*
22	Bai L, …, Yang P*	Association of T-bet, GATA-3, RORγt and FOXP3 Copy Number Variations with Acute Anterior Uveitis with or without Ankylosing Spondylitis in Chinese Han	*Invest Ophthalmol Vis Sci 2016;57:1847-1852*
23	Du L, Kijlstra A, Yang P*	Vogt - Koyanagi - Harada disease: Novel insights into pathophysiology, diagnosis and treatment	*Prog Retin Eye Res 2016;52: 84-111*
24	Yu H, …, Yang P*	Identification of two novel susceptibility SNPs in IL10 and IL23R-IL12RB2 for Behçet's disease in Han Chinese	*J Allergy Clin Immunol 2017;139:621-627*
25	Zhu Y, …, Yang P*	Promoter Hypermethylation of GATA3, IL-4, and TGF-β Confers Susceptibility to Vogt-Koyanagi-Harada Disease in Han Chinese	*Invest Ophthalmol Vis Sci 2017;58:1529-1536*
26	Yang L, …, Yang P*	miRNA Copy Number Variants Confer Susceptibility to Acute Anterior Uveitis With or Without Ankylosing Spondylitis	*Invest Ophthalmol Vis Sci 2017;58:1991-2001*
27	Deng J, …, Yang P*	Association of a PDCD1 polymorphism with sympathetic ophthalmia in Han Chinese	*Invest Ophthalmol Vis Sci 2017;58:4218-4222*

（续表）

序号	作者	文章	杂志
28	Zhang Q, …, Yang P*	Association of Genetic Variations in PTPN2 and CD122 with Ocular Behcet's Disease	*Br J Ophthalmol 2018;102: 996-1002*
29	Yu H, …, Yang P*	Epigenome-wide association study identifies Behçet's disease-associated methylation loci in Han Chinese	*Rheumatology 2019;58:1574-1584*
30	Deng J, …, Yang P*	Genetic aspects of idiopathic paediatric uveitis and juvenile idiopathic arthritis associated uveitis in Chinese Han	*Br J Ophthalmol 2020;104: 443-447*
31	Lv M, …, Yang P*	Association of Toll-like receptor 10 Polymorphisms with Pediatric Idiopathic Uveitis in Han Chinese	*Br J Ophthalmol 2020;104: 1467-1471*
32	Qi J, …, Yang P*	Replication of Genome-wide association analysis identifies new susceptibility loci at long non-coding RNA regions for Vogt-Koyanagi-Harada disease	*Invest Ophthalmol Vis Sci 2019;60:4820-4829*
33	Zhong Z, …, Yang P*	Activation of the Interleukin-23/Interleukin-17 Signalling Pathway in Autoinflammatory and Autoimmune Uveitis	*Prog Retin Eye Res 2020; 100866*
34	Su G, …, Yang P*	Identification of Novel Risk Loci for Behçet's Disease-Related Uveitis in a Chinese Population in a Genome-Wide Association Study	*Arthritis Rheumatol 2022; 74:671-681*
35	Zhong Z, …, Yang P*	Genetic and Clinical Features of Blau Syndrome among Chinese Patients with Uveitis	*Ophthalmology 2022;129: 821-828*

（续表）

序号	作者	文章	杂志
36	Zhang J, …, Yang P*	SNP rs7130280 in LncRNA NONHSAT159216.1 Confers Susceptibility to Behcet's Disease in Chinese Han Population	*Rheumatology 2022;62:384-396*
37	Zhong Z, Su G, Yang P*	Risk Factors, Clinical Features and Treatment of Behçet's Disease Uveitis	*Prog Retin Eye Res 2023:97: 101216*
38	Li X, …, Yang P*, Hou S*	OR11H1 missense variant confers the susceptibility to Vogt-Koyanagi-Harada disease by mediating GADD 45G expression	*Adv Sci 2024:e2306563*
39	Liu X, …, Yang P*, Hou S*	A de novo missense mutation in MPP2 confers an increased risk of Vogt－Koyanagi－Harada disease as shown by trio-based whole-exome sequencing	*Cell Mol Immunol 2023;20: 1379-1392*

＊通讯作者

7. 发现肠道菌群异常在葡萄膜炎发生中起着重要作用

利用宏基因测序的方法对 Behcet 病、Vogt– 小柳原田综合征患者的粪便进行测序，发现患者与正常人肠道微生物富集有显著不同，将患者的粪便移植至小鼠，可显著加重 IRBP 多肽诱导的实验性自身免疫性葡萄膜炎动物模型的严重程度，对急性前葡萄膜炎患者的粪便代谢产物进行代谢组学研究，发现 7 种代谢产物在患者体内显著升高，这些研究为进一步利用干预肠道微生物的方法进行葡萄膜炎预防和治疗研究奠定了基础。（ Ye Z,…,Yang P*. Microbiome,2018;6:135 ； Ye Z,…,Yang P*. Gut Microbes,2020;11:539–555 ； Wang Q,…,Yang P*. J Autoimmun, 2023;137:103055 ； Huang X,…,Yang P*. Invest Ophthalmol

Vis Sci, 2018;59:1523–1531）。

8. 揭示出 Vogt– 小柳原田综合征患者对糖皮质激素和环孢素耐药的分子及机制

大多数 Vogt– 小柳原田综合征患者对糖皮质激素和环孢素治疗有很好的反应，但少数患者对两种药物显示出耐药性。我们用转录组学和蛋白质组学的方法对耐药患者进行研究，发现核糖体蛋白 S4 是男性患者的耐药基因，干扰这一基因可以降低患者的 Th1 细胞比例及 IFN–γ 的分泌。我们在女性患者身上发现 FCER1G 是耐药基因，并发现该基因启动子区域 DNA 甲基化水平升高可以抑制基因的表达，这些研究对指导 Vogt– 小柳原田综合征患者的用药有重要价值（Chang R,⋯,Yang P*. J Autoimmun, 2020;102465；Chang R,⋯,Yang P*. Clin Immunol 2023;256:109800）。

9. 在 Behcet 病中发现了两种非常规的白细胞亚群。

用单细胞测序的方法发现两种非常规的白细胞亚群，即 α 干扰素反应性白细胞和 T 细胞调节性白细胞，两群白细胞与男性 Behcet 病葡萄膜炎患者的炎症程度和视力预后有显著相关性。GWAS 和外泌体研究发现基因背景和循环外泌体对这两种非常规的白细胞亚群有重要影响。这一研究表明与男性 Behcet 病患者相关的白细胞亚群可作为治疗疾病的新靶点（Wang Q,⋯,Gao Y*, Yang P*. Cell Discovery, 2024;10:47）。

10. 揭示出淋巴细胞特异性蛋白酪氨酸激酶（LCK）是 Behcet 病性葡萄膜炎发生的分子通路

对 Behcet 病患者和健康对照者虹膜标本进行转录组测序，发现 1633 个差异表达基因，并发现 T 细胞介导的生物学过程参与了该病发生，还发现 LCK 信号通路在该病发生中起着重要作用（Deng Y, ⋯, Yang P*. J Autoimmun, 2022;133:102920）。

十四、3 次获国家科技进步奖

作为一名医生，我聚焦于葡萄膜炎这一常见而又重要的致盲眼病，30 多年如一日，不断探索疾病发生发展规律和致盲规律，不断创新治疗方法和诊断方法，不断探讨疾病发生和复发的机制，获得了一系列有意义的结果，有幸获得了多项省部级和国家级科研成果（表 3）。

表 3　杨培增教授作为第一完成人获得的省部级及以上奖励

序号	时间	奖项	等级	题目	颁发部门
1	2017	国家科学技术进步奖	二等奖	免疫性高致盲眼病发生的创新理论、防治及应用	中华人民共和国国务院
2	2007	国家科学技术进步奖	二等奖	葡萄膜炎发生及慢性化机制、诊断和治疗的研究	中华人民共和国国务院
3	1998	国家科学技术进步奖	三等奖	葡萄膜视网膜炎发病机制的系列实验研究	中华人民共和国科学技术部
4	2022	重庆市科技进步奖	一等奖	葡萄膜炎发病规律研究和诊治体系建立及推广应用	重庆市人民政府
5	2015	重庆市科技进步奖	一等奖	葡萄膜炎发病机制及临床应用研究	重庆市人民政府
6	2012	中华医学科技奖	一等奖	两种重要致盲眼病–Behcet病、Vogt–小柳原田综合征的发病机制、诊断和治疗	中华医学会
7	2011	重庆市科技进步奖	一等奖	Behcet病、Vogt–小柳原田综合征的临床和基础研究	重庆市人民政府
8	2006	广东省科学技术奖	一等奖	葡萄膜炎发生及慢性化机制、诊断和治疗的研究	广东省人民政府
9	2005	中华医学科技奖	一等奖	葡萄膜炎发生及慢性化机制、诊断和治疗的研究	中华医学会
10	2005	高等学校优秀成果奖科技进步奖	一等奖	葡萄膜炎发生及慢性化机制、诊断和治疗的研究	中华人民共和国教育部

（续表）

序号	时间	奖项	等级	题目	颁发部门
11	2009	重庆市科技突出贡献奖	个人奖	重庆市科技最高奖	重庆市人民政府
12	2010	高等学校优秀成果奖科技进步奖	二等奖	两种常见致盲性葡萄膜炎的临床和基础研究	中华人民共和国教育部
13	1997	广东省自然科学奖	二等奖	葡萄膜视网膜炎发病机制的系列实验研究	广东省自然科学奖评审委员会
14	1997	卫生部科技成果	二等奖	葡萄膜视网膜炎发病机制的系列实验研究	中华人民共和国卫生部

一本本红色的成果奖励证书记录了那段激情燃烧的岁月，承载着将中国葡萄膜炎推向世界的决心和毅力，再现的是在实验室废寝忘食、一丝不苟、挥汗如雨的研究工作，褒奖的是为科学献身、用心、用生命为病人治病那种精神和情怀！

第一次获奖是在 1990 年 5 月。当时中山医科大学每年组织一次中青年论坛，鼓励全校中青年医生和科研工作者参加，从参加的人员中挑选出优秀者进行现场演讲，经专家打分最后评选出一、二、三等奖，一等奖 3 名，二等奖 6 名，三等奖 9 名。当时我正在准备博士研究生论文答辩，看到这个消息后，就向青年论坛投了一篇稿子，后被选中参加比赛。当时没有电脑，做幻灯都是手写稿，在医院摄影室拍照片，经过一系列工序将其洗出，再将其剪下来放置在幻灯夹（纸做的）中，演讲时用幻灯机将画面投放到荧幕上。为了准备演讲，我对稿子反复修改了 10 多次，对每个字、每个标点符号都反复推敲，直到最后满意才将其工工整整地抄至白纸上，送去照相。由于我在博士期间所做的工作还不错，加上做的幻灯清晰、明了、简洁，讲得也不错，最后被评为一等奖。当拿到一等奖的证书时，感觉到所有的努力、所有付出的汗水都值了。

有人说，杨培增你费了那么大劲拿到一等奖，没有一分钱的奖金，这个奖有什么用呢？我对此报以微笑和不语，实际上那次准备答辩的全过程对我做幻灯和演讲都是一个极大的锻炼和提升，它使我体会到了认真用心做事的重要性，掌握了做幻灯和演讲的技巧，对我以后进行各种演讲、报告、答辩奠定了非常好的基础。

在随后 3 年中，我又 3 次参加了学校中青年论坛，获得了一等奖 1 项和二等奖 2 项，在中山医科大学这个人才济济的学术殿堂里，4 年中两次获一等奖、两次获二等奖尚属第一次，更重要的是这些奖项增强了我的信心，鞭策我一路前行，朝更高的目标迈进。

1997 年，我将博士期间和毕业后所做的工作，特别是在荷兰国家眼科研究所所做的研究工作进行了总结，申请了卫生部科技进步奖和广东省自然科学奖，幸运的是当年即获得广东省自然科学二等奖和卫生部科技进步二等奖，在这两个奖项的基础上后来又获得国家科技进步三等奖。这几个成果奖使我在多方面都获得提升：1999 年获广东省第五届丁颖科技奖，被评为国家人事部"百千万人才工程第一、二层次人选"、卫生部突出贡献专家、南粤教书育人优秀教师，获国务院颁发的政府津贴，被选为广东省高等学校"千百十工程"国家级学科带头人培养对象，更重要的是获国家自然科学基金杰出青年基金（是我国眼科界第一位国家杰出青年基金获得者，详见后），出版了我国第一部《葡萄膜炎》专著（杨培增、李绍珍主编，人民卫生出版社，60 多万字）。

国家科技进步奖的获得更加激发了我临床工作和科研工作的热情和干劲，在 2004 年我将所做的工作进行了总结，申报并获得了高等学校优秀成果科技进步一等奖（实际上就是教育部科技进步一等奖），在此基础上，对研究工作进行完善和补充，于 2005 年获中华医学科技奖一等奖和广东省科技进步一等奖，于 2006 年以第一完成人获国家科技进步二等奖。在此研究期间以项目负责人获国家自然科学基金创新研究群体项目（360 万元）、教育部长江学者奖励计划、国家自然科学基金重点项目（145 万元）和国家"十一五"科技支撑计划项目，被评为全国模范教师，被聘为国家自然科学基金委员会第十一届生命科学部专家评审组成员，获全国五一劳动奖章。还出版了第二本葡萄膜炎专著《临床葡萄膜炎》（杨培增著，143 万字，人民卫生出版社）。

　　2008 年移师重庆后，我带领团队在原有的研究基础上，进入了更高层次、更深入的研究，在 *Nature Genetics*、*Ann Rheum Dis*、*Ophthalmology*、*Progress in Retinal and Eye Res* 等杂志上发表了一批高质量研究论文，以第一完成人先后获重庆市科技进步一等奖（3 项）、中华医学科技进步一等奖，并于 2017 年再次荣获国家科技进步二等奖。还获得重庆市科技突出贡献奖，它是重庆市最高科技奖，每两年评一次，每次评出 1—2 名，是一项非常难以获得的奖项，主要奖励为重庆科技发展、推动社会进步做出重大贡献并在国际某领域有重要影响的科学家。我于 2008 年来到重庆，2009 年申报了这个奖项，说实在的，我申报这个奖时还是显得"嫩"了一些，一是我到重庆才一年多的时间，再一个是我当年 52 岁，尚属"年轻"一辈，一般而言，此奖多是奖给那些七八十岁的老专家、老教授。后来我之所以拿到这个奖项，得益于评审专家们的包容、胸怀和远见。在答辩时除了讲自己做的专业成绩外，最后我总结了三点：第一是我们将中国葡萄膜炎研究推至世界最前沿（在当年的条件下，能做到国际前沿、国际领先实属不易）；第二是我们每年可以为重庆带来 3000 万元的第三产业收入（每年重庆以外葡萄膜炎病人前来找我就诊的病人有 10000 人次，加上陪伴的家属和朋友即有 30000 人次，每人在重庆平均消费 1000 元，即是 3000 多万元，一个医生能拉来这么大第三产业收入的还真不是一件容易的事情）；第三是我可以为重庆再干 30 年。很多专家一听，这一条很重要，我们要激励年轻的科学家，让他们为重庆的发展做出长久的贡献。最后评审专家把这个奖给了我，后来我也确实不负众望，在 13 年中 6 次获国家自然科学基金重点类项目（3 项重点基金、3 项重点国际合作项目），还获得 973 项目和科技部重大研发计划，发表了 200 多篇 SCI 论文，3 次主编卫生部（卫健委）《眼科学》规划教材，连续 10 年入选爱思唯尔高被引学者榜，还获得了亚太眼炎症学会颁发的杰出成就奖、第六届中国医师奖、中美眼科学会金钥匙奖、中美眼科学会金苹果奖、重庆市杰出英才奖等。

3 次获国家科技进步奖代表了我们葡萄膜炎研究的 3 个阶段：第一个阶段是起步阶段，在此阶段我们跟踪、学习国际上葡萄膜炎研究成果，模仿国外的研究，做出来一些在中国背景下的葡萄膜炎研究成果，第一次向世界发出中国的声音，国家科技奖励给予了我们自信和极大的鼓舞；第二个阶段是跟跑阶段，在这个阶段最典型的特征是我们快马加鞭，在葡萄膜炎临床、基础研究的多个领域全面发力，虽然此阶段的研究多是跟跑性质的，但我们获得了中国独有的研究成果，如中国葡萄膜炎临床类型谱系的确定，Vogt- 小柳原田综合征的进展规律、Behcet 病临床表现谱系及致盲规律的发现等都具有鲜明的中国特色，在葡萄膜炎领域向世界发出了强有力的中国声音；第三个阶段则是并跑阶段，在前两个国家奖的基础上，我们扩容葡萄膜炎数据库和样本库，将其建设成为国际上最大的两个葡萄膜炎资源库，利用两大资源库进行了系列研究，在国际上第一次进行了 Vogt- 小柳原田综合征全基因关联分析，发现两个新的易感基因，建立起葡萄膜炎发生的 Th17 细胞失衡理论框架（有 100 多篇 SCI 论文支撑），深化、更新和完善了人们对葡萄膜炎发病机制的认识，为葡萄膜炎防治研究寻找到了重要切入点。这些研究显示出中国葡萄膜炎研究的独特性和在某些方面的引领性，标志着中国葡萄膜炎研究已经进入至国际研究的最前沿。

在 3 个国家奖的基础上，我们正在聚焦我国最常见和最重要的葡萄膜炎类型，将我们的资源优势与当代先进的实验技术相结合，目前已在多个方面取得新的成就，如制定了 Vogt- 小柳原田综合征和 Fuchs 葡萄膜炎综合征的诊断标准，发现葡萄膜炎患者肠道菌群失调，发现两种非常规的白细胞亚群在 Behcet 病发生中起着重要作用，这些研究都处于国际领先地位。相信在不远的将来，中国葡萄膜炎研究将会在多个领域、多个维度对世界葡萄膜炎做出更大的贡献。

十五、从绝望到希望，再到光明（一位病人的来信）

一个刚刚大学毕业的美丽姑娘，在进入工作单位后不久患上了Vogt-小柳原田综合征（是我们国家常见的一种葡萄膜炎类型），此病是以最早报道它的两位眼科专家 Vogt 和 Koyanagi 名字命名的。它多发于中国、日本、美国印第安人等有色人种，在早年由于人们对此病认识不足，有不少疾病被漏诊或误诊，由于治疗方法不当，不少病人失去光明。

这位患者在患病后历经多位专家治疗，并没有获得多大改善，病人一度陷于恐惧和绝望之中，此时她登上了住院部的楼顶……如若不是家人及时发现，一个年轻的生命就此结束。值得庆幸的是，病人在我们悉心治疗下，双眼视力恢复至 1.0，到目前已停药将近 20 年，病情一直未再复发，视力一直稳定。在治愈后不久，患者给我写了一封信，字里行间可以看出病人对疾病的恐惧，对光明的渴求和重获光明后那种喜悦以及对医务人员的感激之情，从中你会体会到生命的意义，一个医生的价值所在，对当下紧张的医患关系的起源及化解或许可以带来一些有益的思考。

信是这样写的：

人生总是充满了意外。

大学毕业后，我如愿以偿成为一名高校教师。美丽宁静的校园、单纯可爱的学生、善良热情的同事，一切的一切都是那么和谐美好。带着青春的热情和梦想，带着对幸福的憧憬和期盼，我开始了自己全新的事业和生活。

我沉浸在工作的充实和忙碌中，初尝着生活祥和与事业稳定的喜悦。然而，2005年3月，一场突如其来的重病光顾了我，我住进了所在省市最好的医院，那一天生活全乱套了，成为我噩梦的开始。

在呼吸内科病房，我被先后诊断为上呼吸道感染、伤寒、病毒性脑膜炎和败血症，住院半个月以来，我每天要接受六七个小时马不停蹄的静脉注射，尽管国外进口的抗生素每天都会准时输进我的血管，但病魔似乎并不买账，我的病情日益恶化严重。每天1000多元的高额住院费让我享受到了贵宾级的待遇，时不时会有神经内科、耳科和眼科医生前来给我会诊。神经内科医生将我诊断为败血症，耳科医生将我诊断为神经性耳聋，眼科医生将我诊断为眼结石和结膜炎，各科医生各自为政，对我进行了全方位的大包围式的药物治疗，并都要求我转入他们自己的科室进行住院治疗，神经内科和呼吸内科的两名医生为此还发生了争执，一时间我变得格外"抢手"，但最后几经周折，我终于住进了眼科病房。

结束了内科半个月的误诊，本以为可以放松心情、安心治病，但我万万没有想到，这里将会给我留下终身难以忘却的记忆和心痛。

转入眼科的时候，我的听力和视力严重下降，每晚汗水都会浸透我的背心，头痛、眩晕、呕吐、关节疼痛，种种症状一起袭来，身体上的痛苦并没有动摇我坚持治疗、与病魔抗争的勇气和信念，也无法摧毁我对生活的热情和信心。然而，几天后的一次查房将我的心永远推向了黑暗的深渊。与平常查房不同的是，那天我的病床前围了一二十人，一位我所在省市赫赫有名的眼科专家，他以我为例子在给学生进行讲学。那位资深的老教授说道："X教授将她诊断为虹膜睫状体炎，我将她以小柳原田病收入院，她得的是一种罕见的日本进口病，这种病没有有效的治疗方案，治疗效果也相当糟糕，我活了一辈子只见过两个这样的病例，最后两个人都失去了光明，助听器也改变不了她的听力损害……"

那一刻，我终于明白什么叫晴天霹雳。我似乎听到了自己内心轰然倒塌的声音，坐在病床上，我吓得浑身发抖，蜷缩成一团，心中充满了恐惧和无助，我不知道自己到底得的是怎样一种罕见的怪病或绝症，借助当时 0.1 的微弱视力，我感觉到所有师生的目光都聚焦在我的身上，我几乎是带着一种哭腔央求那个老教授不要再说了。然而，他并没有因为我颤抖的央求而终止讲学。他的那句"我这辈子只见过两个这样的病例"再次印证了"物以稀为贵"这句至理名言的威力。许多眼科医生都兴趣十足，亲自过问我这个稀罕的临床病例，最多的一天有 8 个医生先后给我进行眼底检查，我仿佛是一具失去了灵魂的行尸走肉，任何一个穿着白大褂的医生都能随时把我叫到检查室观看我的眼底，唯一不变的是天天都要进行大剂量的激素和抗生素静脉注射以及结膜下注射。每天 1000 毫克的激素经常让我一整天都说不出一句话来，当同事和学生来病房看望我时，他们都不敢再把眼前这个人和昔日的我联系在一起。

老教授的"冲击治疗法"并没有控制住我的病情，他告知我要做好在医院住半年的思想准备。想起短短一个月的巨额医疗费，想起这位眼科界"泰斗"对我的判决宣言，想起今生自己再也无法拥有光明、健康、美丽、事业和爱情，想起在不久的将来我将变成一个又聋、又瞎、又傻、浑身长满白斑、没有毛发的废人，我对生活的信心在一天一天枯竭。我深知，半年的住院治疗并不能改变人财两空的残酷结局，我的存在将成为亲人永远的负担和累赘，那一刻，我的精神防线彻底崩溃，再也找不到生存的借口和勇气。

避开值班护士的查房，我呆若木鸡地站在医院的顶楼，任凭冰冷的雨水浇淋我的全身，那瓢泼大雨和电闪雷鸣仿佛是我破碎心情的伴奏曲，人生最可怕的事情莫过于看不到生活的希望，在那一刻，选择轻生也许是我最彻底的解脱。也许是天意，家人最终在楼顶找到了我，浑身湿透的双亲见到坐在天台上的我，哭了，我也哭了，弟弟一把抱住我，哽咽着说："毕业后我就能挣钱给你治病了，不论你以后病成什么样，你永远都是我的姐姐，我要养你一辈子。"亲人无私浑厚的爱让我再次泣不成声。

那位教授除了那次来我的病床前给学生讲学外，在眼科住院的10来天，我没见过他第二次。我由老教授指定的3个学生负责，每天给我打针、测眼压、查视力。当我得知隔壁病房的一个病友因和我同样的病刚刚做完眼球摘除手术时，我吓得魂飞魄散，在病床上哭得浑身发抖，我撕心裂肺地叩问苍天，难道自己的生活航标真的要被这场重病而彻底改变？我的理想、追求和前途难道就此要成为一场虚空？我是那么深深地爱惜自己的那双美丽的眼睛，我不能没有眼睛啊！我乞求上天，乞求神灵的庇佑，我多么渴望能有一位神医来救治我的双眼，我是如此地渴望光明和健康。

就在我陷入绝境的时候，生活给了我一份意外的惊喜。我得知广州有一名专攻葡萄膜炎的国际知名教授，只有找到他，我的双眼才有救治的希望和可能。那一刻，全家人悲喜交加，我仿佛抓住了一根救命稻草，恨不得插上翅膀连夜飞到广州。

主治医生得知我要转院的消息后，拉长了脸，很不高兴地说："到哪治不都一样吗？"没有人愿意给我办理出院手续，我又一次感受到了凄凉无助。其中的一个博士劝慰他的同事："让她去找杨教授吧，她还小，我们不能耽误人家。"临走前，这个善良的医生亲自来和我道别，他说："这段时间，我目睹了你和家人的痛苦和无助，杨教授是全国乃至全世界最优秀的葡萄膜炎专家，只有他才能治好你的病，祝你早日康复！"对于这个曾经帮助过我的博士，我永远心存感激，但我更被他为病人负责的高尚情操所折服。

与此同时，我猛然意识到，原来所有的医生早就知道杨教授的大名和威望，为什么没有人告诉我让我去找杨教授？为什么明明治不好这种病还要把我留在这里当试验品？难道他们不知道眼睛对于我的一生意味着什么？难道医生们会不清楚这种病如果得不到及时正确的治疗将会是怎样一种后果吗？医生不是救死扶伤的白衣天使吗？生活从何时开始变得如此可怕？是不是校园那一方净土让我与真实的社会渐行渐远，才会对这些现象大惊小怪、小题大做？

经历一次又一次心灵的炼狱，我终于明白，在这个商业社会，在经济因素的诱导下，并非所有的医生都是白衣天使！

办完出院手续，我飞也似的逃离了那家让我噩梦连连的医院。一个月的住院治疗，我的病情丝毫不见好转，伴随而来的是性格上的巨大改变。一个月后的我与从前判若两人，我常常一整天将自己反锁在房里，不和亲人说一句话，昔日的活泼开朗已荡然无存，我变得异常自卑、孤僻和烦躁，经常莫名其妙地感到紧张和恐慌，自己都找不回原来的自己。也许是被老教授的一纸判决吓破了胆，也许曾经的求医经历留给了我太多的心有余悸，我不敢再轻易地相信别人，害怕人尤其是医生，也很难找回曾经对生活的安全感。

抱着残存的一丝希望，妈妈带我踏上了南下的列车。

临行前，亲人、同事、学生都来给我送别，火车开动的那一瞬间，大家紧紧地拉住我的手，所有的人都在为我祈福，怀揣着的那束康乃馨在阳光的映射下显得格外娇艳可人，大家的温暖和关爱让我感到生活将会充满希望。

　　尽管内心深深地期盼广州之行能给自己带来奇迹和好运，但对疾病的恐惧使我很难真正做到放松心情，我不敢也不允许自己抱太大的希望，我深知，这种矛盾的心态是出于一种最最可悲和无奈的自我保护，我宁愿在低调的祈祷中寻找一丝心灵的慰藉。

　　曾经的求医经历让我在不知不觉中变得沉默和自闭，这种状态持续了很长时间。刚到广州时，我几乎是一言不发，常常一个人默默地坐在候诊室的角落里，拒绝一切交流和交往。我明白，自己深藏于内心的忧虑、惶恐和迷茫是任何药物都无法医治的。而杨教授对病人心灵的特殊关爱深深让我感动，杨教授如同亲人一般地对待每一位患者，他带给病人的不仅是身体上的康复，更是心灵上的安慰，他给予病人的是一种深切的人文关怀。

　　回想起初次门诊的情景，现在仍然记忆犹新。

　　那次是费了九牛二虎之力，好不容易才补挂上杨教授的专家号的。诊室里，杨教授带着他的博士生助手紧张而忙碌地工作着。那天，首先接诊我的是蒋医生，她将我带到隔壁一间安静的诊室，详细询问了我的既往病史、症状以及当地医院的用药治疗情况，甚至连一些在我看来微不足道的细节，她都反复核实并认真负责地做了记录。杨教授认真仔细地看过我的病历记录和实验室检查结果后，又补充询问了一些患病后的情况，一丝不苟地给我做了眼部检查，并详细记录了我的病情。他反复叮嘱我要积极配合医生安心治疗，也一再强调要定期抽血检查以避免药物毒副作用对身体健康的影响和损伤。那一瞬间，一种久违的感动涌上心头。尽管当时我并不清楚治疗结果会如何，但我坚信，眼前的这位医生值得我信赖，他带领的这支团队是如此地敬业，如此地具有责任感。

信任是一种力量，它可以超越很多东西。

正是杨教授的平易近人与谦和可亲，逐渐化解了我压抑、自闭、戒备的情绪。杨教授的诊室面积虽不大，但对我而言却是个温暖安全的地方。在这儿看病不再是件痛苦压抑的事情，周五看杨教授的专家门诊成了我每星期最最开心和期盼的事情。

诊室里，杨教授幽默风趣的话语常常能把一屋子的病人逗乐，如果不是因为他身着白大褂，如果不是那几台医用仪器的提醒，有时甚至会忘记自己是在医院的诊室，杨教授带给病人的是尽可能多的欢乐和希望，他以一种最最深沉、含蓄而又幽默的方式发自内心地关爱着他的每一个病人。

每逢杨教授出诊的时候，候诊室里便会熙熙攘攘地挤满慕名前来求诊的病友，虽然大家来自全国各地，虽然我们素昧平生，但同样的疾病让我们走到了一起。尽管我们会为了挂上杨教授的号而成为激烈的"竞争"对手，但更多的是我们同病相怜，我们惺惺相惜，我们友爱互助，我们懂得在病友群中让自己的心灵取暖。

通过病友间的交流我们了解到，杨教授所推行和倡导的是一种个体化的治疗方案。即便是同一种病，大家的治疗方案也因人而异；即使是同一个人，在不同的阶段，治疗方案也会根据病情变化而不断调整，这让我们不得不佩服杨教授高明精湛的医术。

杨教授高尚廉明的医德和光灿浑厚的人格魅力更是深深地赢得了所有病人的敬仰和爱戴。很多时候，杨教授为了给我们治病，常常是带病坚持工作，哪怕自己感冒咳嗽得再厉害，哪怕是已经到了下班休息的时间，他都会认真负责地看完最后一个病人。他理解我们这些病人不远千里来找他、渴望得到正确救治的心情，他理解我们病人在凌晨两三点甚至通宵达旦排队挂号的不易和困难。对每一个病人，杨教授都体察疾苦、悉心诊治，是杨教授凭借其精湛的医术和高尚的医德将我们患者的眼睛和心灵从黑暗的深渊带到了光明的殿堂。他将自己全部的心血和生命倾注到了治病救人的神圣事业中，他向我们奉献的是自己的爱心、责任、知识、智慧乃至生命。

遭遇葡萄膜炎，的确是一种非常痛苦、不幸的事情，但我很庆幸自己找到了中山眼科医院，找到了杨教授这位优秀的专家。过去，由于眼科专家们始终持有较大争议而迟迟未能作出的定论，在这里很快得以确诊。当我怀着忐忑不安的心情，鼓足所有勇气问杨教授自己的病能不能治好时，杨教授肯定地点了点头："能。"那一刻的欣喜我无法形容，我强忍住夺眶而出的泪水，紧握在胸前的双手因激动而开始颤抖，我无法自已，因为那是生的希望！

接下来便是为期两个月的规范治疗。与过去的治疗方案截然不同，在杨教授这儿，我们不需要住院治疗，也不用再害怕永无休止的静脉注射和令人生畏的眼部注射。杨教授始终以病人为中心，对每一位患者都悉心诊治，并根据我们自身的因素确定每一位病人的药物、剂量和方案。正因为杨教授体察病人的疾苦，用简单的药物治疗疾病，让我在顺利得以康复的同时，治疗费用也大大降低，与以前每天 1000 多元的高额住院费相比，这儿每月 1000 多元的医药费无疑是天壤之别，我和家人不必再为负担不起巨额医疗费而忧心忡忡、寝食难安。由于卸下了沉重的心理负担，我的精神状况有了明显改变，久违的欢笑重新回到了我和家人的生活。

经过杨教授的精心治疗，我的视力奇迹般地恢复。医生曾经对我的判决在这里如同神话般地被事实推翻了。我恢复了光明，我真的好起来了，当眼里的天空不再浑浊，我的心情不再迷茫，那一刻我真想说："拥有光明的感觉真好！"

然而，正是因为看到了顺利康复，想起家乡那位在我转院的前3天刚刚做完眼球摘除术的病友，我的心情异常复杂难过。我不知道自己该如何面对永远生活在黑暗中的她？我不敢想象若她得知自己的双眼完全有被救治的希望和可能，而不会也不应该永远错失光明的时候，她会是怎样一种彻骨的心痛？我没有勇气去告诉她什么，唯有自私地、怯懦地逃避。我只能默默地祝福她在那个漆黑的世界里能生活得平静、快乐、安详。

曾几何时，我不再相信医院，甚至偏激地认为在这个竞争激烈、商业发达的社会再也没有像白求恩那样的好大夫。然而，这次在求医的过程中，杨教授和身边医生的点点滴滴、一言一行深深地感染了我。我坚信，在我们渴望与呼吁和谐医患关系的今天，在我们倡导将"以人为本，以病人为中心"的科学理念坐实于实践的今天，在救死扶伤、治病救人的神圣队伍中，仍然不乏像白求恩一样、像杨教授一样可敬可爱的白衣天使。

经常想起那首《阳光总在风雨后》，经历过失明的痛苦，我倍加珍惜光明的可贵，人生的这次坎坷让我懂得生活需要真诚、理解和宽容。我从来不曾如此地热爱过生活，在这里，深深地感谢让我重获光明和生命的杨培增教授，谢谢您——我的恩人！

同时，我也深深地感谢当我遭遇病魔时给予我无限关爱和帮助的好人们，在遭受挫折时，当我身处困境时，是你们的温暖和关怀帮我克服了困难、战胜了病魔。今天的我唯有用一颗感恩的心，唯有用自己所有的爱去回报大家、回报生活、回报社会。在这里，我还想对病重中我那含辛茹苦、不离不弃的母亲道声："谢谢！妈妈，我永远爱您！"

像所有病友一样，对于让我们重获光明和新生的杨教授，我们永远心怀最最诚挚的敬重和感激，在这里，我想借用艾青的一句诗来表达我们对杨培增教授的谢意："为什么我的眼里饱含泪水，因为我们对您爱得深沉！"

永远为您祝福的人：李小梦

2005 年 11 月 30 日

十六、另外一位病人的来信

光阴在不经意间从我们身边一天一天溜走，阳光下，我们嬉戏，我们欢笑，我们眺望着绿水青山，享受着美好的生活。如果失去光明，对一个人、一个家庭意味着什么？一位病人的妹妹给我的来信，使我找到了答案，也是我一直以来努力学习探索葡萄膜炎诊治方法、为病人解除痛苦的动力所在。她在来信中是这样说的：

有一天，我的哥哥在下班的路上被一辆疾驰而来的货车撞倒在地，他的双眼被车的挡风玻璃扎伤，到医院后，左眼当即被摘除，右眼经缝合暂时保住了眼球，但不久右眼即感到视力下降，在当地医院确诊为葡萄膜炎，即开始大量注射或口服激素类药物，不管怎么治疗炎症都难以控制住，最后视力降为光感。在得到医生没办法恢复视力的答案时，他的漂亮妻子选择了离开，留下他还有一个 11 岁的儿子。苦难的兄长在病房没人的时候经常失声痛哭，多少次一家人泪眼婆娑拥在一起，相互鼓励，期望着风雨过后是彩虹，但晴朗的天空却始终没有出现这样的彩虹。一天天的苦痛让我们的心变得粗糙和不堪：全家人没再买过一件像样的衣服，吃饭也是算了又算，省了又省，我们要从有限的工资中挤出多一点，再多一点，为的是给哥哥治疗眼病。可爱的侄子少年便尝到了生活的艰辛和苦楚，目光中已没有少年特有的清澈和灵气。

在发病后的两年中，我哥只有不足 4 个月的时间是在家里度过的，长期大量服用激素使他的免疫力非常低下，经常感冒发烧，甚至还多次发生肺炎。住院似乎成了他生活的全部，白色的病房静得出奇，他能感受到的却是黑暗，是点点滴滴液体流进他的血管，一粒粒药片在胃中静静地融化，他不再能感知这四季的花开花落、落雨和飘雪，黑暗像一个恶魔挡在他的面前，压在我们心头，使人喘不过气来。

一天中午，我下班回到母亲那里，母亲刚给哥哥洗过头发，当时我看到哥哥的手指甲长了，就对哥哥说，我给你剪一下指甲吧，哥哥立刻将手缩了回去，不好意思地说，我会剪。母亲说，你说会剪，有两次你都把手指甲剪出了血，当时哥哥没有出声，无奈地低下了头。母亲和我的泪水一直在眼眶里打转，就是不敢哭出声来，为的是不给哥哥增加心理负担。

父亲常常会对着哥哥凝神观望，望着这个曾经让他骄傲、帅气能干的儿子，现在却都是心痛，成为无助又有些陌生的儿子，养儿防老已成为一种奢望，他只想让这个与自己血脉相连的儿子少受一点罪，父亲也曾多次在绝望的情况下前去寺庙烧香拜佛，祈求能够给儿子带来一点点光明。

我和姐姐到处打听哪个地方能治疗葡萄膜炎，也带着他去了我们这里多个医院和北京的多家医院。陪他去医院的路上，无助的他紧紧拉着我和姐姐的手，像一个小孩一样听从我们的引导，向左向右，向前向后，走着走着我和姐姐的泪水都掉下来了，那时真想就这样拉着他的手，让时间停滞下来，一直到世界的尽头，这样就能在他身边，感知他的呼吸和存在，感知兄妹情深，真想为这样残缺的幸福投一份保险，险期即是一生一世！

哥哥曾是一个争强好胜的人，身高 1.83 米，非常帅气，有一份不错的工作，在工作中积极努力，任劳任怨，在单位每年都被评为先进工作者，但无情的葡萄膜炎把他折磨得面目全非，已难以将以往积极向上和英俊挺拔的他与现在的他联系起来。我对他的状况感到深深不安，作为他的妹妹，太了解他的个性了，他一定不会接受现在的自己，一定不会接受这种连累家人和无奈的局面，所以我经常去家里看看，希望用骨肉之情感化他，给他以生的希望，也希望有一天科学技术发达了，把我的一只眼睛移植给他，给他带来光明和未来。但是不幸的事情最终还是发生了，在葡萄膜炎发生后 3 年的一个早晨，已经 14 岁的侄子突然给我打电话，他哭着说，爸爸睡着了，怎么喊都喊不醒啊！

是什么能使人一睡不醒呢，是安眠药，300 多片！

曾经英俊潇洒、活泼开朗的哥哥决定以这种方式离开，离开这个他曾经热爱的世界，离开生他养他的父母和骨肉情深的儿子和姐妹，黑暗将他彻底击垮，黑暗无边的世界让他对未来、对一切毫无眷恋……

幸运的是，上天没有把他带走，哥哥又回来了，我们还是血脉相连的一家人，我们还能天天见面，天天相拥在一起，享受着亲情带来的温暖。

杨教授，最近听病友说到您是全国治疗葡萄膜炎最有名的专家，我们也查了您的资料，从小便苦读医书，可以采用中西医结合的方法治疗眼病，还有高尚的医德，我们全家人都非常兴奋，父母拿出了为百年之后而备的为数不多的积蓄，我们姐妹也拿出了家中所有的积蓄，打点行装准备近日即赴广州，前去找您诊治，可以说这是我们全家人孤注一掷、背水一战，希望全寄托在您的身上……

　　读了这位朋友的来信，我相信所有人都会知道光明对一个人、对一个家庭的意义所在，失去光明就像一个人在山崩地裂面前那样无助和魂飞魄散，就像站在悬崖边上，被推向悬崖那一刻之恐惧和胆寒，就像世界末日来临那样之恐怖，就像失去亲人那样之悲痛，就像人赤脚走在刀刃上那种胆战心惊！

　　读着这位朋友的来信，我的眼睛湿润了：被这位朋友的亲情和爱深深地感动，被这位病人一家不离不弃渴求光明的举动所感动。我当时给她回信，让她带她哥哥来广州看一下。检查时发现病人右眼已经是视神经完全萎缩，已无恢复视力的可能。我只能对着病人表达惋惜和遗憾：如果患者在发病后及时就诊，能得到及时正确治疗的话，有可能保留一定的视力。虽然没能为这位患者带来光明，但这位朋友的来信给我带来了深深的思考：一位医生不但要有救死扶伤的人文情怀，还要有高超的技术和本领，治愈疾病，让病人恢复健康，重获光明！

　　多少年过去了，这个病人和他妹妹满怀希望前来就诊和听我说已无挽救可能时沮丧和绝望的那个画面已深深地印在我的脑海中，攻克葡萄膜炎这个难题、啃下这个硬骨头，已深深地植于我的心中和大脑，成为我们研究葡萄膜炎的强大动力。值得欣慰的是，我和我的团队围绕葡萄膜炎这一致盲眼病，几十年如一日，刻苦钻研、兢兢业业、攻克了一个个难关，创立了针对不同葡萄膜炎类型的治疗方案，治愈了数以万计的过去认为无法医治的葡萄膜炎患者，为他们挽救了视力，带来了光明，实属一件令人欣慰的事情！

十七、两个葡萄膜炎之家

（一）第一个葡萄膜炎之家

第一个"葡萄膜炎之家"是由周为红夫妇组建的。

周为红，一个曾经身强力壮的江苏小伙，在 2003 年 4 月，不幸双眼患上了葡萄膜炎。那是他第一次听说这个病的名字，却不知道这个病将会把他推到几乎崩溃的边缘。患病后，妻子带着他四处求医，开始的时候，医生说是红眼病，结果越治疗越看不见。之后又去了徐州某院住院治疗，视力稍见提高，没过多久，眼睛突然又看不见了。于是周为红夫妇又四处寻医，其间去了北京、上海、南京等10余家医院，医生用了很多药物治疗都没有好转。后来医生直接告诉他们已经没救了，回家想吃什么就吃什么吧。在听到这个消息后，夫妇二人犹如晴天霹雳，伤心欲绝，甚至萌生了轻生的念头。在后来一次求医中遇见了一个葡萄膜炎病友，病友推荐他到广州找我诊治。当他们来到广州中山眼科中心时，发现我的号已挂满，妻子在无奈情况下就挂了其他教授的号，医生看后认为已经没有任何希望了，劝他们回家，没有必要再花费钱了。他们不死心，又挂了另外一个教授的号，那位教授看后给他们说出了与第一个教授相同的话，两人听后号啕大哭，原本到广州求医恢复光明的希望就此破灭了。在绝望中二人又遇到了一些来自全国各地的葡萄膜炎患者，他们也都诉说了相似的经历，最后在杨教授这里恢复了视力，并告诉他们在杨教授门诊时，在诊室外可以等着加号。病友的话让夫妻二人又重新燃起了希望，最后他们排了两天两夜的队，终于挂上了我的号。

在我为周为红检查时，发现他的葡萄膜炎确实很严重，并且合并有并发性白内障，根据对病情的综合判断，我认为他还有恢复视力的希望，就告诉他要好好治疗，待炎症完全控制后再行白内障手术治疗。在以后的日子里，妻子领着丈夫按时在我门诊复诊，药物治疗近一年时炎症完全消退。2006年6月，我为患者安排了手术治疗，手术后当医生为他揭开眼前的纱布时，他看到了久违的阳光，他激动得热泪盈眶，连连说谢谢杨教授，是他给了我生的希望，给了我光明！

附带说明的是，周为红这个苏北汉子将江苏人的特点发挥得淋漓尽致，江苏地处南北方交界处，既有南方人的细腻，也有北方人的豪爽，更有经商的基因、精神和吃苦耐劳的品质。在他们第一次找我诊病时，不但得到了眼病有可能治愈的希望，还捕捉到了独特的商机：很多来自全国各地的葡萄膜炎患者中，不少病人家庭经济条件比较差，有些病人为了节省住宿费就干脆住在立交桥下，一些病人则跑到市郊区便宜的小旅馆里。为了节省住宿费，他们夫妻二人即在中山眼科中心门口的公交车站上车，一直坐到郊区的终点站，在终点站附近租到了房子，房间稍作布置，一来可以自住，二来可租住给一些经济条件差的病人，这样病人即可花费1元钱的公交车费，租住到便宜且相对安全的地方。每次看我门诊时，他们夫妻二人即带着一群病人前来就诊。相同疾病的患者住在一起有很多好处，他们之间可以互相交流疾病的有关知识、切身感受和相互鼓励，并能互相帮助。周为红夫妻二人是热心人，还细心好学，他们平时都留意不同患者的病情，所用药物和治疗反应，同时不断从书本上学习葡萄膜炎的有关知识，这样日积月累，二人竟熟悉了葡萄膜炎的基本知识，还对治疗中的注意事项也了然于胸。周为红也被葡萄膜炎病人亲切地称为"周副教授"。他们二人乐于帮助病人排队挂号，还给病人讲解有关治疗中的注意事项。在我移师重庆医科大学附属第一医院后，他们夫妻二人也随之而来，为病人提供尽可能的帮助，因此有了第一个由葡萄膜炎病人所开办的葡萄膜炎之家。

（二）第二个葡萄膜炎之家

张怀波是第二个创建葡萄膜炎之家的病人。

1985年5月，一个被寄予无限希望的男孩儿在黑龙江省讷河市的一个农民家庭出生了。和其他小孩一样，他拥有幸福快乐的童年。伴随着快乐，安稳地度过了小学和初中阶段。但在高中，由于叛逆期的来临，本该遨游在知识海洋中的他毅然决然地放弃了学业，选择了他所谓的人生理想，想要闯荡出一番属于他自己的天地。

2001年秋天，他怀揣着希望与梦想来到了天津，找到了人生中的第一份工作，在一个轮胎厂打包装，拿到了人生第一份工资，他很兴奋，以至于到现在还记得那种感觉。后来又换了一份洗模具的工作，这份工作的收入较为可观。正当他在筹划未来准备大干一场的时候，上帝却跟他开了一个天大的玩笑。

2006年夏天，他发现口腔里出现了口腔溃疡，由于口腔溃疡是一种常见病，所以他并没有太在意。但到了后期，溃疡发生特别频繁，这让他有点恐惧。于是前往天津某口腔医院做了检查，医生说是复发性口腔溃疡，没有什么好的办法。只给他开了维生素和漱口药。后来又出现了毛囊炎，再后来发现左眼开始发红，并出现畏光流泪的症状。他不得不回到老家，当地医生为他检查后诊断为虹膜炎，建议他去哈尔滨的大医院治疗。后来，在哈尔滨某医院被确诊为白塞病葡萄膜炎，经治疗后，视力有所好转。后来葡萄膜炎反复发作，一发作视力即严重下降，此时他感觉到了恐惧，甚至出现了轻生的念头。俗话说天无绝人之路，此时他遇到了一个工作在长春的孙士平医生，孙医生建议他来重庆找我治疗。此时他的心中又燃起了希望，他在父亲的陪伴下踏上了开往重庆的列车。

2008年9月下旬，虽然他当时看不到我的模样，但是他感觉到我还是很亲切、很和蔼的，没有教授的架子。为他检查时发现，他的左眼只有光感，右眼只有手动。记忆犹新的是，他问我的第一句话是"我的眼睛还有没有希望？"，我回答道："有党就有希望，只要党在就有希望，但你一定要好好配合治疗。"听了这句幽默的话，他的眼泪夺眶而出。经过我的悉心治疗，大概20天左右的时间，他的视力逐渐地恢复到可以自理的程度。又过了一个多月，他的病情稳定了，生活能够完全自理了，他决定自己一个人留在重庆进行治疗。

2009年年初，他在重庆租了房子，也算是有了自己的"家"。后来找我看病的病友越来越多了，他与病友的交流也越来越多。他发现病友中有的人比他看病的经历还要复杂，有的人甚至连病都看不起了，更不要说是住旅馆、宾馆了。当时他心中就萌生了一个创办葡萄膜炎之家的念头，以便给病友提供一个交流和互助的平台。在后来的日子里，在葡萄膜炎之家这个平台上，他用自己的经历为初诊病友进行心理疏导，并提供各方面的咨询服务。从那之后，他的生活充满了希望，在帮助别人的过程中找到了自己的人生价值，也维持了自己的生计。

如今，他在重庆已经 16 年了，这漫长的岁月磨炼了他的意志，也使他对生活有了一定的感悟。现在，他的病情得到了控制，可喜的是，他在重庆期间还找到了自己的人生伴侣。他爱人也加入了为葡萄膜炎患者提供帮助的队伍，如今小两口的生活过得有滋有味，并有了爱情的结晶，可谓是其乐融融。

他经常对病友说，上帝为你关闭一扇门，必定会为你打开一扇窗。患葡萄膜炎不要害怕，只要遵从杨教授的医嘱，按时用药和复诊，绝大多数病人都会恢复视力和光明。他还经常说是孙士平医生给了他人生的希望，是杨教授改变了他的命运。

周为红、张怀波两位患者均患葡萄膜炎，在感到没有希望甚至绝望的时候，找到了我们，我们用爱和诊治技术给予他们以希望，最后又以爱和技术给予他们以光明，他们又以自己的努力和爱成立了葡萄膜炎之家来回馈葡萄膜炎患者，以他们发出的光温暖其他葡萄膜炎病人，使爱得以相传。作为一位诊治葡萄膜炎的医生，我深受鼓舞和感动，在 2013 年 7 月举办的首届全国白塞病联盟暨葡萄膜炎之家病友联谊会上，我专门为白塞病和其他葡萄膜炎病友作了一首歌，叫《白塞人你并不孤单》，以表达我对这个群体的支持、鼓励和关爱，歌词是这样写的：

白塞人你并不孤单

白塞人，你并不孤单

因为有我们相伴

白塞人，你并不孤单

因为有爱的奉献

白塞人，你是风中的白荷
虽然风雨曾吹落你的花瓣
白塞人，你是春日的牡丹
历经风霜你怒放得更加娇艳
白塞人，请记住
白衣天使为你日夜守护
雾霾散去是明媚的春天
风雨过后会有美丽的彩虹
因为那是我们不变的诺言

白塞人，你并不孤单
因为你我心手相牵
白塞人，你并不孤单
因为那阳光灿烂
白塞人，你是放飞的风筝
虽然翅折仍画出美丽弧线
白塞人，你是苍穹的雄鹰
穿云破雾你勇敢地飞向蓝天
白塞人，请记住
白衣天使为你日夜守护
雾霾散去是明媚的春天
风雨过后会有美丽的彩虹
因为那是我们不变的诺言

第三篇

✤

先生

一、获得了一批国家级重大或重点项目

我国医学研究生、博士生大致分为两大类，一类是临床型，另外一类是科研型，前一种类型的硕士、博士生主要是培养他们的临床诊疗能力，而后一种类型的硕士、博士生则是着重培养他们的科研思维和创新能力，绝大多数是要通过实验来达到这一目的。实验就需要钱，特别是一些深入的、系统的实验是非常烧钱的，买动物需要钱、养动物需要钱、买试剂需要钱，去一些平台检测还是需要钱，总之离了钱实验是不可能完成的。钱从哪里来？目前对于绝大多数老师而言还是来自科研基金。

说起申请并获得科研经费这事还是一个特别大的事情。第一，它直接反映了一个教授的科研能力和水平，喜欢做科研和培养学生的老师，可以用这些基金进行科学研究，以期取得有意义的科研成果，为国家培养出优秀人才；第二，在很多大学、医院，拿不拿得到基金还与福利待遇、职称晋升、评优评先等直接挂钩；第三，获得基金的多少在某种程度上还与培养的学生的论文质量有关，这也很好理解，没钱或钱少很难做出深入的实验和获得好的实验结果；第四，从某种意

义上而言或对某些人而言，获得基金还是一个面子问题，拿不到基金就没有招生名额，就不能做导师，不弄个导师干干，不带几个学生那多没面子啊！所以有些人就拼命地通过各种手段拿基金，一旦拿到基金即不舍得让学生使用，为的是在自己的科研账上有那么几万块钱，可以用于以后招生。甚至还听说老师让学生自己掏钱买试剂做实验这样不可思议的事情，用手指头想一下都知道，学生自己花钱买试剂，实验结果的真实性就很难得到保证了。

上面说了这么多，都是在说不管出于哪方面考虑，对一个在大学工作的老师而言，获取基金都是非常重要的。可是"基金"还有非常令人讨厌的一面，那就是要想获得它必须要下很大功夫、很大力气，单写基金申请书就是一个不好玩的事情，要查阅大量的文献，要掌握写作的方法和技巧，要有驾驭文字的能力，还要有认真一丝不苟的工作态度，不能出现任何错误和差错。最近随着研究水平的不断提升，对以往的工作基础，特别是有无理想的预实验结果等也越来越看重了，所以一个申请书没有以往的研究基础，不花费几个月的工夫，不脱掉几层皮，不掉几斤肉，那是很难获得的。目前流传着一顺口溜，调侃了人们对基金的渴望、焦灼、又爱又恨的心理，现记录于下：

　　　　少壮不努力，老大写基金

　　　　春眠不觉晓，醒来写基金

　　　　举头望明月，低头写基金

　　　　红星闪闪亮，照我写基金

　　　　生当做人杰，死亦写基金

　　　　商女不知亡国恨，一天到晚写基金

　　　　夜夜思君不见君，原来君在写基金

　　　　洛阳亲友如相问，就说我在写基金

　　　　垂死病中惊坐起，今天还没写基金

　　　　人生自古谁无死，来生继续写基金

待到山花烂漫时，她在丛中写基金

问君能有几多愁，恰似基金他处流

　　上面啰唆了很多，现言归正传，下面谈谈我作为一名科研工作者、一名想为国家培养出更多优秀人才的老师，在过去30多年中申请基金、为学生提供经费的心路历程和酸甜苦辣，以期对大家有所帮助和启迪。

　　我于1990年7月获得博士学位，当时对科研基金的重要性尚无认识，只知道自己需要科研经费做点研究，于是在1991年申请了国家自然科学基金青年基金，幸运的是被初选上了，后在北京经过答辩（当时青年基金需要现场答辩），获得了青年基金项目4万元的资助。我用1万元买了一台386的电脑（当时国家对此管控比较宽松，现在一般是不让买电脑的），另外3万元用于实验研究。第二年即被聘为副研究员，两年后破格晋升为教授，我不知道当时两次晋升是否与获得基金有关，只知道它对我的科学研究起到了"奠基"性作用，并于1994年获得国家教委公派资格前去荷兰国家眼科研究所进修学习。在获得青年基金后的数年间发表了多篇SCI论文，1998年申请到了教育部跨世纪优秀人才基金，经费达30万元之多，这在当时是一笔不小的数目。因这个项目的获得，当年即被批准为博士生导师。

　　1998年年底学校让我申请国家自然科学基金杰出青年基金项目，当年对这一基金还不了解，只知道它非常高大上，一般人是难以企及的。为了申请这一基金项目，我花了两个月查阅文献资料，申请书反复修改达30遍之多，力求每句话都完美无瑕，每个字都恰如其分，每个标点符号都准确无误。撰写和修改过程中不知道熬了多少个通宵，不知道流了多少汗水和泪水，终于有一天搞出了个"美尼尔氏综合征"，只感觉天在头上旋转，地在脚下晃动，到医院输液后再继续干，最后经过4个月的努力，终于写出了自己比较满意的申请书。

　　很幸运，后来接到了国家自然科学基金委答辩通知书，接下来即投入了紧张的准备答辩工作当中。听说以往的评审专家都不是眼科的，多是搞基础研究的，如何将眼科问题，将葡萄膜炎的研究让不同领域专家听明白则是至关重要的。常常为了一句话、一张幻灯就花上1—2小时，反复琢磨、反复推敲、反复修改，以臻简洁明了、通俗易懂。功夫不负有心人，经过答辩，我顺利地拿到了国家自然科学基金杰出青年基金项目，成为中国眼科界第一位获得该项目的教授。当年的资助额度为80万元，消息传来，很多同事、同学、朋友表示祝贺，也有一些人说80万元可是一个天文数字，医院配套又给了40万元，简直不可想象：杨培增怎么去花这么多钱，想想都替他头痛！

值得说明的是，当年杰出青年基金项目答辩是在青岛一家临海的宾馆内举行的，当年人们还比较单纯，没有什么想法，答辩人员和评审专家都住在同一个宾馆里，答辩者和评审专家毫无顾忌、毫无约束地坐在同一张桌上吃饭，现在看起来简直是不可思议的事情。听说随着人们某种意识的增强和国家管控意识的增强，现在的答辩专家和申请者在答辩现场根本就是处于隔绝状态，说起来也是好事，这样可以避免发生一些不应该发生的事情。

应该说当年申请国家杰出青年基金竞争没有现在激烈，改革开放取得了一定的成效，国家开始加大力度支持科学研究，但当时国内研究基础还比较薄弱，很多人想出国留学，而出国留学人员大部分还留在国外，这就造成了能够申请该基金的人数相对较少、申请人的研究基础尚比较薄弱这种局面。就拿我来说，当年申请该基金时，共发表了5篇SCI论文（1篇 *Invest Ophthalmol Vis Sci*，2篇英国眼科杂志，2篇中华医学杂志英文版），还有10多篇中华眼科杂志等国内的文章，以第一完成人获一项卫生部科技进步二等奖、一项广东省自然科学二等奖和一项国家科技进步三等奖，有一本60万字的葡萄膜炎专著，在业界有相当大的影响力（当时我的病人已来自全国31个省市自治区）。这些成绩现在看来是微不足道的，但在当年能将论文发至国际眼科界实验杂志排名第一的杂志和著名的英国眼科杂志上，能吸引全国各地的病人也实属不易。并且很重要的一点是，在我与国外教授合作发表的文章中，都署名了我在中国的单位——中山医科大学中山眼科中心，这在当时是不多见的，很多在国外留学的中国人，不愿意署国内单位的名字，这是因为署国内单位名字被认为是有些"低人一等"的感觉。我记得1995年我去美国参加ARVO会议，到国外留学的中国人的壁报上几乎都没有署国内单位的名字，其中有相当一部分学者是国内公派出去的。可见当时人们想成为"外国人"的心理是多么强烈啊！我在国外留学，是国家公派出去的，我在国内是有单位的，国家花钱支持我，我一定要署国内单位的名字。也许这是原因之一吧，评审专家认为杨培增是有骨气的，是爱国的，所以我最后成功获得了这个项目。

杰出青年基金项目的获得在我人生道路、科研道路上可以说是一个里程碑事件，从经费上它给我提供了强大的支持，对我也是一个极大的鞭策和鼓舞，同时感觉到一份沉甸甸的责任：当年国家尚不富裕，拿出这么多钱进行人才培养和科学研究，自己不能辜负党和国家的培养和信任，要将每个铜板都用在刀刃上，用在科学研究、博士和硕士研究生培养上！于是我一发不可收，带领博士生、硕士生和团队成员，努力工作、兢兢业业、不敢懈怠，用了数年时间发表了20多篇有影响力的论文，以第一完成人还获得了3项省部级一等奖和1项国家科技进步二等奖，培养了一批具有国际竞争意识和能力的研究人员，他们现在大多都成为我国眼科界的中坚力量。

2003年，中山大学黄达仁校长专门批示（我现在仍保留着黄校长给中山大学医科处处长的批件），让我牵头申报国家自然科学基金创新群体研究项目。当时中山大学医科领域还没有人拿到过此项目，2002年中山眼科中心曾申报了该项目，但初评没有入围。在此背景下，黄校长亲自点名让我牵头。科研处袁凯瑜处长亲自到中山眼科中心传达校长的指示：一定要竭尽全力拿下该项目，实现中山大学医科领域中在该项目中零的突破。

接到任务后，我即查了该项目的有关资料，当时即吓出了一身冷汗：每年生命科学领域（包括水稻、小麦、医学、微生物等领域）仅资助 5 项创新群体研究项目。水稻、小麦是关乎国计民生的领域，在医学中眼科是一个小科，其重要性与肿瘤、心脑血管疾病、肝炎等简直是无法相比的，我从事的葡萄膜炎又是眼科中相对不被重视的领域，以葡萄膜炎作为研究的主要内容与上述重要领域的课题去竞争，对我来说比登天还难，简直毫无胜算的可能！

不管有无胜算的可能性，校长下达的任务是必须要完成的。接到任务后的当天我即开始申请书的构思和撰写。为了广开思路，当天晚上请我的学生吃饭、喝酒，拿出了我珍藏了多年、自己都舍不得喝的洋酒 Hennessy，让他们放开喝。人一喝酒思维即活跃，他们当时提出了很多建议，我将学生们的思路和建议汇总后，写出了申请书的第一个版本。当时我在广东省委党校中青班学习，除了上课之外就有相对富余的时间修改申请书，后经 20 多次修改，感觉申请书基本上成熟了，我将申请书放置两天，以便发现有无错误（一般而言，将文稿放置数天后再去看，容易发现写作中的错误）。两天后当我重新审视申请书时，发现其中有一个很大的逻辑错误，技术路线也有很大的缺陷，但是离交申请书日期只有 4 天时间。我即挑灯夜战了 3 个不眠之夜，最终做了重大修改，调整完善了研究思路和技术路线，按时提交了申请书。值得提出的是，在修改申请书的那 3 个夜晚均是熬的通宵，白天上课时打瞌睡，老师和同学们取笑我是否夜里干了什么坏事，以至于白天上课睡觉。

说起来我非常幸运，我们的项目竟然被初选上了。初选上共 8 个项目，经过答辩要淘汰 3 个项目。接到答辩通知后自然是非常紧张地投入幻灯准备工作之中，这次答辩因涉及水稻等不是医学的专业，评委中有一些非医学专业的专家，这就对答辩提出了更高的要求，你讲的必须让所有专业的专家都听得明白。像准备"杰青"答辩一样，我反复修改幻灯稿达 30 多次，以求每张幻灯、每个图片、每个句子、每个标点符号都准确无误。幻灯做好后是试讲，我记得试讲了有20多次，把每张幻灯讲多长时间、讲几句话都固定下来。

当年答辩是在武汉东湖宾馆举行的。科研处袁凯瑜处长、助手周红颜女士一起陪我去武汉，在去武汉的飞机上发生了一个很奇怪的事情：在我座位上方的行李架上竟然有水滴下来（这是我乘飞机时遇到的唯一一次滴水情况）。袁处长开玩笑说，水就是财，水滴到你头上，那不是给你财吗？这次，项目一定会拿到！周红颜女士也在一旁鼓励我：教授，滴水是好兆头，一定会成功的！尽管他们两个用这种方式试图放松我紧张的精神和增强我的信心，但无论如何，我紧张的心情都难以放松下来，因为我面临的对手都非常强大，听说有好几项都是院士领衔申请的。

在忐忑不安中来到武汉东湖宾馆，毛主席曾下榻在这里，在答辩前没有心思去做任何事情，去欣赏那里的风光，只是对着幻灯稿反复背诵，最后把幻灯稿背得是滚瓜烂熟，时间卡得是分秒不差。

我们申请的创新群体基金项目名称是前房相关免疫偏离（ACAID）形成机制、诱导及其对免疫性眼病的预防作用，参与的教授有葛坚、吴长有、刘祖国、唐仕波等，以葡萄膜炎、角膜移植后免疫反应和糖尿病视网膜病变为研究对象，以免疫赦免为轴线进行研究。

当年项目的答辩不像现在，别人答辩时其他项目组的人员是可以在现场听的，我听了其他7个项目的答辩。我答辩时发挥得不错，与我答辩前练习的一样，时间和演讲的速度控制得丝毫不差，表达得简单明了、清晰无误，最后胜出，获得了该项目。当年获得该项目的有华中农业大学张启发院士、中国人民解放军军事医学科学院贺福初院士，另外两个记不起来了，还听说落选的3个项目中有两项是院士领衔的，其中一项是由两个院士参与的。

答辩后有一位专家对我说："你们所做的工作和基础与其他专家相比是有很大差距的，眼科领域基础研究最高的 Invest Ophthalmol Vis Sci 的影响因子才3分多，而搞基础研究、重大疾病研究的发的都是十几分、几十分的文章，但你们材料组织得好，幻灯做得好，一个字不多一个字不少，你讲的也是一个字不多一个字不少，让各个领域的评委都听明白了，打动了他们，所以你们才赢得了胜利。"这位专家分析得确实到位，我们花费大量时间反复推敲、琢磨、提炼，以求专家明白为目的，以认真、严谨、一丝不苟的态度取信于评审专家，以倾心于、献身于科学研究事业、追求卓越赢得评审专家的支持。当年答辩时，我们是这样做的，在后来数十年的工作中我们一直如此，初心不改，获得了一项又一项重大或重点项目，取得了一个又一个进步。

当年国家自然科学基金创新群体研究项目的资助强度是 360 万元（医院配套 180 万元），近年来该项目资助强度已调至 1000 万元，按金额数目来说不算太大，但项目所蕴含的意义却是很大的，项目入选团队通常被视为是国家级团队，因此它在我人生道路上、科研道路上也属里程碑式的项目。

该项目极大地推动了研究生（人才）培养和科学研究，次年我获教育部长江学者奖励计划的资助，培养出后来的长江学者（迟玮教授）、优秀青年基金获得者、青年长江学者（侯胜平研究员）和一批硕士、博士研究生。我们的研究也获得了业界认可，先后获教育部高等学校科学研究优秀成果一等奖（教育部科技进步奖一等奖）（2005年）、中华医学科技奖一等奖（2005 年）、广东省科技进步一等奖（2005 年），在创新群体结题的那一年，还获得了国家科技进步二等奖（我是以上所有奖项的第一完成人）。

当年创新群体研究项目的获得是非常困难的，但在结题时的滚动还是比较容易的。考虑到一些原因，我们在结题报告中未提出项目滚动的申请。在北京举行的验收评审会上，我汇报了我们的工作，一位专家提了一个问题，他说，杨教授，看你们前期工作做得还是很好的，为什么你们不要滚动支持了，为什么不要钱了？我当时回答有两个原因：一个是我们原来团队由于人事变动已不是原来的团队了；另一个原因是在创新群体项目的支持下，我们团队的研究工作取得了一些重要进展，其间我们得到了国家不同层面的支持，获得了一些其他基金项目，目前国家经济尚不够发达，我想这些钱应该给那些更加迫切需要的教授和团队。当时我的回答赢得了答辩专家的热烈掌声（也是答辩中唯一赢得掌声的答辩人）。实际上，我们如果要滚动支持，我便没有机会再申请其他项目，在结题当年，我就拿到了国家自然科学基金重点项目（145万元）。

2008年我移师重庆，重庆医科大学第一附属医院的领导开始为我们搭建平台，以支撑学科建设和硕士、博士研究生培养，一群学生可以说是在"嗷嗷待哺"，迫切需要科研经费。在这种情况下我即拼命地申请基金，幸运的是在全国眼科同道和相关学科专家的大力支持下，2009—2022年13年间，我以项目负责人先后拿到6项国家自然科学基金重点类项目（3项重点项目、3项重点国际合作项目，共1386万元）和1项面上项目（80万元）、1项科技部重大研发计划（320万元）、1项973项目（不是973首席，但是直接与科技部签订协议的项目，199万元）、重庆市重大基础研究项目（198万元）、重庆两江学者特聘教授（240万元）和重庆英才·优秀科学家（240万元）等的资助，这些基金的获得，表面上看都特别光鲜，在背后全是泪水、汗水。在全国范围内去竞争，特别是与其他学科的专家去竞争，一是需要实力，二是需要勇气，三是还要能承受失败所带来的痛苦以及答辩前的紧张和煎熬。记得有一次在北京九华山庄答辩国家自然科学基金重点项目，让我们提前三天到宾馆等待，那三天简直可以用度日如年来形容，坐也不是站也不是、坐卧不宁、备受煎熬。有一位来自上海参加答辩的教授说，答辩前的等待令人苦不堪言，恨不得有人上来踹上自己几脚，以松弛一下绷紧的几乎要崩溃的神经。由此可见，争取基金是一项多么令人焦灼、令人煎熬的事情啊！

国家级和省部级项目的获得，再加上医院的配套经费，算起来我争取到的各种科研经费达7000多万元，使得学生们可以在"无忧无虑"、不需要总是考虑节省经费的情况下进行科学实验，还建立起重庆市眼科学重点实验室这一良好的实验平台，并且我还与国际上一些著名机构建立起长期的合作关系，并成为 4 个与葡萄膜炎相关国际组织的执行理事、理事或成员，这就使学生们能够在国际大平台上安心进行研究，使他们实现了"无风无雨、无忧无虑"挥洒青春激情，报父报母、报国报民献身科学事业。经过多年努力，我们培养出一大批优秀的中青年才俊，为祖国眼科学事业、医学事业的发展做出了积极的贡献。我因为在培养学生中所取得的成绩，被评为全国模范教师、南粤教书育人优秀教师、宝钢优秀教师奖（该奖是由宝钢教育基金出资设立，政府支持指导、高校积极参与的全国最具知名度的奖项之一）和重庆市教书育人楷模。同时，这些基金的支持，催生了一批科研成果，使我们走在了国际葡萄膜炎研究的最前列，可谓是善莫大焉！

值得说明的是，为了培养学生组织材料、撰写标书的能力，最近几年在申请国家自然科学基金重点项目时，我有意让学生撰写初稿，我再进行修改，以期在这一过程中锻炼和提高学生撰写基金申请书的能力和技巧。其中一项是由博士生王青锋同学撰写的。青锋在撰写申请书时查阅了大量的参考文献，结合我们自己的预实验结果，春节都没有回家过年，花费了两个月的时间撰写出申请书的初稿。我这个人要求比较高，也为了能让他学到撰写基金申请书的真本事，我就与他一起对申请书修改了 20 多遍，直到我们认为完美无瑕为止，修改的稿子加起来有 600—700 页之多。另外一项国家自然科学基金重点项目是由苏冠男博士（她是中国科学院遗传与发育生物学研究所的博士生，有深厚的研究功底）和几位博士研究生（张婉芸、王青锋、邓洋、钟镇宇、廖尉廷、舒佳、常瑞等）共同撰写的，他们分工合作，查阅了大量的文献资料撰写出高质量的申请书，我与他们一起又讨论修改了 10 多次，终臻完善。在这一过程中，他们感觉收获很大，掌握了基金写作的套路和技巧，为以后他们进入工作岗位后撰写标书打下了很好的基础。在这一过程中，我也学到了很多前沿的科学知识，为拓展和深化我们的研究领域起到了重要作用。学生们撰写的这两份标书，在评审中均获得了不错的评价，后经过答辩成功获得资助。

二、再谈一日为师终身为父

大约在 2000 年，中山医科大学研究生院让我给全校的博士生导师、硕士生导师作一次培训，给我定的演讲题目是"如何做一名合格的导师"。这事让我犯了难：一是因为我还年轻、资历浅；二是我刚被批准为博士生导师，还没有太多的指导博士生的经验，让我给那些大多是我老师一辈的硕士、博士研究生导师去讲如何做一名合格的导师，讲得轻了是没有感觉，没有水平，讲得重了那则是不懂事、狂妄、放肆、不知天高地厚。基于这种考虑，我婉拒了研究生院的领导，可他们还是一直坚持让我作这个讲座。盛情难却，我只好硬着头皮答应了此事。

接受了这个任务之后，我即构思如何选择切入点，最后我选择了"一日为师终身为父"这个切入点，首先讲了这句话的含义，再根据自己的经历讲述了做一名合格导师应具备的条件，参会人员有七八百人，我讲了一个半小时，整个会场鸦雀无声，直至最后爆发出了热烈掌声。

此事过去 20 多年，在我做医生的同时一直在招收硕士、博士研究生，在指导他们从事科学研究的过程中，对"一日为师终身为父"有了一定的认识。在第一本文学著作《我是你的眼》一书中，我写了一篇文章叫作"浅谈一日为师终身为父"，近年来随着招收和指导学生数量的增加，有了更深刻的体会，现将我的体会与感悟记录于此，以期对大家有所裨益和帮助。

"一日为师终身为父"出自于《鸣沙石室佚书——太公家教》一书，按字面意思来看，是对待老师就像对待自己父亲一样恭敬，哪怕是只当了你一天的老师，也要终身作为父亲那样敬重。实际上，这只是此句话表面的含义，它还隐含着另外两层含义，即老师的责任和学生的权利。

（一）学生对老师的尊重

在幼儿园、小学、中学、大学，老师教授我们生活知识、数理化知识、专业知识和做人做事的道理；在硕士研究生、博士研究生阶段，老师教授我们研究方法，锻炼和提升科研思维能力和素质，培养团结协作精神和为人处世的能力，他们在我们的知识体系构建、性格塑造以及世界观、人生观和价值观的形成中起着不可或缺的作用，是除了父母之外任何其他人所不能比拟的，这就是为什么我们要像对待父母亲那样尊敬老师的原因。

尊师是中华民族传统美德的一个重要部分。毛主席在给他的老师徐特立先生的信中说道："你是我二十年前的先生，你现在仍是我的先生，你将来必定还是我的先生。"

李敖先生特别具有个性，从来没有"谦虚"过，一次有记者问他，你说中国还有没有大师？他回答说，太难找了，不过我一照镜子就看到一个。就这么一位学者，2005 年回到北京，见到他的小学老师，双膝下跪以示对老师的尊敬。这一跪，跪出了中华民族尊师的美德，也使世界为之侧目和动容。

我的一位博士生杨艳在 2013 年教师节前两天给我寄了一个特别的快递，里面有一沓钱，一份工资单，上面记录着工资、补贴加起来共 1970.2 元钱，还有一封信，信是这样写的：

尊敬的杨老师：

　　您好！

　　毕业答辩一别已三月，我到湘雅二院上班也一月有余了。刚到一个新的环境，面对的都是陌生的人和事，原本不知所措的我更显仓皇。还记得那天给您发短信告诉您我的长沙手机号码，看到您回复的短信让我好好干的时候，不争气的眼泪我还是没能忍住！杨老师，不是我太脆弱，而是想起了在重庆的日子，您谆谆教导的场面一幕幕在我眼前闪现。在这里，我不再是一个可以无知无畏的学生，我的身份转变成了科室的一名员工；在这里，我不能像以往一样，想着搞不定的难事就找杨老师，因为您远在千里之外；当看到别的同事有事可以找自己导师商量的时候，我心中的失落感更重了！杨老师，在您门下求学这几年，我对您的敬重，可能平时表现出的是对您的畏惧，因为您的气场太强大，害怕触犯了您而不敢靠近。而今，毕业离开了您的庇护，才知道师生情是割舍不断的情谊，才明白了"一日为师终身为父"的恩重如山！

杨老师，原来作为无知的学生，我曾不懂事地暗地里埋怨您太严厉，甚至有过要退学的想法，当然这事您不知道。直到我找工作的时候，我才明白您的良苦用心，我才真正理解了您原来跟我们讲的"小白兔毕业论文"的故事。我本渺小如沧海一粟，农村的父母没法给我提供优越的生活条件，找工作的时候也没法给我提供支持。但是，我找工作时，却收到了省部级医院伸出的橄榄枝。我知道，他们看中我的这些，都是您给的。因为我是您的学生，因为有您的推荐，因为在您的指导下做的工作。我只是那柔弱的"小白兔"，但是因为您的培养与教导，我不仅顺利地完成了我的"毕业论文"，也顺利地找到了工作。这一切，都缘于您在我身后做我坚强的后盾！您的强大庇护了我！

我曾多次幻想过拿到第一笔工资的时候，会如何支配。我曾想过给父母买件温暖的冬衣，作为他们贴心小棉袄的礼物；我曾想过给自己添置一部手机，或是购买漂亮的衣服作为自己的奖励……但是，当我真正拿到这笔工资的时候，我觉得它应该有更好的去处。

杨老师，作为您的学生，我一直只是把对您的感激之情藏在心里，未曾向您表达。临近毕业时，您因为事务繁忙，参加完我的毕业答辩就匆匆离去，我都还没来得及当面向您表达我对您的感激之情。"一日为师终身为父"，如同父母的恩情一样，老师传道授业解惑的恩情也是一辈子都铭记于心的恩情。转眼又快教师节了，再次想起了您往日的教诲！学生远在长沙，不能像其他留在您身边的同门师兄师姐那样为您分担工作，排解忧愁。每想及此，心中充满愧疚。长沙这边是对父母的牵挂，重庆那边则是对杨老师您的挂念！我人生的第一笔收入：1970.2 元，虽然不多，但是对我而言有着重要的纪念意义。现在，我把这第一笔收入寄送给您，以表达学生对您的感激与尊重之情，希望杨老师您能收下学生这份发自内心的真诚！

杨老师，我现在在新的工作岗位，压力不小。但是请您放心，从您门下走出来的学生，受了您这么多年的熏陶，肯定会踏踏实实、勤勤恳恳地做好自己的本职工作，不会让您失望的！

无论学生走到哪里，您永远都是我敬爱的导师，您永远是"小白兔"背后强大的后盾支持！杨老师，谢谢您！

俗话说"铁打的营盘流水的兵"，我们戏称"铁打的导师流水的学生"。杨老师，为了一批又一批学生的成长，您一直以来都那么辛苦操劳，您辛苦了！真心希望教师节您能给自己放放假，好好休息休息！

学生遥祝杨老师教师节快乐！身体健康，诸事顺意！

学生杨艳 敬上

2013 年 9 月 2 日

　　读着杨艳的来信，我竟情不能自抑，眼睛湿润起来，想不到学生领到第一个月的工资想到的竟是孝敬老师，这是何等高的待遇啊！我庆幸遇到如此感恩的学生，同时也为自己在过去指导学生过程中的不够耐心和细致感到内疚和不安！

　　这几年在学生论文答辩后，我都请学生小聚一下，让学生喝点小酒庆祝一下他们毕业和获得学位。开始的时候气氛还是相当拘谨的，当几杯小酒落肚后，他们开始话多起来了，并主动要酒喝。我不忍心看着他们喝醉的样子，就阻止他们喝酒，可他们端起酒杯一饮而尽，他们平时见到杨老师不敢打招呼，有时还躲着走，今天他们要趁着喝醉的状态把内心的话向老师表达出来。他们哭着说，杨老师感谢你录取了我们，使我们成为杨家人，一进杨家门永远杨家人，我们就是您的儿子、女儿！

　　一位同学说：杨老师您的恩情永远不会忘记，在我妈妈身患重病无力支付医疗费用的时候，是您带头和发动杨家将为我们家捐款，使我渡过难关。临近毕业，在妈妈生病和论文准备的双重压力下，我身心崩溃，是您安慰我，给我一字一句地修改论文，使我按时发表了SCI论文，拿到毕业证和学位证，您是我永远的恩人！

　　一些同学说：感谢杨老师为我们提供的平台，感谢您为我们申请到的基金，使我们能够无忧无虑地进行科学研究。

　　2024年8月，我受邀参加了柳小丽教授在长春举办的一个葡萄膜炎学术会议，会上偶遇了我曾经的一名学生邢琳，她如今已经是哈尔滨医科大学附属第一医院的眼科教授。邢琳教授见到我后又惊又喜，握着我的手，感谢当年对她的指导和帮助。当她看完我写的《学生·医生·先生——三生有幸》一书的自序后感慨不已，眼中闪烁着激动的泪光。当晚，她给我发来这样一段话：

　　　　学生，先生，医生，三生有幸遇见您，

我是您的学生，您是我的先生，教我做医生，

三生有幸，每个轮回都有您！

一生很短，短短的一生有三年在您身边做学生，受益终生！

一生很长，长长的一生一直有您扶持庇护，感恩终生！

一些同学说：我们从进入杨家将这个队伍开始，就决心不辜负杨老师的期望，不能给杨老师丢脸，我们很多时候放弃周末休息时间，有时为了完成一个实验，我们工作到凌晨，有时为实验我们凌晨3点到实验室为培养的细胞添加试剂。男朋友来了，就把他领到实验室让他帮我们做实验。可是有时候，就是没有好的结果啊！我们曾犹豫过、曾徘徊过，但从来都没有放弃过。杨老师对不起，没有发大文章，说着说着几个同学竟连连鞠躬道歉。看着他们一个个稚嫩而又十分无辜的脸庞，我心中五味杂陈，就安慰他们，你们都是优秀的，只要努力了、尽力了，你们都是优秀的、好样的，杨老师为你们骄傲！你们是当之无愧的杨家将，你们毕业后不管在哪里工作，我都会时时刻刻关注着你们，支持你们，你们取得进步和成绩就是对我的最大感谢，谢谢你们！听到我的话语，学生们竟失声痛哭起来，一个个哭得梨花带雨，让人好不心疼！毕业季本该是一个欢乐季，一个令人庆祝的季节，但在学生们看来都是一个对三年学习工作中所取得的成绩不尽人意的反思季，同时也是表达对老师的感谢和深厚师生情谊的季节。感谢我的学生，他们在读研、读博期间的辛勤劳动和付出！感谢他们对我的深厚情谊和对杨家将队伍声誉的精心维护和贡献，也期盼着他们在未来能够成为国家栋梁之材，为祖国医学事业做出更大的贡献。

在我的导师张效房教授90岁生日时，我们举行了一次学术会议，以感恩老师、庆祝老师的生日。我作为他的学生代表，作了简短发言，我是这样说的，人到中年回到家中，最开心的是能叫一声爹娘，毕业30年在工作中、研究中遇到困难时，最开心的是还有老师给予

指导，这实际上即是把老师比作父母。如果我再说"一日为师终身为父"就显得老套了，我换了一种说法，给人一种耳目一新的感觉，当场即赢得了热烈掌声。

2020 年是恩师 100 岁诞辰，学生们在郑州大学附一院为先生举行了一场学术会议和庆祝活动，我专门为先生作了一首歌词，歌词是这样写的：

祝福老师

人到中年回到家中
最幸福的是能叫爹娘一声
毕业三十年回到母校
最开心的是看到您那熟悉的身影
当年您案前灯光彻夜通明
送走漫漫长夜春夏秋冬
当年您循循善诱谆谆教导
点燃青春岁月火样激情
都说您燃烧自己照亮他人
都说您春蚕吐丝舞动春风
都说您春天里默默耕耘播种
都说您秋天里收获人间真情
老师　我们敬爱的老师
南山青松为您送来祝福
东海浪花向您欢呼致敬

人到中年回到家中
最幸福的是能叫爹娘一声
毕业三十年回到母校
最开心的是看到您那熟悉的身影

当年您神采飞扬健步如飞

带领莘莘学子一路攀登

当年您孜孜不倦无私奉献

传递不忘初心赤胆忠诚

都说您辛勤汗水浇灌桃李

都说您春风化雨润物无声

都说您风雨中一直砥砺前行

都说您皱纹里绽放精彩人生

老师　我们敬爱的老师

南山青松为您送来祝福

东海浪花向您欢呼致敬

先生的女儿张黎老师为歌词谱曲，最后由北京一家合唱团演唱，在庆祝会上，专门播放了《祝福老师》这首歌曲。那发自肺腑的歌词和美丽动人的旋律把弟子们一下子带到了校园那青葱岁月，老师谆谆教诲，带领我们一路攀登的画面一幕幕地展现在眼前。岁月在变，头上的白发越来越多，脸上的皱纹越来越多，但不变的是师生之情，是弟子们对老师的感恩和敬重，很多人情不自禁流下了滚烫的热泪：老师　我们敬爱的老师，南山青松向您欢呼，东海浪花向您致敬，我们弟子永远向您学习、致敬！

（二）老师的责任

既然老师贵为父母，那就应该担起父母亲的责任。在上幼儿园、小学期间，父母亲拉着子女的小手接送他们上学，到后来，父母亲要拼命工作赚钱，以赚足子女的学费，再后来还要操持儿女的婚事和购置房子，可谓是为了儿女操碎了心。

老师虽然不像父母亲那样每日陪伴照顾学生，但老师的知识水平、眼界、胸怀、科学素养、合作精神、为人处世等对学生的影响则是其他人所不能比拟的，这些方面应该是构成老师责任的最重要的部分。

老师第一个直接责任是对学生课题的指导，尤其在博士、硕士研究生阶段，这就要求老师有较高的专业水平，不断学习新知识，了解本专业的发展方向和趋势，只有这样才能指导学生进行科学研究，避免学生走弯路，使他们获得有意义的科学研究成果。

1995年我成为硕士研究生导师，1999年成为博士研究生导师，在最初的那些年，我一直坚持自己查找文献，掌握国际研究动态，追踪国际研究前沿，以保证学生们研究课题的先进性及与世界的同步性。后来随着全国大量葡萄膜炎患者前来就诊，临床工作日益繁重，已经没有多少时间查阅大量的文献资料，就利用出差开会的闲暇时间来阅读文献，并发动学生们阅读最新的文献资料，建立每周一次的学生汇报制度，让他们汇报国际上最新的研究进展及他们的实验结果，此种汇报制度雷打不动，有效地保证了学生课题可以随着国际研究的最新进展而实时更新和深化，也使我可以借学生们的眼睛和智慧快速掌握自己研究领域的最新进展，达到教学相长的目的。

在工作中也时不时听到一些学生的抱怨：老师对他们的研究不管不问，有的几年下来导师都没有给他们深入讨论过一次课题，更有甚者，老师根本不知道学生在做什么，或根本不懂学生的研究内容。说实在的，我可以理解一些临床老师对学生所做的基础研究工作不了解、不知道这种情况，但不能理解这些人为什么不去阅读文献资料，不去向学生学习，以实现共同进步呢？

老师的第二个直接责任是向学生们提供科研经费。在《获得了一批国家级重大或重点项目》一文中，我详细叙述了科研经费对研究的重要性和对培养学生的重要性，不难理解，巧妇难为无米之炊，你要达到研究目标，要将想法变为研究成果或产品，基本上都需要通过实验来完成。科研经费则是实验的基础和前提，在研究过程中，学生的科研思维、技能、发现及解决问题的能力及团结协作精神得以锻炼和提升，这也是我们培养硕士、博士研究生的重要目的之一。据说，个别老师没有经费，或仅有少量经费，学生做实验所用试剂都是自己掏钱去买的，试想一下，这样的实验结果不出问题才怪呢！还听说个别老师的账上有几万块钱，培养几届学生后，账上还是有那么几万块钱，不舍得花，因为账上没有那几万块钱下一年就不能招学生了，招学生完全是为了自己的面子，这样下来岂能培养出优秀的人才，岂能不误人子弟？！

老师的第三个直接责任是能够指导学生修改文章。现代科学研究成果大致上有两种表达形式：一种是以论文的形式将成果公之于世，加深、完善、更新人们对事物或疾病的认识；另一种则是将研究成果转化为产品，造福大众和社会。我们医学研究中很多成果是以第一种方式表达和呈现的。

研究结果是不能也绝对不应更改的，但结果意义的解读和挖掘在不同人则有很大差别，所以撰写和修改论文已成为提升研究结果意义和影响力的最后一个重要环节。

最近几十年我国经济快速发展，国家也特别重视科学研究，投入了巨额经费，使中国科技走向了世界，其重要标志之一即是有大量的研究论文发表在国际性期刊上。我们团队在过去30年中有幸获得了国家各个层面的大力资助，有责任将中国葡萄膜炎研究推向世界，将我们的研究成果发表在有重要影响力的英文期刊（SCI杂志）上。发表英文文章对我来说是一大挑战，当年初中、高中对英文的重要性没有足够认识，在大学最后一年才开始重视英文，才近似"疯狂地"恶补自己的英文短板，一是通过背英汉医学字典快速扩大自己的专业词汇量，另一是大量阅读英语文献，将好的句子摘抄下来，反复琢磨其含义，认真比较中、英文表达上的差别，体会英文表达的精妙之处，久而久之，自己英文写作水平还真的有了比较大的提高，基本上可以用英文得心应手地撰写科技文章，并对审稿专家所提出的各种问题都能从容、准确地应对。正是因为具备了英语写作的能力和技巧，使我

们能够娴熟地把研究结果写成英文文章，能够轻松地发表一篇篇 SCI
论文。

听不少学生反映，一些导师对学生所撰写的文章根本提不出任何
修改意见，甚至根本就看不懂文章的内容。有时候学生也不知道如何
撰写英文文章，老师又要求学生发表 SCI 论文，在这种情况下，代写
论文的公司即应运而生，一手交钱，一手交论文，一些公司将别人发
表的图片，放置在电脑中，遇到"合适"的论文即将图片加进去，其
影响是十分恶劣的，造成不少论文被质疑或撤稿的现象。究其根源是
急功近利造成的，与导师责任的脱失以及导师没有用心或根本没有能
力为学生修改英文文章有重要关系。

（三）学生的权利

学生和老师在伦理上构成了一种特殊的"父与子"的关系，老师
享受着做父亲的"荣耀"，同时也有沉甸甸的责任，学生则理所当然
地也应该享有自己的权利：第一个是享有老师教育、指导的权利。既
然我是你的学生，我就有权利要求你给我指导学业，指导科学研究、
修改论文等。第二是使用老师经费进行科学研究的权利，说得通俗一
点，就是你需要去申请并获取经费，我有权利去花经费进行科学研
究。第三，是享有使用老师所建立的平台的权利，大家不要小看了这
个权利，现在是僧多粥少，不少学生找不到做实验的平台，去别的实
验室做实验往往需要预约、排队。实验这事，什么时候开始，什么时
候用某种仪器设备检测那都是固定的，如果自己导师没有平台，需要
到别人的平台上去做实验，对学生而言那是一种苦不堪言的事情。我
有一位博士生，毕业后分配到某大学附属医院工作，没过多久她告诉
我，杨老师，离开了您这个平台，才知道平台的重要性，现在打印或
复印一份资料都需要到医院旁边的小卖部去，真是太不方便了。还有
一位博士生毕业后被分配到一家著名大学附属医院工作，第二年她获
得了一项国家自然科学基金青年项目，想去医院中心实验室做实验，

发现根本就进不去。后来她跟我联系，想在我们实验室做实验。我问她，你们医院是非常有名的医院，也应该有很好的实验平台，为什么要来我们实验室？她说实验室很紧张，刚入职的小医生根本就进不去。拿到国家自然科学基金连自己医院的实验室都不能使用，应该说是一件悲哀的事情。如老师有实验平台可以供你使用，那应该是一件非常幸福的事情，一定要珍惜这个机会，一定要最大化利用这个平台尽可能做出更多的成果。

三、几个启迪人生的讲座

一般而言，处于硕士、博士研究生阶段的学生多忙于做实验和撰写论文，无暇顾及专业以外的事情。由此而言，导师对指导他们选题、做实验及修改论文特别重要。我认为老师的另外一个作用可能更为重要，那就是如何培养学生们树立正确的世界观、人生观、价值观，指导他们如何成为一个懂得感恩、有情怀的大写的人。在过去数十年中，我一直在思考这一问题，不断感悟和升华，总结出一些体会和启示，并先后总结归纳出3个讲座，分别是《思维·艺术·人生》《如何建立个人品牌》和《人生冲水理论》，在全国各种会议、讲坛、培训班，演讲了上百次之多，收到了很好的效果。

（一）思维·艺术·人生

这一演讲基于以下事实和思考。

在我小时候学中医和用中医为病人治病的过程中，我深刻认识到辨证施治和整体观的重要性，此对于后来我提出的葡萄膜炎治疗指导思想（详见第一本文学著作中《葡萄膜炎治疗的指导思想》）的形成起到了重要作用。

所谓辨证施治就是根据病人所患疾病的类型、阶段及中医证型、疾病的严重程度、病人的体质、所患基础疾病、年龄、性别、经济状况以及病人对治疗的期望值等因素制订出适合病人的治疗方案，说得通俗一点就是现在人们所说的精准治疗，只不过现在的精准医疗整合了很多现代科学技术所发现的一些信息和参数。《神医喜来乐》中有这么一个事，当喜来乐把皇帝的病治好，太医问他是怎么把皇帝的病治好的。他回答说一个字，一个"活"字，人无常人，病无常病，药无常药，就是说人不一样，病不一样，治疗的药物也不可能一样，这是典型的辩证思维。

所谓整体观，是指在治疗和处理疾病过程中，我们不能只着眼于局部病变，而应将疾病放在"人"这个大背景下去考量，很多疾病发生在局部，但其病理、生理改变是全身性的，因此要彻底治愈疾病，必须从根本上解决问题。后来研读毛主席军事著作，发现毛主席军事思想博大精深、光彩夺目，其中"敌进我退、敌驻我扰、敌疲我打、敌退我追"的作战方针充分体现了活的思想和灵魂。再后来进入葡萄膜炎诊治及研究领域，发现同一种葡萄膜炎、不同个体、不同年龄、不同疾病背景、具有不同并发症的患者在处理的策略、所用药物及剂量等方面有很大不同，在此基础上我总结出要按程序、序贯处理疾病的系统思维和用最少药物、最简便的途径、最经济的成本，给病人带来最小痛苦、最优化方案，选最适宜治疗时间来治疗疾病的唯美思维。

上述处理疾病的四种思维形成了治疗和处理疾病的基本思想框架，在后来的诊治疾病的实践中不断感悟、体会，又陆续提出了治疗葡萄膜炎（疾病）的三项原则（个体化原则、简单化原则和"永久化"原则）和五种策略（速战速决策略、持久战策略、急则治标策略、联合用药策略和扶正祛邪策略），形成了相对完善的治疗疾病的思想体系。

随着葡萄膜炎治疗指导思想、原则和策略的建立及在临床应用，发现很多葡萄膜炎患者被奇迹般地治愈，疾病戏剧般地恢复至正常。一位来自土耳其的白塞病患者，患有双眼葡萄膜炎和腿部有两个直径约 5 厘米的溃疡，在土耳其治疗 5 年，葡萄膜炎未能控制，腿部溃疡经久不能愈合，后经我们用药物治疗后竟然完全治愈。一位大学毕业后刚参加工作的女孩，因双眼葡萄膜炎被判为不治之症，险些从 10 多层高的楼顶跳下去，是我们的治疗使其双眼视力恢复至 1.0，已经有近 20 年未再复发。一位 30 多岁的女性在双眼患葡萄膜炎后，几经治疗没有效果，最后感到心灰意冷和绝望，竟要喝药离开这个世界，因担心其走后女儿无人照看，强迫女儿一起喝药，最后她被抢救过来，令人痛心的是女儿不治身亡。该患者经过我们治疗后双眼视力恢复至 1.0。这些活生生的例子说明治疗疾病是一门艺术，是一门挽救病人生命的艺术，是一门给病人带来光明、幸福和希望的艺术！

随着对治疗疾病这门艺术的理解感悟的不断加深，我深刻体会到，面对患者一定要有情感和人文关怀，它会激发医生对疾病的思考，对人与疾病之间关系的思考，运用正确的思维方式，制订出适合每一位病人的治疗方案，力争达到在不知不觉中治愈疾病这一唯美境界。有人说技术的极致是艺术，演戏是技术，梅兰芳成就了艺术；唱歌是技术，邓丽君成就了艺术；街舞是技术，杰克逊成就了艺术；打篮球是技术，乔丹成就了艺术；治病是技术，众多大医成就了艺术！

从技术到艺术，我思考了很久，竟抽象又形象地总结出艺术有三大特征，即看得见看不懂、看得见吃不着、看得见摸不着。我曾与搞艺术的朋友说起艺术的三大特征时，他们竟拍案叫绝，认为我用非常浅显易懂的语言概括出艺术的特质和精髓。我曾给广州美院师生讲座时详细解释了艺术的三大特征，竟把搞艺术的老师和学生都弄蒙圈了。一位学生竟说出“这是我从小到现在听的讲座中最好的一次”这样的话来。有关艺术的三大特征，在我写的《我是你的眼》这本文学著作中已有详细论述，这里不再赘述。

随着葡萄膜炎治疗技术的不断提高和对治病艺术的理解和思考，

我的目光转向了人生这一宏大命题。我遇到了很多病人，在患葡萄膜炎后几近绝望，家人不离不弃陪伴，砸锅卖铁也要治病的决心，还有很多父母要为孩子捐献一只眼球将孩子的患眼置换下来（目前只能进行角膜移植手术，尚不能进行眼球移植）。这些感天动地的故事，使我意识到人活着最重要的使命是责任和担当，要履行这一使命，你必须奋发图强成为足够优秀的人，顺着这条主线，根据自己的亲身体会，我逐渐梳理出人生目标和实现这一目标的建议和思考，最终也就形成了《思维·艺术·人生》这一讲座。

2005 年第一次受邀在北京召开的博士论坛上作了《思维·艺术·人生》的演讲，获得了很大成功，受到与会博士生和眼科医生的好评和赞誉。后来这一讲座又作为中山大学文、史、哲和医学博士生的政治课（当时称作"现代科技革命与马克思主义"），连续讲了五六年。再后来受邀在华西大讲堂、协和大讲堂、湘雅大讲堂等 30 多家著名的医学院校举办的大讲堂上作了这一讲座，甚至还应邀给广州美院的师生、中山大学附中的学生、重庆江北区中小学校长培训、全国博物馆讲解员培训班上作了这一讲座。我记得在 2007 年中山大学为新入校学生举行入校培训，人员达 4300 人，在中山大学体育馆举行，邀请我为新生作"思维·艺术·人生"的专题报告，讲了近 3 个小时，有记者统计，鼓掌达 30 多次。

（二）如何建立个人品牌

《如何建立个人品牌》这一讲座是我到重庆后逐渐形成并得以完善的。

2008 年我移师重庆，进入重庆医科大学附属第一医院工作，从一个在国内综合实力排名第一的中山眼科中心到西部一个不入流的眼科工作，面对的问题完全不一样，发展的思路也完全不一样。我与眼科同道一起分析我们的劣势和现状，发现我们眼科规模小、体量小、病人少，在诊疗方面没有优势，在科学研究方面几乎为零，唯一的一点优势是我们有重庆市眼库，接受的捐赠角膜还算比较多，我的到来在葡萄膜炎诊治方面带来了一点优势。根据这些，我们制定学科发展的方向，确定三大发展策略，即共赢策略、有所为有所不为和黄山策略（品牌策略）。不到3年我们即有了显著进步，眼科的辐射范围达到全国31个省、直辖市、自治区，发表了一批SCI论文，在全国的地位也有了很大提升。在后来的10多年中，我们不敢懈怠，一路拼搏，为病人服务的量增加了30多倍，在复旦排名中进入提名行列，成为国家眼科中心重庆分中心，在科研方面，获得国家自然科学基金70多项，其中6项为国家自然科学基金重点项目（3项国家自然科学基金重点项目，3项国家自然科学基金重点国际合作项目），还获得科技部重大研发计划、973项目等，资助金额达1亿元以上。发表了400多篇SCI论文，其中一些发表在有国际影响力的杂志上，如 *Nature Genetic*、*Lancet Rheumatology*、*Ann Rheum Dis*、*Prog Retin Eye Res*、*Ophthalmology*、*Nature Communication*，获得了4项省部级科技进步一等奖、1项国家科技进步二等奖，还获得了重庆市科技突出贡献奖（重庆市最高科技奖）、中美眼科学会金钥匙奖、中美眼科学会金苹果奖、亚太眼免疫和炎症学会杰出成就奖等。

在过去10多年中，我对眼科学的发展和个人如何建立葡萄膜炎这个品牌的体会进行了不间断的总结、提炼和完善，提出要根据自己的特长、天赋和爱好，选择自己的专业和目标，目标选定以后要有"一生只追一只羊"的定力和勇气，不为世俗观念左右，不受利益所诱惑，不能随意更改目标，保持对自己专业的热爱和激情，从小事做起，不抱怨，不找客观理由，脚踏实地，一步一个脚印奋力拼搏，对专业精益求精，追求卓越、尊敬老师、感恩帮助、团结协作，铸造出个人品牌，成就辉煌人生。有关如何建立个人品牌这一讲座，经过10多年的不断打磨和补充已日臻完善，对于一个起步较晚的单位、刚进入研究生阶段或进入工作岗位的医生而言，该讲座以活生生的例子，发人深思的事实和幽默的语言向他们娓娓讲述人生的意义、价值和成就个人品牌所应做的努力和思考。该讲座已在校内外各种岗前培训会、研究生入学教育、全国眼科和相关会议上演讲过不下50次。有一次南昌一家医院举行院内干部培训会，邀请我前去作如何建立个人品牌的讲座，与我同时授课的还有一家培训公司的老师，他们公司是专门从事员工培训工作的，这位老师在听了我的讲座后，对我讲的是赞不绝口，盛情邀请我加入他们公司，做他们的培训老师，以便后来在全国各地巡回演讲。考虑到我是眼科医生，我最重要的工作是为病人治病、科学研究和培养人才，而不是天天去讲课，就婉言谢绝了他的邀请。

（三）人生冲水理论

人生冲水理论这个讲座缘于参加了一次新生入学典礼。

2021年9月重庆医科大学要举行新生入学典礼，学校领导要我作为教师代表参加此次典礼。与我有关的活动有3项，一是播放在重庆市电视台制作的《这就是你》基础上改编的MV，它是我在新冠疫情发生后连夜赶出来的歌词，由江西省著名作曲家胡浩先生作曲，由庐山市人民医院于先明主任演唱和音乐人刘乐先生制作的作品，学校还组织学生为该歌词配乐和朗诵；二是请我给新生作演讲，我讲的题目是《人生三宝——献给新同学》，在短短的讲座中，通过自己成长的例子诠释了什么是感恩、珍惜和坚持，讲述了数十年如一日聚焦于葡萄膜炎这一重要致盲眼病的研究和我们取得的研究成果；三是我带领学生朗诵医学生誓言。这次参加学生开学典礼，本来是一项很普通的活动，却不承想使我总结出了"人生的冲水理论"。

事情是这样的，在参加完典礼活动后，我去了一趟卫生间，发现在卫生间的便盆上面的墙壁上贴着一幅画，上写着："同志们冲啊！"

灵感突然闪现，我马上用手机将其照了下来，乘车从大学城回医院的路上，我一直在想：同志们，冲啊！拿什么冲、为什么冲、怎么冲？我仔细琢磨，竟在回程的40分钟路程中理出了头绪，总结出

人生冲水理论，后来在与人谈起这一理论时，不少人惊叹总结得很到位，通过一个小的事情总结出了人生的大道理，简直绝了！对大学生、研究生和社会各阶层都有重要的意义。我总结的人生冲水的要素有 3 个，即水（平）、压力（动力）和管道（道路）。

要想冲必须要有水，没水靠什么冲啊？人生道路上你想往前冲、往前跑首先得有水，得有水平，得有本事啊！现在流行着这么一个顺口溜：靠山山会倒，靠人人会跑，靠地地会陷，靠天天太高，靠钱钱会贬值，靠父母父母会老，靠男友男友会劈腿，靠自己最靠谱最重要。这个顺口溜形象地说出了人要立足于世，一定要靠自己，其他的都不可靠，都可能瞬间倒塌。我有一个朋友说了这么一个事情，他们科里有一位医生，其父亲是当时的副市长，父亲在世时该医生是非常风光的，想去哪个国家进修学习就去哪个国家，想搞什么专业就搞什么专业，想什么时候上班就什么时候上班。院长见了她都是唯唯诺诺，同事们见了她都是笑脸相迎，各种好事简直是应接不暇！但突然有一天，她爸因病去世，这下可完了，因为她没有真才实学，手术不会做，疾病不会治，科室同事都不愿与她待在一个组，院长见了她也冷若冰霜了，她真正体会到天塌下来的感觉，感叹世态炎凉、人情淡薄。

第二个要素是要有动力。动力来源于责任，父母亲培养你成人，党和国家培养你成才，在你人生道路上有很多老师、同事帮助你，你吃的是农民种的粮食，穿的是工人做的衣服，住的是建筑工人建的房子，教你知识的是老师，你有责任回报你的父母、国家和所有帮助过你的人，你有责任成为一个优秀的人，一个对社会有益的人。

动力还来自压力。科学技术的发展促进了社会的巨大进步，同时也带来了前所未有的竞争，人与人的竞争，机器与人的竞争，人工智能与人的竞争已经日趋白热化。据说在某个地区，100多人参加考试竞争一个公务员岗位，还听说一个医院招医助，录取的比例竟达100：1。人们现在用了一个新词，说"卷"得太厉害，用"卷"来形容这种状况。可以预见，在未来这种情况会更加严重，人们所面临的竞争和压力也会持续增大，如果把压力转化为动力，迎难而上，努力拼搏，不断前进，将会赢得人生，为社会做出更大的贡献。

第三个要素是管道（道路）要通畅。这点很容易被理解，水要往前冲，管道狭窄或堵塞怎么冲？人生道路上布满荆棘、泥泞，道路被截断或弯弯曲曲，你怎么走得快、走得顺、走得稳？！

要实现人生道路通畅，要注意以下方面：（1）要根据自己的特长和天赋选定自己的专业和方向，你不是那块料，非要去做那个事，无论怎样努力都很难取得成功；（2）选定专业和方向后就应该一直坚持下去，前面讲了，我一直强调，一生只追一只羊，人的精力、时间都是有限的，不可能同时追赶两只羊，也不应该随意变换目标，去追那些没有实质价值却分散你的精力和定力的羊；（3）要有驾驭处理各种繁杂事务的技巧和能力，这种能力可以归纳为高情商，具体而言可以概括为会思考、会说话、会办事和会管控4句话共12个字，我在《点点滴滴都是爱》那本书的"谈谈情商"一文中对这4句话进行了详细剖析和解读，这里不再赘述。

（四）3个讲座的特点

上述 3 个讲座可以说是我世界观、人生观和价值观的集中体现和表达。作为一名老师，在过去数十年中，我作了上百次各种有关励志的讲座，以期唤起学生和年青一代对人生、世界、责任和使命的思考，很多同学听后告诉我，讲座不但对他们如何提高专业技术水平有重要作用，更为重要的是引发了对专业以外东西的思考，在更大空间和多维度思考人生的价值和取向。

之所以 3 个讲座能达到满意的效果，受到大家的欢迎，是因为它们都具备以下特点。

第一个特点是接地气。讲课如能得到大家的认同，必须是发生在他们中间的事或是他们关注、有参与感的事情，一切空泛的、老套的、不着边际的、与听众有很大距离的，或是他们丝毫不关心的事情绝对不会引起他们的兴趣，更不会引起他们的同频共振，也就不会达到演讲的目的。

我记得 1999 年美国炸中国大使馆后，中山医科大学校领导组织了一场爱国主义教育讲座，安排了一名学生、一名政治教研室老师和我发言。先是那个学生发言，他义愤填膺、慷慨激昂地在台上讲着，下面听众在嗡嗡地说话。校党委副书记数次走到讲台批评讲话的学生，要大家安静听讲。他一下来，下面又恢复了嗡嗡的讲话声。政治老师发言时，会场仍是一片嘈杂声。最后轮到我发言，我首先提了个问题：为什么美国敢炸中国大使馆？我这一提问，学生们异口同声地说，那是因为中国不够强大。我又接着说如果我们每一个中国人都强大起来，中国会不会强大？大家都说会。我接着说：那么我就告诉你怎么样才能使你自己强大起来！我们马上就要进入 21 世纪了，你应该持有什么样的"通行证"才有资格进入新世纪。如果通行证都没有拿到，你如何立身？如何爱国？！我这么一说，整个会场都鸦雀无声，他们眼神里都流露出疑惑：进入 21 世纪需要通行证吗？如果需要，所需要的通行证又是什么呢？

　　我扫视了一下整个会场，缓缓地说：澳大利亚未来委员会主席埃利雅德博士说，进入 21 世纪需要 3 个通行证，第一个是学术性的，第二个是职业性的，第三个则是证明一个人的事业心和开拓能力的通行证。紧接着结合我个人成长具体事例，详细解读了取得 3 个通行证所需要的努力和准备，最后落脚点是：只有你拿到进入新世纪的通行证，对医学生来说，只有掌握了治病救人的本领，才有资格谈爱你的国家和人民，如果新世纪的门都没进去，只喊爱国的空泛口号，不从自己做起，医生不会看病，农民不会种地，工人造不出合格的产品，老师教不出合格的学生，爱国那将是一句空话！我讲了 40 分钟，从头至尾，会场再无嘈杂声，所有听众被这不唱高调、接地气的演讲所吸引，达到了令人满意的效果。

　　第二个特点是讲故事。故事是有情节的，能打动人心，使人容易记住，而道理则是事物的法则和本源，它显得刻板、机械、深奥、难以记住，讲道理容易使人分心走神、打瞌睡。因此，要想达到演讲预期目的，应少讲道理，多讲故事，在故事中让大家记住道理。

　　我在讲思维时，谈到不同行业都有行业的思维定势，一个人要想成功，要想超越别人成为一个优秀的人和专家，就必须打破思维定势。在这里我引用了一个小故事来说明行业间的思维定势、行业内部不同专业的思维定势。故事是这样的：有一天内科医生、精神科医生和外科医生去打猎，这时候飞过来一只野鸭子，内科医生端起枪来要打，这时候他的专业思维告诉他不能打，他要首先弄清楚，这是一只家养的鸭子还是一只野鸭子，这么一想野鸭子飞走了。过了一会儿又飞来一只野鸭子，精神科医生端起枪来要打，这时他的专业思维告诉他不能打，他要弄清楚这只野鸭子到底知道不知道自己是一只野鸭子这一问题，这么一想，野鸭子又飞走了。过了一会儿又飞来了一只鸭子，外科医生端起枪一下子即把野鸭子打了下来，内科医生、精神科医生问他，这是一只野鸭子还是一只家养的鸭子、这只野鸭子知道不知道自己是只野鸭子？外科医生回答说，管它呢，拿回去解剖一下再说。这个故事很好地说明了医生这个行当中 3 个专业医生典型的专业思维和处理问题方式的不同。内科医生诊治的多是"看不见、摸不着"的疾病，因此总是反复问诊，试图弄清楚疾病的起因，不厌其烦地进行各种检查，试图弄清楚疾病的病理生理改变。在这种情况下还弄不清楚时就会给患者说，你患的可能是这个疾病，也可能是另外一种疾病，我们可以试着治疗看有无效果，或做进一步检查看看能否找到病因。精神科医生都知道，有精神病的人，从来都不承认自己有精神病，而没精神病的人常会说自己有精神方面的问题。这种思维使他们形成了首先辨别病人是否有精神病的习惯。外科医生则偏重于直观形象，多以快刀斩乱麻的方式、以手术操作来解决问题，所以见到鸭子，管它是家养的还是野生的，打下来再说。这一故事所勾勒出的 3 个不同专业医生的思维差别，用再多的语言都无法达到这种小故事所达到的效果。

第三个特点是幽默。幽默是突破常理、常识、概念、逻辑的话或事，使人听后既有一种可笑、滑稽、荒唐、胡闹的感觉，又意味深长给人以启迪、醒悟和教育。幽默体现的是智慧，传递的是人生态度、价值观和世界观。在我的 3 个讲座中幽默随处可见，两三分钟即有一个，像是向听众注入了一针针兴奋剂一样，使他们兴奋、欢欣鼓舞、精神振奋和专注听讲。

我在讲整体思维的重要性时谈到了一位来自土耳其的白塞病患者，该患者腿部有两个大的溃疡，持续 5 年之久都没有愈合，找我诊治时，我们想到的不仅仅是葡萄膜炎和腿部溃疡，而是疾病整体和两种病变的发生机制——免疫功能紊乱，当时即用免疫抑制剂联合中药进行治疗，对腿部溃疡未做任何处理（我们眼科医生也不知道如何处理这一病变），治疗两个月后 5 年不能愈合的腿部溃疡完全愈合，后又治疗一年，疾病完全治愈，到现在未再复发。讲了这个病例后，我马上话锋一转，讲了下面一个小故事：有一次一位首长下去检查工作，拍了一下一个士兵的胸口说，小伙子胸肌练得不错。当兵的马上报告说：报告首长，我是个女兵！紧接着我说，只看局部不看全身是要出问题的！一句话，画龙点睛，用一种形象的方式一下子突出了整体思维的重要性，台下发出了热烈掌声。我在全国多种大会、学习班讲到这个例子，可以说几乎所有的中国眼科医生都知道了"杨培增的整体思维"，可谓是：一句玩笑话，天下已尽知。

四、我给学生改文章

据传，清朝乾隆年间有一位考官名叫王尔烈，曾写下一首趣诗：天下文章数三江，三江文章数吾乡，吾乡文章数吾弟，吾为吾弟改文章。该诗一是霸气尽露，另外给人一种轻松、潇洒和自豪感。

给学生改文章是老师的责任，也应是老师乐以为之的事情，学生将自己数年的研究结果撰写成文，老师帮助修改和润色，尽量将其发表在高质量的杂志上是师生共同的心愿。近年来随着国家经济的发展，国家对科研的投入越来越多，很多学校要求毕业的硕士、博士研究生要有 SCI 文章。在此背景下，学生和老师就要想尽一切办法把文章写成英文，再投至 SCI 杂志。

把文章写成英文给不少硕士、博士研究生带来了很大压力。现在的学生有很多很多优点，比如聪明、知识面广、接受新事物能力强、动手能力强等等，但不知为什么在文章写作方面不少学生则显得那么不尽人意，甚至文章写得"乱七八糟""不知所云"。一些学生不会写就找一些公司代写或修改，公司代写有以下问题：（1）写的人不一定是你专业的，他仅能从句子上、语法上帮你理顺一下，很难从实验的角度、专业的维度去探索和挖掘实验结果之间的逻辑关系和引申出更深层次的问题和结论；（2）不少公司为了文章的发表会想尽一切办法使文章结果显得更"漂亮"一些，这就可能出现一些结果不够真实的现象，甚至出现图片"误用"或"盗用"的现象。

将文章发表在 SCI 杂志上给导师带来的压力也是空前的。我的学生告诉我，不少学生的导师不会用英文写文章，更不要说能给学生改文章了。这样就会出现学生自己写、自己改文章的现象，如果学生写作能力有欠缺的话，就很难将自己的结果表达得到位，也就很难将其发表在高质量的杂志上。可见学生与老师的通力合作非常重要，老师的英文写作能力在一定程度上会影响论文的发表。

给学生改文章应该说是天下最令人头痛和苦不堪言的事情之一。我们曾经请一位美籍华人专家在重庆医科大学附属第一医院作如何撰写 SCI 论文的报告，讲到最后，他说不想给学生改文章。在场的学生问他为什么有如此想法，他的回答绝对出乎意料："改文章后有一种想吐、不想吃饭的感觉。"一位教授说得更为直白："给学生改文章有一种生不如死、痛不欲生的感觉。"还有一位教授说："好的文章是顺心丸，看着令人心旷神怡，写得糟糕的文章是添堵丸，修改文章时需随身携带救心丸，以防不测啊！"我把改文章的感觉总结得比较温和而婉转：有一首歌唱道，夜深人静的时候是想家的时候。我加了一句：改文章的时候是伤感情的时候。说实在的，那真叫伤感情，你看着文章，逻辑不通、语句不通、不知道在讲什么！此时你会感到脑袋一蒙，不知道该如何下手。再看一下站在一旁的学生，一脸惊慌、无辜的样子，真是"又恨、又气、又可怜"，好在我平时血压还正常，因修改文章引起的血压升高还不至于引起大碍，要不然真的要用上救心丸了。

1994 年我受国家教委公派前去荷兰国家眼科研究所留学，结识了国际著名的生物学家、免疫学家 Aize Kijlstra 教授，之后我们进行合作研究达 20 多年。他是一个非常睿智、严谨的科学家，有很好的语言功底，并精通写作技巧，帮我们修改了大量英文稿件，在很大程度上减轻了我在修改、润色文章方面的压力，我们共同发表了 200 篇 SCI 论文。2020 年他退休，表示难以再帮我们修改文章，此时修稿、润色的担子基本都压在我的肩上。好在我们有几位博士有比较高的英文写作水平，令人省心不少。可有些文章确实花费了不少时间和工夫，有些文章修改达 10 遍之多。说起来还算幸运，我们的文章几乎没有因英语写作方面的问题而被拒稿的，近年来我们发文的数量和质量也没有因 Aize Kijlstra 教授的退出而受到影响。我的一位硕士研究生卢骉用文献计量学的方法，对过去 10 年国际葡萄膜炎领域发表的论文进行统计分析，发现我们团队发表 SCI 论文总数、总的影响因子和 10 分以上论文总数均排在第一位。对于一个英语非母语的团队而言，能做到世界第一实属不易。一方面，学生、团队成员的努力工作是实现这一目标的最根本的因素，另一方面，英语的写作、表达及回复审稿人问题的能力和技巧，也为文章的顺利发表"铺平了道路"或起到了"加速器"的作用。

科技文章写作与文学作品的写作有显著不同，科技文章写作力求准确、干练、不拖泥带水，我将其总结为"能写一句绝对不写两句"，而文学作品则是富有感情的表达，"连篇累牍"、不厌其详，可以用整整一页纸写出蚊子从准备起飞到飞起来这一过程，可以用 3 页纸描写出一个人见到曾经初恋时那一刹那间的心理活动。总之，文学作品是如能写两句绝对不会写成一句的。知道了科技文章和文学之类文章的写作区别和技巧，将会对我们撰写中文或英文科技文章有很大帮助。

实际上，在发表的中文或英文科技文章中写得很好的有 20%—30%，约 50% 的文章写得一般，10%—20% 的文章写得不怎么样，以英语为母语的人写英文文章不一定写得都好，就像中国人写中文文章一样，不是每个人写的文章都合格或都地道，所以我们完全没有必要在写英文文章时有自卑感和恐惧感。只要我们平时注意中英文表达中的差别，不断学习人家好的表达方式、句子、词语，特别是可以将文献中好的句子摘录下来，反复地琢磨、体会和背诵，如每天背一句的话，3 年下来就是 1000 多句，再写什么科技文章都不是什么问题了。

我将英文文章撰写分为 3 个层次：第一个层次是语法无错误；第二个层次是表达要准确；第三个层次是读起来有味道。

不难理解，语法无错误是文章写作的基本要求，文章写作不像日常对话，对话可以省略很多东西，语法不通一般也不会影响别人对你意思的理解，但在文章中语法错误则很要命，会使别人看不懂，不知道你在说什么，因此掌握语法知识是写好英语文章的前提和基础。表达要准确是指我们在写作时一定要准确地、清楚地、明白无误地表达出我们所要描写的内容，不能让人产生歧义，更不能让人产生错误的理解。读起来要有味道是对文章的最高要求，语法的正确，意思表达的清晰无误，并不代表文章写得好，文章读起来文脉通顺、逻辑清晰、层次分明、自然流畅、富有韵味、言简意赅，读后使人有如沐春风、畅快淋漓和享受之感，那才是好文章。

下面列出我为学生修改文章的几个例子，以提醒在英语写作中易犯的一些错误。

例 1：

This study aims to build a machine learning model in predicting noninfectious uveitis patients for risk of COVID-19 infection. The first stage was data-processing conducted by One-Hot Encoding technique and six sampling methods ... The final stage was to select the optimal model by evaluating accuracy, ...

此段描述乍看起来好像没有毛病，但仔细读起来，有以下两个错误的地方。（1）第一句话后半部分 build a machine learning model in predicting noninfectious uveitis patients for risk of COVID-19 infection 在意思表达方面容易使人产生歧义，当你读了此句后，你不明白到底作者想表达什么意思：预测非感染性葡萄膜炎是 SARS-COV-2 感染的危险因素？还是预测 SARS-COV-2 感染是非感染性葡萄膜炎发生的因素？读过全文后才发现，作者要表达的是预测在非感染性葡萄膜炎患者中发生 SARS-COV-2 感染的一些危险因素。据此，我们将此改为以下表述：to build a machine learning model in predicting the risk of the development of SARS-COV-2 infection in patients with noninfectious uveitis。（2）The first stage was data-processing ... 和 The final stage was to select optimal model by evaluating ... 是语法错误。The first stage 和 The final stage 不能与后面的 data-processing 或 to select optimal model 画等号。在我们日常生活中可能会这样说，第一阶段是数据加工，最后阶段是建立模型之类的话，但在语法的角度、在确切意思表达上是错误的，实际上作者想要表达的是，在第一阶段我们进行数据加工，在最后阶段，我们建立起或筛选出理想的模型。在英语中 A is B 的句型代表的是 A 等同于 B，反过来也是成立的。如我是医生，I am a doctor（teacher, student ... ），反过来也可说成医生是我。第一阶段和数据加工是两个完全不同的概念和意思，因此，不能说"第一阶段是数据加工"，也不能说数据加工是第一阶段。通过上述分析，我们了解了句子语法究竟出了什么错误，可以将句子做如下修改：In the first stage, we performed data-processing using One-Hot Encoding technique ... or In the first stage, data-processing was performed (conducted, carried out ...) using One-Hot Encoding technique，后边一句则可以改为：In the final stage, an optimal model was selected by evaluating accuracy ...

例 2：

在一项研究中，我们探讨了儿童、成人、老年人 VKH 病患者的临床表现和视力预后的差异，最初的引言是这样写的：

Introduction

Vogt-Koyanagi-Harada (VKH) disease is commonly seen in Asians, Native Americans, and Middle Easterners, characterized by bilateral panuveitis with concomitant neurological, auditory, and integumental manifestations. Although VKH disease often affects people of working age

(20 to 50 years), it may also occur in patients in childhood and the elderly. VKH disease was identified as an immune-mediated disorder with a genetic background strongly related to HLA-calss II alleles. Clinically, evidence based on the adult population indicated that VKH disease was presented as a three-stage evolutionary process: posterior uveitis, anterior segment involvement associated with posterior uveitis, and anterior granulomatous uveitis. Extraocular symptoms and signs at different stages of VKH are associated with the existence of melanocytes in the skin, meninges and inner ear. Cataracts, glaucoma, subretinal fibrosis and choroidal neovascularization are common complications seen in the adult VKH that may lead to visual loss in the long term. A recent study showed that visual acuity of adult VKH patients is generally good with a reduced dose of corticosteroids combined with immunosuppressive agents.

The clinical and pathologic features of adult VKH have been defined clearly, but the characteristics of pediatric VKH (< 16 years) and elderly VKH (> 65 years) have not been well addressed. Also, little is known about long-term visual outcomes of pediatric and elderly VKH, because there are only isolated cases and small case series in these people. To the best of our knowledge, no simultaneous comparisons of clinical features and prognosis among pediatric, adult and elderly with VKH in the same cohort were performed. In this present study, we included a group of VKH patients with different ages of uveitis onset to investigate the similarities and differences in ocular and systemic manifestations, complications, and long-term visual outcomes among pediatric, adult and elderly VKH disease.

上述两段描述从语法角度而言有一些小毛病，但主要问题是出在对词句的理解、意思的表达、整个意思群的推进和把控，以及叙述层次方面，概括起来有以下几个问题。

第一句话有问题，作者表达的意思是 VKH 病多发生于亚洲人、土著美洲人和中东人，其特征是全葡萄膜炎，伴随神经、听觉和皮肤病变，此句话的问题在于：（1）在 characterized 之前用的是逗号，前面说的 VKH 病多发生于亚洲人、土著美洲人和中东人，与后面所说的其特征是全葡萄膜炎，二者在层次上是不同的，逗号改为 and 以后此句才能成立；（2）panuveitis with concomitant neurological ...，此处的 with 本身即有伴随着、伴有的意思，所以此处不应再用 concomitant 一词，如果为了加重伴有的语气，可以说 bilateral panuveitis concomitantly with neurological ...。此外，由于 bilateral uveitis 和后面的神经、听觉和皮肤表现都是 VKH 病的症状或体征，也可以简单地将它们并列起来。

通过上面分析，此句可以做如下修改：（1）VKH disease is commonly seen in Asians, Native Americans and Middle Easterners, and characterized by bilateral panuveitis concomitantly (frequently) with neurological, auditory and integumental manifestations. （2）VKH disease ...，and characterized by bilateral panuveitis, neurological, auditory and integumental manifestations. （3）VKH disease ... and Middle Easterners. It is characterized by bilateral panuveitis ...

在 To the best of our knowledge, no simultaneous comparisons of ... in the same cohort were performed. 一句中，有两个小问题：（1）主语很长，谓语很短，整个句子显得头重脚轻，此可以通过将主语成分转化为状语来修改；（2）simultaneous comparisons ... in the same cohort 显得意思重复，在同一组病人中进行比较，已经很清楚地表达了作者的意思，因此完全没有必要再用 simultaneous 这个词了。

通过以上分析，我们可以将此句做如下修改：To the best of our knowledge, no comparison was performed concerning the clinical features and visual prognosis among pediatric, adult and elderly VKH disease in a same cohort of patients.

其他用词错误：（1）it may also occur in patients in childhood and the elderly，句中 in patients 应去掉；（2）... anterior granulomatous uveitis 应

为 granulomatous anterior uveitis；（3）Extraocular symptoms and signs at different stages of VKH are associated...，在 VKH 后应加 disease；（4）... choroidal neovascularization are common complications seen in the adult VKH that may...，VKH 后应加 patients；（5）A recent study showed that visual acuity of adult VKH patients is generally good with a reduced dose of...，其中的 is 应改为 was，with a reduced... 应改为 if treated with a reduced... 或 if treated properly；（6）... features of adult VKH have been ... the characteristics of pediatric VKH（< 16 years）and elderly VKH（> 65 years）have...，Also, little is known...，elderly VKH，4 个 VKH 后均应加 patients；（7）because ... small case series in these people，应改为 because ... small case series in these two populations；（8）In this present study，应改为 In the study，或 In this study，或 In the present study；（9）VKH patients with different ages of uveitis onset...，uveitis onset 应改为 disease onset；（10）long-term visual outcomes ... elderly VKH disease，VKH disease 应改为 VKH patients。

叙述层次、结构有问题。此项研究主要比较儿童、成年人和老年人 VKH 病患者临床特征和视力预后，原来叙述的脉络是这样的：VKH 病多发生的人种→其临床特征→发生的年龄特点→疾病的性质、成因（免疫反应、遗传）→疾病的分期→眼部表现→眼外表现与器官的黑色素细胞有关（免疫反应），此处与上面有重复→疾病的并发症→导致视力下降→最近报道用糖皮质激素联合免疫抑制剂治疗有较好的效果→疾病的临床特征主要来源于对成年人患者的研究，有关儿童、老年人 VKH 病特点不清楚→本文比较了儿童、成人和老年人 VKH 病的临床特点和视力预后。此种描述显得有些杂乱，层次感欠缺，还有重复的感觉。

我们对引言进行了修改和调整，写作脉络和线条如下：VKH 病的性质（黑色素引起 Th1、Th17 细胞过度激活引起的自身免疫性疾病）（介绍疾病的概念）→常发生的人群→疾病发生的年龄特征→疾病的分期及临床特征（引出两个分期标准，不同时期不同的表现）→对此病临床表现的认识主要来源于成年患者，有关儿童、老年人患者的临床特征及视力预后尚不完全清楚→最后聚焦于本研究的目的：比较儿童、成年人、老年 VKH 病人的临床特征及视力预后。

对该引言进行修改后，看起来线条就明晰多了，层次也显得分明，并且一直将读者引向探讨 3 个 VKH 病人群的临床表现和视力预后差异这一最终目的上。

英文和中文在表达方式、句子结构方面可能有一些不同，但表达的逻辑、脉络和层次推进是一致的。写作的线条应一直往前，不要出现线条的迂曲、折返、打结、断裂等现象，只有这样，读者才会毫不费力气地跟随作者的思路和逻辑，理解作者想要表达的意思。

经过上面分析，此文的前言我们最终定稿如下（文章中参考文献未标注）：Vogt-Koyanagi-Harada (VKH) disease is an autoimmune disorder possibly mediated by an immune response against melanin associated antigen and overactivation of Th1 and Th17 cell. It is commonly seen in Asians, Native Americans, Hispanics and Middle Easterners, and characterized by bilateral panuveitis concomitantly with neurological, auditory and integumental manifestations. Although VKH disease often affects people of working age (20 to 50 years), it may also occur in childhood and the elderly. A number of studies have shown that it begins with diffuse choroiditis, serous retinal detachment and optic disc edema, and eventually progresses to a granulomatous anterior uveitis in association with sunset glow fundus and Dalen-Fuchs nodules. Moorthy et al divided the clinical course of VKH disease into four stage: prodromal stage, acute uveitic stage, convalescent stage and chronic recurrent stage. Based on the data of 410 VKH patients in China, we also divided it into four stages: prodromal, posterior uveitis, anterior segment involvement and granulomatous anterior uveitis stage. Although both phasing systems are different in detail, they all highlight different manifestations in the process of the disease.

Clinical features reported in the literature are characterized mainly based on adult VKH patients manifestations. The manifestations of VKH disease in pediatric and elderly patients have been reported in a few numbers of studies. However, these studies, due to either case series with small number of patients or isolated cases, have not systematically adressed the clinical features and disease evolutionary process in these two populations. Moreover, whether pediatric, adult and elderly VKH patients differ from each other with respect to clinical manifestations and prognosis has not been investigated in a large cohort of the patients. This study was designed to compare the clinical characteristics, complications and visual prognosis among pediatric, adult and elderly VKH based on a large number of Chinese VKH patients.

例 3 :

Background: Adalimumab (ADA), a monoclonal antibody against tumor necrosis factor-alpha (TNF-α), has been widely used in the treatment of autoimmune diseases, but its mechanism in uveitis remains unclear.

Objective: Our study aims to investigate the effects of ADA on macrophage polarization and $CD4^+T$ cell differentiation in uveitis.

这两句话从语法上讲无错误，单独从句子表达的意思来看也没大的问题，但如把它们从整体上考虑，从逻辑关系、从深层次关系来看则是有问题的。第一，作者首先表达了抗肿瘤坏死因子抗体广泛应用于自身免疫性疾病的治疗，紧接着说其在葡萄膜炎中的机制尚不清楚，这里有以下问题：（1）误将葡萄膜炎当成了自身免疫性疾病，葡萄膜炎中有相当一部分是自身免疫性疾病，但不是所有的葡萄膜炎均是自身免疫性疾病，本文研究的 VKH 病是自身免疫性疾病，直接点出此种疾病即可；（2）阿达木单抗已广泛应用于治疗自身免疫性疾病，与后边的它在葡萄膜炎中的机制之间有很大的缝隙和缺口；（3）在葡萄膜炎中的机制"尚不清楚"是一种错误表达，作者想表达的实际上是此种抗体对 VKH 病发挥治疗作用的机制尚不清楚；（4）作者在表达本文研究目的时说探讨此种抗体对葡萄膜炎中巨噬细胞极化和 CD4⁺T 细胞分化的影响，乍一看好像没有毛病，但仔细想一下，却是显得不那么直接和完美，而应直接点出此项研究是通过探讨什么来阐明该抗体的作用机制。综合上述分析，我将其改为下述表达。

Background: Adalimumab (ADA), a monoclonal antibody against tumor necrosis factor−alpha (TNF−α), has been widely used in the treatment of autoimmune diseases including Vogt−Koyanagi−Harada (VKH) disease. However, the underlying mechanisms of its effect on VKH disease remains unclear.

Objective: This study was designed to investigate whether ADA exerted its therapeutic effect on VKH disease through modulating macrophage polarization and CD4⁺T cell differentiation.

例 4 :

Introduction: Vogt−Koyanagi−Harada (VKH) disease is an autoimmune disorder characterized by bilateral granulomatous uveitis, and often accompanied by neurological (meningeal), auditory, and integumentary manifestations. Although the exact pathogenesis of VKH disease remains unclear, numerous studies have revealed that over−activation of Th1 and Th17 cells, as well as aberrant expression of tumor necrosis factor−alpha (TNF−α) have been implicated. Experimental autoimmune uveitis (EAU) is widely considered as a model for human uveitis including VKH disease.

Although glucocorticoids and immunosuppressants as the first−line medication for VKH treatment, the side effects hamper their long−term application. Anti−TNF−α therapy has been shown to be effective in patients with diseases such as rheumatoid arthritis, Crohn's disease and ankylosing spondylitis. Studies have identified that serum and aqueous TNF-α levels in patients with Behcet's disease were significantly higher than in healthy controls. Adalimumab (ADA), as a fully human monoclonal antibody against TNF-α has been shown to significantly reduce inflammation and improve visual impairment in patients with noninfectious active intermediate, posterior, or panuveitis.

Macrophages, as an important cell in the innate immune system, are crucial in the development of inflammatory diseases. Macrophages usually differentiate into two phenotypes, M1 and M2. M1 macrophages, classically activated macrophages, is involved in the development of inflammation through production of pro-inflammatory cytokines including TNF-α, interleukin-1 (IL-1), IL-6 and inducible nitric oxide synthase (iNOS), but excessive immune responses can lead to chronic inflammation and inflammatory diseases. M2 macrophages, alternatively activated macrophages play an important role in the regulation of immune homeostasis. More importantly, large number of M1 macrophages, which play an important role in the initiation and aggravation of inflammation, have been detected in the inflammatory sites of many diseases, including rheumatoid arthritis, hidradenitis suppurativa, diabetes. Furthermore, M1/M2 imbalance disrupts the anti-inflammatory/pro-inflammatory balance, driving the development of uveitis.

此引言部分从语法上来看，虽然有一些错误，但大体上来看还算说得过去，但从意思群的推进、逻辑关系、句子的可读性方面有以下问题：（1）第一段叙述了 VKH 病的主要表现，紧接着说 Th1、Th17细胞过度激活和 TNF-α 参与该病的发生，紧接着，作者突然冒出一句实验性自身免疫性葡萄膜炎是研究包括 VKH 病在内的人类葡萄膜炎的动物模型。综观此段和下段内容，这句话显得突兀和莫名其妙。（2）作者在第二段开始说糖皮质激素和其他免疫抑制剂广泛用于 VKH

病治疗（此句有语法错误，句子没有谓语），但其副作用则影响了它们的长期应用，紧接着叙述了抗肿瘤坏死因子已应用于类风湿性关节炎、克罗恩病和强直性脊柱炎的治疗，到这里后，突然话锋一转，说 Behcet 病患者血清和房水中 TNF-α 水平增高（此好像一个人走在道路上，突然不知何故拐到茄子地里去了一样），紧接着又介绍 ADA（上面说的抗肿瘤坏死因子抗体）是怎么回事，它可改善葡萄膜炎患者的视力，此让人有一种在茄子地里转一圈又回到原点的感觉。（3）在第三段中，主要介绍了巨噬细胞的作用、分类、功能及在炎症性疾病发生中的作用，但整段有逻辑不清晰、颠倒、重复的感觉，此外有关巨噬细胞与 Th1、Th17 的关系（此是整个文章的立足点和研究的核心）没有任何叙述和交代。

　　通过对本文研究及结果的全面考量及逻辑分析，我们将其修改如下：

　　Vogt-Koyanagi-Harada (VKH) disease is an autoimmune disorder characterized by bilateral granulomatous uveitis often accompanied by neurological (meningeal), auditory, and integumentary manifestations. Glucocorticoids and immunosuppressants have been widely used in the treatment of this disease. However, their side effects may hamper their long-term application in some cases. A beneficial effect of anti-TNF-α therapy has been observed in the treatment of VKH disease. However, the mechanisms underlying its effect on this disease has not been well described.

　　Numerous study have shown that over-activation of Th1 and Th17 cells plays a critical role in the development of VKH disease. The differentiation of Th1 and Th17 cells is fundamentally determined by the status of macrophages, an important cell population in the innate immune system and immune homeostasis. Macrophages usually differentiate into two phenotypes, M1 and M2. M1 macrophages, classically known as activated one, are involved in the development of inflammation through production of pro-inflammatory cytokines including TNF-α, interleukin-1 (IL-1), IL-6 and inducible nitric oxide synthase (iNOS). However, M2 macrophages play an important role in the regulation of immune homeostasis. A large number of M1 macrophages have been detected in the inflammatory sites of certain diseases, including rheumatoid arthritis, hidradenitis suppurativa and diabetes. Imbalanced M1/M2 has also been observed in the development of uveitis including VKH disease.

However, it is not yet known whether ADA exerts its effect through inhibiting Th1 and Th17 cell response mediated by M1/M2 imbalance. In this study, we showed that it could inhibit activation of M1 and differentiation of Th1 and Th17 cells in both VKH disease and experimental autoimmune uveitis (EAU), a widely used model induced in mice for human uveitis.

五、培养研究生情况

我于 1995 年 12 月破格晋升为教授，1996 年开始招收硕士研究生，1999 年开始招收博士研究生，一晃就过去了近 30 年，所带的硕士生和博士生即有 180 多人，他们毕业后工作在全国各地，一些学生工作在美国、加拿大等国家，很多学生已成为我国葡萄膜炎临床和基础研究的翘楚、骨干和中坚力量。

迟玮教授获教育部长江学者特聘教授称号，任暨南大学深圳眼科医院院长。侯胜平教授获国家自然科学基金优秀青年基金、青年长江学者称号，任北京市眼科研究所所长。杜利平教授被评为国家优秀青年医师，陈玲教授获浦江学者称号，蒋正轩教授获皖江学者称号和安徽省杰出青年基金，庄文娟教授任宁夏回族自治区人民医院眼科医院院长，柳小丽教授任吉林大学第二附属医院院长助理，孟倩丽教授任广东省人民医院眼病防治所副所长。一些学生在学习期间或在毕业后的工作中都做出了很有意义的研究成果，在国际有影响力的杂志上发表了系列研究论文，如迟玮在博士研究生期间发现 Th17 细胞在葡萄膜炎发生中起着重要作用；侯胜平在博士生期间和博士毕业后研究中发现了葡萄膜炎的遗传变异，并发现小胶质细胞激活在葡萄膜炎发生中起着重要作用；钟镇宇在博士研究生期间发现了糖皮质激素对肝炎病毒再激活的影响，评价了数种治疗葡萄膜炎方案的治疗作用；王青锋博士发现了两类新的中性粒细胞在 Behcet 病中的作用及意义；蒋正轩发现 IL-23 受体基因多态性与 Behcet 病相关。这些研究在一定程度上推动和引领了国际葡萄膜炎研究，为世界葡萄膜炎研究作出了重要贡献。

值得欣慰的是，不少学生已成为硕士或博士研究生导师，他们已为我国眼科培养了和正在培养着优秀人才，我看到了我的导师张效房教授、毛文书教授、李绍珍院士那种教书育人、诲人不倦精神的传承和发扬光大，看到了一棵棵幼苗在茁壮成长，看到了我国对世界葡萄膜炎研究的贡献越来越大。在此我要感谢我的研究生们所做的积极努力和贡献，是他们成就了我做一名老师的梦想和荣光。在此我衷心地感谢所有的学生（见表，学生来自中山大学、重庆医科大学、郑州大学和河南科技大学 4 所学校），也祝愿他们在人生道路上作出更大的成绩。

表 1　1996—2006 年招收研究生情况表

入学年份	攻读学位类型及姓名
1996	硕士研究生：金浩丽、籍莉
1998	硕士研究生：钟晖、陈玲
1999	博士研究生：王红、傅涛 硕士研究生：钟华红
2000	博士研究生：张震、李兵
2001	博士研究生：张锐、俞琼、褚利群

（续表）

入学年份	攻读学位类型及姓名
2002	博士研究生：邢琳、陈璇 进站博士后：纪淑兴
2003	博士研究生：王毓琴、任亚琳、孟倩丽
2004	博士研究生：迟玮、方旺、朱雪菲、蒋丽琼
2005	博士研究生：陈丽娜、刘岚、赵长霖、何浩 硕士研究生：杨珂（联合培养）
2006	博士研究生：侯胜平、杜利平、柳小丽、董洪涛、毛立明

表2　2007—2017年招收研究生情况表

入学年份	攻读学位类型及姓名
2007	博士研究生：孙敏 硕士研究生：李福祯
2008	博士研究生：褚明亮、易湘龙、田丽春、蔡涛 硕士研究生：蒋正轩、舒秦蒙、陈元媛、杨艳
2009	博士研究生：李福祯、王茜、周庆芸、庄文娟 硕士研究生：邵驹、王朝奎、李科
2010	博士研究生：谯雁彬、梁亮、漆剑、郑洋、张琪、李琦、张彦来、徐梅 硕士研究生：向勤、魏琳、胡燃燃、肖湘、田源
2011	博士研究生：杨艳、李科、吴丽丽、方静、李新玉、师燕芸、李鸿（指导实验） 硕士研究生：叶子、陈璐、谭晓宇、周演
2012	博士研究生：王朝奎、杨红霞、徐登峰、高煦、李华 硕士研究生：唐吉宏、罗乐、刘蕴佳、白琳、蒋燕妮
2013	博士研究生：叶子、李琳、郑敏明、邓铂林、吴鹏程 硕士研究生：秦杰英、张迪珂、张丽军、曹爽
2014	博士研究生：唐吉宏、邱一果、张旋、杨义 硕士研究生：黄果、黄阳、易圣蓝、朱云云

（续表）

入学年份	攻读学位类型及姓名
2015	博士研究生：苏文成 硕士研究生：黄馨月、邓静、常瑞
2016	博士研究生：易圣蓝、谭涵丹 硕士研究生：吕濛、秦扬、袁雯、谭笑
2017	博士研究生：黄阳、黄馨月、王青锋、胡丽丽、潘宿、周文君 硕士研究生：杜子玉、张黎明、崔晓晓、陈琳、徐菁、刘依宗、庞婷婷

表3　2018年至今招收研究生情况表

入学年份	攻读学位类型及姓名
2018	博士研究生：李雨静、石径、常瑞、谭笑 硕士研究生：钟镇宇、陈祉均、叶兴盛、朱颖、黄凡凡、丁家栋、高赢男
2019	博士研究生：徐菁、刘章露曦、章军、肖潇、计岩 硕士研究生：廖尉廷、冯晓洁、谭诗谣、张婉芸、李泓羲、舒佳、刘欢
2020	博士研究生：钟镇宇、陈祉均、朱云云、邓洋、张易南、王美棋 硕士研究生：代玲瑜、高瑜、吴秋颖、蒋清燕、张航、黄雪 进站博士后：王青锋
2021	博士研究生：冯晓洁、郭娑、刘慧、刘雅宁、张秩、尹文惠 硕士研究生：蒲彦霖、赖玉娴、王洪苗、于秋月、蔡金玉、黄家兴、周倩、荆仕翔 进站博士后：常瑞
2022	博士研究生：张婉芸、廖尉廷、舒佳、荆仕翔、王无娇、李芳芳 硕士研究生：卢昇、夏澜、胡芮雪、王静、刘容、刘小燕、杨涛、管玉萱、申永慧 进站博士后：肖潇

（续表）

入学年份	攻读学位类型及姓名
2023	博士研究生：周演、代玲瑜、高瑜、蒋清燕、代勤瑾、吴跃兰、马俊峰、路永政、李兴冉、刘江怡 硕士研究生：凌豆豆、黄子谦、李柯言、王英杰、张欣乐、王嘉懿、封烨 进站博士后：王青锋、钟镇宇、邓洋、常瑞、耿文博、肖潇
2024	博士研究生：赖玉娴、黄家兴、周倩、吕莎、刘海歌 硕士研究生：翁武宏、段妍岑、王艺霖、张培、崔彤 进站博士后：张易南、李梦娜、李洪顺

第四篇

✚

诊室花絮和生活中的小幽默

（部分摘自中国青年出版社的《我是你的眼》和《点点滴滴都是爱》两本著作）

一、诊室花絮

我在门诊为病人诊治疾病过程中，遇到了很多心情非常紧张的病人，焦虑、恐惧甚至绝望把他们压得喘不过气来，如何化解他们的紧张情绪则成为我门诊工作的一个重要部分。在此情况下，即有了一个个与病人交流的故事。

这些故事看起来有点滑稽可笑，却是表达的如何化解病人紧张情绪的一些小技巧。概括起来它们基本上是用幽默的形式表现出来的。所谓幽默就是突破常识概念、逻辑的话语或故事，通常是即时而作，没那么中规中矩，也许没那么高雅，甚至有时稍显粗俗，难登大雅之堂。但在特定场合，特别是在病人高度紧张、彷徨、焦虑甚至绝望崩溃的情况下，突然使他们看到生的希望，破涕为笑，就像一只即将膨胀到极限的气球被插上一只排气管道，瞬间避免了一场爆破灾难一样，可谓是起到药石无法达到的效果。

这些幽默故事或对话，不管以什么形式表达出来，都体现了笔者的爱心，传递出对病人的怜悯之心、温暖之情和治病的智慧，使病人在笑声中感受到医生的亲切和善意，消除对疾病的恐惧，坚定战胜疾病的信心。与病人幽默对话已成为门诊工作中的一些小插曲和医患关系的润滑剂，现记录一些这样的小故事，以期起到抛砖引玉的作用。

都是月亮惹的祸

病人患葡萄膜炎多年后才被某医生介绍找我，或在网络上找到我的信息，前来我院就诊。就诊时患者通常会显得非常紧张和害怕，生怕这么多年会耽误了病情，会影响眼病的治疗和预后。此时他们都会急切地说，教授，我患葡萄膜炎已有 10 年了，现在才找到您，以前不知道啊！我往往作以下回答："找不到我不是你的错，都是月亮惹的祸。"病人听后往往会忍俊不禁，所有因疾病引起的恐惧及见了所谓大教授的紧张均一扫而光。

吃 饭

一位患者在经我长达一年治疗后完全治愈。我为她检查眼睛后说，你可以不吃药了。她以往曾听说葡萄膜炎是不可能完全治愈的，在听了我的话后，她惊讶地问我："教授，我不吃药，那吃什么啊？"我告诉她："吃饭。"患者愣了一下，扑哧一下笑了，她重复着说："是吃饭，吃饭。"

还是教授好

一位黑龙江的患者经我治疗后葡萄膜炎得到治愈，她非常开心，同时也希望在诊病时给多一些时间，能够详细询问一下以后生活工作中应注意的问题以及如何避免葡萄膜炎复发等问题。在一次我给她看病时，她半开玩笑地说："教授，我哐当哐当坐火车坐了 4 天 4 夜来看你，你只给我几分钟的时间（我诊治病人往往有一批助手帮我问病史、开化验单和辅助检查单、抄病历、抄处方等工作，这些基础工作其实也花费不少时间）。"我笑着说，是啊，每个患者在外面候诊时都恨不得前面那位进诊室后马上就出来，等轮到他（她）进诊室时，恨不得能待上半个小时。如果我给你半小时就意味着很多病人今天看不上病。她听后点点头，但还是想让我多给她一点时间交流和沟通。我跟她开玩笑说，我给你几分钟时间很不错了，如果你到北京想见某位领导恐怕等十天半月，他都不会给你一分钟。一下说得病人捧腹大笑："那是，那是，还是教授好！"

爱感冒还是爱太太

有一次，我为一位来自北京的男性患者检查完眼睛，准备为他开药时，他郁闷地告诉我："杨教授，能不能帮我治疗一个毛病？"我问他要治疗什么毛病。他告诉我，在过去一年多中，他老爱感冒，爱人总是躲得远远的，生怕他传染给她。我笑着告诉他："你老爱感冒，肯定你爱人躲得远远的。你应该爱你太太、爱你父母才对呀。"他愣了一下，笑着说："是，应该爱太太、爱父母，不应该爱感冒！"

天鹅肉不能吃

不少患者在患葡萄膜炎后，都会询问忌口的问题。

在网上流行一种说法，患葡萄膜炎后不能吃羊肉、牛肉、狗肉、海鲜之类的食物。实际上，只有极少数人吃了这些食物后，葡萄膜炎才会复发，那是因为可能对这些食物中某种蛋白过敏所致，只要以往患者对这些食物无过敏史，一般不用介意。但网上不知道为什么总是流传着葡萄膜炎不能吃土豆一说。

很多患者在就诊时问我："杨教授，我需不需要忌口啊？"我通常告诉他（她）："只要你以往吃东西无过敏的都可以吃。"患者又问："能不能吃土豆？"我说："黄豆都可以吃。""那到底什么不能吃？"我想了想告诉他（她）："天鹅肉不能吃。"病人听后往往一愣，然后笑着说："是，是，天鹅肉不能吃。"

要生孩子

治疗葡萄膜炎和其他全身免疫性疾病的药物中，有一些药物（如环磷酰胺、苯丁酸氮芥、雷公藤等）有引起不育的副作用。在使用前应向病人解释清楚，并告诉患者在用药前，应检查精液，以便了解病人精子状况。在用药期间还要定期进行精液检查，以便及时发现药物对精子的损伤和减药或停药，以期最大限度地为患者保留生育功能。

一次一位 30 多岁尚未结婚的男性患者找我诊治葡萄膜炎。为患者检查后发现病情较重，建议给他应用环磷酰胺，并告诉他此药可能引起不育的副作用，请他用药前先做精液常规检查。他说不用做此项检查了。我问他为什么，他沮丧地告诉我，患葡萄膜炎已近 10 年，家里已经没有任何值钱的东西了，眼睛也不好，也不会有人嫁给他了，所以有没有生育能力已无任何意义了。根据他患的葡萄膜炎类型，治愈疾病还是有很大希望的，我就告诉他："如果你的葡萄膜炎治好了，如果你中彩票 3000 万，你要不要生孩子？"

他说："我的病真的能治好吗？"我点点头，他高兴地说："那我要生孩子，赶快给我查精液。"

这位患者经过一年悉心治疗和定期随访观察，葡萄膜炎得到彻底治愈，虽然他没中彩 3000 万，但眼病好后，自己办了个养鸡场，娶了媳妇，不久还生了一对双胞胎。

你想着人人都是贝卢斯科尼啊？

一位 20 多岁的白塞病患者前来就诊，他在多家医院诊治长达两年之久，葡萄膜炎仍然没有控制。在我给他检查完眼睛后，建议给患者应用糖皮质激素联合环磷酰胺治疗，也清楚地告诉他，环磷酰胺有引起不育的副作用，并给他开了精液检查单。他告诉我不用查了。我问他为什么不查，他说："现在很多女人改嫁，都带着小孩，也省你的事了，那多好啊！即便是改嫁不带小孩的，结婚以后，你让谁帮忙谁都会帮忙的！"听后，我睁大了眼睛，直呼："你想着人人都是贝卢斯科尼（意大利前总理，以喜欢"帮忙"而著称）啊？"

处　男

一次在为一位60多岁的老先生诊治葡萄膜炎，发现他性格非常乐观，患葡萄膜炎已20年之久，双眼视力仅手动，他的朋友扶着他到医院找我治疗葡萄膜炎。我为患者检查后，决定要用苯丁酸氮芥为他进行治疗，想着他已60岁高龄，对影响生育的副作用估计他不会介意。谁知当我问他介意不介意对生育有影响时，老人认真地说介意。我问他为什么，他告诉我他还没有结婚。啊，我一下子就晕了，问他，你还是处男啊？老人听后哈哈大笑，笑得前仰后合。

早点休息

一位男性葡萄膜炎患者前来就诊，其爱人陪同。他爱人趁他去做辅助检查的机会告诉我："教授，你要告诉我先生，说患了葡萄膜炎绝对不能吸烟、喝酒。另外，他总是上网，很晚才睡觉，既影响我休息又影响他眼睛，你劝他晚上要早点休息。"我点点头表示同意。为病人开药的时候，他问我："杨教授，我用药期间需要注意什么吗？"我告诉他："烟不吸，酒不喝，回家天天暖被窝。"他老婆在一旁开心地说："你看我早就给你说过这三件事了吧，你就是不信，教授说的总该信了吧！"病人睁大眼睛不解地问我："回家暖被窝对葡萄膜炎治疗有帮助吗？"

听医生的话与听老婆的话一样重要

一位葡萄膜炎患者在用药过程中，发现自己眼红痛消失和视力提高后，总是自行减药或停药，接着就是炎症复发。每次我为他复诊时都会一遍一遍地告诫他不要自行减药，要听医生的话，他总是不听。最近一次为他复诊时我使用了另外一种方式告诫他应按医生的医嘱用药。我问他："在单位你听谁的话。"他说："领导的话。"又问："在学校听谁的话?"又答："听老师的话。"后又问："在家里你听谁的话?"接着又答："听老婆的话。"接着又问："在医院听谁的话?"接着又答："听教授的话。""那你为什么不按我的医嘱去用药呢?"他沉思了一会儿说："没想到我被你绕进去了,弄得听你的话与听老婆的话一样重要!"

见别人发美元都不眼红了

一位女性巩膜炎患者告诉我,她总是眼睛红红的,还伴有眼痛,每个月发一次。

我问她："是不是眼红得像发奖金那样准时?"她点头称是。我又问她是不是看到别人发奖金时眼红,她不好意思地说："你别说,我的眼还真是在单位发奖金时发红。"

经过一段治疗后,她眼睛再也不红了。我问她："见别人发奖金也不眼红了?"

她笑着说："岂止是见别人发奖金不眼红,见别人发美元都不眼红了!"

再也没有理由失眠了

一位男士患葡萄膜炎后感到非常的紧张和焦虑,一直处于失眠状态,在我为其检查完眼睛开药后,他对我说："教授,我总是晚上失眠,吃安眠药也没多大效果,你能不能帮我用中药调理一下?"我问他为什么失眠。他告诉我每天一睡觉脑子里总是冒出很多很多问题。我告诉他："十八届三中全会已经开过了,嫦娥3号都飞到了月球上了,你还有什么不放心的呢?还有什么担心的?"听后,他一下子笑了起来,连声说："是没有什么担心的了,有杨教授为我们治疗眼病,我再也没有理由失眠了!"

有党就有希望

有一位福建女孩患了葡萄膜炎之后，先后在全国多家大医院治疗一年有余，葡萄膜炎没有得到控制，仍然反复发作。最后经医生介绍前来找我诊治。在我为她检查完眼睛后，她抹着眼泪小心翼翼地问我："我的眼睛还有没有希望？"我看着她惊恐的面容，用坚定而又有力的语气告诉她："只要党在就有希望，有党就有希望。"听完我的回答，她破涕为笑，后来她的葡萄膜炎在治疗后得到了彻底控制。

结一次就够了

在门诊遇到一位近 30 岁的女性葡萄膜炎患者，经治疗一年后她的葡萄膜炎得到彻底控制。我让她停药，她有些不放心，问了很多问题：以后生活中要注意什么，有什么忌口的没有，感冒了咋办等等。对此，我都一一作了回答。她最后有些不好意思地说："教授，我想再问一个问题行吗？"我说："可以。"她一脸严肃地问："能不能结婚？"我说："想结十次婚都行。"听后她笑得前仰后合，连声说："结一次就够了。"

配眼镜

有一次，我给一位男性葡萄膜炎患者治愈了疾病后，发现他的裸眼视力为 0.3，矫正视力达到 1.0。我告诉他："配个眼镜就好了。"他说他习惯了这个视力，不想配眼镜。我告诉他："满大街跑的都是美女，看不清你不吃亏啊？"他一本正经地问我："戴上眼镜真的能看清楚吗？"我告诉他："难道骗你不成？"他听完后不好意思地对我说："我怎么没想到这个问题，还是给我配眼镜吧。"

彼　此

一位女性病人，患葡萄膜炎已有 10 多年，视力一直不好。经过多家医院治疗没有效果，最后经人介绍找到我。我用西药联合中药为她治疗 1 年，炎症得到了很好控制。又为其做了白内障手术，第二天揭开眼罩后，她视力恢复到 0.6，非常高兴。此时，她看了老公一下，突然用手把眼睛捂住。我问她为什么？她怯生生地指着她眼前那个男人问："他是我老公吗？"我说："是呀！每次都是这个男人陪你来看病的。"她不好意思地说："教授还是让我看不到为好。"我问她："为什么？"她说："过去才 10 年，他怎么变得那样惨不忍睹呢？"听完她的话，她老公在一旁反唇相讥说："你对着镜子看一下，你才是惨不忍睹呢。"

是不该急

春节将近，门诊上有一个小伙子找到我，他很着急要我赶快给他加个号早点儿给他看病，我问他为什么那么着急？他告诉我要急着赶回家去。我又问他为什么要急着赶回去？他说他哥马上就要结婚。我当时很惊讶，问他："你哥哥结婚，你急什么呀？"他听后脸上红一阵白一阵的，最后吞吞吐吐地说："是不该我着急，我就慢慢排队等着看吧。"

这个理由没法拒绝

有一次，一位上海的病人想让我给她多开一些药，她说 4 个月后才回来复诊。她患的是白塞病，此种病是葡萄膜炎中最顽固的一种类型，用药后的反应及药物的副作用都需要密切观察。我告诉她，不能这么久才复诊。她说她工作忙，请不到假。我对她说，为了你的眼睛和你的家人，你还是一个月到两个月来复诊吧。听后她面露难色还是坚持要我多给她开药。最后我告诉她："你那么久才来，我想你的时候咋办？"她听后愣了一下，扑哧一下笑了起来："是得回来复诊，这个理由没法拒绝。"

千万不能对老公说

我治疗的患者中多数来自重庆市以外的地区，这些患者用的免疫抑制剂都具有毒副作用，在治疗过程中，需要每两周检查肝肾功能、血常规、血糖等，并且需要 1—2 个月复诊一次。

有一次，一位北京患者在用药后半年才来找我复查。接诊时，我对她说："一走就是半年多。"她说："杨教授，我来一次太不容易了，工作很忙，事情很多。"我接着说："180 个日子不好过。"她又说："用了您的药我的葡萄膜炎没复发过。"我又接着说："你心中根本没有我。"她哈哈大笑说："杨教授你为我治好了葡萄膜炎，我天天都想着您呢。"我对着她嘘了一声："千万不能对老公这么说。"患者听后笑得前仰后合。

到桃花盛开的时候

一位来自浙江的葡萄膜炎患者于当年 2 月来找我治病。经过 1 周的门诊治疗后，葡萄膜炎获得了明显减轻，但病人还是对所患葡萄膜炎非常担心，他忧心忡忡地问我："能不能带药回去治疗？"我告诉他："可以带药回去治疗，过一段时间再来复诊。"他接着问我："什么时候来复诊？"我告诉他："到桃花盛开的时候。"病人先是一愣，然后扑哧一下笑了起来，连声说："好，好，到桃花盛开的时候来看您。"

大约在冬季

一位来自福建的 30 岁女性患者，于去年 10 月来重庆找我诊治葡萄膜炎。她已是第五次来找我复诊了，葡萄膜炎控制得很好，在将近 1 年的治疗中炎症未再复发过。她很想尽快停药以尽快怀孕生育。在为她检查完后，她迫不及待地问我："教授，我什么时候停药啊？"我告诉她："大约在冬季。"她听后啊了一声："这么快啊！"我给她说：

"你不想这么快停药啊？"她连声说："想，想。"患者在停药1年后顺利生下一个大胖小子，再次复诊时还给我带来了喜糖。

带什么回去

一位从哈尔滨来的葡萄膜炎患者，经过半年的治疗后炎症消退，视力明显好转。最近前来复诊，我给她检查完毕并将处方交给她，她突然问我："杨教授，我带点什么回去？"我说："带药啊，还可以带点土特产。"她不好意思地说："是带药，带药，土特产就算了。"

难道你是……

有一位湖南的葡萄膜炎患者叫秋香，每次前来就诊时都特别紧张，为了舒缓她的紧张情绪，我说："难道你就是当年唐伯虎点的秋香不成？"她不好意思地笑了笑，随之紧张的情绪一扫而光。以后她每次复诊时，我即会问她："难道你就是……"没等我说完，她就会打断我的话："杨教授，不好意思，不说啦！不说啦！"

勤劳，但不一定勇敢

一位北京来的葡萄膜炎患者，在门诊上见了我显得特别紧张，说话都有些口吃。我问他："你是哪里人？"他说："北京的。"我说："北京人民勤劳而又勇敢，还包括你。"他不好意思地说："勤劳还算得上，勇敢就谈不上了，你看我见到你都害怕得不行。"

会不会瞎

浙江一个50多岁的葡萄膜炎患者在多个地方诊断治疗，治疗了一年多没有好转，他听一些病友说此病可使眼睛瞎掉，对此他特别担心，专程前来重庆就诊。我给他检查后，排除了感染性葡萄膜炎和肿瘤所引起的伪装综合征，告诉他："不用担心，好好遵医嘱治疗就行了。"

可他还是非常担心，怯怯地问我："杨教授，我眼睛会不会瞎掉呀？"我看着他，用坚定的语气告诉他："会的，一定会的，你50年后一定会瞎。"他眼里突然放出异样的光芒，兴奋地说："不用50年，30年即够了！30年即够了！"

让太太帮着挠挠

一位内蒙古的葡萄膜炎患者前来就诊，我给其检查完眼睛开药时，他说："杨教授，我入冬以来感觉皮肤瘙痒咋办呀？"我看了他一眼问他："你结婚了没有？"他说："结了。"我说："那让你太太帮您挠挠吧。"他有点不好意思地说："好，好。"

改名字

有一位河南葡萄膜炎患者叫王瞎孩，他前来找我看葡萄膜炎，待我为他检查完眼睛，他弱弱地问我："杨教授，我患的是不是葡萄膜炎？"我说："是。"他又问："我为什么得这个病？"我指了指病历上他的名字："你看看，你叫什么，谁让你用这个名字？"他不好意思地说："我回去后要给我爸妈说一下，要改一下名字。"

心不花

一位来自上海的70多岁的老先生在他太太的陪同下前来看葡萄膜炎，他告诉我最近一段时间看不清楚，有眼花的感觉，我告诉他："眼花不要紧，只要心不花就行。"他连说："是，是，是，心不花。"他太太在一旁不屑地看了他一眼说："关键是想心花，也花不动了。"听后老先生一脸通红："我能花动的时候也没花过。"他太太在一旁说："你看你急的！让杨教授先给你治眼花吧。"

偷偷地干活

有一位来自山东的女性葡萄膜炎患者，在复诊时着急地问我：

"我吃药两个月了，怎么就怀孕了？"我说："你问我，我怎么知道？！你是什么时候怀孕的？"她看着我，一脸茫然："我也不知道啊！"我说："你老公还偷偷地干活呀！他还真够勤快的。"她怔了一下，说勤快不是，说不勤快也不是，张了张嘴，什么都没说出来。

啃猪蹄

一个广东的老太太带着孙子前来看病，我为她小孙子检查完和开药后，老太太问我："杨教授，你能不能帮他治一下他的坏毛病。"我对她说："你说吧，是什么坏毛病？"老太太不好意思地说："他老是啃手。"我说："那好办，你给他买个猪蹄啃一下，他就不啃手了。"老太太怔了一下，说："好，好，我给他买个猪蹄啃啃。"

扛人民币不要扛病

一位来自江苏的患者告诉我："杨教授，我患葡萄膜炎两年多了，复发了很多次。"我问他："你过去都是怎么治疗的？"他说："没治疗，每次都是我扛过去的。"我说："病是要治疗的，不是要扛的，如果是人民币扛一下还可以，你扛过人民币吗？"病人不好意思地说："没扛过，连见人家扛都没见过。"

不带美女

一位来自新疆的柯尔克孜族患者由女儿陪同前来就诊，我给他检查完眼睛，给他开了药，他问我带什么回去，我说："带药啊！"他问我："还带什么？"我看了看他那淳朴和布满沧桑的脸说："可以带点重庆土特产，带美女，你女儿可能也不愿意。"他连忙摆手说："不带美女，不带美女。"

试试看

一位南京的老先生前来找我看病，他自己60多岁，他太太55岁左右，陪他前来就诊。在为患者检查完后，我问他："你可能需要使用环磷酰胺，该药影响生育，你介意不介意？"他看了一下他太太，嘟囔着说："她也生不出来了呀。"我说："你还可以找其他人生啊！"他太太在一旁说道："他早都生不出来了。"这位患者不以为然地说："要不试试？"老太太在一旁气鼓鼓地说："你试试！看我怎么打断你的腿。"

采花大盗

有一个安徽的女病人前来就诊，我看到病历上写着她的名字叫"采花"，我随口说了一句："谁给你起的名字？这么好听。"她说是她爸爸起的。我说："你爸挺有水平的，你弟弟的名字肯定是大盗。"她说弟弟的名字不叫大道，叫大路。我笑笑说："那也挺好听的，大道与大路的意思差不多。"

不动刀子

一个黑龙江的女病人前来就诊，待我为她检查完给她开处方时，病人特别紧张地问我："杨教授，我要不要动刀子？"我一脸惊愕地对她说："和平年代，动什么刀子，再说你又不是阶级敌人，还不至于动刀子哟。"病人哦了一声，连声说不能动刀子。

罪加一等

一天，一位女病人找我看病，我看病历上写着眼压28mmHg，就问她："你以前有眼压高吗？"她告诉我从来没高过。我给病人检查完眼睛也没发现什么问题，又问她："你感觉有什么不舒服吗？"她说："没有，可能是测眼压时，我眨了几下眼睛造成眼压测量不准。"我问她："你检查时，对我们的医生眨眼放电啦？"她说："不是，做检查的是一位女医生。"我说："那就更不应该了，你眨眼调戏我们的女医生那是罪加一等啊！"

在医院吊吧

在门诊遇到一个来自四川的女性患者，我检查完眼睛后告诉她："你葡萄膜炎挺重的，需住院输液治疗。"她说："要住院吊水啊？"我说："是啊！这样会好得快一些。"她说："我回家吊吧，让我姐夫吊。"我说："为什么让你姐夫？"她说姐夫挺好的，是个医生。我说："你没听说过姐夫最危险吗？"她想了想笑着说："我怎么没想到这一点呢？好好！那就在你们医院吊吧。"

别人帮不上忙

有一个来自长春的 30 多岁的女性葡萄膜炎患者，经我治疗后获得痊愈，她非常高兴，着急地问我："杨教授，我怎么样才能怀孕啊！""哦！"我说，"让你老公努力、勤奋就行了。"她听后不好意思地说："就这些？"我说："还能怎么样？这个事情别人也帮不了你啊！"她笑嘻嘻地说："确实别人帮不上忙。"

老公太勤奋

在葡萄膜炎用激素和免疫抑制剂治疗中，我们建议患者不要怀孕，以免对胎儿造成影响。有一个来自河北的女性葡萄膜炎患者，在找我复诊时问了一个使我非常困惑的问题："杨教授，我已经有 3 个孩子了，怎么又怀孕了？"我告诉她："这事问我还真不知道，你得问一下你老公，可能是你老公太勤奋了吧。"

找到杨教授就不怕了

一个浙江的病人患了葡萄膜炎很久，治疗效果不明显。当他来到我门诊时，看到很多来自全国各地的患者，他们之间交流也发现此种疾病相当顽固和凶险，在我检查后给他开药时，他对我说："杨教授，我很害怕以后会瞎掉眼睛。"我给他说："根据我的经验，你患这种葡萄膜炎只要好好治疗，按时复诊，治愈的可能性很大，不要担心。"患者还是不放心，一直对我重复他很害怕、很担心。我给他打趣说："习总书记领导这么好，腐败分子被打倒了，印度给吓跑了，菲律宾不敢胡搞了，杨教授你也找了，还有什么可怕的呢？"病人不好意思笑了笑说："找到杨教授就不怕了。"后来经过 1 年治疗，这位患者葡萄膜炎彻底治愈，视力恢复到 1.0，随访 5 年未复发。

改成毛无吧

有一个外地女性葡萄膜炎患者前来就诊，她递给我门诊病历时，我看到病历的名字一栏写着"毛毳"，就随便说了一句："这么多毛啊！"她不好意思地说："以前我没有毛，现在吃了环孢素，全身都是毛。"我打趣地说："那不是名副其实了吗。"她嘿嘿笑了一下说："我不想有毛，你不要给我用环孢素（环孢素有多毛的副作用）了。"我说："那好吧，到时候你就要改名字了。"她好奇地问我："改什么名字啊？"我说："改成毛无吧。"

美女的作用

一个来自江苏的 7 岁男孩患葡萄膜炎，经过我治疗半年后，炎症得到完全控制，有并发性白内障，视力仅有 0.3，于是我建议孩子可以进行白内障超声乳化和人工晶状体植入手术了。当我说到为他安排住院手术时，小孩摇头表示不答应。我问他为什么不手术，他说痛，害怕。我给他解释说："做完手术就可以看见了，也不会太痛的，就像打个针一样。"孩子还是不答应。我说做完手术就可以看清美女了。他疑惑地看着我，但还是摇头不答应。最后我想了想给他使出了最后一招："给你找个美女陪着你进行手术，怎么样？"小男孩眼里忽然闪着兴奋的光芒，迟疑了一小会儿便点头同意了。我愕然不禁感叹：美女的作用真大啊！

不能吃亏

一个沈阳的 6 岁小女孩患葡萄膜炎和并发性白内障，经过治疗后炎症得以控制，准备安排她住院进行白内障超声乳化和人工晶状体植入手术，女孩哭着说不做手术。我问她为什么不做手术？她抹着眼泪说："痛。""那你看看这样行不行？做手术也不能让你吃亏，让你爸爸妈妈先给你买个玩具，这样就扯平了。"我进一步给小女孩解释着。听了我的话后，小女孩连连点头同意，但突然又对我说："不对，杨教授你得给我做证，让他们一定给我买，要不然我白内障手术不是白做了，那我就亏大了。"我说："那是肯定的，决不让你吃亏。可是有一条，手术中不能哭啊！"小女孩坚定地点了点头说："不会哭的。"最后为她做了白内障手术，术后她的视力恢复至 1.0，小孩也得到了她心仪的礼物。

不要命只要钱

一四川小孩，4 岁患葡萄膜炎，前来让我诊治，给患者治疗了几个月后，炎症得到控制。小女孩总是畏惧进行裂隙灯显微镜检查时的光线照射，一进诊室总是喊："救命啊！救命啊！"我笑着对她说："你来我们这里看病，我们不要你的命，只要你的钱。"小孩听了后扑哧笑了："那好，我让我妈给你钱，不要给我检查了。"我对她说："我倒是愿意，但你妈不同意啊！"小女孩拉着她妈的手说："你给杨教授钱吧，别让他给我看眼睛了。"

不让老公知道

有一个江苏老太太前来我院诊治葡萄膜炎，经过几次治疗后效果明显，视力从眼前指数提高到 1.0，她非常满意，这次又来找我复诊。病人在诊室刚落座，就喋喋不休地给我说："杨教授，这几天我都没有休息好。"我问她："为什么啊？"她说："这不是来看您的吗，一想这些就激动了，一激动就睡不着觉了。"我对她嘘了一声，小声告诉她："这事可不能让你老公知道。"她腼腆地笑了一下说："好，不让他知道。"

到底什么事情不能干

一个浙江小伙子患葡萄膜炎 3 年，经过我精心治疗 1 年后完全治愈，在复诊时，我告诉他，现在可以停药了。他很高兴也很激动地对我说："杨教授，您的话以后我一定听，您告诉我以后什么事不能干吧。"我给他说："坏事决不能干。"他说："杨教授，能够具体一点吗？要不然我不知道哪些是坏事。"我说："那好吧！请记着：1. 欺骗老婆的事不能干；2. 发了奖金马上要上缴；3. 不准开着奥拓硬说奥迪难看；4. 不准酒后不扶墙只扶女服务员；5. 不准在火车上打电话，谈几个亿的生意。"

睡觉尿床个人特长

有一个河南的 10 岁男孩，患葡萄膜炎，他父母带着他前来找我看病。我详细询问了病史、过去有无关节炎、皮肤病变、发热等，他父母一一作答。最后我问还有什么其他全身疾病吗？他母亲说："不知道晚上睡觉尿床是否与葡萄膜炎有关？"我说："睡觉尿床与葡萄膜炎无关，那属于个人特长。"他母亲睁大了眼睛说："我还真不知道睡觉尿床是个人特长呢。"

有些不对

歹是一个罕见的姓，据说在中国仅有数千人，集中在河南省新郑县境内。有一个姓歹的小病人找我看病，他的名字比较拗口，我说："我帮你起个名字吧。"他说："好啊！"我说："姓歹名徒，叫歹徒吧，好记。"他听了听说："这个名字不好听。"我说："那好吧，给你起个日本名字吧。"他说："好！"我说："那就叫歹徒一郎吧。"他想了想说："听起来是个日本名字，但怎么感觉有些不对呢？"

不要炫富了

有一个患者前来找我看病，他姓甄，名有钱。待我为他检查完眼睛，开处方后，我跟他开玩笑说："有钱，给你商量个事吧，我想买房子，借我点钱好吗？"他苦笑了一下说："杨教授，我没钱啊。"我看了他一眼："你是甄有钱，怎么说没钱呢？"他强辩说："我是有钱，但真的没钱。"我说："那好吧，以后不要再炫富叫真有钱了。"

该努力了

我有一个来自福建的葡萄膜炎女病人，结婚一年多没生育。当她第一次找我看眼病时，她告诉我想生育，不吃影响生育的药。我对她说："你患的葡萄膜炎比较重，要用激素和一些免疫抑制剂，这些药对生育一般无影响，但在用药期间不要怀孕，以免对胎儿产生不利的影响。"她问我："大约需要多长时间治疗？"我说："大概需要一年多吧。"后来病人按时服药、按时减药，到一年半时炎症完全控制，我告诉她："现在可以停药了。"她问我是不是我马上就能让她怀孕？我说："我没那个本事。"我指了指陪着她来看病的老公说："我的任务完成了，就看他是否努力了，他要是不努力的话，这个事弄不成。"她老公在一旁嘿嘿笑了一下，不好意思地说："我忍了一年多了，是该努力的时候了。"

不要微信和电话了

在门诊上，有不少病人要加我的微信或要我的电话号码，以方便以后沟通。按说是一个好事情，以前也曾给过一些病人，发现有不小的问题。有些人不管在夜里还是凌晨喜欢给我发一些信息，并且是一些无关紧要的信息。比如说他家狗狗怀孕了，他小孩考试得了多少分了，他的邻居跑步崴着脚了，看我有什么好的办法等等诸如此类的信息，有时半夜刚入睡就听到微信或者信息的声音，吵醒后就很难入睡。实际上为了方便病人询问有关情况，我们专门给患者公开了 1 个 email 信箱、1 个公开的咨询电话，但不少人感觉还是不够直接，非要加微信或要电话号码。这时我就会给要电话的女性患者说，那可不行，很可能会整出事情弄出绯闻来，你老公（男朋友）吃醋事就大了。对男性患者说，那可不行，以前我曾给人微信，他们有事没事总是给我转钱，那谁受得了？！听了我的解释，他（她）们都会笑着说："那算了，不要你的微信和电话了。"

是不是亲老婆

有一个贵州的男性葡萄膜炎病人，于 10 年前找我治疗葡萄膜炎，经过治疗后炎症得到完全控制，双眼视力均恢复至 1.0。我嘱咐病人，以后每半年至 1 年来看我一次，如果有什么问题要及时前来复诊。10 年后这个病人和他老婆才来找我，此时一只眼已经无光感了，另外一只眼仅剩光感，我为患者检查发现葡萄膜炎引起了青光眼和白内障，有光感的眼睛的炎症相当严重，很是替病人惋惜。我问他陪他来的这个女人是谁，他说是他老婆，10 年前就是她陪他来看葡萄膜炎的。我说那肯定不是你亲老婆，如果是的话，她早就带你来复诊了。他老婆在一旁用不容置疑的口气说，她就是他的亲老婆，因为家里穷，为了省钱就在当地医院看，当地医生说能治好，直到现在他们说没有办法了才让我们来找杨教授。望着这对亲老婆、亲老公，我很是替他们惋惜。再补充一句，该患者有光感的眼经过治疗后恢复至 0.4，算是不幸中的万幸。

考虑考虑

有一位广东的白塞病病人，前几年找我诊治葡萄膜炎，我告诉他需要用苯丁酸氮芥这个药，它会引起不育，问病人介意不介意？他说，他已经结婚了，有一个儿子了，不介意这个副作用。后来用了一年苯丁酸氮芥，最后精液中已无精子。最近来找我复诊，他问我有没有办法让精子恢复，我说可能不行。我又问他是否又想生孩子了？他说，是啊！现在很多人都要二胎，他也想要二胎。我说那咋办，这事我帮不了你。他笑了笑说，你帮我看眼病就可以了，这事就不麻烦您了。我说，那好吧，要不就让隔壁老王帮一下忙吧。他不好意思地说："考虑考虑。"

莫谈房事

门诊上，遇到一个来自昆明50多岁的男性葡萄膜炎病人复诊。我问他，这段情况怎么样？他说挺好的，就是房事后眼睛不舒服。我"啊"了一声，现在疫情期间，房子都卖不出去了，你还在谈论房事，就是正常人谈论房事都会上火的，何况你是葡萄膜炎病人。他问我以后怎么办，我告诉他以后不要房事，莫谈房事，安心静养！他怔了一下，勉强笑了笑说："好吧！莫谈房事。"

没有意见

一个来自江西的患者今天来找我复诊，上次她是4个月前来的。她对我说："杨教授，不好意思这么久没来复诊了。"我看了一下她说："怎么回事？对我有意见啦？"她说："没有，没有，您给我治疗后视力恢复这么好，哪敢对您有意见呢？这一段不是新冠疫情不能来复诊吗。"我又看了一下她说，哦，原来这样，只要不是对我有意见就好。

趁火打劫

一个来自重庆的女性患者上个星期刚看过我门诊，这个星期又来让我加号。我对她说："上次我不是让你一个月后再来复诊吗，怎么一个星期就来了？"她说："杨教授，不好意思，我怀孕了。""啊！谁干的？"我问她。她不好意思地说："这个事肯定不是我一个人干的。"

我看了看陪她就诊的那个帅小伙，问道："是不是你干的？"他不好意思地点了点头。我说："你怎么这么积极呢？人家眼睛有病，你这是乘人之危、趁火打劫啊！"

该死的葡萄膜炎

有一次，为一个来自新疆的12岁男孩诊治葡萄膜炎，在我为他开药之后，他妈妈问我，杨教授，小孩要注意什么？我说不要喝酒。他妈妈说，他不会喝酒，能不能吃酸辣的？我说，没问题。她又问还有什么要注意的？我想了想说，不能交女朋友。那个小男孩"啊"一声跳了起来，说有一个女孩很喜欢他。我说，她喜欢你也不行，一定不能交女朋友。小孩脸涨得通红，最后喊出一句：这该死的葡萄膜炎！

生理期不舒服

一个来自宁夏的男性葡萄膜炎患者前来找我诊治，经过3个月诊治后，葡萄膜炎获得很好控制。再次来复诊时，我问他现在感觉如何？他说好多了，平时没问题，到生理期时会有些不舒服。"啊，"我问他，"你还有生理期啊！"他不好意思笑了笑说："杨教授，我老婆生理期时我就不舒服。"我问他为什么？他说："老婆生理期时她会烦躁不安，动不动就训我，所以我的心情也不好，那几天每天都是战战兢兢的。"

一字之差

前段时间一个来自河南的病人前来找我诊治葡萄膜炎，经过两周治疗，他的葡萄膜炎有明显好转，视力提高了不少。病人复诊时告诉我，他感觉到很后悔。我问他后悔什么？他告诉我："10年前就有医生推荐让我找您，但是那位医生把您的名字写成了杨增培，结果到处找，就是找不到您。在过去10年中花了很多冤枉钱。由于炎症反复发作，视力下降到 0.1 以下了，找到您后才两周视力就恢复至 0.4 了，您说我能不后悔吗？"我看了他一下，对他说："你知道一字之差的严重后果了吧。"

招数不多

一个来自湖南的葡萄膜炎病人，我为他治疗半年后，葡萄膜炎获得了治愈。复诊时她对我说，她用药后一切都好，就是有一个小问题，白天总是不想睁眼。我对她说，不想睁眼那你就闭着眼。她说她闭着眼没法干活。我对她说，那你就睁着眼。她说她不想睁眼啊。我对她说，那你就闭着眼……她看了看我笑着说："杨教授，您还有没有其他本事啊？"我告诉她，本人招数就这么多了。

不辜负杨教授的期望

有一个陕西的葡萄膜炎病人，经过 6 个月治疗后，葡萄膜炎获得痊愈。今天来复诊时，兴奋地告诉我，她要结婚了。我给她说，不好意思，我也没有什么嫁妆送给你。她笑着说："您把我的眼睛治好了，比什么嫁妆都好。杨教授，您还有什么交代的。"我说："出嫁后要好好听公公婆婆的话，多赚钱、少吃饭、爱老公、保护眼。"她笑着说："杨教授，我一定不辜负您的期望！"

重庆美女多

有一个浙江来的葡萄膜炎病人，当地医生介绍他前来重庆找我诊治。我将其收住院治疗，治疗一周花费尚不到 2000 元，视力从 0.1 提高至 0.8。在门诊复查时告诉我："杨教授，你诊断治疗水平真高，我也没花多少钱，眼睛好了这么多，真的很感谢您！"我给他说，应该感谢党！他连说，是，是，应该感谢党！说到这里，他话锋一转："杨教授，我怎么一到重庆就睡不着觉呢？"我看了看他，轻轻地说了一句："重庆美女多。"他笑了笑说："原来如此，我说怎么总是睡不着呢！"

不能再说了

有一个来自江苏的老太太，患葡萄膜炎多年，最近前来重庆找我诊治葡萄膜炎。她特别健谈，从进入诊室那一刻到出诊室那段时间，她会不停地给我诉说着她的眼病和家里的各种事情，诸如某某医生说她的眼睛治不好了，某某医院眼科医生服务态度差了，诊病时仅让她说10分钟就不让她说了，有一天给老公拌了两句嘴，眼睛就红了……此时我忍不住了，轻轻地对她说："老大姐，不能再说了，再说就会把你家里存折的密码说出来了。"她"哦"了一下，笑嘻嘻地说："杨教授，我还真没有把我家存折的密码告诉过别人。"我对她说："这就对了，不能再说了，再说的话，说不定就会把存折的密码说出来的。"她说："那好吧，我听您的，不说了。"

天天看着老婆

有一个来自北京30多岁的葡萄膜炎病人，经过我治疗一段时间后炎症消退，视力从0.1提高至1.0。我告诉他，葡萄膜炎还要继续治疗一段时间，要不然很快就会复发。他没有在意，过了半年他才来复诊，此时，双眼视力已下降至0.2，检查时发现前房炎症反应很重。我问他，这位陪你前来就诊的美丽女人是你什么人？他说是他老婆。我严肃地对他说："你娶这么一个漂亮的老婆，如果眼睛没视力了，你美丽的老婆总是让别人看，你看不到，你知道有多吃亏吗？"这个病人不好意思地对我说："杨教授，您说得很对，这段时间老婆只能摸，不能看，确实挺痛苦的。"我对他说："以后听话吧，一定要按时复诊。"他连声说："是，是，一定听话，把葡萄膜炎彻底治好，用明亮的眼睛天天看着老婆。"

送老婆不行

一个来自福建的葡萄膜炎病人经治疗后，葡萄膜炎得到了明显控制，但是还需要继续复诊和治疗。他总是以生意忙，抽不出时间为理由不按时复诊，这次复诊距上次检查快一年了。检查时发现他的葡萄膜炎症很重，视力降至 0.05 了，这一次是他老婆陪他就诊的。我告诉他："如果葡萄膜炎再复发，就算是把你家里的别墅给我，把你的老婆给我，都不一定能把你的视力挽救过来。"听闻此言，他老婆在一旁说："他倒是想把老婆送出去，我跟他也 10 多年了，也烦了，不想跟他了，杨教授你要不要？"她老公在一旁激动地说："不行！杨教授，你不能要！我送别墅可以，但是送老婆不行。"

本事不大

一个来自辽宁的葡萄膜炎病人经过我两年多的治疗，葡萄膜炎得到完全控制，视力也从 0.1 提高至 1.0。病人最后一次前来复诊时特别高兴，对我说："杨教授，您真厉害，我的眼睛在很多医院诊治，都说治不好了，经您治疗却完全恢复正常了，你真是无所不能啊！"我看了他一眼说："我的本事不大，你看给你治疗眼病后也没让你变成个千万富翁。"他不好意思地说："杨教授您别内疚，千万富翁这个事儿还真不是您管的。"

度人太累了

我在广州时曾治疗一位来自西藏的活佛，他患的是 Vogt- 小柳原田综合征。每次到广州看病，一大帮善男信女都会给他安排衣食住行，他常常住在这些善男信女家里，他们对他无比崇拜，照顾得无微不至。每次去找我复诊时，都有一大帮人跟着他，忙前忙后的。有一次门诊时，我突然问那位活佛，您是活佛，怎么还得葡萄膜炎呢？活佛一时语塞，那些善男信女却来劲了："活佛太累了，每天忙着度人，把自己累成葡萄膜炎啦。"

让她有个瞎儿子

有一个来自湖南的 6 岁葡萄膜炎小病人,第一次就诊时,我发现一眼虹膜完全后粘连,建议为他进行虹膜周切手术。小孩说,不行,怕痛。我跟他商量说:"我们给你做个小手术,让你妈给你买个玩具,这样你也不吃亏,算是扯平了。"他说那好吧。一周后复查时病人说:"杨教授,你不要给我看眼睛了。"我说为什么?他说他妈妈说话不算数,手术都做了 5 天了,到现在还没看到玩具,感觉亏吃大了。我问他:"你不看眼睛瞎了怎么办?"他气呼呼地说:"我就是让她有一个瞎儿子,反正也不是我的事儿!"

普通话不标准

有一个四川来的女性葡萄膜炎病人前来找我诊治,她告诉我,一感冒一发 shao 眼就红,视力就下降。我对她说,你的普通话不标准,一发什么就发病?她再重复着说发 shao,我问 3 遍,她回答了 3 遍,每次说的都是 sao 字。我说那你以后就别发 sao 了,她不好意思地说:"杨教授,我怎么越说越感觉不对劲呢?"

不会难受

一个来自大连的葡萄膜炎病人,经我治疗一年后葡萄膜炎得到控制,视力从 0.1 提高到 0.8。最近一次复诊时,他告诉我他的视力好多了,但是眼前有黑影飞动,感到很难受。我问他:"如果眼前飞的不是黑影,是人民币,你还难受不?"他说:"当然不会啦,如果飞的是美元,那更不会难受。"

她的话还是要听的

有一个来自黑龙江的男性病人,患的是巩膜葡萄膜炎,发病一年多,眼红痛非常严重,当地医生介绍他前来找我诊治,他老婆陪着他来到重庆。经过一周的治疗，他感觉眼不红痛了，视力也有所提高。我告诉他，现在用的药都有一定的副作用，回家后要每两周检查一次肝肾功能、血常规和血糖，每两个月来重庆复诊一次。他说："杨教授您让我干什么我就干什么，现在我只听您一个人的，市长说的话我都不听。"我看了看他，指着旁边那个女人说："这个女人的话难道你也不听吗？"他一下子变得没有那么慷慨激昂了，嗫嚅地说："哦哦，她的话嘛，还是要听的。"

把美丽女人认成自己老婆

有一个安徽来的男性 Vogt- 小柳原田综合征患者，前来就诊时告诉我，他患病后记忆力明显下降，丢三落四的很是苦恼，问我以后能不能恢复过来。我告诉他，一般来说经过治疗都能恢复，但也有极少数病人不能恢复。他听后忧心忡忡地问我，会不会加重啊？我说一切皆有可能。他又问我，如果加重的话，能达到什么程度？我说，那可吓人啦！会严重到你总是想把自己的钱装进别人口袋里，还会在大街上把很多美女认成自己的老婆。他不好意思地说，第一种情况是挺可怕的，第二种情况倒是没有什么问题。他老婆在一旁说，你不怕挨打就认吧。

为什么不换一个

有一天，一个来自浙江的男性葡萄膜炎病人前来找我诊治，我发现有一个漂亮女人陪他来了好多次，我问他："这个漂亮女人是你什么人？"他不好意思地说："杨教授，不好意思，她是我老婆。"我看了看这个病人说："怎么总是她啊？也不换一个？"他嗫嗫嚅嚅地说："想换……"此时，他老婆说："看我回去怎么收拾你！"病人给我做了个鬼脸说："看来今晚又要跪搓板了。"

弄出绯闻

有一个从厦门来的女性葡萄膜炎病人前来找我诊治，我为她做了眼部检查，并为她开具了处方，告诉她开药方的医生会告诉她怎么服药。随后，她拿着病历去另一个房间让医生开药。没等两分钟，她过来问我："杨教授，我什么时候来复诊啊？"我说："我刚才给你说了下周二复诊。"她"哦"了一声出去了。又过了两分钟，她又过来问我："每天吃几次药啊？"我说："我的助手不是告诉你了吗？"她说："不好意思，我忘了。"我说："你记着糖皮质激素每天吃 4 片，早上 8 点一次吃；环孢素每次吃 3 粒，一天吃两次。"她说："哦，明白了。"又过了两分钟，她又回来了，问我早上 8 点吃药是饭前吃还是饭后吃。我告诉她说："都可以。还有，你不要再进来了，再进来肯定会弄出绯闻的。"她说："知道了，给您能弄出点绯闻，那是我的荣幸啊！"

隔壁老王也看电视

2020 年春节前，一个四川的女性葡萄膜炎病人在儿子的陪同下前来找我诊治。经过两个多月用药，葡萄膜炎明显减轻，视力也从原来的 0.2 提高到 0.7。由于新冠疫情的影响，有 3 个月没来复诊了，也停药 3 个月了，近两个月视力又逐渐下降，这次复诊检查发现视力为 0.5。在我为她检查完眼睛后，她儿子告诉我，他妈整天看电视把眼睛看坏了。他妈在一旁气呼呼地说："哪是看电视的事啊？我们家隔壁老王天天看电视，视力一直都是 1.0，这次视力下降肯定是停药的事，不是看电视的事。"她儿子不依不饶地说："隔壁老王没有葡萄膜炎，可以看电视，你有葡萄膜炎就不能看电视！"他妈气急败坏地说："你小子，我养你这么大，你倒管起我来了，看我回去怎么收拾你。"

流鼻血

有一个广东男性葡萄膜炎病人在爱人的陪同下前来找我诊治，我详细地询问了病史，并做了认真的眼部检查，确定患的是视网膜静脉周围炎。正要给他开药时，他爱人在一旁说："杨教授，他总是流鼻血，与他这个葡萄膜炎有关系吗？""哦，"我看了一下病人，不经意地问了一句，"你是不是看了不该看的东西啦？"他极力争辩说："杨教授，没有啊！我什么都没有看。"我又问了一句："你没看美女吗？"他老婆在一旁说，他眼睛好的时候总爱看美女。我看了他一眼说："以后不要看美女了，要天天看老婆。"病人望着我说："杨教授，天天看老婆会不会烦呢？"我对他说："你问问你老婆。"

名不副实

一个来自江苏的女性葡萄膜炎病人前来重庆找我诊治，当她把病历放在桌子上时，我看她的名字是"魏乃人"，我问她结婚了吗？她说还没有。我说这就奇怪了。我们眼科医生说我们是眼科人，重庆医科大学的员工叫重医人，有一部电影说的是放马人的生活，叫牧马人。你这是……？她不好意思地说，我的名字是爷爷起的，现在还有点名不副实，我以后肯定是真正的"wei 奶人"。

不能在自己男人面前说别的男人好

2020 年 4、5 月新冠疫情逐步得到缓解，一些病人从全国各地陆续赶到重庆来就诊。很多女同胞显得非常热情，告诉我她们都很担心我的健康，都很想念我。我悄悄地告诉她们，这事只要心里知道就行了，不能说出口，要不然老公要吃醋的。大多数女同胞会说没事的，老公不会介意，但也有几位病人说："杨教授，你别说，我老公听后还真不高兴，一天都没有理我。"我说："那以后可不能在老公面前说别的男人好了。"

一妻两夫

有一次一个来自黑龙江的女病人在她老公陪同下前来重庆找我就诊，她告诉我："杨教授，我用了你的药后看东西清楚多了，视力提高了，就是还有一个问题，看东西有重影，一个看成两个。"我说："你看你先生是不是两个？"她说："是啊！"我对她说："你赚大了，一个老公变成两个老公多开心啊！"她说："看起来是两个，但还是一个啊！要是真的有两个就好了！"我说："你还真想一妻两夫啊！"

不该努力的时候努力了

一个来自四川的 28 岁女性葡萄膜炎患者，于 7 年前开始治疗，当时经过一年多的治疗，葡萄膜炎得到完全控制，视力恢复至 1.0。我让她每半年复诊一次，但这几年一直未来复查。今天检查时发现左眼葡萄膜炎很严重，我就给病人开具了口服药和点眼的药。后来病人在诊室外徘徊了很久，又进来对我说她不想吃药。我问她为什么，她说她可能怀孕了。我让她到妇产科去确定一下。过了 1 个小时她又来找我，告诉我由于天数太少，妇产科医生尚不能确定是否怀孕，她仍坚持不用药，以免出现问题。我问她结婚多少年了？她说已经 5 年了。我说为什么那几年你眼睛好时不备孕呢？是你老公不努力吗？她不好意思地说，老公是一名消防员，在外地工作，几年中都聚少离多，前段时间放了 1 个月的假，然后就……努力了。我跟她开玩笑说："你先生该努力的时候不努力，在你眼睛不好时却努力了，努力得不是时候啊！"她不好意思地说："杨教授，努力过了也没办法，能不能只点眼药水，不要影响胎儿？"我说："那好吧，我尽量用点眼和眼局部治疗方法给你治吧。"所幸经过一段时间的治疗，患者的葡萄膜炎得到控制，视力得以提高，她还真是怀孕了，后来生下一个健康的宝宝。

不说了

有一个来自沈阳的近 60 岁葡萄膜炎患者，经治疗后炎症得到完全控制，有几年没有来复诊。今天来复诊，见了我热情得不得了，说非常想我，爱我。我说打住，你老公知道吗？她说，他知道也没问题。我随后说了一句，美女喜欢也就算了，老大娘喜欢我是什么意思？病人随后说，就是喜欢你、爱你。这时她爱人从门外走到诊室，她用食指竖到嘴唇："嘘，不说了。"

不能失去男人的雄风

武汉有一个老大爷前来找我诊治葡萄膜炎。他患的葡萄膜炎比较重，因患者有高血压、糖尿病，考虑到激素和环孢素会对这些基础病有不利的影响，准备为他使用苯丁酸氮芥这种药。我告诉他用此药对生育有影响，问他介不介意。老先生一脸严肃地说介意。我说为什么呀？他说他不能因治疗眼病而失去男人的雄风！我来了一句，大爷不减当年勇啊！他笑着说，过奖，过奖了！后来我给他用了少量糖皮质激素联合其他免疫抑制为他治疗，葡萄膜炎得以控制。

让别人的老公揉一下

有一个浙江的女性病人前来诊治葡萄膜炎，待我给其看完眼睛并开具处方后，她对我说："杨教授，我还有一个问题。"我说："只要不是借钱的事都不是问题。"她嘿嘿一笑说："不借钱，不借钱，我就是晚上腿会抽筋。"我问她结婚了吗？她说结了。我说："这好办，让你老公帮你揉一下。"她说他不揉。我说："那好办，如果他不揉，你告诉他，那就找别人揉，他肯定就会给你揉啊。"她说她怎么没想到这样说呢。

一眼看近，一眼看远

一个来自湖南的50多岁男性患者与他老婆一起前来诊治葡萄膜炎。他告诉我，经过两个月治疗，视力提高了很多，但出现了一个问题，就是一只眼看近的清楚，另一只看远的清楚。我说那多好啊，近处一看就看清老婆，往远一看就看到对面楼上的美女啦。他笑笑说没有看，没有看。他老婆在一旁说："我说他怎么总是在阳台上朝对面楼上看，原来是这么回事，以后不许你再去阳台了。"这个患者连连说："冤枉啊！我就给教授说一下真实的情况，想不到惹出这么大的祸端。"

输什么

一个安徽的葡萄膜炎患者，由于炎症重，我告诉他，住院治疗可能会好得快一点，建议他住院治疗。他问我住院干什么？我说输液啊。他又问输什么？我说往血管里输药啊！他再问，只输药吗？我看了他一眼说，往血管里只能输药，肯定不能输人民币、美元啊。

不知道怎么回事

一个四川的老先生患葡萄膜炎好多年，第一次复诊时一眼光感，另一眼为指数。我看了他的门诊病历，上面赫然写着他的名字"艾世明"。我问他，你怎么起这个名字啊？他说他也不知道为什么。我说："几十年来别人一直 shi 明、shi 明地叫，你不失明才怪呢，你自己还姓艾，你怎么还 ai shi ming 啊？"老先生一脸茫然地说："我也不知道怎么回事？"

不能训老公

有一个湖南的女性葡萄膜炎病人，经过我治疗后炎症得以恢复。我告诉她，以后不要劳累、紧张、感冒、吸烟、喝酒，容易诱使葡萄膜炎复发，以后要尽量避免这些不良因素。她说好。过了1年，她的葡萄膜炎复发了，她又找我检查，一见面就说："杨教授，我什么都没干，怎么复发了？"我看了她一下，问她："没干什么坏事？"她跟我坚定地说："杨教授，什么坏事都没干。"我又问："有没有训你老公啊？"她不好意思地说："这倒是有。"我对她说："训老公是很大的一件坏事了，以后千万不要训老公了。"她连声说："是，是，以后听杨教授的话，不再干训老公这样的坏事了。"

找隔壁老张吧

一个陕西来就诊的葡萄膜炎患者，在我为她检查完眼睛和开过处方后对我说，她腿经常抽筋，不知如何是好？我告诉她，让她老公帮忙按摩一下。她说她老公不干。我说他不干肯定有人干，你找一下隔壁老王试试看。她说隔壁是一户姓张的。我说隔壁没老王，那你就找隔壁老张吧。

明年一定发

6月的一个星期二，我接诊了一个来自湖南的女病人和一个来自湖北的男病人，两人都是20多岁，没有结婚。我询问病史时，得知两人均是在上个月20日发病，我很好奇为什么5.20这个日子容易发生葡萄膜炎。我问男性患者：为什么5.20发病？他说心情不好。我又问：5.20这一天你没接到"我爱你"这样的短信吗？他一脸苦大仇深的样子，告诉我，没有收到。问女病人同样问题，她也说是心情不好，没有收到"我爱你"的信息。我说，当时你们两个早点认识就好了，在5.20这天互相发一个我爱你，不就躲过葡萄膜炎这一劫了吗？一说完两个人面面相觑，竟异口同声说：是啊，明年5.20我们一定要相互发送"我爱你"的信息。

单纯不单纯

有一个 40 多岁的女性葡萄膜炎患者前来找我就诊。在我为她问完病史、做完眼科检查时，她怯生生地看着我，问道："杨教授，我这个葡萄膜炎单纯不单纯？"我看了她一眼，用坚定的语气告诉她："没有小女孩单纯！"该患者一下笑了起来。

什么都没干

有一个浙江的男性葡萄膜炎患者由其老婆陪同前来找我复诊，他的葡萄膜炎在半个月前复发了。这次他见到我后就急急忙忙地问我："过去这两个月我什么都没干怎么还复发了呢？"我看了看他问道："你有没有给老婆干点什么？"他一脸严肃地说："杨教授：我发誓，没有，绝对没有！"我又问道："难道连洗洗碗、扫扫地这样的家务也没干吗？"他不好意思地说："没有！"他老婆在一旁抢白道："他不给我干，总是给别人干！"这时她老公急了："我给别人干什么了？你说明白点！"他老婆说："他天天与别人打麻将，有时还干到凌晨两点，甚至有时候打着麻将还与别人干仗呢！"

找个黑人

有一次我为一个女性病人检查完眼睛后，根据病人所患葡萄膜炎，准备使用糖皮质激素联合苯丁酸氮芥治疗。考虑到苯丁酸氮芥可引起月经紊乱、不育等副作用，就问病人有没有结婚和生过孩子。病人反问我："你看我是结过婚的人吗？"我说："我看不出来呀！"病人接招说："男的都嫌我长得黑，没有人娶我！""哦，"我对她说，"找个黑人，他绝对不会嫌你黑了。"她哈哈大笑起来："我怎么没想到呢？！"

吃不饱不开心

有一次一位江苏的葡萄膜炎病人告诉我，她不想吃激素了。我问为什么？她说吃激素几个月胖了好几斤。我给她解释说："你患的葡萄膜炎还真得用激素，我给你用的激素量比较少，如果你平时多锻炼一下，注意节制饮食，一般不会引起明显发胖的。"她对我说："我也知道要少吃点，但我吃不饱就会不开心，吃饱了，长胖了也不开心。"我接着说："你要权衡一下，看哪一种不开心更严重些。"她想了一会儿说："还是胖一点吧，吃不饱那种不开心是难以忍受的。"

南阳出圣人

我的一些病人来自南阳，他们中不少想与我攀一下老乡关系。一位老太太在第一次找我看病时对我说："杨教授，我与你是老乡。"我问她是哪里的？她说她是河南南阳的。我说南阳好啊！南阳出圣人，有智圣诸葛亮、科圣张衡、商圣范蠡、医圣张仲景。她接着说："我很早就从南阳出来了。"我说："你出来那么早干什么？要不也弄个圣人干一下。"她立马高兴地说，就是不应该早点出来。

有一次一位 15 岁的女孩找我诊治葡萄膜炎，她也说是我的老乡，来自河南南阳。我说南阳出圣人，我历数了上述的 4 位出自南阳的圣人，然后问她："你是什么圣？"她想了一会儿说："我是学生。"我说："好，学生也是 sheng。"

有一次一位 20 多岁的小伙子，在诊病过程中也说是来自南阳。我按上面的说了一遍，问他是什么圣。他想了半天，不好意思地说："我的小名是狗剩。"我说："对啊，狗剩也是 sheng 啊。"

还有一对夫妻找我诊治葡萄膜炎时，男的告诉我是我的老乡，来自南阳。我按上面如此这般说了一下南阳出圣人，问他是什么圣。他想了半天，脸涨得通红，也没回答出来。他老婆在一旁急中生智，跟我说："他是我先生。""哦，"我说，"是啊，先生也是 sheng 啊！"

没这种好事

一个内蒙古的葡萄膜炎患者经我治疗半年后，葡萄膜炎获得很好控制。他的并发性白内障可以做手术了。我告诉他现在可以做手术了，他说，他一个人可以吗？我说没问题啊。他说下次来做手术可以吗？我说你如果这次没准备的话，下次做也没问题。他又问我，下次要不要带个人来？我说可以啊，带个美女来照顾你也没问题。他想了一下说，带个美女是要花钱的。我说你又想要美女照顾你，又想不花钱，哪有这么好的事啊！

没办法

一个从江苏来的男性葡萄膜炎患者前来就诊，他患葡萄膜炎一年多，以往用激素治疗效果不佳，我准备给他用苯丁酸氮芥治疗，此种药物的一个最大副作用是可能引起不育。我就问这位患者是否结婚，是否生过孩子？他说没有，还没结婚。我问为什么不结婚？他不好意思地说，找不到女朋友。我说你先去查精液吧，在治疗期间定期给你查精液，保证不影响你的生育能力。他说好吧。第二天一大早他来到我的门诊说，杨教授，查精液的工作人员说，现在不宜查精液。我问他为什么？他羞羞答答地说，昨天晚上有房事。我说你不是没有女朋友吗？他不好意思地说，昨天在门诊上碰到一个女的，两人聊得挺投缘的，就没办法了。

当处男光荣吗

有一次一个东北的 30 多岁的葡萄膜炎患者前来找我诊治。我仔细询问了病史和为病人检查后，确定病人患的是特发性葡萄膜炎。由于病人肝功能不好，有些药的使用受到一定的限制，就想用苯丁酸氮芥这种药物，此药最大的一个副作用就是可以引起精子减少甚至不育。我问病人结婚了没有，有没有生过孩子？病人说还没有结婚。我问他为什么不结婚？病人说也没什么原因，就是不想结婚。我又问，你是不是感觉当处男光荣就不结婚啊！他一下笑了起来，告诉我："杨教授，您说得还真有点道理。"

没有绯闻（飞蚊）

有一个来自浙江的美女叫冰冰，她前来找我诊治葡萄膜炎。她告诉我一只眼睛有问题。我问她有眼红痛吗？她说没有，但仅有"绯闻"。我说你为什么要有绯闻呢？她说："为什么我不能有'绯闻'呢？"我看看这位姑娘很漂亮，就对她说："是的，你长得漂亮，有资格与别人闹出绯闻。"我接着又问她："你跟谁闹出绯闻了？"她听后嘿嘿笑了一下说："不好意思，杨教授，我的眼睛有飞蚊，我没有与他人闹出绯闻。"我郑重其事地对她说："以后不要炫耀自己有绯闻了。"她连连说："好，好，以后再也不说有绯闻一事了。"

补偿一下

有一个新疆来的男性患者，患葡萄膜炎 10 多年，视力逐渐下降，在多家医院治疗无效，最近 5 年双眼视力已下降至光感，在我院治疗 3 个月后，视力恢复至 0.2。近日复诊时他兴奋地告诉我："杨教授，谢谢你，你给我治疗后，我现在有视力了，可以分清男女啦，我可开心了！"我看了他一眼："难道分清男女有那么重要吗？"他说："杨教授，你不知道我这几年多么难受，男女分不清，仅用声音辨别男女，那可不是人过的日子。"我说："你能看清女人了，那就好好看一下吧。"他老婆在一旁插嘴说："这一段时间，他天天嚷着去街上，还想去看演唱会，有一次差一点儿脸都快碰到一个美女脸上了，你说过分不过分。"这个病人嘿嘿一笑说："这么多年没看了，你还不让我补偿一下吗？"

最美股骨头

　　糖皮质激素是治疗多种葡萄膜炎常用的药物，此药长期服用可引起骨质疏松，甚至可能引起股骨头坏死。一般我们对长期服用激素的患者都建议定期进行股骨头 CT 检查，以期早期发现有无股骨头坏死的迹象，并迅速调整药物用量。一个 50 岁的女性患者在使用激素治疗一段时间后，我建议她进行股骨头 CT 检查，给她说了好多次，她都没有当回事，后来她出现了腿痛后才去做这个检查。她拿着检查结果前来找我，结果上面写着未见股骨头异常。她问我她的股骨头好不好，我说好呀。她又问我能好成什么样子。我说："你的股骨头很好，是全世界最美的股骨头。"她扑哧一声笑着问我，何以见得？我说："看你走路漂亮的姿势就知道你的股骨头漂亮。"她听后就惊叫起来，对着诊室其他病人说："我的股骨头是全世界最漂亮的股骨头。"看得周围人都一脸蒙圈。

不要袒胸露背了

　　白塞病性葡萄膜炎是我们国家常见的葡萄膜炎类型，此病往往会引起痤疮样皮疹，并且此种皮肤病变多发生在前胸和项背部，患者所服用的糖皮质激素也容易引起这些部位的皮疹。有一个江苏的白塞病小伙子前来找我就诊，对我抱怨说他前胸后背有很多痤疮样的皮疹，很是难看。我看着他那着急的样子，轻轻地告诉他，以后多穿点衣服，千万不要袒胸露背了。

不听老婆话就复发

　　一次，有一个中年妇女陪她老公前来找我诊治葡萄膜炎，她老公患的是白塞病性葡萄膜炎，此种葡萄膜炎常常难以控制，容易复发。我给他检查完眼睛后告诉他葡萄膜炎复发了。这个病人一脸无辜的样子问我，什么原因容易引起葡萄膜炎复发？我说吸烟、喝酒、感冒、劳累、精神紧张、情绪波动都有可能引起复发。他挠挠头说，这些都没有啊。他老婆在一旁撇嘴说："他不听我的话，发了工资总是不及时上缴。杨教授你说这是不是诱发葡萄膜炎的因素？"我看着他老婆那种盛气凌人的样子，马上说："是，是！不听老婆话，藏私房钱都可能诱发葡萄膜炎。"我接着对这个病人说："兄弟啊！你怎么能犯这么低级的错误啊！"这个病人后悔说，工资也就迟交了两天就复发了。他老婆在一旁不依不饶地说："平常让你擦地洗衣服也不是很听话哟。"病人唯唯诺诺地说："老婆，记住了，以后不敢了。"

有完没完

有一个广东的女性患者，与她老公一起来郑大一附院找我复诊时说，杨教授，我看了很多医生，我的葡萄膜炎都没有治好，你给我用了两个月的药，我的葡萄膜炎就好了，我很感激你，我有一个请求，想与你握握手。我说没问题。她握手后又对我说，我有第二个请求，我说你说吧，只要不过分我都会答应的。她说，不过分，就是想与你拥抱一下，我说那更没问题。她拥抱我后又说，杨教授，我还有一个请求，我马上伸手示意让她打住，我指着她老公说，只要这个男人不介意，你什么请求都没问题，这时她老公瞪了她一眼说，你还有完没完？！

不要让隔壁老王陪你来

有一个吉林的患者来找我诊治葡萄膜炎好多次，每次陪伴她来就诊的都不是同一个人。我问她，为什么每次陪伴她的人都不同。她回答说，陪人看病是非常累人的，第一次陪她来的是她哥；第二次陪她来的是她姨妈；第三次陪她来的是她男朋友；这次陪她来的是表哥。我说下次陪你来的是谁呀？她想了半天说，还没有确定。我一本正经地对她说，下次一定不要让隔壁老王来陪。她若有所思地说，你别说，隔壁老王还真想陪我来。

不好意思去

有一天，我在郑大一附院看门诊，一位男士挂完号坐在我的诊台对面，我问他眼睛怎么不好了。他说双眼视力下降有两个月了。我又问他有没有眼红、眼痛。他说有，我又问了他有无全身性疾病等病史，他都回答得清清楚楚。待我问完病史后，让他坐在裂隙灯显微镜前，要给他做眼部检查，这时候他突然告诉我，病人不是他，是他一个朋友。我问他病人为什么不亲自来看病，他说他朋友胆子小，害怕看医生。我又对他说，看病可不能随便就让人替的啊！他不好意思地说，他与他朋友是发小，是很好的朋友，他朋友很多事都让他来代替，我"哦"了一声，问他结婚时让你替他入洞房了吗？他不好意思地说，他真的说让我去替他，我不好意思去啊，就没去。

二、生活中的小幽默

美的程度不够

在一次学术会议上，一个美女医生要与一个姓张的院长一起照相。此时张院长正在与一个男同事说话，美女医生摆出拍照的姿势，连着喊了两次"张院长看我"。张院长自顾自地与同事讲话，没有听到美女的喊话，美女有点尴尬。此时我出来帮忙了，我说张院长从来不看美女的。张院长看了我一眼，神秘地说："谁说的，千万不要败坏我的名声哟！"我说："美女让您看她，您为什么没反应？"他压低了声音说："那是美的程度还不够。"

懂事太早

有一次乘机去外地出差开会，在机场发生了一件事情，给我留下了深刻印象。在我前面一个父亲带着一个大约5岁的男孩过安检。轮到这个小孩安检时，孩子的父亲对孩子说，让工作人员摸摸你，小孩竟然不同意，哭得哇哇叫。工作人员一再劝说，说检查不会引起任何不适。小孩仍然死活不从，哭着说："一个大老爷们摸我是什么意思，换个美女来摸我吧。"小孩这么一说，惊呆了在场的所有人。我不免感叹：连小孩都懂的道理，为什么安检还要派男性工作人员来检查男人呢？！

没想到

有一次我去参加一个学术会议，主办方派一位美女接待我。她一见我非常热情，对我说："杨教授您还记得我不？我们见过两次面。"我这个人比较笨，常常是见过几次面都记不住对方。我看了看这个美女，一本正经地说："哦，记起了，但不是两次，是 10 多次。"美女一脸疑惑地看着我："杨教授我们见面有那么多次吗？"我说有啊！她说："我怎么……""哦，"我说，"是这样，我忘了告诉你了，在梦里还见过 10 多次。"她听后若有所思地说："没想到！没想到！"

不是干粗活的人

2024 年 5 月的一天，我与一个同事参加完 Vision China 会议，承办方让我们从贵宾安检通道通过，以示对我们的尊重。有一名美丽的工作人员从我手中接过行李，要送我们上飞机。我一看这美女身形纤弱，就坚持自己拿行李。美女说："帮助您拿行李这是我的工作。"我看了看她说："这样的粗活怎么能让你这样的美女去干呢？你看着都不像干粗活的人。"美女不好意思地说："我觉得我也不是干粗活的人。"我接着问她："你看我像不像干粗活的人？"她看了看我，说："大哥你还真像。"虽然"大哥"的称谓有些名不副实，但我听了还是挺受用的，就愉快地、开开心心地自己拉起行李登机了。

差　钱

　　近年来，笔者外出开会的机会比较多，坐飞机的次数也比较多，成了某航空公司的金卡会员，在乘坐其公司飞机时，空姐常常是弯下身来，笑容可掬地说："杨教授，欢迎您乘坐我们的航班，从××城市到××地需要两个小时，路途中有任何需要请告诉我。"我看着一脸真诚的空姐，感觉到没有什么需要就有点对不住她，就说了一句："差钱。"空姐一脸为难地说："杨教授，对不起！我们钱也不多。"

太隆重了

　　2016年在苏州参加全国眼科年会期间，有一天我从卫生间出来，看到我科几个同事在卫生间门口等我，就随口说了一句："上个卫生间还弄得这么隆重。"

　　他们几个互相看了一下，说隆重吧，不对，说不隆重吧，也不对，个个面面相觑，张了张嘴，竟都没说出话来。

从1840年鸦片战争以来……

　　2018年11月的一个上午，我和同事周春江、王瑶正在筹划举办一个学术会议，突然办公桌上的电话铃响了，小周赶紧拿起电话，对方说赵勇在他们那里买了东西，留下这个电话，他们发现有一些问题，要与赵勇核实。小周告诉对方："您打错了，我们这里没有赵勇这个人。"说完即挂了电话，过了数分钟，对方又打来电话，还是说要找赵勇核实一些事情，小周又给对方解释了两遍：我们这里没赵勇这个人。在后来的1小时内，对方又打来3次电话，坚称赵勇留下的就是这个电话，他一定是我们这里的人。小周接到第五次电话时，听到又是同一个人，即挂了电话。对方还是不死心，过了5分钟又打了过来，我对小周说我来接电话，对方不厌其烦地诉说赵勇就在我们这里，他留的电话经过他们单位两个帅哥三个美女确认是无误的，一定要我找到赵勇接电话。我沉默了十几秒后跟对方说："自1840年鸦片战争以来，我们这里就没有赵勇这个人，兄弟，我没办法帮你找到这个人。"那个人听后再也不打我们的电话了。

不知道为什么它这么熟悉

有一次，在一个小饭馆吃饭，服务员介绍说小包间有雅座，如何干净、卫生，我们一行人都想目睹一下这个小包间的风采。上菜后，有只苍蝇在桌子上面飞，我问服务员："你们还养这东西啊？"服务员马上争辩说："不是，我们没养这东西。"我接着说："你说不是你们养的，你看它这么熟悉，一飞进来就到桌子上面了。"小姑娘脸上红一阵白一阵的："我也不知道它为什么这么熟悉。"

没时间陪它玩

有一次在台湾开会，闲时逛了一下商店，看了钻戒吓人的价格后，即准备走出商店，被化妆品柜台的服务员叫住了："先生，请您看一下我们的香水吧。"我说你看我是那种能用香水的人吗？她笑着说："谁都可以用呀，您看一下这一款，瓶盖造型很好玩的。"我看了看，瓶盖确实挺别致的，我笑了笑对服务员说："是挺好玩的，可我没时间陪它玩啊。"

两次算的都一样

有一次，在商店买衣服，一个服务员非常热情地说，先生，这款衣服非常适合您，现在还打八折。我看了看，问她折扣完多少钱。她拿着一个计算器急忙算了一下说，950元。我"哦"了一声。她说，先生，我再给您算一下，她又算了一遍，告诉我还是950元。我说你是怎么搞的，两次算的都一样。她不好意思地说，若两次算的不一样，我们肯定就会被开除啦。

三年寒窗苦

我是 1990 年博士毕业的，当年举行博士论文答辩的程序是先由研究生报告论文，然后由答辩委员提出问题，研究生准备半小时后再一起回答各位委员的问题。在我准备问题的半小时内，我用了 15 分钟即做好了准备，剩余时间感到无聊，遂作了一首打油诗："三年寒窗苦，只为一下午。讲了半小时，大家都糊涂。"后来，我做了博士生导师，经历了无数次研究生答辩，每次答辩的时候都会想到这首打油诗，有时感觉还真的是这样啊！

敢于同坏人坏事作斗争

硕士、博士生答辩对于学生来说是一个非常重要的时刻，他们往往准备多日，在讲的时候仍免不了紧张，心中发慌，头上冒汗。其中有一个环节是让导师介绍学生在校学习情况和政治表现，为了缓解学生的紧张情绪，我会以幽默的方式缓和现场的气氛。有一次，在导师介绍学生情况时，我是这样说的："某某同学热爱党，热爱社会主义，敢于同坏人坏事作斗争，问题是……我们这里没有坏人。"在场的答辩委员和学生一下子都笑了起来，学生在随后的答辩中紧张的心情一下子放松下来，整个答辩过程显得轻松、愉快和顺利。

图书在版编目（CIP）数据

学生·医生·先生：三生有幸 / 二小著 . -- 北京：作家
出版社，2025.2.（2025.7 重印）-- ISBN 978 – 7 – 5212 – 3273 – 8

Ⅰ . I267

中国国家版本馆 CIP 数据核字第 20250J86U3 号

学生·医生·先生——三生有幸

作　　者：二　小
责任编辑：袁艺方
装帧设计：孙惟静
出版发行：作家出版社有限公司
社　　址：北京农展馆南里 10 号　　　邮　　编：100125
电话传真：86 – 10 – 65067186（发行中心）
　　　　　86 – 10 – 65004079（总编室）
E – mail: zuojia@zuojia. net. cn
http: // www. zuojiachubanshe. com
印　　刷：北京博海升彩色印刷有限公司
成品尺寸：152 × 230
字　　数：240 千
印　　张：18.75
版　　次：2025 年 2 月第 1 版
印　　次：2025 年 7 月第 3 次印刷
ISBN 978 – 7 – 5212 – 3273 – 8
定　　价：65.00 元